KB001529

METRO 2033 UNIVERSE: ПИТЕР

메트로 2033 유니버스
지하의 노래 상

초판 1쇄 2015년 12월 28일
초판 3쇄 2018년 7월 16일

지은이 쉬문 브로첵 옮긴이 김윤희

펴낸이 서인석 펴낸곳 제우미디어
출판등록 제 3-429호 등록일자 1992년 8월 17일
주소 서울시 마포구 상수동 324-1 한주빌딩 5층 전화 02-3142-6845 팩스 02-3142-0075
홈페이지 | www.jeumedia.com

ISBN 978-89-5952-473-0
     978-89-5952-475-4 (SET)
※ 파본은 본사나 구입하신 서점에서 교환해드립니다.

제우미디어 소설 공식 카페 cafe.naver.com/jeunovels
제우미디어 페이스북 www.facebook.com/jeumedia
제우미디어 공식 블로그 blog.naver.com/jeumediablog

만든 사람들
출판사업부 총괄 손대현 편집장 전태준 책임 편집 김주원 기획 홍지영, 김혜리, 여인우, 문대현, 이유리
디자인 장상호 제작 김금남 영업 김영욱, 박임혜

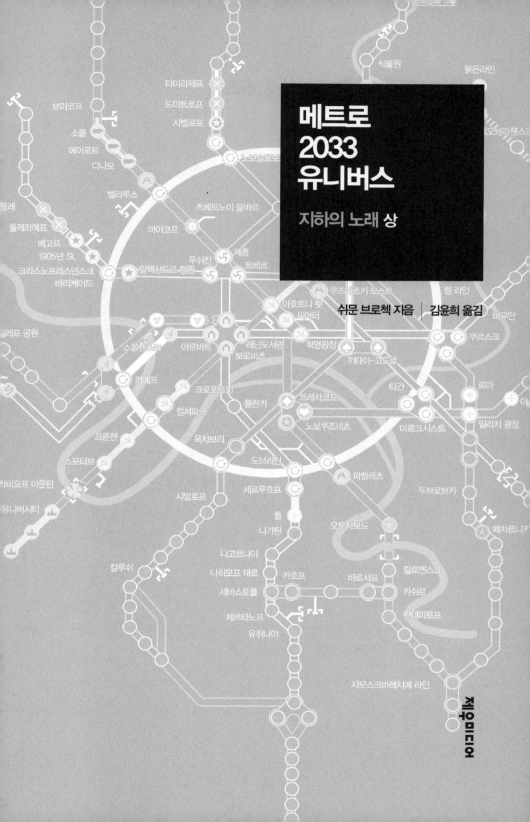

메트로 2033 유니버스

지하의 노래 상

쉬문 브로첵 지음 | 김윤희 옮김

제우미디어

〈메트로 2033 유니버스〉 시리즈

어두운 터널

세르게이 안토노프의 〈어두운 터널〉은 〈메트로 2033 유니버스〉 시리즈 중 가장 놀랄 만한 작품이며, 예측불허의 모험을 선사한다. 소설 속 주인공은 모스크바 보이코프 역 출신인 젊은 아나키스트다. 그는 권력을 따르지 않고, 오직 자유를 추구한다. 그러나 메트로에 불어닥친 변화로 아나키스트들은 더 이상 설 곳을 잃게 된다. 설상가상으로 모스크바 메트로의 한 역에서 이상적인 무기를 개발하기 위해 위험한 실험이 은밀히 진행된다. 실험이 성공하면 독재정권이 메트로 전체를 장악하고, 사람들은 더 이상 자유를 논할 수 없게 될 것이다. 누군가 나서서 기필코 막아야만 한다!

사라진 태양

핵전쟁 이후, 전 세계가 폐허로 변해버리고 인류는 방사능과 돌연변이들의 공격을 피해 지하철로 모여들게 된다는 설정의 〈메트로 2033 유니버스〉. 그 두 번째 이야기가 시작된다. 조그마한 지하철역이 세상의 전부이던 소년이 우연한 기회에 세상의 어두운 면만 보고 살아온 헌터와 그 일행들을 따라 지상으로 나가게 된다. 열악할 대로 열악해져 더 이상 희망이 없는 지하에서 새로운 희망을 찾아 지상으로 나오게 된 탐사대와 소년이 마주하게 될 세상은 어떤 모습일까. 그 속에서 소년은 희망을 찾을 수 있을 것인가. 〈사라진 태양〉은 생계를 유지하기 위해 모험을 하는 헌터와, 희망을 쫓아 헌터를 따라나선 소년의 여정을 통해 더욱 강렬한 재미와 감동을 선사할 것이다.

프롤로그를
대신하여

ВМЕСТО ПРОЛОГА

우리는 모두 죽었다.

이 글을 읽는 이에게 마지막으로 부탁한다. 우리가 램프 속의 지니를 풀어주었다고 생각해보라.

이제는 지니를 다시 램프에 가둘 수도 없다. 그러니 어쩌겠는가? 소원을 말하는 수밖에.

우리는 각자의 소원을 말한다.

수천, 수만 가지의 소원이 동시에 이루어질 것이다.

수많은 소원들 중 어떤 것이 가장 소중하고, 가장 간절하고, 가장 이기적일까?

이 세상이 사라져버리길.

핵폭발로 불타버리길.

전염병이 휩쓸어 가버리길.

온갖 쓰레기로 뒤덮여버리길.

이제 그 모든 소원이 이루어졌다.

순식간에.

어쩌면 인간들의 소원 중 정말로 이루어질 수 있는 것은 오직 한 가지뿐일지도 모른다.

서러워하는 것.

아멘.

이 세상과 함께 고이 잠들지어다.

'모두가 행복하길. 그 누구도 서러운 마음으로 떠나지 않기를…….'

꼬리를 웅크린 늙은 개처럼
어째서 그녀는 지금도
싸늘한 카페에서 꿈을 꾸는가
차디찬 이 땅에 더 이상 전쟁은 일어나지 않으리
차디찬 땅
차디찬 땅
차디찬 땅
나의 작은 새여, 울지 마라
아직 우리에겐 땔감과 성냥
건초와 석탄 그리고 커다란 침대가 남아 있으니
이제 우리가 잠들게 될 이곳
황폐한 땅
황폐한 땅
황폐한 땅

_Cold Cold Ground, Tom Waits

1 ←

호랑이
ТИГР

이반은 걸음을 늦추고 천천히 물속으로 들어갔다. 그의 허리까지 물이 차올랐지만 몸이 물에 잠겼다는 느낌조차 없었다. 프리모르스크 터널의 후끈하고 습한 공기와 마찬가지로 물도 따뜻했기 때문이었다. 이반은 자동소총이 젖지 않도록 머리 위로 치켜들고 천천히 걸어갔다. 랜턴의 가느다란 불빛에 파이프 조각과 녹슨 케이블의 잔해가 보였다. 허리까지 차오른 물을 헤치고 걸어가고 있으려니 물이 끝도 없이 이어질 것 같아서 두려운 생각마저 들었다. 녹조가 잔뜩 긴 혼탁한 물속에는 분명 무언가가 있었다. 알 수 없는 생명체가 있다는 생각이 들었다. 이반이 걸음을 옮길 때마다 수초인지 무엇인지 알 수 없는 것이 그의 허리 근처를 맴돌았다. 어느새 그의 방사능보호복 바지가 흠뻑 젖어버리자 슬슬 한기가 느껴졌다. 바로 그때 랜턴의 불빛에 커다란 칼라슈니코프 총의 그림자가 어른거렸다.

철커덕! 순간 이반은 그 자리에서 굳어버렸다.

앞쪽 어딘가에서 소리가 들린 것 같았다.

그는 어깨로 총을 받쳐 든 채 헬멧에 달린 헤드랜턴을 껐다. 딸깍! 그러자 암흑이 그를 집어삼킬 것만 같은 기분이 들었다. 심지어 뭔가 탁탁거리는 소리마저 들렸다. 정체를 알 수 없는 존재가 휙 지나가고 뭔가를 씹는 듯 쩝쩝거렸다. 그러더니 다시 쿵쿵거리며 냄새를 맡더니 날카로운 이빨로 무언가의 살점을 뜯으며 사라졌다.

이반은 랜턴을 켜고 자동소총을 갈기고 싶은 마음을 억누르며 조용히 기다렸다.

하필이면 그 순간 하수도에 사는 악어 얘기와 고리키 역 동물원을 탈출한 짐승들에 대한 얘기가 떠올랐다.

'침착해야만 해. 호랑이와 맞닥뜨리지 않기만을 바라야지……'

몇 분 후 이반은 다시 헤드랜턴을 켰다. 불빛을 보자 집에 돌아온 것처럼 안심이 되었다. 인간은 많은 것을 포기하고도 살아남을 수 있는 존재다. 음식이나 심지어 물이 없어도 버틸 수 있다. 하지만 불빛이 없으면 인간은 옴짝달싹하지 못하고 그저 죽음을 기다리는 수밖에 없다. 마치 어둠이 그의 온 힘을 빨아먹은 것처럼 말이다. 이반이 고개를 들자 헤드랜턴 불빛에 녹조 낀 수면이 일렁이는 것이 보였다.

이반은 200미터쯤 앞에 플랫폼으로 이어지는 출구가 있으리라고 짐작했다. 플랫폼으로 올라가는 계단이 멀쩡하기만을 바랄 뿐이었다.

동물원을 탈출한 짐승들 얘기가 다시 생각났다. 공교롭게도 핵전쟁이 닥치기 얼마 전 고리키 역 동물원이 개장했다. 들리는 소문에 의하면 핵전쟁이 있던 날 동물원에 있던 관람객들은 혼비백산하여 지하철역으로 도망치고, 동물원의 짐승들은 그대로 방치되었다고 한다. 그렇게 방사능에 노출된 짐승들이 어떻게 변했을지는 뻔하다는 것이다. 이반은 생각을 떨치려고 고개를 저었다. 그러자 헤드랜턴의 불빛도 이리저리 흔들거렸다.

'그나저나 그 물건을 어디서 봤더라?'

이반은 그가 찾고 있는 물건을 어디서 봤는지 생각해내려고 애썼다.

'그래, 일단 가보면 알겠지.'

페테르부르그의 지하철역들은 터널보다 높은 지대에 건설되었다. 가장 깊이 건설된 터널구간에서는 물이 허리까지 차올랐지만, 프리모르스크 역에 가까워지자 수위가 발목까지 낮아졌다. 이반은 걸음을 늦추었다. 랜턴의 다이오드가 힘없이 깜박거리더니 불빛이 더욱 희미해졌다. 이반은 최대한 눈을 부릅뜨고 걸어갔다.

결국 얼마 지나지 않아서 랜턴이 꺼져버렸다.

이반은 최대한 물기가 없는 곳을 찾아서 라이터로 랜턴 배터리를 달구기 시작했다. 손이 뜨거워서 더 이상 쥐고 있기 힘들 때까지 배터리를 달궈서 랜턴에 꽂은 후 다시 또 다른 배터리를 달구기 시작했다. 그렇게 하면 배터리가 다시 식을 때까지 20분 정도는 버틸 수 있기 때문이다.

그래서 물리학이 중요한 것이다.

20분 후에는 카바이드 랜턴을 써야 할 것이다. 이반은 지하철 창고에서 우연히 카바이드를 발견한 적이 있었다. 카바이드 500킬로그램이 들어 있는 철제통이 네 개나 있었던 것이다. 카바이드는 꽤 쓸 만한 물건이었다. 다만 들고 다니기에 무겁다는 것이 단점이었다. 그래도 카바이드 랜턴의 불빛은 다른 랜턴보다 훨씬 밝았다. 지나치게 눈부시지도 않으면서 주변을 골고루 비추는 것이 장점이었다.

"앗, 빌어먹을!"

듀라셀 배터리의 겉면이 너무 달궈진 바람에 이반은 손이 뜨거워서 순간적으로 욕설을 뱉었다. 이반이 주로 사용하는 다이오드도 일반적인 카바이드 랜턴에 꽂아서 쓸 수 있긴 했다. 사이즈도 맞고, 불빛도 나쁘지 않왔다. 게다가 이반이 곤경에 처했을 때 다이오드 덕분에 여러 번 위기를 모면했다. 이반은 라이터를 집어넣고 마지막 배터리를 랜턴에 꽂았다. 딸깍! 이반은 배터리를 들었던 손을 좌우로 흔들었다. 아무래도 손가락을 덴 모양이었다.

다행히 흐릿하게나마 랜턴의 불빛이 켜졌다. 이반은 덴 손가락이 아픈 듯 눈살을 찌푸렸다. 하지만 넋 놓고 앉아 있을 수 없는 노릇이었다. 그는 손바닥을 후후 불고 손가락을 쥐었다 펴길 반복했다. 여전히 통증이 느껴졌지만 어쩔 수 없었다. 랜턴의 불빛이 깜박거렸기 때문이었다. 랜턴이 꺼지기 전에 서둘러 움직여야 했다.

이반은 아픈 손가락으로 겨우겨우 다시 헬멧을 쓰고 버클을 채웠다. 최대한 서둘러 가야 했다. 온 신경을 집중한 탓인지 머리가 욱신거렸다.

길어야 20분이었다. 20분 후에 다시 배터리를 달궈야 한다. 운이 좋다면 다시 15분을 버틸 수 있을 것이다.

무조건 서둘러야 했다.

이반은 자동소총을 어깨에 둘러메고, 물웅덩이를 첨벙첨벙 뛰어갔다. 이반은 플랫폼 끝에 설치된 차단봉까지 가는 길을 잘 알고 있으니 그곳까지 뛰어간 후 다시 천천히 움직여야겠다고 생각했다.

터널은 지독한 습기로 인해 점점 허물어지고 있었다. 천장의 시멘트 조각이 머리 위로 떨어질 지경이었다. 예전에 예브팟 삼촌은 지하철 터널의 일부 구간에서 쿵쿵거리는 굉음이 들리자 굵은 손가락으로 천장을 가리키며 의미심장한 목소리로 터널의 배수펌프가 아직 작동하는 것이라고 말했다. 이반은 예브팟 삼촌의 말을 믿었으며, 배수펌프가 고장나지 않은 게 다행이라고 생각했다.

마침내 플랫폼 입구의 차단봉이 보였다.

이반은 고개를 들어 천장을 보았다. 시간의 흐름을 견디지 못하고 녹슬어버린 파이프가 보였다. 파이프에서 똑, 똑, 똑 물이 떨어지고 있었다.

핵전쟁이 일어나기 전에는 플랫폼에서 선로로 떨어졌을 경우 바로 이 차단봉 뒤로 얼른 뛰어야 했다. 열차는 차단봉 너머로 달리지 않기 때문이었다. 말하자면 차단봉이 안전지대를 가리키는 일종의 안내표시였던 것이다. 보통 차단봉 너머에 계단이 있었다. 이반은 자세히 보려고 가늘게 실눈을 떴다. 어렴풋이 계단이 보였다.

이반은 예전에 이 근처 어디에선가 그 물건을 본 것 같았다.

이반은 총자루에 헝겊을 동여맨 칼라슈니코프 단축형 소총 AKSU를 치켜들고 앞으로 걸어 나갔다. 그는 계단을 오르기 전에 먼저 주의 깊게 주변을 살피고 플랫폼을 올려다보았다. 어둠 속에 그림자 하나가 스쳐 지나갔다. 이반은 흠칫 놀라 총을 겨누었지만 아무도 없었으며, 그저 평범한 쥐새끼 한 마리만 보였다. 쥐가 있다는 것은 놀랄 일도 아니었다. 사람들이 떠나고 텅 빈 역에는 쥐들이 득실거렸기 때문이다. 대체 쥐들은 무엇을 먹으며 연명하는 것일까? 녹조 낀 물속의 해초? 아니면 지하철역의 천장과 기둥이며 벽을 뒤덮은 곰팡이와 이끼?

이상하게도 이 역에는 플랫폼의 북쪽 끝 우측 터널에 이끼가 집중되어 있었다. 그곳에는 이끼가 수면 위까지 뒤덮여 있었다. 이반은 무슨 일이 있어도 그쪽으로는 절대 가지 않으리라 다짐했다.

이반은 수차례 랜턴으로 천장을 비추어보아도 플랫폼에서 아무런 움직임이 포착되지 않자 등에 총을 둘러메고 가로대를 뛰어넘었다. 녹슨 가로대를 짚었던 장갑에 적갈색 철가루가 묻어났다. 역 전체가 녹슬어 허물어지고 있는 것이었다. 모든 것에는 끝이 있기 마련이다.

분명 이 역에도 사람들이 활기차게 살아가던 때가 있었을 텐데……. 불과 얼마 전까지만 해도 높은 천장에 나트륨 전등들이 걸려 있고, 그 불빛에 회색, 황색, 초록색 무늬가 섞인 대리석 기둥이 빛나고 있었다. 물론 군데군데 타일이 뜯어지고, 나트륨 전등들도 절반은 꺼져 있었지만, 그래도 아름다운 모습이었다. 그리고 플랫폼의 북쪽 끝에 있는 계단을 따라 올라가서 왼쪽으로 돌면 에스컬레이터가 세 개 있었다. 그 위에 있는 차단문은 잠겨 있었다. 예전에 이반이 확인해 본 곳이었다.

이 역에는 핀란드만(灣)의 짠 냄새가 느껴졌다. 예전에 프리모르스크 역에 사람들이 살던 때만 해도 싫지 않은 냄새였지만, 이제는 뭔가 역하고 죽음을 느끼게 했다. 거대한 회색 물고기와 몸체가 반투명한 괴물들이 우글거리는 죽음의 바다 냄새였다. 밤이 되면 핀란드만은 암흑천지가 되었다. 해가 떠오르는 낮 시간에도 개미새끼 한 마리 보이지 않았다. 사람들은 모두 사라져버렸다.

물론 어딘가에 누군가가 살아남았을지 몰라도 그 또한 머지않아 사라질 것이다.

이반은 맥없이 한숨을 쉬었다.

그는 창살 문 사이로 기어들어가 경사진 판자를 따라 올라갔다. 이반은 이 역에 사람들이 살던 때에도, 이후 사람들이 떠나간 후에도 이곳에 몇 번 들른 적이 있었다. 이반이 제대로 기억하는 것이 맞다면, 좁은 플랫폼의 우측 어딘가에 역무실 입구가 있을 것이다.

하지만 이반은 서두르지 않고 잠시 멈춰 섰다. 반드시 기억해야 하는 규칙들이 있기 때문이었다.

첫 번째 규칙은 모든 것이 변한다는 것이었다. 아주 짧은 시간에도 모든 것이 변할 수 있다.

두 번째 규칙은 변한 것들은 모두 위험하다는 것이었다.

이반은 플랫폼에 우뚝 서서 랜턴으로 주변을 비추며 살펴보았다. 터널 벽에 횅한 구멍을 남긴 채 떨어져 나온 대리석 조각들, 참호를 만들려고 쌓아두었지만 이제는 반쯤 썩어버린 모래주머니, 플랫폼에 고인 물웅덩이들…….

둥근 천장에는 익숙한 회색 이끼가 뒤덮여 있었다. 이반은 어쩐지 이끼가 약하게나마 형광(螢光)을 내는 것 같아 보였다.

'방사능인가? 그럴 리가 없을 텐데…….'

방사선량 측정기를 보아도 이 역의 방사능 수치는 그리 높지 않았다.

하지만 형광을 낸다는 것은 방사능의 영향을 받았다는 증거였다.

아무리 신이 보호를 해준다고 해도 늘 조심해야 하는 법이다.

분명 냄새가 느껴졌다.

이반은 한 걸음 물러나 배낭에서 방독면 GP-9을 꺼냈다. 거의 사용하지 않은 쓸 만한 상태의 방독면이었다. 아직 탄창도 두 개나 남았고, 방독면 정화필터도 스무 개씩 남아 있었다.

이런 상황에서 탄창이나 필터를 아낄 필요는 없었다. 민간용 방독면 GP-5에는 둥근 안면렌즈와 코끼리 코처럼 기다란 고무호스가 달려 있었지만, 방독면 GP-9에는 안면렌즈 대신 커다란 삼각유리가 부착되어 있었다. 덕분에 시야각이 좋았다. 그리고 방독면의 양 옆에 필터 구멍이 있어서, 편한 대로 왼쪽이나 오른쪽에 필터를 끼울 수 있었다. 제법 쓸 만한 물건이었다.

이반은 헬멧의 버클을 풀었다. 이반이 사용하는 다이오드가 새하얗게 되기 시작했다. 머지않아 꺼진다는 신호였다. 이제 비상용 랜턴을 켜고 다시 돌아가는 수밖에 없었다. 빌어먹을……. 이반은 무릎을 꿇고 앉아서 바닥에 침낭을 펼쳤다. 그는 침낭 위에 헬멧을 내려놓고 플랫폼 쪽으로 헤드

랜턴 불빛이 향하도록 방향을 돌려두었다.

이반은 턱을 잡아당기며 조심스럽게 방독면을 썼다. 그러자 숨쉬는 것이 버거워졌다. 숨을 들이마실 때마다 마치 터널 벽을 비집고 지하수가 새어 나오는 것처럼 쉬쉬거리는 소리가 났다. 방독면 필터를 통해 공기를 들이마시면 마치 소독약 같은 냄새와 맛이 느껴졌다.

필터에 붉은 표시가 보였다. 이곳의 공기에 에어졸과 방사능 먼지가 섞여 있다는 증거였다. 길어야 한 시간 반밖에 버틸 수 없는 상황이었다.

이반은 그 순간 방독면 필터가 위조품이 아니기만을 바랐다. 최근에는 메트로에서 온갖 위조품을 만들기 때문이었다. 예전에는 환각제인 '두르'를 위조하더니, 이제는 방독면 필터와 칼라슈니코프 총알을 위조했다. 형편없는 위조품들이었다. 예전에 누군가가 이반에게 연발총과 총알 50알을 사라고 권한 적이 있었다. 그리고 대형 산탄과 탄창도 권했다. 하지만 워낙 싼 값을 제안하는 것이 의심스러워서 꼼꼼히 총알을 살펴보았더니, 총알을 다시 메운 흔적이 보였다. 결국 이반은 그 물건들을 사지 않았다.

하지만 이반은 이제 와서 후회를 했다. 지금 상황에서 연발총이 있었더라면 유용했을 것이다. 어둠 속에 숨어 있는 놈을 향해 연발총을 갈기고, 산탄을 쏜다면 놈이 빠져나갈 구멍이 없었을 텐데 말이다. 이반이 갖고 있는 칼라슈니코프도 총신이 짧긴 해도 꽤 쓸 만하긴 했다. 하지만 사격을 하려면 어느 정도의 거리를 두어야 했다. 근거리에서 적을 공격할 경우, 조준할 필요 없는 치명적인 무기가 더 효과적이다.

이반은 방독면 필터가 위조품인지 아닌지 확인하기 위해 여러 번 깊이 숨을 들이마셨다. 다행히 위조품이 아니었다. 방독면의 조임 끈이 뒤통수를 조여서 머리가 아팠다. 방독면을 쓰기 전에 제대로 조정하지 않은 탓이었다. 하지만 그 정도는 견딜 만했다.

이반은 다시 헬멧을 쓰고 주위의 소리에 귀를 기울였다.

여기저기 물방울이 떨어지는 소리가 들렸다. 그리고 무언가가 바스락거렸다. 이반은 조금 전 플랫폼에서 보았던 쥐새끼일거라고 생각했다. 물방울이 수면 위로 떨어지는 소리가 메아리처럼 울렸다.

터널 안에 탁탁거리는 소리가 울렸지만 대수롭지 않게 여겼다. 늘 들었던 소리였기 때문이다.

예브팟 삼촌은 그 소리가 지상에서 가해지는 압력 때문이라고 했다. 예브팟 삼촌은 예전에 잠수함에서 근무한 적이 있었기 때문에 압력의 영향에 대해 잘 알고 있었다. 그 밖에도 예브팟 삼촌은 이것저것 아는 것이 많았다.

예를 들어, 대재앙인 핵전쟁이 왜 시작되었는지도 잘 알고 있었다. 물론 메트로에 사는 사람치고 대재앙이 왜 일어났는지 모르는 사람은 없지만 말이다. 다만 각자 생각하는 이유가 다를 뿐이었다. 나이 든 노인들은 모이기만 하면 핏대를 세우며 누구의 잘못으로 대재앙이 일어났는지 열띤 논쟁을 벌였다.

정답은 간단하다. 바로 나이 든 사람들의 잘못이다.

하지만 이제 더 중요한 것은 앞으로 어떻게 할 것인가이다.

메트로에는 동물원에서 탈출하여 지하로 숨어든 호랑이에 대한 소문이 나돈다. 놈이 운 좋게 메트로에 들어왔다는 것이다. 노인들은 줄무늬 호랑이가 지하철역과 선로를 뛰어다니다가 터널 안으로 사라지는 것을 두 눈으로 똑똑히 보았다고 말했다. 호랑이가 넵스키 대로 역을 향해 도망쳤다는 사람들도 있고, 페트로그라드 역 쪽으로 도망쳤다는 사람들도 있다. 하지만 이반은 모두 지어낸 얘기라고 믿었다.

그저 한낱 이야깃거리일 뿐이라고 생각했다.

바쟈닉 교수는 핵전쟁이 일어나기 전에 그가 잠시 머물렀던 스페인에 대한 이야기를 들려주었다. 이반은 그의 얘기도 지어낸 것이라고 생각했다. 이제 스페인도, 바르셀로나도, 생전 처음 듣는 안토니오 가우디라는 건축가가 지은 궁전들도, 함성을 지르던 스페인 사람들도 더 이상 존재하지 않는다. 러시아도 마찬가지였다. 페테르부르그의 황폐한 거리는 으스스하고, 선원들의 도시였던 크론슈타트 섬에는 망령들만 떠다닌다. 과거 웅장한 궁전과 드넓은 공원이 있던 차르스코예 마을도 기억 저편으로 사라져버렸다.

바쟈닉 교수는 예전에 고양이 그림이 그려진 '나비-나비'라는 막대사탕이 있었다고 말했다. 그리고 과거 사람들은 사진을 찍어줄 때 웃으라는 말 대신 이렇게 말했다고 한다.

"나비-나비라고 하세요!"

그의 말대로 하면 정말로 웃는 표정이 되긴 한다.

사탕 얘기와 더불어 하마에 대한 우스갯소리도 있다. 커다란 하마가 이렇게 말했다고 한다.

"내가 제일 좋아하는 사탕은 막대사탕이지."

이반은 쓴웃음을 지었다. 막대사탕 얘기도 스페인에 대한 얘기처럼 그저 이야깃거리일 뿐이다.

이반은 플랫폼을 둘러보았다. 이야깃거리와 달리 현실은 암담했다. 역은 이제 생기를 잃었다.

순간 이반의 등 뒤에서 으르렁거리는 소리가 들렸다. 이반은 온몸을 바르르 떨며 천천히 뒤돌아섰다. 그는 두려움에 숨이 멎을 것만 같았다.

그의 눈앞에 호랑이가 서 있었던 것이다.

어린 시절 백과사전에서나 보았던 호랑이가 실제로 나타난 것이었다.

거대한 흰색 호랑이가 위압적인 자태로 서 있었다. 호랑이의 초록색 눈동자에 랜턴 불빛이 반사되었다.

이반이 한낱 이야깃거리라고 치부했던 것이 현실로 나타난 것이다.

이반은 너무 놀라 아무 생각도 나지 않았다. 그 순간 플랫폼의 벽이 이반을 향해 무너지면서 그의 어깨를 내리치는 바람에 그는 그대로 진흙탕에 빠져버렸다. 방독면의 안면유리는 진흙범벅이 되었다. 그제서야 이반은 사태의 심각성을 깨달았다.

이반은 진흙탕에 쓰러진 채 생각했다.

'진짜 호랑이를 만나다니!'

방독면의 안면유리는 반쯤 흙탕물에 잠겨 있었다. 다행히 랜턴은 꺼지지 않았다. 바로 그때 얼핏 무언가의 다리가 보였다. 아니, 다리가 아닌 것도 같았다. 이반은 자신의 거친 숨소리를 들었다. 아직 자신이 숨을 쉬고 있다는 것이 천만다행이었다. 에어졸과 방사능 먼지를 거르는 방독면 필터가 물에 잠기자 더 이상 공기가 들어오지 않았다. 이반은 숨이 막히면서 정신이 아득해졌다.

그 순간 이반은 플랫폼의 벽이 무너진 것이 아님을 깨달았다.

놈이 이반을 덮친 것이었다. 쿵, 쿵, 쿵. 이반의 심장이 거칠게 뛰기 시작했다. 그는 여전히 진흙탕에 빠져 있어서 총을 꺼내 들 수도 없었다. 게다가 총이 이미 침수되었을지도 모를 일이었다. 제길!

아드레날린이 급속도로 분비되면서 이반의 심장은 세 배쯤 빠르게 뛰었다. 순간 희미한 랜턴 불빛에 뭔가가 보였다. 이반이 무언가의 다리라고 생각했던 것은 다리가 아니었다. 그것은 촉수였다. 창백하고 투명한 촉수는 마치 유리섬유처럼 자유자재로 구부러졌다.

이반은 자신도 모르게 벌떡 일어섰다. 그의 손에는 이미 총이 들려 있었다. 이반은 생각할 겨를도 없이 총을 쏘기 시작했다. 탕, 탕, 탕! 마치 철제 통에 못을 박는 것과 같은 소리가 울렸다.

수면 위로 총알이 빗발치자 놈의 투명한 촉수가 마치 뜨거운 것에 데인 것처럼 움츠러들었다. 이반은 다시 한 번 왼쪽 아래를 향해 칼라슈니코프 총을 조준하고 방아쇠를 당겼다. 그러자 놈은 슬로모션처럼 천천히 몸을 떨었다. 하나, 둘……. 이반은 잠시 기다렸다가 다시 총을 쏘았다. 탕! 최면에 걸린 듯 천천히 움직이는 놈의 촉수에 총알이 명중했다. 철퍼덕! 방독면의 고무호스처럼 길게 늘어진 놈의 촉수가 바닥을 치고 솟구치더니 순식간에 사라졌다.

'이런 젠장!'

이반은 총을 번쩍 쳐들어 어깨로 총의 개머리판을 지탱했다. 그러자 바로 눈앞에 조준경이 보였다. 이반은 침착하게 호흡을 가다듬으며 총을 쏠 태세를 갖추었다. 온몸의 혈관에 마치 염산이 흐르는 듯 뜨거웠다가, 순식간에 얼어버린 듯 오한이 느껴졌다. 거친 심장박동 때문에 오른쪽 관자놀이마저 쿵쿵거렸다.

쿵! 쿵! 쿵!

바로 그때 모퉁이에서 촉수가 불쑥 튀어나왔다. 이반은 기회를 노리며 기다렸다. 그의 심장은 더욱 거세게 뛰며 금방이라도 터져버릴 기세였다. 이제 기껏해야 탄창의 반 정도 남았으리라……. 이반은 처음부터 총알을 세지 않고 무턱대고 쏘아댄 자신을 원망했다.

놈은 이곳에 서식한 지 얼마 되지 않은 것 같았다. 바다에서 흘러들어 왔을까? 어쨌든 지금 상황에서 무작정 총을 쏘는 것은 무의미했다. 총자루에 절연테이프로 예비 탄창을 둘둘 감아두긴 했지만, 탄창을 교체하려면 적어도 몇 초가 걸릴 것이며, 그 사이에 놈의 공격을 받을 게 뻔했다.

어떻게 할 것인가?

이반은 조준경으로 놈의 촉수를 겨냥한 채 천천히 오른쪽으로 이동했다. 그가 총알을 맞혔던 촉수인지 또 다른 촉수인지조차 알 길이 없었다. 순간 이반의 머리 위에 중력이 커지는 것처럼 이상한 압력이 느껴졌다. 심지어 천장이 천천히 무너져 내리는 기분마저 들었다. 이반은 엄청난 압력을 느끼며 그대로 젖은 바닥에 눕고만 싶었다.

'빌어먹을!'

이반이 속으로 욕을 하며 정신을 차리자 그를 누르던 이상한 압력도 일순간에 사라졌다. 소위 말하는 사이코트로닉스의 영향이었던 것이다. 이반은 돌연변이들이 인간의 뇌를 지배하여 마치 토끼가 제 발로 보아뱀의 입 속으로 들어가듯 인간을 끌어당긴다는 얘기를 들은 적이 있었다. 넵스키 대로 역 출신 사람이 들려준 얘기였다. 그는 메트로 이곳저곳을 파헤치고 다녔던 사람이었기 때문에 종종 믿을 만한 얘기를 하기도 했다.

'나는 토끼도 기니피그도 아니다.'

이반은 정신을 바짝 차리고 오른쪽으로 이동하여 대리석 기둥 뒤로 몸을 숨겼다. 순간 조금 전까지 이반이 서 있던 자리에 촉수가 덤벼들었다.

'멍청한 놈은 아니군. 하지만 나도 제법 똑똑하거든. 어떻게 하면 놈을 잡을 수 있을까? 놈의 머리는 어디 있을까? 아마 놈의 어깨가 있는 곳에 머리도 있겠지. 그래, 논리적으로 생각해보자.'

이반은 최대한 조심스럽게 헬멧의 버클을 풀었다. 주황색 바탕에 회색 줄무늬가 있는, 지하철 건설 노동자들이 썼던 헬멧이었다. 이반은 공격 태세를 갖추었다. 촉수는 이반이 서 있던 곳의 벽을 장님처럼 더듬고 있었다. 장님이라……. 이반은 그런 비유조차 혐오스럽다는 듯 얼굴을 찡그렸다. 놈은 빛을 감지하고 움직이는 것 같았다.

이반은 헬멧을 바닥에 내려놓고 헤드랜턴을 켰다. 딸깍! 이반은 헤드랜턴 불빛이 기둥을 향하도록 방향을 돌려놓은 후 어깨로 총을 지탱한 채 천천히 오른쪽으로 걸음을 옮겼다. 한 걸음, 두 걸음. 촉수는 불빛이 비추고 있는 기둥을 더듬거리더니 순식간에 기둥의 타일을 잡아 뜯었다. 쨍그랑! 타일이 바닥에 떨어져 부서지는 소리가 들렸다.

촉수는 부르르 떨더니 다시 먹잇감을 찾아 더듬거렸다. 이반은 숨죽이고 기다렸다. 다행히 총을 지탱하고 있는 어깨가 아직은 아프지 않았다. 하지만 시간이 지나면 어깨가 욱신거릴 게 분명했다. 어쨌든 아직까지는 제대로 놈을 겨냥하고 있었다.

놈은 안달이 난 모양이었다. 모퉁이에서 천천히 또 다른 촉수가 모습을 드러내더니 첫 번째 촉수 쪽으로 움직였다. 이반은 아주 조금 몸을 움직였다. 이제 마지막 남은 힘을 모아 모퉁이까지 뛰어가서 놈의 몸통을 공격할 일만 남았다.

하지만 사방이 온통 어두워서 앞이 잘 보이지 않았다.

헬멧에 달린 헤드랜턴은 이미 촉수가 장악했으며, 그마저도 5분쯤 후에는 꺼질 것이었다. 운이 좋으면 10분쯤 버틸 것 같았다. 백열등과 달리 다이오드는 배터리 소모가 크지 않음에도 불구하고 벌써 불빛이 흐려지고 있었다.

일단 적기를 기다리는 수밖에 없었다.

돌연변이들은 반년 전부터 프리모르스크 역에 침입했다. 그전까지 프리모르스크 역에는 다른 역들과 마찬가지로 사람들이 살고 있었다. 핵전쟁이 있기 전까지 이 역에서부터 핀란드만과 제방 쪽으로 이어지는 터널과 그 너머 새로운 역을 건설 중이었다. 핵전쟁이 일어났을 때, 터널은 거의 완공되었지만 역의 건설은 시작조차 하지 못한 상태였다. 이후 터널 끝 쪽에서부터 바닷물이 새어 들어오기 시작했다. 이미 방사능에 오염된 물이었지만 다행히 방사능 수치가 위험한 수준은 아니었다. 하지만 터널의 수위가 점점 높아지기 시작했다.

그러면서 터널에 괴상한 해초들이 생겨나고, 얼마 후 돌연변이들이 나타난 것이었다.

초반에는 돌연변이들을 총으로 막을 수 있었다. 그때까지만 해도 돌연변이들은 빛조차 제대로 감지하지 못했기 때문이었다.

하지만 돌연변이들의 수가 급격히 늘어나고 수위가 점점 높아지면서 상황은 더욱 심각해졌다. 프리모르스크 역 주민들은 끝까지 자신들의 역을 지키려고 노력했지만 결국 그곳을 떠날 수밖에 없었다. 더 이상 버티는 것이 불가능했기 때문이다. 핵전쟁 이후 방사능에 오염된 바닷물은 그 실체를 알 수 없고 몹시 위험했다. 지구 상의 드넓은 바다 전체가 위험한 곳이 되어버린 것이다.

그 바다에 어떤 생물체들이 살고 있는지 누가 알겠는가?

지금 눈앞에 있는 징그러운 형체의 돌연변이 같은 것들이 수도 없이 많을 것이다.

이반은 여전히 촉수를 겨냥한 채 천천히 플랫폼 끝 쪽으로 이동했다. 촉수가 수 미터에 달하는 것으로 보아 놈의 몸집은 매우 거대하리라.

'어째서 나는 저놈을 호랑이라고 착각했을까? 이끼 때문일까? 놈의 촉수에서는 뭔가 코끝을 찌르는 단내가 난다. 마치 환각제인 두르처럼 그 단내가 환각작용을 일으키는 것인가? 그럴지도 모른다……. 방사능에 오염된 촉수에서 나오는 희미한 형광을 호랑이의 눈동자라고 생각한 것일까? 제길, 알 수 없는 일이다.'

이반은 혼자 수색을 나온 자신을 탓했다. 여러 명이 팀을 조직하여 함께 다니는 것이 일반적이었다. 사실 이반이 혼자 수색을 나온 이유는 따로 있었다. 뭔가를 찾기 위해서였다.

비교할 수 없이 귀중한 물건이었다.

원칙대로라면 당장 그곳에서 도망쳐야 했다. 만일 이반이 누군가와 함께 왔더라면 이미 후퇴했을 것이다. 무턱대고 위험을 무릅쓰는 것보다 수색대원들의 목숨을 구하는 게 급선무이기 때문이다.

하지만 지금 이반은 혼자다. 이반은 반드시 그 물건을 찾아내리라 다짐했다.

지금이 아니라면 기회는 없을지도 모른다. 그만큼 중요한 물건이었다.

이반은 다시 놈을 공격할 방법을 궁리했다.

한곳에 집중되었던 두 개의 촉수는 다시 갈라졌다. 그중 하나의 촉수가 기둥을 더듬으며 썩은 모래주머니 더미로 뻗어 나갔다. 그러더니 눈 깜짝할 사이에 모래주머니를 낚아채서 높이 들어올렸다.

주머니가 터지면서 모래가 쏟아지자 촉수는 잠시 움츠리는가 싶더니 모래주머니를 물웅덩이에 내동댕이쳤다.

또 다른 촉수는 갑자기 방향을 바꾸어 헬멧 쪽으로 향했다.

이반은 랜턴의 불빛이 희미해지는 것을 쳐다보았다. 조금 전보다 훨씬 희미해진 불빛을 보니 더욱 안타까웠다. 그가 몹시 아끼던 다이오드였기 때문이다. 이제 별수 없이 카바이드 랜턴을 써야만 했다. 이반은 바로 이런 상황을 대비해 무거운 카바이드를 짊어지고 왔다.

지금이야말로 카바이드를 써야 할 때였다.

그는 바닥에 한쪽 무릎을 꿇고 등에 총을 둘러멘 후 배낭에서 랜턴을 꺼냈다. 카바이드 랜턴의 구조는 매우 간단했다. 초소형 버너, 반사경, 부싯돌, 점화 휠, 물을 넣는 부분과 카바이드를 넣는 부분으로 구성된 플라스틱 통이 전부였다. 작동원리도 간단했다.

물을 넣은 부분으로부터 작은 파이프를 통해 물이 흘러나와서 카바이드를 넣은 부분에 물방울이 떨어지게 된다. 그러면 카바이드가 지지직거리는 소리를 내며 아세틸렌 가스를 내뿜는다. 이렇게 분출된 가스가 버너로 들어가서 점화를 하는 것이다. 준비된 랜턴은 압착기를 이용해 헬멧에 고정시키면 된다.

아세틸렌 가스는 폭발 위험이 있기 때문에 항상 헬멧에 부착하여 사용해야 한다.

이반은 배낭을 뒤져 카바이드가 들어 있는 비닐봉투를 찾았다. 묵직한 카바이드 봉투는 한 손으로 들어올리기 버거울 정도였다. 카바이드 300~400그램이면 랜턴을 대략 세 시간 정도 사용할 수 있었다. 만약의 경우를 대비해 예비품까지 챙겨왔던 터라 이반의 배낭에는 무려 7킬로그램의 카바이드가 들어 있었다. 수색을 다니면서 짊어지고 다니기에는 배낭이 꽤나 무거웠다. 그는 평상시 카바이드 랜턴을 주로 사용하지만, 이번 수색에서는 카바이드를 아끼기 위해 다이오드를 썼다. 다이오드 전지는 메트로 내에서 구하거나 지상에서 얼마든지 얻을 수 있었다. 그렇지 않으면 공과대학 역에서 생산하는 전지를 사도 될 일이었다. 물론 품질은 엉망이었지만 말이다.

다이오드와 달리 카바이드는 메트로에서 생산하지 못했다.

공과대학 역에서조차 화학산업을 부흥시키지 못하고 있는 실정이었다.

이반은 무거운 비닐봉투를 끄집어내서 꽁꽁 묶어둔 매듭을 겨우 풀기 시작했다. 장갑을 끼고 있어서 손가락이 마음대로 움직이지 않았지만 마침내 매듭을 풀었다. 이제 간단한 작업만 남았다.

이반은 봉투에 들어 있던 카바이드를 꺼냈다. 그의 젖은 장갑에 닿은 카바이드가 지지직거리는 소리를 냈다. 그는 플라스틱 통에 카바이드를 채워 넣은 후 급수량을 조절했다. 카바이드 위로 물방울이 떨어지기 시작하자 지지직거리는 소리가 점점 커졌다.

이반은 점화장치를 켰다. 서서히 불꽃이 일어나더니 순간 불꽃이 아주 격렬하게 피어올랐다. 이반은 자신도 모르게 한 걸음 뒤로 물러섰다.

그는 얼른 촉수의 반응을 살폈다. 두 개의 촉수는 강렬하고 따뜻한 불빛을 감지하고는 그 자리에서 꼼짝하지 않더니 금세 적응한 듯 다시 서서히 움직이기 시작했다.

이반은 더욱 침착하게 움직여야만 했다.

이반은 한쪽 손으로 랜턴을 쥐고, 또 다른 손으로 카바이드 봉투를 든 채 플랫폼 끝 쪽으로 뛰어가 고개를 숙였다. 휙! 순간 그의 머리 위로 투명한 촉수가 지나갔다. 이반은 헬멧도 쓰지 못하고, 양손에는 랜턴과 카바이드를 들고 있어서 방어할 수조차 없었다.

이반은 반대쪽으로 몸을 틀었다. 그러자 촉수는 다이오드 랜턴이 달린 헬멧을 낚아채더니 돌 바닥에 질질 끌었다. 끼리릭, 끼리릭……. 이반은 제발 헬멧이 망가지지 않기만을 바랐다.

이반은 왼손으로 랜턴을 쥐고 플랫폼 바닥에 바짝 엎드려 모퉁이 너머를 들여다보았다.

징그럽고 혐오스러운 놈의 몸통이 보였다.

이반은 너무 놀라 자신의 눈을 믿을 수가 없었다.

예전에 안짱다리인 코솔라프와 지상에 수색을 나갔을 때 비슷한 형체의 돌연변이 괴물을 본 적이 있었다. 두 사람을 비롯한 수색대원들은 해안가를 수색하고 있었다.

그곳에는 사람들의 유골이 즐비했다.

수색대는 해안가를 잠시 살펴본 후 다시 철수하려고 했다. 그 누구도 바닷속을 수색할 엄두를 내지 못했지만 언제나 무모한 행동을 서슴지 않던 코솔라프가 혼자 바닷물에 뛰어들었다.

신기하게도 그는 항상 재수가 좋았다. 그날도 그는 검은 파도를 헤치고 멀쩡하게 물 밖으로 나왔다. 그런데 멀리 댐 근처에서 뭔가 거대한 생명체가 검은 물보라를 일으키기 시작했다. 먹잇감을 씹고 있는 것 같기도 하고, 다른 생명체와 엉켜 있는 것 같기도 했다. 이반은 그날 물에서 올라와 함박웃음을 짓던 코솔라프의 모습을 생생히 기억하고 있었다.

그는 억세게 운이 좋은 사람이었지만 결국 귀환하던 중 그의 행운도 끝나버렸다.

모퉁이 너머에 있던 놈의 몸통은 거대했다. 잠수함처럼 유선형으로 생긴 몸통은 2미터가 족히 넘는 것 같았으며, 살갗이 투명하여 내장이 훤히 들여다보였다. 녹색의 아가미, 뇌인지 무엇인지 모를 연한 핏빛의 신경세포들, 어지럽게 뒤엉킨 누런 창자들이 보였다. 되는 대로 갖다 붙여놓은 듯한 놈의 몸통을 보니 이반은 속이 메슥거렸다. 투명한 몸통에 매달린 수십 개의 촉수는 쉴 새 없이 움직였다. 아주 거대한 접시에 국수를 끓여서 물웅덩이에 부어놓은 듯한 광경이었다.

예브팟 삼촌은 빛이 들지 않는 깊은 바닷속에 투명한 물고기들이 산다고 말한 적이 있었다. 이반은 돌연변이를 쳐다보며 속으로 생각했다.

'심해에서 살면 될 것이지 무엇을 찾아 메트로에 기어들어 온 것일까? 인간들이야 살기 위해 메트로에 숨어들었다지만, 이 돌연변이들은 무엇을 위해 이곳에 온 것일까? 메트로를 노아의 방주쯤으로 생각하는 걸까?

빌어먹을 돌연변이들!'

놈의 머리에 달린 붉은 눈동자는 사시처럼 양옆을 살피고 있었다. 이반은 놈의 태연한 눈동자가 마치 자신을 조롱하는 것 같았다.

카바이드 랜턴의 불빛이 돌연변이의 몸통을 비추자 놈은 뜨거운 물에 데인 것처럼 온몸을 부들거렸다. 동시에 불빛을 찾기 위해 놈의 촉수가 사방으로 뻗어 나왔다.

돌연변이는 물웅덩이에서 몸통을 반쯤 일으켜 세웠다. 이반은 드디어 때가 왔다고 생각하며 카바이드 봉투를 놈에게 힘껏 내던졌다. 그러자 카바이드가 물웅덩이로 쏟아지면서 지지직거리는 소리를 내며 타기 시작했다. 마치 거대한 냄비에 수프를 끓이는 것처럼 보였다. 순식간에 연기가 사방을 뒤덮었다.

이반은 서둘러 그 자리에서 물러났다. 아세틸렌 가스가 더 많이 분출되면 머지않아 불이 붙을 것이기 때문이었다.

어쩌면 폭발할지도 모를 일이었다.

'폭발할 만큼 카바이드가 충분했을까? 제길!'

이반은 촉수를 피해 바닥에 엎드려 몸을 굴렸다. 카바이드가 지지직거리며 타는 소리가 점점 크게 들렸다. 금방이라도 폭발할 것 같았다.

이반은 카바이드 랜턴을 들고 헬멧을 향해 뛰었다. 촉수를 뛰어넘고 마침내 헬멧을 손에 쥐었다. 그는 있는 힘껏 점프하여 기둥에 매달렸다. 하지만 기둥의 표면이 미끄러웠던 탓에 그는 도로 떨어져버렸다. 다행히 랜턴은 무릎으로 받쳐서 떨어지지 않았지만 무릎관절이 욱신거렸다. 이반은 아세틸렌 연기가 자욱한 쪽을 돌아다보았다.

그 순간 뭔가가 그의 어깨를 낚아챘다.

'젠장!'

마치 뜨겁게 달군 쇠꼬챙이로 어깨를 찌르는 듯한 통증이 느껴졌다. 이 반은 서둘러 어깨를 잡아당기며 도망쳤다. 철커덕! 총이 바닥에 떨어졌다. 그러자 촉수는 다시 이반을 낚아채서 기둥에 떠밀고는 천천히 그의 몸을 누르기 시작했다.

이반은 자신이 들고 있던 카바이드 랜턴과 촉수를 번갈아 보며 생각했다.

'맛있는 사탕 하나 줄까? 자, 받아라!'

이반은 사력을 다해 기둥에서 빠져나온 후 온몸의 무게를 실어 터널 쪽으로 있는 힘껏 랜턴을 던졌다.

하지만 촉수가 다시 이반의 몸을 낚아채서 가슴팍을 조이기 시작했다.

순간 머리가 핑 돌며 숨이 턱 막혔다. 황폐한 프리모르스크 역이 눈앞에 가물거렸다. 이대로 끝이라는 것을 믿을 수가 없었다. 귀가 먹먹해지며 아무 소리도 들리지 않았다.

그때 이반의 눈에 포물선을 그리며 장엄하게 터널 쪽으로 날아가는 랜턴이 보였다. 랜턴이 바닥에 떨어지는 순간 이반은 눈을 감았다.

'이제 모두 끝이다……'

펑!

이반의 얼굴에 뜨거운 물이 튀었다.

그가 다시 눈을 떴을 때 이미 상황은 종료되었다. 사방에는 연기가 자욱하고, 귀는 여전히 먹먹했으며, 가슴팍은 망치로 얻어맞은 것처럼 욱신거렸다.

이반은 고개를 떨구었다. 몸통에서 잘려 나온 촉수가 그의 발아래에서 움찔거렸다.

'더럽고 추악한 괴물!'

이반은 방독면을 벗고 숨을 들이마셨다. 순간 역한 냄새가 코를 찌르며

마치 누군가가 주먹으로 얼굴을 때린 듯한 기분이 들었다. 동시에 혀끝에
는 타는 고무를 씹은 듯한 역한 맛이 느껴졌다. 이반은 얼굴을 잔뜩 찡그
리며 침을 뱉었다. 그는 자신의 몸을 살펴보았다. 다행히 팔다리도 멀쩡했
다. 다만 얼굴이 후끈대고 머리가 깨질 듯이 지끈거렸다.

이반은 주변을 두리번거렸다.

헬멧에 달린 헤드랜턴은 여전히 켜져 있었다. 앞으로 몇 분 더 랜턴이
버틸 수 있다는 의미였다. 이반은 일산화탄소를 들이마시지 않기 위해 숨
을 참으며 서둘러 헬멧을 주워 들었다. 그리고 그 옆에 떨어져 있던 총을
집었다. 이반은 그곳에서 조금 물러난 후에야 숨을 몰아쉬며 헬멧을 썼다.
그는 물웅덩이에 빠졌던 총에서 탄환을 꺼낸 후 물을 쏟아냈다. 침수되었
던 총을 다시 손질하고 탄환을 말려야 했다. 그나마 칼라슈니코프는 손질
하는 것이 어렵지 않았다. 이반은 만약을 대비하여 새 탄창으로 갈아 끼운
후 총의 안전장치를 풀어두었다.

'빌어먹을! 더러운 놈을 해치우느라 카바이드 랜턴을 버리다니! 다이오
드 랜턴도 곧 꺼질 텐데……. 어서 서둘러야 해.'

이반은 모퉁이 너머를 쳐다보았다. 천장이 부서지고, 이끼가 뒤덮였던
대리석 기둥은 검게 그을려 있었다. 물웅덩이에서는 여전히 연기가 피어
올랐다. 돌연변이의 시체는 불에 타서 뒤범벅이 되어 있었다. 아세틸렌 버
너의 불꽃은 금속도 절단할 수 있을 만큼 온도가 매우 높았다. 이반은 시
간을 허비하지 않기 위해 서둘러 움직였다. 그는 플랫폼 끝에서 우측으
로 방향을 틀었다. 'V2-PIIA'라고 적힌 녹슨 문이 보였다. 이반은 총을 치
켜들고 문의 손잡이를 잡아당겼다. 그러자 녹슨 문이 끼익하며 천천히 열
렸다.

방 안에는 아무도 없었다.

이반은 조심스럽게 안으로 들어섰다. 역의 귀빈실이었던 곳을 이후에 사령관실로 사용했던 방이었다. 방 한쪽 구석에 습기로 뒤틀린 책상이 놓여 있었다. 책상 위에는 곰팡이가 잔뜩 낀 서류들이 쌓여 있었다. 여유가 있었더라면 이반은 그 서류들을 뒤적여보았겠지만 지금은 그럴 겨를이 없었다. 이반은 랜턴으로 다른 곳을 비췄다. 벽면에 '흡연구역'이라는 안내판이 보였다.

'그래, 여기서 조금 더 떨어진 곳이었어. 회색 철제 선반이 있었는데…….'

이반은 마침내 철제 상자를 찾았다. 과거 민방위용품을 보관하던 상자 같았다. 낡아서 군데군데 찢긴 초록색 상자였다. 이반은 손으로 뚜껑을 열어보려고 시도했지만 꿈쩍도 하지 않았다. 그는 다시 총의 개머리판으로 상자의 걸쇠를 내리쳤다. 그러자 뚜껑이 열렸다.

'역시 예상대로군!'

이반은 상자 안에 들어 있던 물건을 꺼내어 가만히 들여다보았다. 다이오드 랜턴이 꺼져간다는 사실조차 잠시 잊어버릴 정도로 아름답고 소중한 물건이었다.

2 ←

선물
ПОДАРОК

바실리섬 역의 초소까지 50미터쯤 남았을 무렵 배터리가 완전히 방전 되었다. 깜박거리던 랜턴 불빛의 잔상이 눈에 어른거렸다. 이반은 어둠 속에서 멀리 어렴풋이 보이는 초소 불빛을 응시하며 걸음을 옮겼다. 얕 게 고인 물웅덩이를 첨벙거리며 걸어가는 발자국 소리가 메아리처럼 울 렸다.

이반은 초소에 거의 다다랐다. 하지만 보초병은 졸고 있었는지 뒤늦게 야 누군가가 다가오고 있다는 것을 눈치챘다. 보초병은 황급히 서치라이 트를 비추며 소리쳤다.

"거기 누구야? 멈춰!"

이반은 반사적으로 몸을 수그리며 팔꿈치를 들어 눈을 가리고 혼잣말 로 욕설을 했다.

"이런 멍청이!"

과열된 불빛에 서치라이트 유리가 금방이라도 깨질 것처럼 딱딱거리는 소리를 냈다. 그 소리가 마치 캔 따개로 통조림을 따는 것처럼 들리고, 서치라이트 불빛이 이반의 온몸을 파헤치는 기분이 들었다.

"아군이야!" 하고 이반은 소리쳤다.

그러나 파이프로 만든 받침대 위에 놓인 기관총이 이반의 목덜미를 겨냥하고 달가거리는 쇳소리를 내며 발사 태세를 갖추었다.

서치라이트 불빛은 눈이 아플 정도로 눈부셨다. 이반은 손으로 눈을 가린 채 실눈을 뜨고 천천히 뒤돌아섰다. 하지만 무자비한 서치라이트 불빛은 여전히 그의 몸을 관통하고 있었다. 마치 이반의 옷과 살갗을 뚫고 미세한 섬유조직과 세포, 적혈구, 뼈 등 온몸을 샅샅이 비추고 다시 눈을 찌르는 것 같았다. 이반은 눈꺼풀이 화끈거렸다.

"당장 쏴버리겠다!"

기관총을 장전한 보초병이 소리쳤다. 금방이라도 성대가 찢어질 듯한 목소리였다. 그제서야 이반은 예피미뉴크가 보초를 서고 있다는 것을 알아차렸다.

"멈춰!" 하며 이반은 갑자기 명령조로 말했다.

"암호를 대겠다. 알겠나? 암호는 '결혼식'이다."

그러자 보초병은 몇 초간 아무런 반응도 하지 못했다.

짧은 순간이었지만 이반은 등줄기에 식은땀이 흐르는 것 같았으며, 머릿속으로 예피미뉴크에게 총을 쏘는 상상을 열 번도 넘게 했다. 예피미뉴크를 쏴버리기에 아주 적절한 순간이라는 생각마저 들었다. 사실 이반은 예전에도 정신이상자에게 초소를 맡기지 말자고 여러 번 말한 적이 있었다. 하지만 그때마다 상부에서는 인력이 부족하니 어쩔 수 없다는 반응을 보였다. 이반은 포스트쉐프가 그렇게 말했던 것을 기억해냈다.

'저 정신이상자가 나를 쏘면 앞으로 인력이 더 부족해지겠지. 저 놈이 미쳐서 총을 발사하면 내 몸은 갈기갈기 찢기겠지.'

12.7mm NSV 기관총은 과거 군대에서 사용하던 총이었다. 어떤 대상이든 누더기로 만들어버릴 정도로 화력이 엄청났다.

이반은 예피미뉴크가 정신을 차릴 것이라고 기대하지는 않았지만 지푸라기라도 잡는 심정으로 다시 한 번 말했다.

"암호는 '결혼식'!"

하지만 또 다시 침묵이 흘렀다.

잠시 후 보초병인 예피미뉴크가 물었다.

"그럼 너는 누구냐?"

"신랑!" 하고 이반이 대답했다.

몇 초 간 다시 침묵이 흐른 후 보초병이 쯧쯧거리며 혀를 차고, 기관총을 치우는 소리가 들렸다.

"이반이에요?"

이반은 당장이라도 욕을 퍼붓고 싶었지만 그럴 힘조차 남아 있지 않았다.

"그래, 나야."

"이런!" 하고 예피미뉴크가 한숨을 쉬었다.

'내가 하고 싶은 말이다!' 이반은 혼자 생각했다.

"일단 서치라이트부터 꺼! 눈이 멀 지경이야."

온몸이 진흙투성이가 된 이반은 터벅터벅 초소로 걸어가서 예피미뉴크를 쳐다보며 물었다.

"순찰대장이 누구야? 왜 혼자서 보초를 서고 있지?"

"순찰대장? 아, 그게…… 접니다."

"뭐라고? 순찰대장이 누구라고?" 이반이 윽박지르자 예피미뉴크는 눈도 마주치지 못한 채 웅얼거렸다.

"제 상관인 사조노프가 순찰대장입니다. 아까 기관총을 겨냥한 것은 정말 죄송합니다, 대장님. 제가 악의로 그런 것은 절대 아닙니다. 사조노프도 조금 전까지 여기 있었는데, 후방에서 잠시 호출을 하는 바람에……."

"누가 그를 호출했나?"

"제가 고참도 아닌데 어떻게 알겠습니까?"

"아주 제멋대로군! 내가 직접 알아보겠네." 하며 이반이 예피미뉴크를 떠밀자 그는 참호 위에 쌓아둔 모래주머니 위로 맥없이 쓰러졌다.

이반은 바실리섬 역의 플랫폼 불빛을 향해 걸어갔다. 바실리섬 역은 폐쇄형이라서 밤에는 두 개의 문을 제외한 모든 문을 차단했다. 하나는 왼쪽 길로, 또 다른 하나는 오른쪽 길로 통하는 문이었다. 가끔은 멀리 프리모르스크 역 근처에 있는 플랫폼까지 보초병을 보내기도 했다. 그곳은 승객들을 위한 게 아니라 지하철을 관리하기 위해 만든 곳이었다. 특히 핀란드 만에 수초가 잔뜩 뒤덮이는 시기에는 터널을 통해 알 수 없는 생명체들이 습격하는 것을 막기 위해 비상근무에 돌입했다.

하지만 오늘은 비상근무도 아니었다. 그럼에도 불구하고 터널의 보초가 느슨해진 것이었다. 이런 상황을 가리켜 디거(digger)들은 '보 현상'이라는 은어를 썼다. 메트로에서 '디거'란 수색대원을 의미했다. 보 현상은 어떤 무리의 책임자가 어이없는 실수를 했을 경우에 흔히 쓰는 말이었다.

사조노프는 꽤 연륜 있는 대원이었다. 이반은 그가 이런 실수를 했다는 것을 이해할 수 없었다. 그도 정신이 해이해진 모양이었다.

바실리섬 역은 화려하고 아름다운 역은 아니었다. 높은 천장에 묵직한 청동 전등이 매달려 있고, 기둥에는 화려한 장식이 그려져 있으며, 플랫폼에 스탈린 양식의 장식들이 걸려 있는 보스타니예 광장 역과는 천지 차이였다. 해군 역과 넵스키 대로 역의 이웃 주민들은 바실리섬 역을 허물없이

'바시카'라고 불렀다. 사람들은 바실리섬 역이 기근, 혹한, 돌연변이들의 습격을 견뎌내고, 수호자들이 자신의 욕망을 억누르며 살아가는 혹독한 곳이라고 생각했다. 말하자면 페테르부르그의 요새와 같은 곳이라고 여겼던 것이다.

이반은 유일하게 열려 있는 문을 통과하여 플랫폼으로 향했다. 다른 문들은 만약의 사태를 대비해 잠갔다. 역으로 이어지는 길에 환풍기 돌아가는 소음이 울려 퍼졌다. 지상의 공기를 압축시키는 필터에서 들리는 소음이었다. 바실리섬 역 중앙 플랫폼의 조명은 이미 오래전에 꺼져버렸다. 중앙 플랫폼의 조명을 밝히고 있는 역은 고작 세 군데밖에 없었다. 엄밀히 말하자면 세 군데가 아니라 한 곳이었다. 어쨌든 바실리섬 역의 중앙 플랫폼 조명은 꺼져버렸지만 다행히 공기정화시스템과 지하수 배수펌프는 여전히 작동했다. 이러한 시스템을 유지하는 비용도 만만치 않았다.

공과대학 역 사람들이 꽤 비싼 대가를 요구했기 때문이었다. 하지만 선택의 여지가 없었다.

비싼 대가를 치르는 대신 터널 안은 습하지 않았으며, 밤새 모든 문을 차단하고 폐쇄된 상태에서도 공기가 희박하지 않았다.

이반은 플랫폼의 희미한 불빛에도 눈을 찡그렸다. 어둠에 익숙해진 탓이었다. 그의 눈앞에 불빛의 잔상이 어른거렸다.

역 안은 한밤중이었다. 발전실에 있는 디젤발전기로 밝히는 전등들도 밤에는 모두 꺼져 있었다. 대신 축전지로 전원을 공급하는 희미한 전등 몇 개만 켜져 있었다. 플랫폼 입구에 걸린 색색의 조그만 전구들이 마치 중국의 오색등처럼 여겨졌다. 오히려 그 덕분에 밤이면 바실리섬 역이 편안하게 느껴지기도 했다. 가장 평온한 시간이었다.

어른들이 코를 골거나 기침을 하는 소리와 아이들이 쌔근쌔근하는 소리가 들렸다. 그리고 주변에는 빨간색, 파란색, 노란색의 전구들이 희미한 불빛을 비추고 있었다.

이반은 밤마다 역의 대부분을 차지하는 막사들 사이의 좁은 통로를 지나갔다. 과거 페테르부르그의 넵스키 대로처럼 이 좁은 통로가 바실리섬 역의 메인 스트리트였던 것이다. 낮에는 막사를 치우고 일을 하기도 하고, 휴일이나 명절이 되면 그곳에 모여 놀이를 하기도 했다. 역의 남쪽 끝에 세워진 철제 격자문 너머에는 가축농장이 있었다. 이따금씩 코를 찌르는 고약한 냄새가 플랫폼까지 퍼지기도 했다.

막사들 중 한 곳에는 네 살 이상의 아이들이 자고 있었다. 그곳은 일종의 유치원이었다.

이반은 누덕누덕 빛바랜 헝겊을 덧댄 막사 옆을 지나갔다. 사람들의 코 고는 소리, 새근새근 대는 소리, 기침소리가 들리고, 누군가 돌아누우며 잠꼬대하는 소리도 들렸다. 정겨운 바실리섬 역의 모습이었다.

'다시 아침이 되면 막사를 치우고 테이블을 갖다 놓겠지? 내일이면 모두 잠에서 깨어 활기찬 하루를 시작할 거야.'

이반은 이런저런 생각을 하며 에스컬레이터로 이어지는 아치에 걸린 시계를 쳐다보았다. 4시 23분. 아침이 되려면 아직 세 시간이 남아 있었다.

이반은 오늘 하루 꽤 오랫동안 수색을 다녔다. 그래서인지 온몸이 땅으로 빨려 들어가는 기분마저 들었다. 이반은 쏟아지는 잠을 떨치려고 고개를 들었다.

당장이라도 자고 싶었지만 우선 군장을 반납하고 씻어야 했다.

"대체 어딜 다녀온 거야?"

바실리섬 역의 군장 관리소와 보건소의 책임자인 까쨔가 실눈을 뜨며 물었다.

"좋은 질문이야. 그런데 내 몰골을 보고도 모르겠어?" 이반은 방사능보호복의 단추를 풀며 대답했다. 일명 '알라딘'이라 불리는 방사능보호복 L-1은 아주 귀한 물건이었다. 어떤 곳에서는 보호복 없이 단 한 발자국도 움직일 수 없었다.

"온통 진흙투성이잖아. 쓰레기더미를 뒤지는 부랑자들도 이보다는 나을 거야."

이반은 방사능보호복과 잔뜩 더러워진 고무장화를 철제 빨래통에 던져 넣었다. 이제 양말만 벗으면 끝이었다. 이반은 둘둘 말린 양말을 펼치다가 코를 찌르는 냄새에 얼굴을 찡그리며 고개를 돌렸다. 양말을 벗고 나니 땀에 찌든 발이 그제서야 숨을 쉬는 것 같았다. 이반은 양말도 집어넣고는 얼른 빨래통의 뚜껑을 닫아버렸다.

"어딜 갔다 왔길래 이 모양이야?"

까쨔는 이반이 지나갈 수 있도록 비켜서며 물었다. 졸린 듯한 표정으로 퉁명스럽게 말하는 그녀의 모습은 더욱 아름다웠다. 사실 그녀는 화를 낼 때가 더 매력적이었다.

"어디 갔다 온 것 같아 보여?"

이제 군장을 반납하고 장부에 내역을 기재할 순서였다. 이반의 군장 중 일부는 개인소유였지만 일부는 역 공동소유였다. 이반은 끙끙대며 얇은 스웨터를 벗으려다가 자신도 모르게 오른쪽 옆구리를 부여잡았다. 이반은 고통스러운 표정으로 얼굴을 찡그렸다. 갈비뼈를 다친 모양이었다. 그러자 까쨔가 얼른 다가와 스웨터를 벗겨주었다.

'역시 여자들이란…… 이 세상의 모든 고양이들도 구해줄 정도로 모성애가 강한 존재야. 어쩌면 호랑이도 구해줄 수 있을 걸?' 하고 이반은 까쨔를 보며 생각했다.

"몸싸움이라도 한 거야?"

까쨔는 거리낌없이 이반의 가슴팍을 눌러보며 물었다. 이반은 밀려드는 통증 때문에 이를 꽉 깨물며 얼굴을 찡그렸다.

"여기가 아파?"

그녀의 목소리에서 왠지 사디즘이 느껴졌다.

"그럼 여기는?"

그녀가 다시 다친 부위를 찌르자 이반은 반사적으로 상체를 웅크리며 신음했다. 어깨뼈 근처에 공기가 들어가면서 송곳으로 찌르는 듯한 통증이 느껴졌던 것이다. 이반은 고개를 내저으며 고통스러워했다.

"어디를 다쳤는지 이제 알겠어. 치료해야 할 것 같아."

까쨔는 작은 대야와 거즈를 가져왔다. 이반이 상체를 일으키며 입을 열자 그녀는 허리춤에 손을 얹고 이반을 흘깃 노려보며 말했다.

"또 그 재미없는 하마의 막대사탕 얘기를 하려는 거라면 그만둬. 안 그러면 이 대야로 머리를 때려줄 거야. 알겠어?"

그녀는 찢어지고 긁힌 상처들을 치료한 후 대야를 가지고 나갔다. 잠시 후 그녀는 이반에게 마실 것을 가져다 주었다. 그는 네모난 컵에 든 물을 단숨에 들이켜고는 다시 한 컵을 더 받아 마셨다. 그제서야 이반은 타는 가슴이 진정되었다. 까쨔도 더 이상 이반을 노려보지 않았다. 이반이 세수를 하는 동안 그녀는 깨끗한 옷을 가져와 이반의 침상 위에 내려놓았다. 그러더니 그녀는 갑자기 생각이 났다는 듯 아주 태연하게 물었다.

"내일인가?"

"너는 정말 아름다워." 하며 이반은 뜬금없이 말했다. 그러자 까쨔가 그를 쳐다보았다. 이반은 다시 말을 이었다.

"그리고 너는 현명해. 우리도 잘 될 수 있었을 텐데……."

"하지만 잘 되지 않았지. 이봐, 오디세우스, 마지막으로 한 번만 안아줘." 하며 까쨔가 한숨을 쉬었다. 그러자 이반이 고개를 저으며 대답했다.

"아니야. 미안하지만 너를 안아줄 수 없어."

"왜?"

이반은 까쨔의 얼굴에 흘러내린 머리카락을 치워주고 살짝 윙크를 하며 말했다.

"난 이미 결혼한 것이나 다름없으니까. 멍청한 짓이지? 그렇지?"

이반은 그녀를 가까이 끌어당겨 얼굴을 올려다보며 물었다.

"아니. 너는 정말 나쁜 사람이지만 세상에서 가장 행복한 사람이기도 해. 너는 그녀에게 정말 잘 해야 해. 그런 그녀를 만나게 해 준 신에게 감사해야 해, 이 멍청이! 무슨 말인지 알겠어?"

"그래."

어둠 속에 칸막이 너머로 사람들의 코 고는 소리가 들렸다. 잠시 후 입구에 걸린 전등의 색깔이 바뀌었다. 미리 맞춰둔 타이머가 작동한 것이었다. 빨간색 전등이 켜지자 막사 안은 핏빛으로 물들었다.

"까쨔, 너는 나의 시바의 여왕이자 유디트야."

"아첨쟁이. 네가 성경을 제대로 읽었다는 것은 내가 잘 알지."

그녀는 고개를 돌리고 구급약통을 뒤적이더니 붕대를 꺼내며 말했다.

"팔을 들어봐."

"나는 성경뿐만 아니라 여자에 관한 이야기는 뭐든지 잘 기억하거든."

까쨔는 자신도 모르게 피식 웃었다. 그녀는 이반의 갈비뼈에 붕대를 감고 매듭을 묶어주었다. 그러고는 괜스레 약통을 뒤적거렸다. 막사 안에 어색한 침묵이 흘렀고 긴장감이 돌았다.

"그럼 그녀는?" 하고 마침내 까쨔가 용기를 내서 물었다.

"무슨 뜻이야?"

"성경의 인물들과 비유한다면 그녀는 너에게 있어서 어떤 존재야?" 하며 까쨔가 이반을 똑바로 쳐다보며 말했다.

그러자 이반은 덤덤하게 대답했다.

"내 아내가 될 사람이지."

순간 까쨔의 어깨가 들썩였다. 이반은 그녀가 기침을 참는 것인지 흐느끼는 것인지 알 수 없었다. 그녀는 잠시 자리를 비웠다가 작은 약통을 들고 왔다. 약통에는 이미 굳어버린 노란 연고가 들어 있었다.

"멍청이, 운이 좋은 줄이나 알아. 고개 들어봐!"

이반은 고개를 들었다. 그 순간 까쨔의 눈동자에서 터널을 뛰어가는 하얀 호랑이가 보였다. 이반은 놀라서 눈을 깜박거렸다. 그러자 허상은 사라졌다.

까쨔는 이반의 이마에 냄새가 고약하고 차가운 연고를 발라주었다. 가까이 다가선 그녀의 콧바람이 이마에 닿자 간지러운 느낌이 들었다.

순간 이반의 코앞에 그녀의 붉은 입술이 가까이 다가왔다.

"이반! 내가 뭘 가져왔는지 봐!" 하며 파벨이 막사 안으로 뛰어들어왔다. 파벨은 두 사람을 보더니 그 자리에서 굳어버렸다. 이반과 까쨔도 흠칫 놀라 서로에게서 물러섰다. 파벨은 두 사람 사이를 지나 들고 있던 나무통을 테이블 위에 쿵 하고 내려놓았다. 일순간 어색한 정적이 흘렀다. 파벨은 두 사람을 번갈아 쳐다보며 말했다.

"이반, 면상은 왜 그 모양이야?"

"파벨! 최소한 노크는 하고 들어와야지!" 까쨔가 화를 냈다.

파벨은 알겠다는 듯 성의 없이 손을 내저었다.

이반은 손으로 자신의 이마를 어루만졌다. 여전히 통증이 느껴졌다. 분명 헬멧의 안면창을 닫고 있었는데도 상처가 나다니…….

"화상을 입었어."

"뭐? 정말이야? 아니, 어쩌다 화상을 입은 거야?"

파벨은 알 수 없다는 표정을 지으며 물었다. 하지만 이반은 자세한 얘기를 하자면 시간이 너무 오래 걸릴 것 같아서 간단히 대답했다.

"뭐, 어쩌다 보니 이렇게 됐어. 카바이드 랜턴이 깨지는 바람에 화상을 입었어."

이반의 대답도 거짓말은 아니었다.

"정말?" 하며 파벨은 두 팔을 흔들며 과장된 제스처를 취하더니 다시 표정을 바꾸며 물었다.

"그럴 수도 있지. 그런데 어쩌다가? 방금 까쨔와 그랬던 것처럼 카바이드 랜턴에 키스라도 한 거야?"

그러자 까쨔가 발끈하며 소리쳤다.

"파벨!"

"내가 뭘?" 하며 파벨은 억울하다는 표정을 지었다.

사실 파벨과 까쨔는 늘 의견충돌이 잦았다. 예전에 이반과 까쨔가 연인 사이였을 때도 그랬다. 하지만 희한하게도 이반이 따냐와 사귀기 시작한 후부터 파벨은 까쨔에게 무례하게 굴지 않았다. 따냐와 오래전부터 알고 지내는 사이였지만, 그녀에게 별다른 관심을 갖지 않았다. 하지만 코솔라프가 어이없이 죽은 후로 상황이 달라졌다.

이반은 자리에서 일어나 갈비뼈에 감긴 붕대를 만져보았다. 여러 번 빨아서 사용한 흔적이 있는 노랗게 빛바랜 붕대였다. 메트로에서는 이렇게 죄다 재활용을 하고 있었다. 이반은 예전에 바쟈닉 교수가 했던 말이 생각났다. 중세시대 병원에서는 혈흔과 고름의 흔적이 그대로 남아 있는 붕대를 닳을 때까지 사용했다고 한다. 당시 사람들은 성 토마스 혹은 또 다른 위대한 누군가가 병자들을 치료하는 신성한 힘을 가졌다고 믿었다. 심지어 페스트가 퍼질 때도 그랬다고 한다. 신성한 자가 만졌던 붕대가 그 어떤 치료약보다 더 효험이 좋다고 믿었던 것이다.

하지만 바쟈닉 교수는 신성한 힘보다 세균의 전염성이 훨씬 강하다고 말하며, 그렇지 않다면 메트로에 사는 사람들은 하나같이 뒤통수에 후광이 빛날 거라고 농담을 했다.

이반은 침상에서 일어나 테이블 위에 있는 거울 쪽으로 다가갔다. 커다란 거울의 모서리는 여기저기 깨져 있었다. 이반은 자신의 모습을 들여다보았다. 가슴팍에 선명한 멍 자국도 멋있고, 이마의 빨간 상처도 그리 흉해 보이지 않았다. 이반은 왼쪽, 오른쪽으로 고개를 돌려보았다. 내일 있을 중요한 행사에 참석할 만한 모양새는 되어 보였다.

이반의 등 뒤로 여전히 두 사람의 언쟁이 이어지고 있었다.

"이반은 카바이드 랜턴에는 절대로 키스하지 않아. 왜 그런지 알아?"

파벨은 일부러 까쨔를 카바이드 랜턴에 빗대며 비꼬았다.

"대체 왜?" 까쨔도 지지 않고 달려들었다.

"이반에게는 다이오드가 있으니까! 정직한 수색대원의 다이오드지. 싸구려 카바이드 랜턴과는 비교할 수도 없어!"

순간 까쨔는 하얗게 질린 표정으로 그 자리에 돌처럼 굳어버렸다. 금세 그녀의 얼굴은 벌겋게 달아올랐다. 마치 메두사의 모습 같았다.

"파벨! 제발 나가줄래?" 하고 이반이 힘주어 천천히 말했다.

그러자 파벨은 자신이 무엇을 잘못했냐는 듯한 표정으로 이반을 쳐다보았다. 하지만 이반은 다시 한 번 말했다.

"나가."

파벨이 나간 후 이반은 다시 침상으로 돌아왔다. 까쨔 앞에서 한 치의 망설임도 없이 바지를 벗었다. 방사능보호복 안에 입었던 바지를 새 바지로 갈아입기 위해서였다. 하긴 까쨔 앞에서 옷을 갈아입는 것이 부끄러울 일은 아니었다.

이반은 셔츠의 소매에 팔을 집어넣고 앞 단추를 잠그기 시작했다. 이반은 괜스레 유리로 된 약병들을 만지작거리는 까쨔의 뒷모습을 바라보았다. 새하얀 목덜미가 아름다웠다. 단추를 모두 채운 후 이반은 자리에서 일어섰다. 밀려드는 피로 때문에 머리가 핑 돌았다. 심지어 한 50그램쯤 술을 마신 사람처럼 비틀거렸다.

"준비됐어?" 하고 까쨔가 돌아보지도 않은 채 물었다.

"응. 파벨의 얘기 때문에 너무 속상해하지 마." 하며 이반은 까쨔에게 다가갔다.

"아니야. 사실 파벨의 얘기도 틀린 말은 아니잖아. 내가 나쁜 여자인 건 사실이지."

"파벨은 한 마디로 얼간이야. 이 세상 모든 것을 흑백논리로 판단한다니까."

"나도 마찬가지야. 쳤는지 안 쳤는지, 그것만 중요하니까, 안 그래?"

까쨔는 이반을 돌아보며 테이블 모서리에 걸터앉았다.

"아니, 그렇지 않아." 하며 이반은 까쨔의 볼을 어루만졌다. 그녀는 떨고 있었다.

"너는 좋은 여자야. 파벨도 얼간이 같긴 해도 좋은 친구야."

"난 왜 이리 운이 나쁠까?" 까쨔는 이반을 올려다보며 대답을 기다렸다.

하지만 이반은 쉽게 대답하지 못한 채 한숨을 쉬었다. 잠시 후 이반은 다시 말을 이었다.

"그런 생각하지 마. 너의 운명은 오디세우스의 아내였던 페넬로페와 같은 운명일 거야. 난 그렇게 믿어."

그러자 까쨔는 두 눈에 눈물이 그렁그렁했고 억지로 웃으며 말했다.

"이봐, 오디세우스, 너는 바보야. 여자의 운명이 어떻게 망가지는지 모르는 거야. 하지만 나는 네가 이 역에 처음 나타났을 때부터 직감했어."

이반은 손을 뻗어 까쨔의 허리를 끌어당겼다. 그는 까쨔를 힘껏 안아주었다. 따뜻하면서도 공허한 느낌이 들었다. 이반은 그 느낌을 오랫동안 잊지 못하리라고 생각했다. 이반은 까쨔를 위로하며 말했다.

"모두 잘 될 거야."

"너는 정말 멋있어." 하고 까쨔가 당돌하게 말했다. 그녀는 이반을 똑바로 쳐다보며 말을 이었다.

"그리고 너의 신부인 따냐도 정말 좋은 사람이야. 다른 사람들이 동요할 때도 그녀는 항상 평정심을 잃지 않았지. 대단해. 그래, 맞아. 그녀가 옳아. 그런 사람을 네가 찾아낸 거야. 만일 네가 따냐를 배신한다면 내가 가만있지 않을 거야. 이 가위로 아랫도리를 싹둑 잘라버릴 테니까. 알겠어, 오디세우스?"

"그래, 알겠어."

이반은 그녀의 어깨를 다시 한 번 꽉 안아주었다. 그녀의 어깨는 더 이상 떨리지 않았다. 그녀를 꽉 안아주자 그녀의 가슴이 이반의 몸에 닿았다. 이반은 순간 숨을 몰아쉬었다. 여자들이란……. 이반은 머리가 핑 도는 기분이 들었지만, 잠을 자지 못한 탓이라고 생각했다. 사방을 비추는 붉은 불빛도 더 강렬하게 느껴졌다.

이반은 그만 나가봐야겠다는 생각이 들었다.

"까쨔, 사실 내가 너를 찾아온 이유는……." 하며 이반은 입을 열었다.

그 순간 또 다시 파벨이 막사 안으로 들어왔다. 파벨은 두 사람을 쳐다보지도 않은 채 테이블에 놓고 간 나무통을 들고 말했다.

"잠시 실례할게. 이걸 놓고 가서 말이야." 파벨은 냉담한 표정으로 옛 연인들을 뒤로 한 채 나가버렸다.

"파벨!"

이반은 파벨의 등 뒤에 대고 소리쳤다.

까짜는 당황한 이반의 얼굴을 보더니 갑자기 깔깔거렸다.

이반은 가방과 총을 챙겨서 보건소를 나섰다. 나머지 군장은 세탁과 소독처리를 위해 두고 왔다. 이반은 순간 얼굴을 찡그렸다. 가방에서 그을린 고무 냄새가 역하게 났기 때문이었다. 이반은 이제 물을 떠다가 씻고, 총을 닦은 후 자야겠다는 생각을 했다. 사실 아무것도 하지 않고 바로 자고 싶은 심정이었다. 마치 눈에 모래알이 잔뜩 들어간 것처럼 눈동자가 따끔거리고, 머리는 맨홀 뚜껑처럼 무겁게 느껴졌다.

하지만 그 전에 해야 할 일이 남아 있었다.

"파벨!" 이반은 친구를 찾았지만, 막사 옆에는 아무도 없었다. 그는 파벨이 화가 나서 가버렸다고 생각했다.

그때 어디선가 익숙한 목소리가 들렸다.

"도스토옙스키가 했던 명언이 있지. 러시아인들의 세상은 지나치게 넓다! 심지어 좁혀야 할 정도다!"

이반이 고개를 돌려 모퉁이를 쳐다보았다. 직접 만든 갖가지 인형들과 유리구슬로 장식된 트리 밑에 몇몇이 둘러앉아 있었다. 트리에 걸린 전구는 밤에도 소등하지 않았기 때문이다. 전기 소모량도 많지 않고, 야간보초병들이 교대할 때도 어둡지 않도록 하기 위해서였다. 사람들은 그곳에 모여 얘기를 하기도 하고, 담배를 피우기도 하고, 책을 읽기도 했다. 가끔씩 그곳에서 야참을 먹기도 했다.

"도스토옙스키의 말처럼 우리는 결국 우리의 세상을 좁혔어. 이곳 메트로로, 아직까지는 생활할 수 있는 지하철역들로 우리의 세상은 좁아졌지. 안타깝지만 이것이 끝이야. 우리는 이제 지상에서 살아갈 수 없어. 앞으로도 그럴 기회는 없을 거야. 디거라 불리는 수색대원들은 메트로에서 두 번째로 위험한 직업이지."

"가장 위험한 직업은 전기공이죠." 누군가가 맞장구를 쳤다.

"맞아. 전기공이 가장 위험한 직업이고, 그 다음으로 위험한 직업이 바로 수색대원들이지."

그는 바로 바쟈닉 교수였다. 이반은 바쟈닉 교수를 보고도 전혀 놀라지 않았다. 그는 불면증 때문에 종종 이곳에 앉아 밤을 보냈기 때문이었다. 교수는 피곤함에도 불구하고 마음이 불안해 잠을 이루지 못했다. 바쟈닉 교수뿐만 아니라 잠을 이룰 수 없는 사람들이 이곳에 모여 있었다. 누군가는 조용히 술을 마시기도 하고, 누군가는 트리 밑을 서성이기도 하고, 또 다른 누군가는 노래를 부르거나 이야기를 듣고 있었다. 사람들은 바쟈닉 교수와 만나는 것에 큰 의미를 두고 있었다. 심지어 사람들은 화장실 앞에서 잠시 바쟈닉 교수와 대화를 나누는 것만으로도 중등기술교육 수준의 지식을 얻을 수 있다고 농담을 했다.

또 어떤 이들은 바쟈닉 교수가 한 농담이 엄청난 파장을 일으킬 수도 있다고 했다.

사실 바쟈닉 교수는 농담을 재미있게 할 줄은 몰랐지만, 즐겨 했다.

"바쟈닉 교수님! 사담에 대한 이야기를 들려주세요!"

누군가 말했지만, 이반은 누가 말했는지 굳이 쳐다보려고 하지 않았다.

이반은 사담에 대한 얘기를 이미 들은 적이 있었다. 하긴 이반뿐만 아니라 사담에 대한 얘기는 모르는 사람이 없을 정도였다.

대재앙이 일어나고 차단문이 봉쇄된 직후 사람들은 마비된 것처럼 아무것도 할 수 없었다. 마치 자동차의 헤드라이트 불빛을 받은 토끼가 놀라서 옴짝달싹하지 못하는 것처럼 말이다. 그런데 그 토끼들이 하나둘씩 죽어나가기 시작했다. 차단문은 30일 동안 잠기도록 설정이 되어 있어서 아무리 안간힘을 써도 열리지 않았다. 말 그대로 비상사태였다. 사실 당시 지상의 방사능 수치는 어마어마해서 닭을 내놓으면 그대로 익어버릴 정도였다.

어쨌든 사람들은 하루아침에 메트로에 갇힌 신세가 되어버렸다.

예브팟 삼촌이 들려준 이야기도 끔찍했다. 메트로에 갇힌 사람들 중 꽤 높은 직급의 사람이 있었다. 그는 바바리코트를 입고 중절모를 쓴 채 갈색 가죽의 고급 서류가방을 들고 자리에 앉아 있었다. 그는 말없이 자리에 앉아 있다가 갑자기 서류가방에서 총을 꺼내 들어 자신의 입에 대고 총을 쏘았다. 순간 피와 살점이 사방으로 흩어졌다. 하지만 의자에 다닥다닥 붙어 앉아 있던 사람들은 피할 수조차 없었다. 그 자리에 있던 사람들은 반쯤 실성한 것처럼 기괴하게 웃기 시작했다. 예브팟 삼촌은 그런 기괴한 웃음소리를 처음 들었다고 했다. 머리통이 날아간 남자가 사람들 틈에 끼여 앉아 있고, 피를 뒤집어 쓴 다른 사람들도 옴짝달싹하지 못하는 상황을 상상해보라.

"가장 이상한 점은 내가 숱한 죽음을 목격했음에도 불구하고, 내 머릿속에 그 남자의 죽음이 가장 인상 깊게 남았다는 거야. 왜냐면 그는 마지막 순간까지 평온했거든. 전혀 떨지도 않고, 당황하지도 않고, 그저 시계만 쳐다보았지. 아주 기계적으로 말이야. 그는 시계와 차단문을 번갈아 쳐다볼 뿐이었지. 사람들은 그가 뭔가를 기다리고 있다고 생각했어. 어쩌면 대재앙이 있던 날 울리던 경보가 단순한 훈련경보라고 생각했던 것인지도 모르지. 나 또한 그러길 바랐으니까……." 하며 예브팟 삼촌은 그 후에 벌어진 상황에 대해서도 말해주었다.

그렇게 30일이 지나자 사람들은 공황 상태에 빠지기 시작했어. 시한부 판정을 받은 환자가 자신의 상황을 받아들이는 과정과 비슷했다고 한다. 처음 시한부 판정을 들었을 때는 사실을 부인하고, 차츰 시간이 지나면 어떻게든 병을 치료해 보려고 애쓴다. 그러다가 오열하고, 분노하고, 눈물을 흘리지만 결국 사실을 받아들이게 된다. 마찬가지로 30일이 지난 후 사람들은 수동으로 차단문을 열고 지원자 두 명을 지상으로 내보냈지만, 그들은 다시 돌아오지 않았다. 지상의 상황을 알 수 없는 사람들은 다시 다섯 명을 바깥으로 보냈다. 그중 한 명이 돌아와서 말하길, 지상은 그야말로 지옥이나 다름없다고 했다. 그가 돌아오자 메트로에 있던 방사선량 측정기들이 삑삑거리기 시작했다. 사람들이 그에게 측정기를 갖다 대자 측정기가 터질 듯이 경보음이 울렸다. 그러자 사람들은 오열하고, 분노하고, 눈물을 흘렸다. 그리고 서서히 혼돈이 시작되었다……

바쟈닉 교수는 여전히 사담에 대한 얘기를 들려주고 있었다.

"그렇게 혼돈이 시작됐네. 바로 그때 사담이라는 사람이 등장했지. 그는 평범한 사람들보다 시간의 흐름을 정확하게 판단하는 능력이 있었어. 사람들은 그를 '위대한 사람'이라고 불렀지. 대재앙이 있기 전까지 그가 어떤 일을 했는지에 대해서는 확실히 아는 사람이 없었어. 배관공이었다고 하기도 하고, 건설현장에서 우즈벡 사람들을 관리하는 작업감독이었다고도 했어. 또 어떤 이들은 그가 퇴역한 해군장교라고도 했지. 어쨌든 사담은 메트로에 혼돈이 오자 앞장서서 지휘했어. 그는 다시 차단문을 봉쇄하라고 명령했어. 그리고 사람들은 그의 명령에 따라 차단문을 봉쇄했지."

꾸벅……. 이반은 자신도 모르게 선 채로 졸고 있었다.

이반은 지금 당장 자신의 막사로 돌아가지 않으면 그 자리에서 잠들어 버릴 것 같다는 생각에 서둘러 걸음을 옮겼다.

"모노폴리 게임 할래?"

또 다른 막사 안에서 누군가가 속닥거리는 소리가 들렸다.

"우와! 내가 고를게!"

"쉿! 조용히 해, 바보야. 랜턴 갖고 있는 사람?"

그 막사는 아이들이 다같이 모여서 자는 커다란 막사였다. 보아하니 그 안에서도 잠들지 않고 여전히 놀이에 열중한 무리가 있는 것 같았다. 그 나이에는 밤이면 세상 모르고 자야 하는 것이 정상이었다. 이반은 고개를 절레절레 흔들었다. 이반은 어린 시절에 가장 평온하고도 깊게 잠을 자곤 했다. 또 어떤 때는 2~3일 동안 잠을 자지 않고도 멀쩡했다. 하지만 이제는 나이가 들어서인지 하루만 자지 않아도 머리가 돌덩어리처럼 무거워졌다. 심지어 걸어 다니면서도 졸기 일쑤였다.

이반은 플랫폼의 남쪽 끝자락으로 향했다. 순간 누군가 등 뒤에서 말했다.

"멈춰! 암호를 대라!"

이반은 너무 갑작스러워 자신도 모르게 몸을 웅크리며 총을 집어 들었다.

"나야, 나! 진정해."

파벨이 장난을 친 것이었다. 이반은 놀란 가슴을 진정시키며 총을 내렸다.

"파벨! 왜 그런 쓸데없는 장난을 하는 거야?"

갑자기 아드레날린이 과다분비된 탓인지 가슴이 답답하고 숨쉬기가 힘들었다.

"이반, 네 꼴 좀 봐라." 파벨은 천연덕스럽게 웃으며 바닥에 앉았다. 그는 자신의 발 옆에 꽤 근사한 술통을 내려놓았다. 5~6리터는 족히 들어갈 만큼 커다란 술통이었다. 술통에는 빛바랜 스티커가 붙어 있었다. 희미하게나마 'Kölsch'라는 글자가 보였다. 쾰슈(맥주)라고 독일어로 쓰인 것이었다. 이반은 파벨이 어디서 그런 맥주통을 찾았는지 궁금했다. 와인이나 다른 술이라면 몰라도 맥주가 20년 동안이나 보관되어 있었다니 신기했다.

"내 꼴이 어떤데?"

"뭐, 신랑 같아 보이기는 해. 그나저나 저녁 내내 역에서 너를 찾아다녔어. 사람들한테 물어봐도 아무도 너를 보지 못했다고 하던데? 사조노프도 너를 못 봤다고 하고 말이야. 대체 어딜 다녀온 거야?"

이반은 잠시 머뭇거리다가 대답했다.

"프리모르스크 역에 다녀왔어."

"뭐? 정말이야?" 파벨은 진지한 표정으로 이반을 쳐다보다가 다시 말을 이었다.

"설마 선물을 찾으려고 거기까지 다녀온 거야? 대단하다! 선물은 찾았어? 나도 좀 보여줘."

'찾긴 찾았지. 물론 선물도 찾고, 또 다른 것도 찾고 말이야.' 이반은 혼자 마음속으로 생각하다가 마침내 대답했다.

"그래, 찾았어. 하지만 내일 보여줄게. 대단한 것도 아닌 걸."

"나쁜 녀석! 내가 너를 위해서……." 하고 파벨은 갑자기 말을 멈추었다. 파벨은 누군가를 떠올리고는 갑자기 침울해진 것이었다.

"너에게 필요한 사람이 누구인지 아직도 결정을 내리지 못한 거야?" 파벨이 다시 입을 열었다.

"벌써 결정했지." 하고 이반이 대답했다. 하지만 파벨은 다시 손을 내저으며 말했다.

"아, 네 대답은 안 들어도 뻔해."

이반은 한숨을 내쉬며 파벨에게 설명하려고 노력했다.

"파벨, 그러지 마. 네가 그러지 않아도 힘들어."

그러자 파벨이 이반의 말을 가로막았다.

"알았어, 알았어. 하지만 내가 너였더라면 따냐를 업고 다녔을 거야. 어째서 까쨔와 다시 노닥거리는 거야? 다 된 밥에 코를 빠뜨리겠다는 거야? 왜 그렇게 바보 같아?"

"파벨, 너 지금 너무 흥분한 거 같아."

"당연하지! 네가 금덩어리를 썩은 통조림과 바꾸려는데 흥분하지 않을 수 있어?"

"파벨, 제발 그렇게 말하지 마."

"어째서? 가장 소중한 친구가 자기 인생 망치는 꼴을 지켜보고만 있으라는 거야?"

"까쨔와 나는 아무 사이도 아니야. 아무 일도 없었어."

"거짓말! 내 두 눈으로 똑똑히 봤어!"

"작별인사를 하던 중이었어. 어쨌든 네가 신경 쓸 일 아냐."

그러자 파벨이 이반의 눈을 똑바로 응시하더니 마침내 안도의 한숨을 내쉬며 말했다.

"찾았다는 선물 보여주지 않을래?"

이반은 피식 웃으며 가방을 열고는 프리모르스크 역에서 찾은 물건을 꺼내 보였다. 파벨은 조심스럽게 물건을 받아 들고 이리저리 살펴보았다.

"우와, 정말 근사하다! 어떻게 지금까지 마르지 않았을까?"

"그러게 말이야. 가끔 이런 경우도 있나봐. 그나저나 이 선물 어때?"

"아주 훌륭해. 진심이야! 정말 근사하다. 자, 얼른 받아. 내가 들고 있다가 떨어뜨리면 안 되니까. 알잖아, 내가 워낙 덤벙거리니까."

이반은 다시 물건을 받아 들었다. 그것은 볼록한 유리구슬이었다. 유리구슬은 투명한 글리세린으로 채워져 있고, 그 안에는 하얀 눈밭 위에 빨간 지붕과 굴뚝이 있는 작은 집이 세워져 있었다. 그리고 집 옆에는 작은 나무와 낮은 담장도 있었다. 그것은 '스노볼' 장난감이었다. 이반은 스노볼을 흔들어보았다. 유리구슬 안에 새하얗고 포근한 눈이 내렸다.

작은 집과 나무, 눈밭 위로 작은 눈송이들이 천천히 내려앉았다.

"그녀가 좋아할까?" 이반은 파벨을 쳐다보며 말했다. 파벨은 넋을 잃고 스노볼을 보고 있다가 이반이 물어보자 그제서야 그쪽을 보았다.

"당연하지! 이봐, 친구! 이건 정말 근사한 선물이야!"

역의 남쪽 끝에 '바실리섬 역'이라고 쓰인 철제 격자문은 역 주민들의 주거공간과 가축농장을 구분하는 경계선이기도 했다. 양극 처리한 금속이 흐릿하게나마 반짝거렸다. 격자문을 열고 들어가니 열여섯 살 가량의 홀쭉한 소년이 보초를 서고 있었다. 이반은 그에게 인사를 하며 말을 걸었다.

"미하일, 잘 지냈어?"

"네, 아주 잘 지내고 있습니다, 대장님!"

미하일이라는 이름의 소년은 마카로프 권총이 들어 있는 가죽 권총집을 허리에 차고 있었다. 지하철 경찰로 근무했던 소년의 아버지가 물려준 권총이었다.

사실 미하일이 이반을 대장이라고 부를 이유는 없었다. 미하일은 바실리섬 역의 분대 소속이었고, 이반은 수색부대의 대장이었기 때문이다. 하지만 이반은 미하일을 군이 말리지 않았다. 누구나 동경의 대상은 있는 법이니까. 메트로에서 경찰 출신들은 이반과 그의 수색대원들처럼 특수계급으로 여겨졌다.

"따냐 여기 있니?"

"모르겠어요, 대장님. 저도 조금 전에 이곳에 왔거든요." 미하일은 왠지 당황한 기색을 보였다.

이반은 알겠다는 듯 고개를 끄덕이고는 농장 안으로 들어갔다.

농장에는 나무나 녹슨 철로 만든 우리가 줄지어 있었다. 가축들이 모여 사는 농장 안은 습하고 배설물, 톱밥 등의 냄새가 한데 뒤섞여 있었다. 이반은 낯익은 가축들에게 인사를 건네며 우리를 지나갔다. 바스락바스락, 휘휘, 쩝쩝. 동물들이 내는 소리는 자연의 소리 그대로였다. 동물들은 살기 위해 뭔가를 계속 먹고 있었다. 이반은 자신이 기니피그라면 어떤 기분일까 생각했다. 어두운 농장 안의 좁은 우리에 다닥다닥 모여 살면서 먹고, 배설하고…….

이반은 'Quartz grill'이라고 쓰인 하얀 플라스틱 박스에 혼자 살고 있는 기니피그에게 다가갔다. 하얀 털에 얼룩반점이 있는 놈이었다. 이반은 가져온 수초를 꺼내어 기니피그에게 내밀며 말했다.

"안녕, 보리스! 잘 지냈니?"

기니피그는 꿀꿀거리던 것을 멈추고 이반을 빠히 쳐다보았다. 마치 이반의 머리 꼭대기에 앉아서 다 알고 있다는 눈빛이었다. 기니피그는 자신의 반쪽을 찾으면 오직 그 대상만 좋아할 뿐 다른 대상에게는 관심을 갖지 않는 동물이다.

보리스라는 이름의 기니피그는 따냐만 좋아했다. 하지만 다른 사람들이 가져다 주는 먹이는 잘도 받아먹었다.

그건 남자들의 습성과 다름없는 부분이었다.

"따냐, 여기 있어?" 하며 이반은 목소리를 낮추고 소곤소곤 말했다.

기니피그들이 꿀꿀거리고 쩝쩝거리는 소리에 묻혀서 들리지 않을 정도로 작은 목소리였다. 이반은 가축우리를 지나 또 다른 칸막이를 지나갔다. 그곳에는 따냐가 가축관리장부를 작성하는 책상이 놓여 있었다. 장부에 가축들의 체중이 얼마나 증가했는지, 착유량은 얼마나 되는지 적어두는 것이었다. 그 옆에는 말린 풀, 수초, 채소 찌꺼기, 남은 음식물 등 가축에게 먹일 사료 자루들이 놓여 있었다. 사실 기니피그와 같은 설치류들은 아무거나 닥치는 대로 먹는 잡식성이었다.

책상 뒤편에는 합판으로 만든 벽이 있고, 벽 너머에는 온실이 있었다. 그곳에는 항상 대낮처럼 밝게 불이 켜져 있었다. 말하자면 바실리섬 역의 교외별장과 같은 곳이었다. 그곳에는 습한 흙냄새도 나고, 작은 날벌레들도 날아다녔다. 온실 안에는 당근, 배추, 감자, 양파, 상추와 같은 채소를 재배하고 있었다. 그리고 레몬나무도 한 그루 있었다. 이 레몬나무는 해군역 사람들도 부러워하는 것이었다.

이 모든 것들이 바실리섬 역의 식량자원이었다.

가축들의 배설물은 비료로 쓰고, 채소 찌꺼기는 다시 가축들의 사료로 썼다. 따로 버릴 것이 없어서 아주 편리했다.

기니피그들의 운명? 당연히 프라이팬이나 냄비로 보내진다.

'자, 어서 와! 냠냠, 맛있다!'

예전에 터널 안쪽까지 온실을 확장해보려고 했지만 쥐들 때문에 포기했다. 쥐들은 식량자원을 갉아먹는 테러리스트들이나 다름없었다. 쥐들은 심지어 철도 갉아먹었다. 그뿐만 아니라 온실을 확장하면 전기사용량이 늘어날 것이 뻔한데 그만큼 전기를 공급할 수 있는 발전기도 없었다.

환풍기가 설치된 터널에는 양송이버섯과 검은 버섯 등을 재배했다. 버섯은 어두운 곳에서 잘 자란다. 어두운 터널 안에 버섯재배판을 설치해 두기만 하면 어렵지 않게 버섯을 키울 수 있었다. 그곳에는 느타리버섯, 양송이버섯, 심지어 표고버섯도 있었다. 맛은 괜찮은 편이었지만 이반은 버섯을 좋아하지 않았다.

"버섯은 균사체야. 집단이성을 갖고 있지. 수백 미터를 뻗어나가기도 하고, 수천 개의 버섯을 하나로 이어주기도 하지. 소름 끼치지 않아?"

"뭐가요?"

"저 버섯들이 무슨 생각을 하는지 우리는 알 길이 없잖아."

이반은 예전에 예브팟 삼촌과 했던 대화가 생각났다. 하지만 단편적으로만 생각날 뿐이었다.

이반은 불현듯 자신이 늙고 있다는 생각이 들었다. 그래도 이제 사람으로서 제구실을 하게 되는 것이다. 마침내 가정을 꾸리게 되었기 때문이다. 신부감도 훌륭하고, 바실리섬도 좋은 역이고, 맡고 있는 일도 나쁘지 않았다. 포스트쉐프는 이반을 대령으로 승진시켜주겠다는 말까지 했었다. 그러니 이보다 더 좋을 수 있겠는가?

"따냐, 여기 있어?"

이반은 농장과 온실 사이에 있는 승강대로 나가보았다.

낡은 의자를 여러 개 붙이고 그 위에 넓은 합판을 올려 만든 기다란 테이블 위에 오래된 저울과 철제 접시들이 놓여 있었다. 그리고 그 옆에는 철제 저울추들이 줄지어 세워져 있었다. 따냐와 그녀의 동료가 기니피그의 체중을 재는 곳이었다. 기다란 테이블 옆에는 의자가 하나 놓여 있었다. 그 의자에는 희끗희끗한 머리카락을 하나로 올려 묶은 노파가 졸고 있었다. 이반이 들어서면서 나무가 삐걱거리자 노파는 흠칫 놀라며 잠에서 깼다.

"아이고, 깜짝이야! 이반, 간 떨어질 뻔했네."

"안녕하세요, 마리야. 깨워서 죄송해요. 혹시 따냐 못 보셨나요?"

마리야는 놀란 마음을 진정시키려고 손으로 가슴을 쓸어내리고는 고개를 저으며 대답했다.

"잘 모르겠어. 아, 졸려. 아마도 신부대기실로 쓸 막사 안에 있지 않을까? 하지만 자네는 거기에 절대로 가서는 안 되네. 결혼식 전에 웨딩드레스 입은 신부를 보면 불행해진다는 속설이 있거든."

"네, 절대로 가지 않을게요."

"이 시간이면 따냐도 잠들어 있을 거야. 그런데 자네는 왜 안 자나? 아, 그러고 보니 따냐도 자네를 찾아다녔네. 따냐뿐만 아니라 키가 훤칠한 자네 친구도 왔었지."

"네, 알고 있어요. 이만 저도 자러 가볼게요." 하며 이반은 사조노프가 이곳까지 자신을 찾아왔구나 하는 생각을 했다.

"그래, 어서 자러 가. 얼굴이 창백해. 그런데 잠깐만! 얼굴은 왜 다친 거야?"

바실리섬 역에서도 다른 역들과 마찬가지로 과거부터 지켜오던 여러 가지 의식들을 중요하게 여겼다. 특히 결혼식은 바실리섬 역에서 가장 신성시되어 온 의식이었다.

결혼식과 관련해 지켜야 할 것들이 너무 많아서 다 외우지도 못할 정도였다.

이반은 다시 역 안을 둘러보았지만 따냐를 만나지 못했다. 마리야의 말대로 이미 잠들어 있는 모양이었다. 왠지 따냐가 자고 있지 않을 것 같다는 생각이 들었지만 이반은 할 수 없이 자신의 막사로 돌아왔다. 그는 어깨에 메고 있던 총을 내려놓고 머리맡에 놓인 접이식 의자에 가방을 올려두었다. 손목시계를 들여다보니 어느새 새벽 세 시 반이었다. 더 이상 참기 힘들 정도로 졸음이 쏟아졌지만 미룰 수 없는 일이었다. 일단 총을 닦아야만 했다. 이반은 끙끙댈 정도로 힘들었지만 총을 닦는 일은 미룰 수 없었다. 완전무결하다는 칼라슈니코프 총도 반드시 닦아두어야 했다. 그것은 잠자기 전에 양치를 해야 하는 것과 다름없었다. 아니, 그보다 훨씬 더 중요했다. 양치를 미루면 최악의 경우 이빨을 뽑으면 그만이지만 총을 닦아두지 않으면 목숨을 잃기 때문이었다.

이반은 윤활유, 걸레, 총구 청소용 꽂을대를 갖다 놓고 총을 닦기 시작했다.

그는 거의 비몽사몽으로 총을 닦았다. 깜빡 졸다가 깨서 자신이 무엇을 하고 있는지 분간을 하지 못할 정도였다. 걸레에 윤활유를 묻혀 쓸데없이 총부리를 닦기도 했다. 결국 이반은 이대로는 안 되겠다는 생각이 들어서 침상 옆 작은 서랍장 위에 총을 올려놓았다. 아침이 밝으면 다시 맑은 정신으로 총을 닦아야겠다고 결심한 것이다. 이반은 그대로 옷도 벗지 않은 채 침상 위에 쓰러졌다. 그는 베개에 얼굴을 파묻었다. 천국이 따로 없었다. 그는 좀 더 편안하게 누우려고 등을 돌렸다.

그 순간 따냐가 보였다. 이반은 미소를 지었다. 이반은 꿈인지 생시인지 분간할 수 없었다. 만일 꿈이라면 더없이 달콤한 꿈이라고 생각했다. 따냐를 만났으니 이제 모든 것이 잘 될 거라고 안심이 되었다.

"바보, 이마는 어디에서 다친 거야?"

"아무것도 아니야. 결혼식 전까지 나을 거야." 하고 이반은 거의 반사적으로 대답했다가 자신도 모르게 피식 웃으며 말을 덧붙였다.

"아, 벌써 내일이구나."

"내일이 결혼식이라는 것을 잊지 않은 게 다행이야. 그나저나 양복이 잘 맞는지 입어봤어?"

"아, 물론이지."

이반은 그제서야 양복 생각이 나서 정신이 번쩍 들었지만 자신도 모르게 거짓말을 했다.

사실 이반은 양복에 대해 까맣게 잊어버리고 있었다. 밤새 다른 것에 몰두하느라 정작 양복 생각을 하지 못한 것이다. 하지만 이반은 알람을 좀 더 이른 시간으로 맞추고 아침에 일어나서 미뤄둔 일들을 모두 해야겠다고 결심했다. 적어도 두 시간이라도 자둬야 내일 죽지 않고 버틸 것 같았기 때문이다.

내일은 결혼식을 하느라 하루 종일 정신 없을 것이다. 만일 늦잠이라도 자면 끝장이라는 생각도 들었다. 게다가 내일 있을 결혼식은 다른 사람도 아닌 본인의 결혼식이었다. 지상으로 수색을 나가는 것보다 더 힘든 일이었다.

이반은 과거에 코솔라프와 함께 지상으로 수색을 나갔다가 디젤을 발견하여 그것을 메트로까지 가져오느라 진땀을 뺐던 일이 떠올랐다.

이반은 다시 따냐를 바라보며 물었다.

"오늘밤에 좀 잤어?"

"물론이지." 따냐는 태연하게 거짓말을 했다.

"거짓말쟁이."

"난 이만 가봐야 해. 할 일이 산더미거든."

"그럴 줄 알았어. 네가 아끼는 보리스한테 가려는 거지?"

"보리스는 착해. 왜 보리스를 싫어하는 거야?"

이반은 누구에게나 부족한 부분이 있기 마련이라고 생각했다. 자신은 카바이드로 온갖 돌연변이와 생물체를 태워 죽이는 반면 자신의 신부인 따냐는 식용 기니피그를 정성으로 보살피는 것이 아이러니하게 여겨졌다.

"보리스와 나는 무장중립 상태야. 우리는 너를 두고 서로 질투하거든."

"보리스는 그저 식용으로 기르는 기니피그일 뿐이야."

"그래, 결국에는 사람들이 잡아먹겠지." 하며 이반은 머리에 손을 얹었다. 하지만 이반은 따냐가 절대로 보리스를 식용으로 내놓지 않을 거라고 확신했다. 이반은 밀려드는 피로감에 머리가 어지러웠다. 심지어 막사 전체가 빙글빙글 돌고 있다는 착각마저 들었다. 하지만 따냐와 함께 있다는 것만으로도 기분이 좋았다.

"잠깐 옆에 앉아 있다가 갈게." 따냐는 침상 끝에 걸터앉았다. 그녀의 따뜻한 허벅지가 와 닿았다.

"그래, 잠깐 앉아 있다 가. 나는 찬성이야."

이반은 눈을 감은 채 따냐의 다리에 손을 얹었다. 따뜻하고 포근한 느낌이 들었다. 아주 오랜만에 느껴보는 평온한 기분이었다. 이반은 그제서야 자신이 있어야 할 곳에 돌아왔다는 생각을 했다. 하지만 이반은 자신도 모르게 입이 찢어져라 하품을 했다.

"흥! 그렇게 하품을 하면서?"

"나 호랑이를 봤어……."

이반은 비몽사몽으로 말했다. 그는 더 길게 얘기하고 싶었지만 온몸이 붕 떠오르는 듯싶더니 다시 바닥으로 내려앉는 기분이 들었다. 나지막한 따냐의 목소리가 귓가에 들렸다.

"어서 자. 내일은 하루 종일 힘들 거야."

이반은 번쩍 눈을 떴다. 막사 안이 온통 깜깜했다. 그는 놀라서 침상에서 벌떡 일어났다. 이반은 자신이 얼룩덜룩한 군복과 군화를 신고 있는 것을 깨닫고는 의아해했다. 그는 서둘러 막사 밖으로 나왔다. 순간 이반은 그 자리에서 굳어버렸다.

'대체 여기가 어디지?'

나선형의 검은 기둥들이 줄지어 있는 플랫폼이 보였다. 벽에는 역의 명칭이 올록볼록하게 양각 처리되어 있었다. 역의 명칭은 'ㅎ'으로 시작하는 것 같았지만 어째서인지 제대로 읽을 수 없었다.

어쨌든 그곳이 바실리섬 역은 아닌 게 분명했다.

이반은 플랫폼을 따라 걸어갔다.

플랫폼에는 열차가 서 있었다.

열차의 한 객차에 불이 켜져 있었다. 이반은 그곳으로 다가갔다. 객차의 유리는 온통 깨져 있고, 녹슨 차단봉이 창문틀에 끼어 있었다. 이반은 빛이 바래긴 했지만 과거에 열차가 파란색이었을 거라고 짐작했다. 좌석에는 인조가죽이 뜯겨 나간 흔적이 보였다. 객차 안의 벽면은 하얀색이었지만 군데군데 때가 찌들어 있었으며, 촛불의 그림자가 어른거렸다. 촛불의 그림자가 흔들리는 것을 보니 어디선가 바람이 새어 들어오는 것 같았다. 그 순간 이반은 바싹 마른 미라를 발견했다. 객차 틈새로 들어오는 바람에 몇 가닥 남지 않은 미라의 머리카락이 나부꼈다. 미라의 눈구멍은 움푹 파여 있고, 몸통에는 오래된 양피지가 둘둘 감겨 있었다. 귀에는 다이아몬드가 박힌 귀걸이가 걸려 있는 것을 보니 과거 부유했던 사람의 미라인 것 같았다.

미라의 무릎 위에는 작은 미라가 있었다. 작은 미라는 온몸을 잔뜩 웅크리고 손가락도 모두 구부리고 있었다. 사람이 죽으면 온몸의 근육이 말라붙어서 그렇게 웅크리고 쪼그라들기 마련이다. 그래서인지 미라들은 모두 개헤엄을 치는 것처럼 손을 잔뜩 오므리고 있었으며, 어색하게 웃고 있는 듯한 형상이었다.

큰 미라는 깡마른 무릎 위에 잠든 듯한 작은 미라를 안은 채 한 손에는 촛불을 들고 있었다. 그 순간 다시 불어오는 바람에 촛불이 흔들리고 미라의 손 위에 촛농이 떨어졌다.

사방을 둘러보니 그런 미라들이 빼곡히 앉아 있었다.

큰 미라들은 모두 작은 미라를 하나 혹은 둘씩 안은 채 손에는 촛불을 들고 있었다. 초가 타들어 가면서 객차 안에는 파라핀 냄새가 진동했다.

그곳은 촛불로 가득 찬 열차였다.

이반은 안으로 들어가 그 자리에 멈춰 섰다. 그곳은 촛불뿐만 아니라 모성애로 가득 찬 곳이었다.

사람들이 말하길, 대재앙이라 불리는 핵전쟁이 있기 훨씬 전부터 대피소에는 12세 미만의 어린아이를 데리고 있는 여자들을 우선적으로 들여보냈다고 한다. 그래서 대재앙이 있던 날에도 아이를 데리고 있는 여자들은 다른 사람들보다 먼저 역 안으로 들어와 플랫폼에 정차된 열차에 앉을 수 있었던 것이다. 하지만 그들은 그렇게 앉은 채로 다시는 바깥 세상으로 나가지 못했다. 이반은 순간 울컥했다. 다시 주변을 둘러보니 뭔가 눈에 띄었다. 미라에 감겨 있는 양피지를 뚫고 남색의 싹들이 올라와 있었다. 마치 감자에 싹이 트는 것처럼 말이다. 이반은 그것을 만져보려고 손을 뻗었다.

그때 누군가의 목소리가 들렸다.

"만지지 마."

이반은 화들짝 놀라서 고개를 돌렸다. 그의 앞에는 키가 큰 노인이 서 있었으며, 그의 눈에는 최근에 맞닥뜨린 호랑이처럼 눈동자 대신 초록색 불꽃이 이글거리고 있었다.

"전혀 다른 생명체야. 알겠……."

갑자기 노인의 목소리와 얼굴이 타들어 가는 양초처럼 점점 흐릿해지더니 마침내 사라져버렸다.

"이반!"

누군가가 이반의 어깨를 거칠게 흔들었다. 이반은 화들짝 놀라서 번쩍 눈을 떴다. 불과 몇 분 전에 잠든 것 같은데 벌써 아침이 된 것인지, 늦잠을 잔 것인지, 이미 결혼식이 시작되었는지 도무지 알 수 없었다.

이반은 자신을 부르고 있는 사람을 쳐다보았다. 하지만 사방이 어두워서 희미한 그림자만 보였다. 이반은 자신이 대체 어디에 있는 것인지 왜 자신을 부르는지 알 수 없어 두려움을 느꼈다. 또 다시 그의 심장이 쿵쾅거리기 시작했다.

"이반! 사령관 호출이다. 서둘러!"

막사를 나서니 주변에는 여전히 야간조명만 켜져 있었다. 이반은 앞이 잘 보이지 않았다. 그는 자신을 데리러 온 사람을 따라 겨우 걸음을 옮기며 생각했다.

'대체 몇 시지? 얼마나 잤던 걸까? 하루 종일 자고 다시 밤이 된 건가?'

다른 역들과 마찬가지로 바실리섬 역에서도 사람들은 해가 뜨지 않아도 낮과 밤을 구분하여 생활했다. 낮 시간대에는 환하게 불을 켰지만 밤에는 축전지를 이용해 야간조명만 밝혔다. 이반은 어둠 속에서 주변 사물을 분간하려고 눈을 깜박거렸다. 하지만 아무것도 보이지 않았다.

'정신을 차려야 한다. 어서 잠을 떨쳐야 한다……'

어느새 이반은 사령관실 앞에 도착했다. 사실 그곳은 사령관과 그의 가족들이 생활하는 작은 방이었다.

사령관실에는 카바이드 랜턴만 켜져 있고, 사령관인 포스트쉐프가 테이블 앞에 앉아 있었다.

"자네는 한곳에 붙어 있지 못하는군!" 포스트쉐프가 입을 열었다.

"네?"

"분명히 내가 혼자 수색을 다니지 말라고 했을 텐데? 아닌가?"

이반은 대답 대신 고개를 끄덕였다.

"그래서? 그 약속을 지켰나?"

포스트쉐프는 눈을 치켜뜨며 이반을 쳐다보았다. 그의 날카로운 눈빛은 화재경보 사이렌처럼 이글거렸다. 그는 대답을 들어야겠다는 표정이었다.

"혼자 수색을 다녀왔습니다."

"어째서? 자네에게 무슨 일이라도 생기면 따냐에게 뭐라고 설명해야 하나?"

이반은 아무런 대답도 하지 못한 채 사령관을 똑바로 쳐다보았다.

"어째서 혼자 수색을 나갔던 건가? 속 시원히 대답이라도 해보게."

"명령입니까?"

"제길! 대답하기 싫으면 하지 말게. 자네도 어른이고, 수색대원들을 책임지는 수색대장이자, 이제 한 여자의 남편이 될 사람이니까 자네 뜻을 존중하겠네. 그건 그렇고, 자네가 다른 곳에 정신을 팔고 있는 사이 우리 역에 비상사태가 발생했다는 것을 알고 있나?"

"정전이 된 것 같았습니다."

"정전?" 하고 사령관은 자리에서 일어나며 말을 이었다.

"같이 가세. 단순한 정전이 아니네. 우리가 무엇을 잃었는지 직접 보여주겠네."

3 ←

전쟁
ВОЙНА

　이반은 그 당시 상황을 정확히 기억하지 못했다. 어린아이였던 그때의 기억은 깨진 유리조각처럼 흩어져서 다시 하나로 연결하기 힘들었다. 그날 이반은 동물원에 갔다. 두 눈을 감으면 빛바랜 사진 속의 파란 하늘과 나뭇잎들 그리고 주철로 된 칸막이 앞에 쓰여 있던 글자들이 단편적으로 떠올랐다. 뜨거운 햇빛이 내리쬐는 여름날이었고, '솜사탕'이라는 문구가 쓰인 노점 앞을 지날 때 달콤한 향기가 코끝을 스쳤다. 솜사탕이라는 문구가 생각나는 것을 보면 당시 이반은 글자를 읽을 줄 알았던 모양이다. 아니, 어쩌면 다르게 기억하는 것일 수도……. 이반은 그날 조용히 걷기도 하고, 뛰기도 했던 것을 기억하고 있었다. 고개를 숙이면 샌들을 신은 자신의 조그만 발이 보이고, 고개를 들면 한눈에 담기 어려울 정도로 드넓은 하늘이 펼쳐지고, 귓가에는 새들이 지저귀는 소리가 들렸다. 그리고 한 여자의 모습이 가장 선명하게 기억났다.

　엄마…….

　이반은 그날 정신없이 뛰었다. 갑자기 아스팔트 바닥이 갈라지면서, 기다란 뱀이 지나가는 것처럼 균열이 일어났다. 이반은 엄마를 향해 뛰어갔다. 엄마는 검정색의 긴 치마를 입고 하얀 블라우스를 입고 계셨다. 어쩌면 원피스였는지도 모른다. 엄마는 이반을 안아 올리려고 허리를 구부리며 손을 뻗었다.

하지만 아무리 뛰어도 엄마의 손은 너무나 멀리 있었다.

순식간에 온 세상이 뒤집히고, 엄마가 서 있던 계단과 막대사탕을 들고 웃는 하마의 그림이 그려진 건물, 동물원의 울타리, 낮은 카페 건물 위로 거대한 그림자가 엄습했다. 그림자는 세상의 모든 것을 집어삼키며 점점 다가왔다. 이반은 엄마를 향해 있는 힘껏 내달렸다. 엄마의 손을 잡고 나면 더 이상 무서운 일이 벌어지지 않을 것 같았다. 정말 그렇게 믿었다.

하지만 주변은 온통 아수라장이 되고, 귀를 찢을 듯한 사이렌이 울렸다. 그리고 누군가가 다급한 목소리로 스피커를 통해 '공습경보! 공습경보! 모두 대피소로 피하세요. 지하철역들은 입구 쪽만 개방되어 있습니다. 다시 한 번 알려드립니다. 지하철역들은 입구 쪽만 개방되어 있습니다.'라고 소리쳤다. 사람들의 얼굴은 겁에 질려 잔뜩 일그러졌다. 이반은 당황한 사람들 틈에 섞여 정신없이 달려갔다. 또 다시 스피커에서 안내방송이 나왔다.

"30분 후 지하철 차단문을 봉쇄합니다."

"20분 남았습니다……."

"같이 가세. 우리가 무엇을 잃었는지 직접 보여주겠네." 하고 포스트쉐프 사령관이 벌떡 일어서며 말했다.

디젤발전실은 플랫폼에서 따로 떨어진 곳에 있었으며 파이프라인을 통해 배기가스를 외부로 배출하도록 되어 있었다. 디젤발전실 앞에는 두 사람이 보초를 서고 있었다. 한 명은 칼라슈니코프를 들고, 또 다른 한 명은 자체 제작한 엽총을 들고 있었다. 이반은 예전에 엽총을 사지 않았던 걸 후회했다. 엽총을 샀더라면 총신을 짧게 잘라 썼을 텐데 말이다.

총신을 짧게 만든 총은 꽤 쓸 만한 물건이었다. 총의 부품 중 가장 빨리 닳는 곳이 바로 총신이었다. 게다가 총신을 다시 제작하려면 특수장비와 전문적으로 무기를 제작하는 사람의 도움이 필요했다. 그래서 총신을 짧게 만든 총이 더 유용했던 것이다. 엽총의 총신을 재주껏 잘라내면 근거리 접전에 유용한 무기를 만들 수 있었다. 그뿐만 아니라 잘라낸 총신을 이용해 필요한 구경으로 예비총신을 두 개나 제작할 수 있다는 것도 장점이었다.

물론 지상으로 나가서 여유분의 총탄을 구할 수 있다는 전제조건 하에서였다. 이제 곧 총탄을 구하기도 어려워질 것이다. 어딘가에서 거대한 군사창고를 털지 않는 한……. 이반은 고개를 절레절레 흔들었다. 그런 창고를 발견하기란 쉽지 않은 일이었다.

개인 권총은 이반을 비롯한 수색대원들과 바실리섬 역의 분대에서만 소지할 수 있었다. 나머지 무기들은 사령관실 금고에 보관했다. 혹시 모를 습격에 대비하기 위해서였다.

그러나 디젤발전실 앞에는 평소 그런 무기를 만져볼 수도 없는 사람들이 총을 들고 서 있었다.

"사조노프는 어디에 있죠?" 하고 이반이 사령관에게 물었다.

"추격을 나갔어……."

"추격이라뇨?"

이반은 머리를 흔들었다. 아직 잠이 덜 깨서인지 정신이 몽롱하고, 수면

부족으로 이빨이 떨리고 다리에 힘이 풀렸다.

'이런 제길…….'

이반은 벽에 기대지 않으려고 안간힘을 썼다. 벽에 기대는 순간 그대로 바닥에 쓰러져 잠들 것 같았다. 심지어 주변 사물이 왜곡되어 보이고, 연기 속의 희미한 불빛도 눈을 찌를 듯 강렬하게 느껴졌으며, 꽃무늬 장식도 과장되어 보였다. 심장이 조여들고 눈이 따끔거렸다.

'안돼. 지금은 내가 꼭 필요한 상황이야. 정신을 차리자.'

이반은 가까스로 정신을 가다듬고 사령관에게 물었다.

"누구를 추격한다는 말씀입니까?"

포스트쉐프 사령관은 잠시 기다리라는 듯 고개를 내젓더니 보초병들을 지나 디젤발전실 안으로 들어갔다. 이반도 사령관의 뒤를 따라 들어갔다.

"보이나?" 포스트쉐프는 뒤도 돌아보지 않은 채 말했다.

이반은 사령관의 넓은 어깨가 힘없이 축 처져 있다는 것을 깨달았다. 심지어 사령관의 점퍼는 누더기처럼 찢어져 있었다. 이반은 디젤발전실 안을 둘러보았다. 발전실 안은 평소와 다름없는 모습이었다. 벽면에는 초록색 페인트가 칠해졌고, 원래 하얀색이던 천장은 배기가스로 인해 누렇게 빛이 바랬다. 한쪽 벽에는 디젤연료가 들어 있는 금속통과 플라스틱 통이 놓여 있었다.

천장에는 배기가스를 외부로 배출하는 녹슨 파이프와 외부의 공기를 빨아들여 압축시키는 파이프가 있었다.

케이블은 질서 없이 대충 묶여 있고, 배전반은 활짝 열려 있었다. 그리고 절연테이프로 감아 놓은 전선들이 마치 코털처럼 배전반 밖으로 나와 있었다.

한쪽 벽에는 누군가 '흡연구역'이라고 낙서한 것이 보였다. 낙서 밑에는 '잡히면 죽는다.—사령관 백'이라는 문구도 적혀 있었다. 실제로 낙서 밑에는 담배꽁초가 든 깡통이 있었다. 이반은 혼자 생각했다.

'깡통 옆에 시체가 없는 것을 보니 아직 아무도 잡히지 않은 모양이군.'

그 옆에는 서랍이 달린 사무용 책상이 있었다. 책상 위에는 여러 상황에 대비하기 위한 두꺼운 기술지침서가 놓여 있고, 책상 옆에는 의자가 하나 세워져 있었다. 그러나 이상하게도 또 다른 의자가 바닥에 쓰러져 있었다.

포스트쉐프 사령관은 이반이 쳐다보고 있던 의자에 걸터앉더니 방의 한가운데를 응시했다.

그때까지만 해도 이반은 사령관의 넓은 어깨에 가려져 발전기가 보이지 않는다고 생각했다. 하지만 방 한가운데는 텅 비어 있었다. 그제서야 사태를 파악한 이반은 사령관을 돌아보았다.

"이제 알겠나?"

"사조노프와 대원들은 어느 쪽으로 추격을 나갔습니까? 한참 전에 출발한 건가요?"

이반은 사조노프가 약탈자를 추격하는 것이라면 당장 쫓아가 도와줘야겠다고 생각했다.

"잠깐만요! 일단 해군 역에 전화를 해서 터널을 봉쇄하라고 해야 합니다."

그러자 사령관은 턱수염을 어루만지고는 이반을 위아래로 훑어보며 대답했다.

"이미 시도해 봤지."

사령관은 그새 20년쯤 더 늙어 보였다. 사령관은 허탈한 표정을 지으며 말을 이었다.

"하지만 전화 연결이 되지 않아."

"전혀?"

"전혀."

상황이 좋지 않았다. 이반은 발전기가 사라진 자리에 덩그러니 남겨진 지지대를 쳐다보며 살다 보니 별일이 다 있다는 생각을 했다.

"제길! 대체 어떤 빌어먹을 놈들이 훔쳐간 겁니까?"

모든 결정에는 근거와 이유가 있기 마련이다.

숨겨둔 속내도 언젠가는 드러나는 법이다.

"어느 쪽으로 가야 하지요?"

예고르는 대답을 기다리는 표정으로 사조노프를 쳐다보았다. 물론 이반을 바라보는 눈빛과는 사뭇 달랐다. 이반은 대원들에게 있어서 우상이나 다름없었다. 하지만 예고르의 눈빛에는 상관에 대한 신뢰감이 어느 정도 녹아 있었다. 사조노프는 일부러 대답을 서두르지 않았다. 이반에게서 배운 노하우였다.

상관은 어떤 결정을 내리기 전에 부하들에게 고민하는 모습을 보여야 한다.

결정을 내린다는 것이 얼마나 힘든 일인지 보여주기 위해서이다.

부하들이 상관의 고심하는 표정을 바라보면서 자신들은 절대 독단적으로 중요한 결정을 내릴 수 없다고 생각하도록 해야 한다.

실제로도 그렇다. 그런 사실을 그들이 깨닫도록 만들어야 한다.

대부분의 사람들은 스스로 결정을 내리지 못한다. 필요한 것을 해야 한다는 생각 자체를 두려워하는 것이다. 원하는 대로 하면 될 것을 쓸데없이 두려워한다. 사람들은 실수를 두려워하고, 현재보다 상황이 악화될까봐 지레 겁을 먹는다. 인간의 나약함 때문이다. 그런 나약함 때문에 성인이 되어서도 어린애 같이 행동하는 사람들도 있다. 인간의 나약함보다 더 끔찍한 것은 인간의 어리석음이다. 그런 모든 약점을 극복하고 스스로 결정을 내리고, 그에 따르는 손해를 감수하고, 자신의 세상을 만들어가는 사람만이 진정한 리더가 될 수 있다.

"왼쪽으로." 마침내 사조노프가 대답했다.

일단 자신이 원하는 사람의 모습을 머릿속에 그려보고, 그런 사람이 되도록 스스로를 천천히 빚어나가야 한다. 그리고 마침내 자신이 그려온 모습에 피와 살을 채워 스스로를 이상형과 동일하게 만들어야 한다. 불필요한 부분은 잘라내기도 하고, 필요한 부분은 솜을 틀어막아서라도 채워 넣어야 한다. 아주 간단하지 않은가? 이것이야말로 자기계발이다. 아니, 미를 창조하는 기술이다. 스스로를 포장해야 한다. 사람들이 자신을 강한 사람이라고 생각하길 바란다면 먼저 강한 사람의 모습을 보여야 한다.

하지만 절대로 강한 척을 해서는 안 된다.

사람들은 누군가가 거짓으로 가장하는 것을 금세 알아차린다. 하지만 스스로를 강한 사람이라고 포장하고, 강한 사람답게 행동한다면 그 누구도 알아차리지 못한다.

"왼쪽으로." 사조노프는 다시 한 번 말했다.

그러자 예고르가 헬멧을 쓴 채 뒤통수를 긁으며 물었다.

"만일 놈들이 다른 쪽 터널로 갔으면 어떻게 하죠?"

"그렇다면 우리가 잘못 판단한 것이지." 사조노프는 예고르가 끈질기고 말이 많다고 생각했다.

"네, 그렇군요."

예고르는 잠시 침묵하는가 싶더니 이내 바싹 마른 입술에 침을 바르며 물었다.

"그렇다면 그때는 어떻게 해야 하나요?"

"정 그렇다면 자네가 결정하겠는가?"하고 사조노프가 의미심장하게
물었다.

이런 기술은 이반이 아니라 해군 역의 보안국장인 오를로프에게서 배
운 것이었다. 예전에 그와 만났던 적이 있었다. 오래도록 잊히지 않는 만
남이었다…….

"왜? 못하겠는가? 스스로 결정해봐."

예고르는 꿀 먹은 벙어리처럼 아무 대답도 하지 못하다가 웅얼거리듯
물었다.

"왼쪽이라고요?"

사조노프는 답답하다는 듯 어깨를 들썩이며 말했다.

"내가 이미 말했을 텐데."

"네, 알겠습니다."

예고르는 고개를 끄덕였다. 그는 가래를 뱉고 소매로 대충 얼굴을 닦은
후 랜턴으로 어두운 터널을 비추며 걸음을 옮겼다.

이반은 철창에 이마를 기대고는 눈을 감았다. 녹슬고 차가운 철창의 한
기가 온몸에 퍼지면서 엄청난 일이 닥칠 것이라는 불안감이 더욱 커졌다.
이반이 몸을 바르르 떨자 기름칠하지 않은 철창도 덩달아 삐걱거렸다. 이
반은 다시 정신을 가다듬으려고 노력했다.

'누가 어떻게 이런 짓을 했는지 곰곰이 생각해보자. 일단 왜 그런 짓을
했는지 알아야 한다.'

놈들은 바실리섬 역에서 가장 귀중한 것을 훔쳤다. 발전기는 역의 보물

이자 태양과도 같은 존재였다. 바실리섬 역에서는 낮에 발전기를 이용하여 조명을 밝히고, 낮 동안 충전된 축전지를 이용하여 야간조명을 밝혔다. 아직까지는 야간조명이 꺼지지 않았다. 사람들이 동요하지 않도록 야간조명을 그대로 밝혀두어야 하는 상황이었다.

하지만 시간이 지나면 사람들도 상황을 깨닫고 동요하기 시작할 것이다. 손바닥으로 하늘을 가릴 수는 없는 법이다. 불을 밝히지 못한다면 머지않아 바실리섬 역 사람들은 고통받게 될 것이다. 농장의 당근, 배추 등 온갖 채소들도 더 이상 재배할 수 없을 것이다. 그 동안 비타민 공급원이던 채소들을 섭취하지 못하면 기근은 물론이고 괴혈병과 아이들의 구루병이 발생할 것이다.

말 그대로 재앙이 시작될지도 모른다.

사조노프는 놈들을 뒤쫓아갔을 것이다. 그렇다면 지금은 대체 어디 있는 것일까? 놈들을 붙잡았다면 디젤발전기는 어디에 있단 말인가?

그 순간 이반은 새벽녘에 총을 해체한 채로 잠들었다는 것을 떠올렸다. 하필이면 이런 때 총을 조립해 두지 않았다는 걸 후회했다.

이반 주변의 사람들은 바퀴벌레처럼 분주하게 움직였다.

"이것 좀 보세요!"

누군가 소리쳤다.

"뭐야? 무슨 일이야?"

역의 경찰들이 디젤발전실로 뛰어들어 갔다. 가끔 경찰들은 설레발을 치며 상황을 더 복잡하게 만들기도 한다.

"보안체계가 뚫렸어! 이런 제길! 어떻게 이런 일이!"

경찰들의 아우성치는 목소리가 한데 뒤섞이면서 귀가 웅웅거렸다. 이반은 다친 갈비뼈가 벽에 닿지 않도록 팔꿈치로 지탱하며 서 있었다. 그럼에도 불구하고 왼쪽 옆구리에 통증이 느껴졌다.

사건현장을 조사하는 것은 이반의 일이 아니긴 했다. 이반이 이끄는 수색대원들의 임무는 적군의 영역을 습격하는 것이었다. 그곳이 다른 역이든 지상의 파괴된 도시이든 상관없었다. 누가 디젤발전실을 지키고 있었는지, 어째서 보안체계가 뚫렸는지 판가름하는 것은 이반과 수색대원들의 일이 아니었다.

"이것 좀 보세요!"

누군가 다시 한 번 소리쳤다. 골똘히 생각에 잠겨 있던 이반은 자신도 모르게 뒤돌아섰다. 발전실 한쪽 구석에 경찰관이 서 있었다. 그는 이반이 돌아다보자 무릎을 굽히고 바닥에 깔려 있던 방수포를 걷었다. 바닥에 이상한 그림이 그려져 있었다. 이반은 아픈 다리를 이끌며 천천히 그곳으로 다가갔다. 이반은 알 수 없는 그림을 내려다보며 의아해했다. 그때 옆에 서 있던 미하일이 소리쳤다.

"대장님!"

이반은 여전히 그림을 응시하며 미하일에게 말했다.

"누가 예술작품이라도 그려놓은 건가?"

그러자 미하일은 망연자실한 목소리로 대답했다.

"대장님, 이건 예술이 아니라 살인입니다……."

이반은 천천히 미하일을 돌아다보며 말했다.

"뭐? 지금 농담하는 건가?"

차가운 바닥에 한 남자가 고개를 축 늘어뜨린 채 쓰러져 있었다. 그는 불과 몇 시간 전에 이반에게 '제가 고참도 아닌데 어떻게 알겠습니까?'라고 말했던 예피미뉴크였다. 그의 관자놀이에 난 구멍으로 피가 흘러내리고 있었다.

"교대를 하러 왔더니 이미 이렇게…… 잔인한 놈들……." 하며 예피미뉴크의 동료가 손을 내저었다.

'정신이상자에게 초소를 맡기지 말라고 했건만!'

이반은 혼자 생각하며 예피미뉴크의 옆에 쪼그리고 앉아 꼼꼼히 살펴보았다.

그의 관자놀이에 작은 쇠막대기가 튀어나와 있었다.

"그게 뭡니까, 대장님?"

"뜨개질바늘이야. 아주 가까운 거리에서 힘껏 찌른 것 같아. 그렇다면 내부소행인가?" 하고 이반이 말했다.

그러자 역 안에서 보초를 섰던 살로하가 냉담한 말투로 대답했다.

"누가 알겠습니까? 어쩌면 우리의 적군이 그에게는 아군이었는지도 모르죠. 그는 늘 이상한 행동을 했으니까요. 한 가지 더 이상한 점은 놈들이 기관총도 가져가지 않았다는 겁니다."

이반도 의아하다는 듯 물었다.

"왜 그랬을까? 기관총은 꽤 값어치가 있는 물건인데."

"그렇죠. 어쩌면 발전기를 훔쳐간 놈들이 그를 죽인 게 아닐까요?"

"그럴지도 모르겠군."

이반은 죽은 예피미뉴크의 얼굴을 내려다보며 혼자 생각했다.

'대체 누가 너를 죽인 거냐?'

그 순간 '제가 고참도 아닌데 어떻게 알겠습니까?'라고 말했던 예피미뉴크의 얼굴이 다시금 떠올랐다. 이반은 곰곰이 생각해보았다.

'발전기를 훔쳐간 놈들이 그를 죽인 것일까? 그렇다면 내가 초소를 지나온 후 얼마 되지 않아 놈들이 들이닥쳤을 것이다. 놈들은 예피미뉴크를 살해하고 디젤발전실로 갔을 것이다. 그렇지만 어떻게 플랫폼을 몰래 지나갔을까? 혹시 측면터널을 통해서 발전실로 잠입한 것일까? 아니면 환풍구를 통해서?

아니, 그럴 리 없다. 환풍구로 이어지는 계단은 이미 부식되어 딛고 올라갈 수도 없었을 테니까. 어쨌든 놈들은 디젤발전기를 훔쳐서 달아났다. 그렇다면 어디로 도망갔을까? 해군 역 쪽으로? 그곳이 아니라면 도망칠 구멍도 없지 않은가? 대체 사조노프는 어디까지 쫓아간 것일까? 지금 당장 그의 도움이 필요하건만…….'

예피미뉴크 앞에 쪼그리고 있던 이반은 자리에서 일어섰다.

살로하는 상체를 구부려 예피미뉴크의 점퍼를 옆으로 걷었다. 이반은 눈을 깜박거렸다. 예피미뉴크의 빛바랜 누런 티셔츠에는 붉은색으로 표식이 그려져 있었다. 어디선가 본 듯한, 익숙한 표식이었다. 도무지 이해할 수 없는 상황이었다. 놈들은 예피미뉴크의 관자놀이에 박힌 뜨개질 바늘을 뺄 겨를도 없이 황급히 도망치는 상황에서도 표식을 남긴 것이었다.

그 표식은 둥근 원 안에 별을 그려 넣은 것이었다. 어떤 의미인 것일까?

"정말 이상하군요. 마치 우리를 조롱하는 것 같습니다." 하고 살로하가 말했다.

그때 포스트쉐프가 숨을 헐떡거리며 뛰어왔다.

"공산주의자들인가? 쿠프치노 역에서 온 놈들의 소행인가? 터널을 파던 놈들의 짓인가?"

이반은 고개를 저었다.

"아닙니다. 공산주의를 상징하는 소비에트 별과는 전혀 다른 모양입니다. 둥근 원 안에 오각형 별을 그려 넣은 표식입니다. 여기 보이십니까? 아무래도 바쟈닉 교수님을 불러야 할 것 같습니다. 바쟈닉 교수님이 설명하는 게 더 나을 겁니다."

"알겠네. 어서 바쟈닉 교수를 불러와."

잠시 후 도착한 바쟈닉 교수는 한참 동안 별 표식을 들여다보더니 방 안에 모여든 사람들에게 잠시 나가 있으라고 말했다. 포스트쉐프는 의아한 듯 눈썹을 치켜세우더니 교수의 의중을 이해한 듯 고개를 끄덕였다. 시체 앞에 쪼그리고 있던 포스트쉐프 사령관은 천천히 자리에서 일어섰다. 사람들이 나가려고 하지 않자 사령관은 어서 나가라고 소리쳤다. 발전실에 사령관, 이반, 바쟈닉 교수만 남자 사령관이 입을 열었다.

"무슨 표식입니까?"

"사람들이 나가고 나니 훨씬 편하군. 방해하는 사람도, 번잡스럽게 하는 사람도 없으니."

그러자 포스트쉐프 사령관이 진지한 표정으로 바쟈닉 교수를 쳐다보며 말했다.

"지금 농담할 상황이 아닙니다."

"나도 농담하는 게 아니네. 내가 왜 사람들에게 나가라고 했겠는가?"

"그러니 어서 대답해 주세요. 대체 이 별 표식이 무엇을 의미하는 겁니까?"

사령관의 이마에 더욱 깊이 주름이 졌다.

이반은 주머니에서 라이터를 꺼냈다. 이반은 여태껏 담배를 피워본 적이 없었다. 담배는 지상에서만 구할 수 있었기 때문에 메트로 안에서는 매우 비싸게 팔렸다. 그래서 애연가들은 수초를 말려서 피우기도 하고, 마리화나를 몰래 재배하기도 했다. 이반이 라이터를 지니고 다니는 이유는 수색 시 매우 요긴했기 때문이었다. 그의 라이터는 메트로에서 탄피를 이용해 만든 것이었지만 꽤 쓸 만했다.

이반은 라이터를 켜고 불꽃을 들여다보았다.

"네부카드네자르에 대해 들어본 적 있나?" 하고 바쟈닉 교수가 말했다.

이반은 여전히 라이터의 불꽃을 응시하며 고개를 끄덕였다. 성경은 대재앙으로 파멸된 인류의 마지막 문화유산이자 교육서였다. 적어도 바실리섬 역에서는 그렇게 여기고 있었다. 사실 이반이 예전에 살던 역에서는 낡은 교과서로 공부를 했지만, 바실리섬 역으로 온 후부터는 성경을 공부했다. 바실리섬 역에서 살기 위해서는 그곳의 문화, 의식, 원칙을 따라야만 했다. 바실리섬 역에서는 아이들을 위한 단일교육 프로그램도 있었다. 그리고 계급주의를 따랐다. 바쟈닉 교수는 바실리섬 역이 봉건제도와 아나키즘의 표상이라고 말하기도 했다. 다른 사람이 그런 발언을 했더라면 가만두지 않았을 테지만 바쟈닉 교수의 말에는 그 누구도 토를 달지 못했다.

바쟈닉 교수의 말처럼 바실리섬 역에서는 주민들이 뽑은 지도자가 있고, 계급의 의무는 대대로 계승되었다. 과거 중세시대 일본에서는 배우 집안의 자손은 배우라는 직업뿐만 아니라 자신의 선대들이 맡았던 배역까지 물려받았다고 한다. 그와 마찬가지로 바실리섬 역에서도 경찰의 자손은 경찰이 되고, 농부의 자손은 농부가 되었으며, 수색대원의 자손은 수색대원이 되는 것이었다.

"네부카드네자르? 왜 그 얘기를 하시는 건가요?" 하고 포스트쉐프 사령관이 물었다. 그의 표정은 더욱 어두워졌다.

"네부카드네자르는 바빌론의 왕이었어. 그는 예레미야의 예언대로 예루살렘을 정복했어. 발타자르도 바빌론의 왕이었네. 그가 승리를 자축하는 연회를 열고 있을 때 갑자기 벽에 예언의 문구가 나타났지. 30일 후 그의 왕국이 멸망한다는 예언이었지. 메네, 메네, 데겔, 우바르신(Mene, Mene, Tekel, Upharsin)······ 세어보았다, 달아보았다, 나누었다."

포스트쉐프 사령관은 바쟈닉 교수가 무슨 말을 하려는지 도무지 이해할 수 없다는 표정이었다. 그는 한시라도 빨리 대답을 듣고 싶었다.

촌각을 다투는 긴박한 상황이었기 때문이었다. 결국 참다못한 이반이 다그치듯 물었다.

"그래서요?"

"기다리게, 이반!" 바쟈닉 교수가 손을 내저으며 말을 이었다.

"이제 설명해 줄 테니 잘 듣게. 바실리섬 역의 디젤발전기는 우리의 황금기를 상징하는 것이었어. 그런데 이제 그 황금기가 끝나는 게 아닌가 걱정이네. 이 표식은 누군가가 우리에게 보내는 메시지를 표식으로 나타낸 것이야. 네부카드네자르는 유대인들의 왕국을 파괴한 후 유대인들에게 다른 길로 가라고 말했지. 발타자르에 대해서는 자네들도 잘 알겠지. 중요한 것은 둘 다 신의 메시지를 받았다는 거야. 종교적인 의미가 있다는 말이야. 우리 역의 발전기를 훔친 놈은 분명 구약성서를 읽고 자신이 숭고한 사명을 실현해야 한다고 생각하는 것 같아. 놈이 우리에게 경고를 한 거야. 이제 어떻게 해야 하지?" 하며 바쟈닉 교수는 턱수염을 만졌다.

"그럼 우리가 유대인이라는 말씀인가요?" 이반이 어이없다는 듯 물었다.

"이반!"

"네, 입 다물고 있겠습니다."

"그렇다면 우리가 맞서 싸워야 할 대상이 누구인가요?" 하고 포스트쉐프가 물었다.

그러자 바쟈닉 교수가 대답했다.

"분명 공산주의자들은 아니야."

"어쩌면 일본인들도 살아남았을지도 몰라. 쓰나미가 덮치지 않았다면 말이야." 하며 해군 역 보초병이 입을 열었다.

"일본의 메트로에도 이곳처럼 사람들이 바글거리며 살아갈지도 몰라. 일본의 메트로도 핵전쟁을 고려하여 설계되었는지는 모르지만 말이야. 내가 듣기로는 도쿄의 메트로는 모스크바 메트로만큼 거대하다고 하더군. 지하철역이 200개, 아니 300개쯤 된다고 들었어. 그러니 메트로 안에 사람들이 살아남았을 가능성이 충분하지. 공과대학 역만큼이나 기술도 발전했을 테니까. 어쩌면 오래전에 가라앉았을지도 모르지만……."

"우리와 마찬가지겠지." 하며 사조노프가 맥없이 웃었다. 사조노프는 이 상황 자체가 어이없었다. 자신들은 사라진 발전기에 대해 물어보았는데, 엉뚱하게 일본 메트로 얘기를 주저리주저리 하고 있는 것이 어리석고 답답하게 느껴졌다.

어두컴컴하던 해군 역 초소에 서치라이트를 켜자 사방이 훤해졌다. 해군 역은 부유한 편이라 전기를 마음껏 쓸 수 있는 상황이었다. 특히 최근 들어서 해군 역은 바실리섬 역보다 훨씬 상황이 좋아졌다. 같은 동맹에 속해 있어도 생활수준은 달랐던 것이다.

카바이드 랜턴은 여전히 노랗고 밝은 빛을 비추었다. 사조노프는 다시 어둡고 습한 터널로 돌아가기가 싫었다. 그대로 앉아서 도쿄의 메트로 얘기나 듣고 있었으면 하는 생각마저 들었다. 해군 역과 이어지는 터널은 지하 깊숙이 건설되어 있었다. 지금 앉아 있는 곳에서부터 내리막 구간이 이어지다가 다시 해군 역 근처에서 오르막으로 바뀌었다. 해군 역은 지하 115미터에 건설된, 세계에서 가장 깊은 지하철역이었다. 그래서 일부 구간은 헤엄을 치거나 보트를 타고 이동해야 했다. 그리고 해군 역 앞의 초소는 일종의 항구 역할을 하기도 했다.

그 터널과 평행으로 건설된 또 다른 터널이 있었지만 그곳에는 차단문이 닫혀 있었다. 얼마 전에 그 차단문을 열자는 제안도 있었지만, 결국 해군 역에서 거절했다. 바실리섬 역의 사람들은 해군 역에서 무엇을 걱정하는지 이해할 수 없었다. 바실리섬 역에서 고스쬔느이 드보르 역이나 사도바야 역, 센나야광장 역으로 기니피그 고기를 밀반출할까봐 거절한 것일까? 사조노프는 얼굴을 찌푸렸다. 사실 그것도 나쁘지 않은 방법이었다. 같은 동맹이라고는 해도 해군 역에서는 기니피그 고기 반출 시 적지 않은 관세를 받았기 때문이다. 하지만 해군 역을 통과하지 않고서는 기니피그 고기를 반출할 방법이 없었다.

"어쨌든 아무도 보지 못했다는 건가?" 하고 사조노프가 다시 물었다. 그러자 선임 보초병이 고개를 저었다. 수상한 사람을 본 적도 없고, 그들도 아는 바가 없다는 것이다.

"안타깝지만 우리도 모르는 일이네." 선임 보초병이 뒤통수를 긁적이며 알코올램프에 주전자를 올렸다. 하도 오래 사용하여 여기저기 구부러지고 낡은 주전자였다.

"차라도 한잔 같이 들지."

해군 역 군인들은 차림새가 깔끔했다. 멋들어진 군복과 군장 그리고 군화는 부러움의 대상이었다. 무엇보다도 그들의 무기가 가장 부러웠다. 선임 보초병은 총신이 긴 검은색의 '콜트 파이선' 리볼버 권총을 갖고 있었다. 그리고 총자루에는 손가락 모양대로 굴곡이 있었다.

한 보초병은 개머리판이 매끈한 AK-103 소총을, 또 다른 보초병은 사이가(Saiga) 자동엽총을, 또 다른 한 명은 영국 라이플총을 갖고 있었다. 모두 공장에서 생산된 깔끔한 새 무기들이었다. 심지어 그들은 평범한 사병들인데도 그런 무기를 지니고 있었다. 순간 사조노프는 그들이 평범한 사병들이 아닐지도 모른다고 생각했다. 바실리섬 역에서는 수색대원들조차 그런 무기를 갖고 있지 못했다. 사조노프는 해군 역이 부르주아들의 역이라는 것을 새삼 실감했다.

사조노프는 얼굴을 찡그렸다. 다른 사람의 것을 부러워해서 뭐 좋을 게 있나? 사조노프는 무기 외에 다른 것에 있어서 타인의 물건을 탐내본 적이 없었다. 없으면 없는 대로 살아가면 된다고 생각했다. 하지만 해군 역의 파이선 권총은 정말 부러웠다. 사조노프는 피식 웃었다. 자신이 가진 '나강' 리볼버 권총을 들고 그들과 맞선다면 누가 이길까 하는 생각이 들었다.

"한 번 봐도 되나?" 하고 사조노프가 선임 보초병에게 물었다.

그러자 보초병은 잠시 머뭇거리더니 이내 고개를 끄덕였다.

사조노프는 총을 받아 들고 허공을 겨냥하며 말했다.

"정말 훌륭한 총이야. 대단해. 44 매그넘 총이라고 했던가?"

실제로 사조노프는 다른 사람을 부러워한 적이 없었다. 심지어 여자들이 줄줄 따르는 이반을 부러워한 적도 없었다.

하지만 그도 단 한 사람만은 부러워했다.

"장군님은 잘 지내시나? 여전히 전투를 하느라 바쁘신가?" 하고 사조노프가 물었다.

그러자 해군 역 보초병이 정색하며 말했다.

"메모프 장군님? 자네가 무슨 상관인가?"

"그저 궁금해서 말이야. 자네들은 해군 역에 살고 있지 않은가. 해군 역에서는 장군님이 최고통치자니까. 최고통치자의 계급이 장군이라는 것이 익숙지 않아서 말이야."

"그게 자네와 무슨 상관인가?"

"그저 궁금해서 물어본 거야."

그 순간 예고르가 요란하게 코를 풀었다. 그는 컥컥 가래를 끌어모아 바닥에 뱉고는 퉁퉁 부은 눈으로 사람들을 쳐다보았다. 추남이 따로 없는 몰골이었다. 해군 역 보초병들은 일순간 말을 멈추었다.

"왜? 내가 코를 풀어서 마음에 안 드나?"

"그다지 마음에 들지는 않는군." 하고 AK-103 소총을 들고 있던 보초병이 대답했다.

"그렇다면 미안하네! 뭐, 내가 여기 연애하러 온 것은 아니지 않은가?"

사조노프는 태어나서 처음으로 예고르의 거친 행동이 마음에 들었다. 그는 무심코 한 행동이었지만 사조노프에게 절호의 기회를 만들어주었기 때문이다.

사조노프는 천천히 자리에서 일어서며 말했다.

"다들 흥분하지 말고 침착하게 행동해. 예고르가 사과하잖아. 안 그래, 예고르?"

해군 역 보초병들은 어리둥절한 표정으로 서로를 쳐다보았다. 선임 보초병은 서둘러 자신의 리볼버 권총을 찾았다. 하지만 그의 총은 사조노프의 손에 들려 있었다.

"자, 침착하게. 내가 물어볼 것이 하나 있는데 말이야……."

"분명 공산주의자들은 아니야." 바쟈닉 교수가 말했다.

그때 어디선가 익숙한 목소리가 들렸다.

"그들은 공산주의자들이 아니에요. 이른바 '이방인들'입니다."

이반은 깜짝 놀라서 뒤를 돌아다보았다. 디젤발전실 입구에 키가 크고 어깨가 넓은 사람이 서 있었다. 고상한 얼굴에 코가 높고 눈동자가 회색인 남자는 여기저기 더러워진 바바리코트를 걸치고 있었다. 그의 어깨에 걸린 권총집 밖으로 리볼버 총자루가 삐죽이 나와 있었다.

"안 그래도 자네가 어디 갔나 했어." 이반이 입꼬리를 올리며 말했다.

"사조노프! 돌아온 걸 환영하네!"

사조노프는 소위 '상류층' 집안 출신이었다. 바실리섬 역에서는 농담으로 지하철 건설노동자, 역무원들, 기술자들, 기계공들을 상류층이라고 불렀다. 실제로도 그들은 경찰과 마찬가지로 지배계급에 속했다. 기계공의 아들은 어린 시절부터 출세를 보장받는 셈이었다. 최소한 터널공사 작업반장이 되거나 사령관의 부관이 될 수 있었기 때문이다. 그리고 서른 살쯤 되면 사령관이 될 가능성도 있었다. 그보다 더 출세할 수도 있을 것이다.

하지만 사조노프는 수색대원이 되겠다고 고집을 부렸다. 아무리 그를 설득하려고 해도 좀처럼 고집을 꺾지 않았다. 그는 굳게 닫힌 차단문처럼 완강했다. 코솔라프는 그런 그를 예의 주시하며 한 번쯤 겁을 주려고 기회를 노렸다. 감히 '디거'가 되겠다고 나서는 상류층 출신의 껄다리 신참을 놀려주고 싶었던 것이다. 하지만 지상에 있는 트로이츠키 백화점 수색을 다녀온 후 코솔라프의 생각은 완전히 바뀌었다. 당시 사조노프는 파블로프 들개들이 달려들자 총을 쏘며 대원들의 퇴각을 엄호하고 심지어 코솔라프를 구해주었기 때문이다. 이후 수색대원들은 사조노프를 동료로 인정해주었다.

그리하여 그는 경찰도, 기계공도 아닌 진정한 '디거'가 되었다.

하지만 이반은 언젠가 진정한 수색대원이 어떤 건지 제대로 보여주겠다는 생각을 품고 있었다.

"기쁜 소식이라도 있나?" 포스트쉐프 사령관이 사조노프에게 물었다.

"죄송합니다만, 아직 없습니다. 터널을 뒤져봐도 아무런 흔적이 없었습니다. 수상한 사람을 봤다는 얘기도 없습니다. 환풍구나 배수터널도 조사해봤지만 헛수고였습니다. 그래서 해군 역 초소까지 다녀왔습니다. 거기서도 수상한 사람을 보지 못했다고 하더군요." 하며 사조노프는 고개를 절레절레 저었다.

"물건을 팔고 다니는 상인들도 지나가지 않았다고 하던가?"

"상인들은 이미 오래전부터 왕래가 없다고 합니다. 배수관을 통해서 도망쳤을까요? 하긴 그럴 리가 없겠군요. 커다란 발전기를 주머니에 넣고 도망쳤을 리도 없고……."

"그렇군. 대체 놈들은 어디로 도망친 거지? 자네들은 수색대원들 아닌가? 정말 치욕적이야!" 사령관은 화를 내다가 다시 사조노프를 쳐다보았다.

"자네가 '이방인들'이라고 하지 않았나? 그렇게 말하는 근거가 있나?"

그러자 사조노프가 웃으며 대답했다.

"사령관님, 아직 제 보고가 끝나지 않았습니다."

"그렇다면 계속해 보게."

"내가 물어볼 것이 하나 있는데 말이야……." 하며 사조노프는 해군 역 보초병의 목덜미를 천천히 쥐더니 순식간에 잡아당겼다.

보초병은 새파랗게 질려서 두 눈을 질끈 감았다. 사조노프는 알코올램프를 걷어찼다. 그러자 주전자가 떨어지고, 뜨거운 물이 사방에 쏟아졌다.

그 자리에 있던 사람들은 모두 놀라서 비명을 질렀다.

"어디 있어?"

"무슨 말이야?"

보초병은 빠져나가려고 안간힘을 쓰며 자신의 허리춤에 차고 있던 권총집을 뒤적였다. 그는 너무 당황한 나머지 자신의 총이 사조노프에게 있다는 것조차 잊어버렸다.

"배신의 대가로 받은 것 말이야! 당장 주머니를 뒤집어봐!" 하고 사조노프가 소리쳤다.

"대체 무슨 말을 하는 거야?" 보초병은 아연실색한 얼굴로 쳐다보았다.

"당장 주머니를 뒤집어봐!" 사조노프는 보초병의 턱 밑에 리볼버 권총을 갖다 대고 엄지손가락으로 방아쇠를 당길 태세를 취했다. 딸깍! 경쾌한 소리와 함께 안전장치가 풀렸다.

"예고르!"

"네!"

그제서야 해군 역 보초병들은 상황이 좋지 않다는 것을 깨닫고 총을 집으려고 했지만 이미 예고르가 칼라슈니코프로 위협을 하고 있었다.

"놀랐나? 자, 착한 강아지들처럼 말을 잘 들어야겠지?" 하며 예고르는 칼라슈니코프의 총신을 어루만졌다. 덥수룩하게 면도도 하지 않은 얼굴의 예고르는 너구리처럼 툭 튀어나온 이빨을 보이며 말했다.

"우리가 대단한 것을 요구하지는 않잖아? 그저 질문 하나 했을 뿐이지. 대장님, 이 녀석들을 어떻게 할까요? 당장 끌고 갈까요? 아니면 좀 더 괴롭혀줄까요?"

사조노프는 예고르가 생각보다 똑똑하다는 생각을 하며 고개를 끄덕였다. 사조노프는 선임 보초병을 끌고 선착장으로 향했다. 보초병은 사조노프의 잰 걸음에 속도를 맞추지 못하고 거의 바닥에 질질 끌려갔다.

"물에 들어가서 수영이라도 좀 할래?" 사조노프는 놀리듯 말했다. 시커먼 물이 랜턴 불빛에 반짝거렸다.

"싫어!" 선임 보초병은 있는 힘껏 사조노프를 밀었다.

하지만 사조노프는 꿈쩍도 하지 않은 채 오히려 보초병을 널판으로 밀었다. 쿵! 보초병이 나가떨어지면서 선착장에 묶여 있던 보트 네 대가 꿀렁거리고, 흔들리는 보트의 그림자가 터널 벽에 비쳤다.

"대체 얼마나 받은 거야? 마지막 기회다. 어서 대답해!" 하며 사조노프는 리볼버 권총의 방아쇠를 쥐었다. 쓰러졌던 보초병은 천천히 자리에서 일어섰다.

"무슨 말을 하는지 모르겠군."

사조노프는 총자루로 그의 쇄골을 있는 힘껏 내리쳤다. 으드득……. 쇄골이 으스러지는 소리가 들렸다.

"으악!"

선임 보초병은 그 자리에 무릎을 꿇고 쓰러져 비명을 질렀다.

나머지 보초병들도 놀라서 소리를 질렀다. 사조노프는 서둘러야겠다는 생각이 들었다. 선임 보초병은 여전히 굴하지 않고 말했다.

"빌어먹을! 같이 차를 마셨을 뿐인데, 왜 나를 공격한 거야? 나는 아무것도 몰라."

"마지막 기회다. 다섯을 셀 동안 실토해. 하나!"

사조노프는 선임 보초병에게 한 걸음 다가서며 그의 창백한 이마에 총구를 겨누고 말했다.

그러자 보초병은 닭똥 같은 눈물을 흘리기 시작했다. 그의 양볼에 검은 구정물이 흘러내렸다.

"제발 그러지 마, 제발!"

그 순간 누군가의 목소리가 들렸다.

"당장 총을 내려놔."

사조노프는 천천히 돌아보았다. 대체 어디서 나타난 건지 알 수 없었다.

사조노프의 코 앞에 총구가 보였다.

"당신은 또 누구야?"

"크미치츠 대위라고 하네."

그는 여전히 사조노프를 겨냥한 채 대답했다. 대위의 소매에 달린 은색 단추가 반짝거렸다. 사조노프는 생각지 못한 상황에 당황하여 권총을 떨어뜨릴 뻔했다. 크미치츠 대위는 검정색의 해군 제복을 입고 있었다. 사조노프는 그런 근사한 제복을 책에서만 보았을 뿐 직접 본 것은 처음이었다.

"해군 보안국 소속이다. 총을 내려놔라. 그렇지 않으면 쏠 수밖에 없다."

"총을 내려놓겠소. 하지만 먼저 저 놈이 나에게 대답을 한 뒤에 내려놓겠소." 하며 사조노프는 보초병의 주머니에서 쏟아진 담배들과 항생제들을 가리켰다.

크미치츠 대위는 무릎을 꿇고 있는 보초병을 쳐다보며 말했다.

"어떻게 된 일인지 대답하라."

그러자 보초병이 바들바들 떨며 말했다.

"제 물건들이 아닙니다……."

"그럼 누구 것이냐? 대답해! 셋!" 하고 사조노프가 소리쳤다.

"저는 아무것도 받은 게 없습니다. 이건 제가 가지려는 게 아니고……."

"무슨 말인지 알겠네. 그렇다면 누구에게 주려던 것인가?" 하고 크미치츠 대위가 차분하게 물었다. 그의 눈빛은 마치 보초병을 이해한다는 듯했다.

"넷!" 다시 사조노프가 고함쳤다.

그러자 보초병은 겁에 질려 엉엉 울기 시작했다. 얼굴에는 구정물이 흐르고, 웃옷도 눈물에 젖어버렸다. 그는 쏟아지는 눈물 때문에 눈을 뜨지도 못했다. 그야말로 역겨운 모습이었다.

"어머니가 있습니다. 어머니가 아프셔서……."

사조노프는 그의 말을 믿지 않았다. 메트로에서는 항생제라면 총알을 한 자루씩 주고라도 사려고 했다. 그만큼 귀한 것이라 유통기한이 지났다고 해도 얼마든지 팔 수 있었다.

크미치츠 대위는 보초병과 사조노프를 번갈아 쳐다보더니 계속 하라는 듯 고개를 끄덕였다.

"누가 너한테 이것들을 준거냐? 네가 대답만 하면 풀어주겠다."

"나는 잘 모르는……."

"다섯까지 세야 대답을 할 셈이냐?"

그러자 보초병이 기겁하며 벌겋게 달아오른 얼굴을 치켜들고 대답했다.

"어떤 사람이 오늘 안에 가야만 한다고……."

"어디로?"

"제가 듣기로는 마야코프 역으로 가야 한다고 했습니다."

사조노프는 아무런 대답도 하지 않고 조용히 총을 내려놓았다. '콜트 파이선' 리볼버 권총은 확실히 쓸 만한 물건이었다. 총자루에 고무가 씌워져 있어서 손에 땀이 차도 미끄러지지 않았던 것이다.

"마야코프 역으로 간다고? 그렇다면 놈들은 이방인이었나?" 사조노프는 이미 상황파악을 했음에도 불구하고 크미치츠 대위가 알아든게끔 다시 한 번 물었다.

"네."

"이방인들이었던 게 확실한가?"

"네, 그렇습니다!"

"이제 이해되십니까?" 사조노프는 크미치츠 대위를 쳐다보았다.

대위는 고개를 끄덕이며 천천히 총을 내려놓았다.

"지금 당장 전화를 해야겠군. 자네는 자네 부하에게 보초병들을 풀어주라고 하게. 고스찐느이 드보르 역에서 놈들을 잡아야겠어."

"가능할까요, 대위님?"

그러자 크미치츠 대위는 고개를 저으며 대답했다.

"잘 모르겠군. 하지만 일단 시도해봐야지."

"그런 일이 있었던 겁니다." 사조노프는 마침내 상황보고를 마쳤다. 그는 두 볼이 푹 꺼지도록 지친 모습으로 테이블 쪽으로 다가갔다. 그러다가 방수포로 덮어둔 시체를 발견하고는 물었다.

"누구입니까?"

"예피미뉴크야……. 사조노프, 대체 왜 이방인들이 우리 역의 발전기를 가져간 걸까?" 하고 이반이 말했다.

사조노프는 자신도 모르겠다는 듯 어깨를 으쓱거리며 대답했다.

"글쎄, 나도 잘 모르겠어. 혹시 이방인들의 아지트인 보스타니예 광장 역에 문제가 생긴 게 아닐까?"

이반은 사조노프의 말이 일리가 있다는 생각에 고개를 끄덕였다.

"자네 생각은 어떤가? 그렇다면 보스타니예 광장 역과 전쟁을 해야 하나?"

"그렇지. 일단 마야코프 역을 점령해야 해. 우리가 조금 서두른다면 아침 무렵 그곳에 도착할 수 있을 거야."

"그래, 맞아." 하고 이반이 동의했다.

보스타니예 광장 역은 페테르부르그 메트로에서도 가장 오래된 역이었다. 1955년 완공된 이 역은 당시 건축자재를 아끼지 않고 제정시대 건축양식으로 화려하고 장대하게 지었다. 처음 이 역을 설계할 때부터 핵전쟁이 일어날 가능성을 고려하여 터널에 200미터마다 한 군데씩 화장실, 욕실, 배수설비, 공기정화 및 환풍시설을 설치했다. 그뿐만 아니라 수많은 비밀 통로와 민방위 대피소, 군사벙커들을 마련해두었다. 보스타니예 광장 역은 모스크바 메트로만큼이나 복잡하게 얽혀 있는 곳이라서 길을 찾으려면 한참 헤매야만 했다.

페테르부르그의 메트로는 전반적으로 심플한 스타일이라 때로는 지루하게 느껴질 정도였지만 보스타니예 광장 역은 모스크바 메트로처럼 화려하고 아시아 스타일도 섞여 있어서 이국적인 느낌이 들었다. 바로 그런 이유 때문에 '이방인들'이 그곳을 아지트로 삼았는지도 모른다.

어쨌든 뭔가 이유가 있었기 때문에 그곳에 정착했을 것이다.

"비건제국이라도 정복하려는 건가? 정신들 차리게! 자네들이 아무리 뛰어난 수색대원들이라고 해도 세상이 그리 만만치가 않아……."

그러자 사조노프가 결연한 표정으로 똑바로 서서 대답했다.

"그렇습니다. 사령관님, 우리 힘만으로는 그들을 이길 수 없습니다."

"그래서? 어떻게 하자는 건가?" 포스트쉐프 사령관이 이를 꽉 다물며 물었다.

사조노프는 이반, 바쟈닉 교수 그리고 사령관을 둘러보더니 대답했다.

"프리모르스크 동맹이 공동 대응해야 합니다."

순간 침묵이 흘렀다.

잠시 후 사령관이 말했다.

"빌어먹을! 경솔하게 행동했다가는 오히려 상황이 악화될 수도 있어."

과거에는 프리모르스크 역, 바실리섬 역, 해군 역-1, 해군 역-2, 고스찐느이 드보르 역, 넵스키 대로 역 등 총 여섯 개 역이 힘을 모아 프리모르스크 동맹을 결성했다. 하지만 프리모르스크 역이 버려지면서 다섯 개 역으로 줄어들었다. 그로 인해 세력의 균형이 깨지게 되었다. 과거 프리모르스크 역에 살던 사람들이 대부분 해군 역에 정착했기 때문이다. 엄밀히 말하자면 해군 역에서 그들을 유인했다. 그들 중 바실리섬 역에 정착한 사람들도 있었지만 손에 꼽을 정도로 드물었다. 가난한 바실리섬 역은 그들이 정착하는 대신 대가로 뭘 줄 수 있는 형편이 아니었기 때문이다.

이후 돌연변이들의 습격에 대응해야 할 때도 긴밀한 협조가 이뤄지지 않았다. 그래서 결국 사람들은 바실리섬 역과 프리모르스크 역 사이의 구간을 차단문으로 봉쇄했다. 그 때문에 어제 이반이 프리모르스크 역에 다녀올 때에는 봉쇄된 터널이 아닌 측면터널을 이용해야만 했다.

포스트쉐프가 나지막한 목소리로 입을 열었다.

"이반, 어쩔 수 없이 자네 결혼식은 미뤄야겠네. 미안하네. 하지만 자네도 알다시피 상황이 좋지 않아."

이반은 따냐가 실망할 것을 생각하며 잠시 대답을 머뭇거렸다. 하지만 이내 사령관에게 고개를 끄덕였다.

"이반, 고개만 끄덕이지 말고 대답을 해주게."

"네, 일단 발전기를 되찾는 것이 급선무입니다."

"그래, 맞아. 아! 통신은 다시 연결되었네. 누군가 전화선을 끊어두었던 모양일세. 대체 누가 그런 짓을 한 거야?"

사령관은 자신도 모르게 언성을 높였다.

사조노프와 이반은 뭐라고 대답할지 몰라서 입을 다물었다.

사령관은 다시 평정심을 되찾은 듯 테이블 위에 상체를 숙이며 말했다.

"자, 독수리들, 내 말을 잘 듣게."

이반과 사조노프는 진지한 표정으로 사령관을 쳐다보았다.

"조금 전에 해군 역과 전화통화를 했네. 해군 역에서 공동작전을 이끌 만한 사람을 파견하겠다는군. 하지만 그가 도착할 때까지 기다리는 것은 어리석은 짓이야. 일단 자네들은 마야코프 역과 보스타니예 광장 역으로 출발해. 우리는 해군 역에서 보낸 사람을 기다렸다가 그와 의논을 해보겠네. 알겠나?"

"네!" 하고 이반이 대원들을 대표해서 말했다.

"좋아. 앞으로 세 시간 후 집합하도록 한다. 모두 모인 후 30분 정도 작별인사를 해야겠지. 자, 어서 서두르게. 시간이 얼마 남지 않았어."

이반의 막사까지 걸어오는 동안 따냐는 아무 말도 하지 않았다.

"결심한 거야?"

이반은 그녀를 바라보았다. 그의 눈빛만 봐도 그렇다는 것을 알 수 있었다.

"왜 아무 말도 하지 않아?"

이반은 뭐라고 말해야 할지 몰랐다. 뜻하지 않은 상황 때문에 따냐가 실망했을 게 뻔했다. 아침이 밝으면 새 신부가 될 사람이었건만 다시 기약 없이 이반을 기다려야 하기 때문이었다. 이반이 전쟁에 나가서 돌아오기만을 기다려야 하는 것이다. 제발 살아서 돌아오기를…… 돌아올 때까지 시간이 얼마나 걸릴지 모를 일이었다. 어쩌면 영원히 기다려야 할지도…….

이반은 순간 그녀가 일명 '파이프 나무'에 다녀왔는지 궁금해졌다. 그는 눈을 깜박거렸다.

많은 사람들이 그 나무를 터널의 주인이라고 여기며 찾아가곤 했다.

"그래, 난 이만 가볼게. 해야 할 일이 산더미거든." 하며 따냐가 갑자기 뒤돌아서서 플랫폼을 따라 걸어갔다.

이반은 멀어져 가는 따냐의 뒷모습을 바라보았다. 그녀가 상심한 게 아닐까 걱정이 되었다.

이반은 서둘러 막사 안으로 들어갔다. 시간이 매우 촉박했다. 짐을 싸고 최소한 두어 시간이라도 눈을 붙여야 했다. 이반은 침상에 누워 베개에 얼굴을 파묻고 눈을 감았다. 그러나 그는 다시 번쩍 눈을 떴다.

아직 해야 할 일이 남아 있었다.

그 순간 누군가 막사를 열고 바스락거리며 들어섰다.

따냐가 섭섭한 마음을 누르지 못하고 다시 돌아온 게 아닐까 하는 생각이 들었다.

"짐 싸는 것을 도와주려고 온 거야? 괜찮아, 나 혼자서도 할 수 있어." 하고 이반이 뒤도 돌아보지 않은 채 말했다.

"이반……."

따냐의 목소리가 평소와 달리 의미심장하게 느껴졌다.

"왜?"

이반은 자리에서 일어나 그녀를 돌아본 순간 그 자리에서 굳어버렸다.

끔찍했던 하루의 기억이, 아니 지난 모든 과거가 순식간에 날아가는 기분이었다. 이반은 속설을 믿지 않는 편이었지만 왠지 두려운 생각이 들었다.

"어째서?" 이반은 말을 잇지 못했다.

따냐는 아름다운 어깨를 드러내는 새하얀 웨딩드레스를 입고 있었다. 심장이 멎을 정도로 눈부시게 아름다웠다. 높이 올려 묶은 머리채가 쇄골까지 드리워져 있었다.

아름다운 신부의 모습이었다.

"어째서?" 하고 이반은 다시 물었다.

따냐는 말없이 그에게 다가섰다. 이반은 갑자기 무릎이 덜덜 떨릴 정도로 오한이 느껴졌다. 하지만 따냐는 이미 결심한 듯한 표정으로 이반을 바라보았다.

"대체 왜? 이런……."

"이렇게 해야만 할 것 같았어." 하며 따냐는 그의 손을 잡아 자신의 허리 위에 올려놓았다. 이반의 손끝에 웨딩드레스의 레이스가 스쳤다. 그리고 그녀의 아름다운 몸매가 느껴졌다.

"따냐, 지금 네 손이 얼음장 같아."

예전에 열차관리용 플랫폼으로 사용했던 곳에 전등 하나만이 외로이 켜져 있었다. 이반은 딱딱하게 굳은 시멘트 자루들, 텅 빈 케이블 릴, 버려진 건축자재, 콘크리트 벽에 튀어나온 녹슨 철근들을 지나 플랫폼으로 걸어갔다.

"전쟁에 노인들만 나가네." 하며 예브팟 삼촌이 고개를 들었다.

"이반! 어서 와. 과거의 영웅들이 어떻게 불을 밝혔는지 알려줄까?" 그는 주위를 둘러보면서 말했다.

"왜 다들 아무 말도 하지 않는 거야?"

이반은 예브팟 삼촌 주위를 둘러보았지만 아무도 없었다. 삼촌의 등 뒤에는 녹슨 깃대에 매달린 하얀 천 조각만 바람에 흔들리고 있었다. 삼촌이 매달아둔 외로운 깃발이었다. 예브팟 삼촌은 자진해서 이곳에 살았다. 그후 이반은 그를 자주 찾아오지 못했다.

삼촌은 가끔씩 정신이 나간 사람처럼 행동했다. 물론 심각한 정도는 아니었다. 누구나 약점은 있기 마련이니까.

"안녕하세요, 삼촌. 잠시 앉았다가 가도 될까요?"

이반은 반쯤 부서진 케이블 릴 위에 털썩 앉으며 말했다.

"그러렴. 내가 널 쫓아내기야 하겠니?"

예브팟 삼촌은 귀를 긁으며 입이 찢어져라 하품을 했다. 두 사람은 말없이 앉아 있었다. 양철대야에 천장의 물방울이 똑똑 떨어지는 소리가 들렸다. 카바이드 버너 위에는 낡은 주전자가 올려져 있었다. 차를 끓여주시려는 모양이었다. 이반은 여기 오면 바실리섬 역과 동떨어진 느낌을 받곤 했다. 예브팟 삼촌은 안경집에서 안경을 꺼내 썼다. 스카치 테이프로 안경다리를 동여맨 것이 보였다. 예브팟 삼촌은 안경 너머로 자신의 조카를 물끄러미 바라보았다.

"안 좋은 일이라도 있니?" 마침내 삼촌이 물었다.

이반은 괜찮다는 듯 어깨를 으쓱해 보였다. 사실 이보다 더 상황이 좋지 않은 적도 있었다.

"괜찮아요."

예브팟 삼촌은 고개를 끄덕이며 말했다.

"그래. 잠시 앉아 있거라. 차를 끓여줄 테니까."

이반은 양철로 된 따뜻한 찻잔에 손을 녹이며 예브팟 삼촌의 이야기를 들었다. 그는 이반의 유일한 친척이었다. 물론 아주 먼 친척이긴 했지만 유일하게 살아남은 피붙이였다.

가끔 예브팟 삼촌은 여자들과 함께 듣기 힘든 이야기를 들려주기도 했다.

"이반, 천사들에 대한 얘기를 들어본 적 있니? 없다고? 그럼 내가 하는 이야기를 잘 들어보렴. 이 이야기를 듣고 나면 메트로에서 벌어지는 일들이 좀 더 이해될 거다. 위대한 사담의 실수에 대해 들어본 적 있니? 핵전쟁 이후 메트로에는 수많은 사람들이 모여 살았어. 메트로 안의 인구가 더 증가하면 기근이 시작될 수도 있는 상황이었지. 사람들은 메트로에 온갖 잡동사니를 가져왔지만 정작 콘돔은 잊어버린 거야. 이런 단어를 써서 미안하구나.

어쨌든 들어보렴. 어느 날 위대한 사담은 수업을 한답시고 옐리자롭스카야 역의 소년들을 모아서 외딴 곳으로 데려갔어. 당시 쥐들이 기승을 부리던 때라서 쥐들이 없는 안전한 곳으로 데려갔지. 그곳에서 아이들을 마취시키고 수술을 해버린 거야. 한 명도 빠짐없이 말이야. 그중 몇 명은 수술 중에 죽기도 했어. 얼마 후 아이들이 깨어났지. 그 사실을 알게 된 소년들의 어머니들이 분노하며 폭동을 일으켰어. 신에게 도전한 네로나 다름없다고 생각한 거야. 여자들은 사담을 왕좌에서 끌어내려 갈기갈기 찢어버렸어. 그의 육신은 흔적도 없이 사방으로 흩어졌지. 호위병들이 총을 쏘며 진압하려고 했지만 불가능했어. 분노한 여자들을 누가 말릴 수 있었겠니? 그렇게 사담의 시대는 막을 내렸지. 그 이후 어떻게 되었냐고?

아이들은 성불구자가 되었어. 대신 사람들은 아이들에게 노래하는 법을 가르쳤지. 일명 카스트라토 또는 파리넬리라고 하지. 그중 노래를 잘하는 아이들을 선발했어.

그들은 아직도 노래를 부른단다. 혹시 그들의 노래를 들어본 적 있니? 터널 안에 그들의 노래가 울려 퍼질 때면 온몸에 소름이 돋을 정도야. 수정처럼 맑고 투명하면서도 힘이 있는 목소리거든.

마치 천사들의 노래 같아."

예브팟 삼촌은 잠시 말을 멈추고는 삐뚤어진 주전자를 바로 세웠다.

"어떤 이들은 사담이 소년들을 거세한 이유가 따로 있었다고 해. 사실 출산율을 낮추려던 것이 아니라 천사들처럼 노래하는 소년들을 만들고 싶었던 거지. 그렇게 살아 있는 채로 천국을 느끼고 싶었던 거야."

"그렇다면?"

"그래, 맞아. 사담은 고자를 만든 게 아니라 천사를 만든 거야. 가장 아름다운 천사들을 만들고 싶었던 거지. 하지만 사람들은 그를 이해하지 못했어. 그게 바로 인간들의 문제야."

이반은 아무 말도 하지 않고 생각에 잠겼다.

잠시 후 이반이 물어보았다.

"옐리자롭스카야 역은 어떻게 되었나요?"

"어떻게 되다니?" 예브팟 삼촌은 한쪽 눈썹을 치켜세우며 반문했다.

"그 사건이 있은 후 역은 버려졌나요?"

예브팟 삼촌은 어깨를 한 번 들썩이더니 대답했다.

"소년들이 모두 거세를 당해서? 이후에도 여자들은 아이를 낳았어. 그게 여자들의 본능이니까. 하룻밤 사이 인구를 늘리는 것은 일도 아니지. 그때 거세당했던 소년들은 이제 스무 살쯤 되었을 거야……."

마침내 환송식이 시작되었다.

결혼식 대신 전쟁을 시작하게 된 것이었다. 포스트쉐프 사령관은 사람들을 둘러보며 말했다.

"아직 소식을 듣지 못한 사람들을 위해 알려주겠다. 우리는 이제 보스타니예 광장 역과 전쟁을 시작한다. '이방인들'과의 전쟁이 시작되는 것이다. 이유는 여러분도 잘 알고 있을 것이다. 그들이 국경을 넘어 살인과 절도를 저질렀기 때문이다. 이제 프리모르스크 동맹의 모든 역들이 함께 전쟁에 나설 것이다. 하지만 그중 가장 막대한 책임은 바로 우리에게 있다. 그것이 우리의 숙명이라면 받아들여야 한다."

"당연하지!"

누군가 소리쳤다. 포스트쉐프 사령관은 지친 표정으로 이반과 사람들을 둘러보았다. 그는 깊게 한숨을 쉬더니 나지막이 말했다.

"발전기가 다시 제자리로 돌아올 때까지 기다리겠네. 대원들만 믿겠네. 바실리섬 역을 곤경에서 구해주게. 자, 행진곡을 연주해!"

살로하가 버튼을 누르자 오래된 일본 오디오에서 장엄한 행진곡이 흘러나왔다.

일어나라, 부르주아여! 이제 너의 죽음의 시간이 다가왔다.
가난한 민중이 너에게 맞설 것이다.

격정적인 노랫소리가 플랫폼에 울려 퍼졌다.

괜찮다, 괜찮다, 괜찮다…….
장검과 총탄과 총검, 그 무엇이든 상관없다.
사랑하는 그대여, 나를 기다려주오.
나는 다시 돌아…… 돌아…….

펑! 갑자기 오디오에서 파란 불꽃이 일더니 노랫소리가 멈추었다. 대원들은 동요하지 않고 선로로 뛰어내려 터널을 향해 걸어갔다. 이반은 플랫폼에 배웅 나온 사람들을 돌아다보았다. 여자들과 아이들, 무기를 들 힘조차 없는 노인들이 서 있었다. 많은 사람들이 눈물을 흘리고 있었다. 바실리섬 역의 남자들은 대부분 전쟁에 나섰다. 심지어 바쟈닉 교수도 함께 나섰다. 이제 바실리섬 역의 남자들이라고는 다리가 불구인 예브팟 삼촌과 포스트쉐프 사령관뿐이었다. 사령관은 남은 주민들을 지키기 위해 자리를 떠날 수 없었다.

이반은 바실리섬 역을 둘러보았다. 그는 슬픈 환송식이 마음에 들지 않았다. 즐겁게 헤어져야 한다는 생각이 들었다. 그는 예고르를 쳐다보며 말했다.

"예고르, 선창해!"

"어떤 노래요?"

"우리의 노래."

예고르는 이반의 말을 단번에 이해하고는 피식 웃었다. 그는 걸걸한 목소리로 노래를 부르기 시작했다.

잔뜩 술에 취하면 브레이크를 걸겠어.

자, 친구여, 함께 가자! 집으로 가는 길을 알려줄 테니.

어느새 사람들은 다같이 합창하기 시작했다.

여기가 바로 레닌그라드!

여기가 바로 레닌그라드!●

● 레닌그라드 그룹의 노래 'www'.

이반은 멈춰 서서 랜턴을 비추었다. 파벨이 랜턴 불빛에 눈을 찡그리며 돌아섰다.

"먼저 가. 곧 쫓아갈게." 하고 이반이 말했다.

이반은 일명 '파이프 나무' 또는 '위시트리'라 불리는 곳에 서 있었다. 그곳에는 파이프들이 뒤엉켜 있었으며, 습한 터널 안의 공기 때문에 녹슨 파이프들이 끊어져서 위태롭게 매달려 있었다. 그 모습이 마치 나무 같아서 사람들은 '파이프 나무'라고 불렀다. 이반은 고개를 절레절레 흔들었다.

파이프 나무의 가지와 줄기마다 흰색 또는 붉은색 리본이 매달려 있었다. 터널로 불어오는 바람에 파이프들이 흔들거리며 끼릭끼릭 하는 소리가 울려 퍼졌다.

바실리섬 사람들은 한밤중에 파이프 나무를 찾아와 소원을 빌고 리본을 매달아두면 그 소원이 이뤄진다고 믿었다.

정신을 잃고 쓰러질 정도로 애절하게 소원을 빌면 터널의 주인인 파이프 나무가 소원을 들어준다는 것이다.

이반은 따냐가 이곳에 온 적이 있을지 궁금해졌다. 하지만 이반은 다시 고개를 저으며 속으로 생각했다.

'내가 상관할 일은 아니지. 나는 오디세우스니까……'

이반과 까쨔는 처음 사귀기 시작할 무렵 서로를 오디세우스와 페넬로페라고 불렀다. 순간 이반은 자신이 페넬로페라고 부르던 사람은 따로 있고, 이제 또 다른 여자가 자신을 기다린다는 것이 아이러니하게 느껴졌다. 그는 까쨔의 말이 생각났다.

'이봐, 오디세우스, 너는 바보야.'

터널 안에 다시 바람이 불자 색색의 리본들이 흔들리고, 파이프가 끼릭 끼릭 하며 울었다. 이반에게는 그 소리가 마지막 작별인사처럼 들렸다.

'다시는 돌아오지 못할 것이다. 절대로.'

4 ←

메모프 장군
ГЕНЕРАЛ

바실리섬 역을 출발한 사람들은 그들의 짐을 실은 궤도차를 따라 걸어갔다. 오래된 궤도차가 녹슨 선로를 따라 굴러가면서 끼릭끼릭 우울한 소리를 냈다. 어느새 터널의 경사가 느껴지기 시작했다. 초록색 라인인 해군 역은 페테르부르그 메트로에서 가장 깊게 건설된 곳이었다. 걸음을 옮길수록 터널은 점점 내리막길로 바뀌었다. 이반은 이 세상의 가장 밑바닥까지 내려가는 기분이 들었다. 마치 지옥을 향해 걸어 들어가는 것 같았다.

해군 역은 그들의 동맹역이었지만 신뢰나 편안함은 느껴지지 않았다.

점차 발밑에 물이 차오르기 시작했다. 앞으로 나아갈수록 장화가 잠겨 첨벙거릴 정도로 수위가 높아졌다. 처음에는 복사뼈까지 물이 차더니 어느새 무릎까지 차올랐다. 랜턴 불빛은 가까운 거리만 비출 뿐이었다. 길고 긴 터널의 끝은 여전히 보이지 않았다.

이반은 어둠 속에서 선로의 침목에 발이 걸렸다.

'이런 제길!'

그는 자신도 모르게 얼굴을 찌푸리며 예전에 까쨔가 항상 조심히 다니라고 당부했던 말이 떠올랐다. 그녀의 말은 인생에 있어서도 항상 조심하라는 것처럼 들렸다.

"아파?" 하고 옆에서 걸어가던 파벨이 물었다.

그들은 벌써 두 시간째 어두운 터널을 따라 걷고 있었다. 궤도차는 여전히 녹슬고 구불구불한 선로를 따라 끼릭끼릭 하며 힘겹게 움직였다. 심지어 어떤 구간에서는 녹슨 선로가 끊어져서 다같이 궤도차를 들어 옮겨서 다시 선로에 내려놓기도 했다. 이반도 나서서 도와주려고 했지만 사람들이 만류했다. 또 어떤 곳은 마치 지하에서 뭔가가 뚫고 나온 듯 선로가 솟구쳐 있었으며, 부러진 침목이 몇 미터쯤 떨어진 곳에 버려져 있었다. 무엇이 선로를 뚫고 나왔는지, 그것이 터널을 따라 사라졌는지 아니면 천장으로 솟았는지는 알 길이 없었다.

이반은 파벨을 쳐다보며 고개를 저었다.

"아프지 않아?" 하고 파벨이 다시 물었다. 그는 수색대원답게 집요하게 물어보았다.

이반은 선로가 끊어진 곳에서 고개를 숙이고 랜턴을 비춰보았다. 자세히 보니 정말로 구멍이 뚫려 있었다. 하지만 그 정도 구멍은 지하수 때문에 생긴 것에 불과했다.

"파벨, 그만 물어봐. 벌써 백 번도 넘게 물어보았잖아. 제발 내 마누라같이 굴지 마. 난 아직 결혼도 안 했잖아."

"결혼한 것이나 다름없지!" 하고 파벨은 입을 삐죽거리며 앞서가는 사람들을 뒤쫓았다. 그들의 앞쪽에는 살로하가 이끄는 종대가 걸어가고 있었다.

그렇게 삼십 분을 더 걸어가자 마침내 해군 역의 선착장이 보였다.

그곳에는 해군 역 보초병들이 칼라슈니코프를 들고 있었다. 이반은 자세히 보려고 실눈을 떴다. 그들의 무기는 거의 새것이나 다름없이 반짝거렸다. 해군 역 보초병들은 냉담한 표정으로 그들을 쳐다보았다. 사조노프가 벌인 사건을 알고 있는 모양이었다.

보초병들은 초록색의 군용 점퍼를 입고 있었다. 그들 중 몇 명은 군용 철모를 쓰고 있기도 했다. 이반은 어딘가 군용 창고가 남아 있었던 것이 아닌가 하는 생각이 들었다.

어디에 남겨져 있었을까? 강변의 제방 쪽에 있었을까?

대재앙인 핵전쟁이 일어나던 날 지상에 남은 사람들은 모두 죽었다. 하지만 예브팟 삼촌의 말에 따르면 그날 수많은 군인들이 거리로 나왔다고 한다.

이반은 그날의 상황을 상상해보았다.

군인들은 적어도 300여 개의 NSV 중기관총과 코르드 기관총, 수천 개의 칼라슈니코프, 셀 수 없이 많은 총탄으로 무장하고, 전투식량, 방사선량 측정기, 수류탄을 가득 싣고 나왔을 것이다.

이후 메트로 근처에 버려져 있던 무기나 식량은 이미 오래전에 수색대원들이나 부랑자들이 가져다 팔거나 자신들이 써버렸다.

하지만 어딘가에 수색대원이나 부랑자들이 찾지 못한 군용창고가 남아 있었던 모양이다. 그곳에 철모와 탱크 등이 남겨져 있었을 것이다.

그때 검은색 제복을 입은 사람이 이반을 향해 걸어왔다.

"이반 메르쿨로프! 만나서 반갑네." 하며 그 사람은 악수를 청했다.

"반갑습니다." 이반은 상대방이 누구인지 살펴보며 대답했다. 고상하게 생긴 얼굴, 어딘가 모르게 느껴지는 동양적인 이미지, 검은 눈동자, 밝은 갈색머리를 보니 사조노프가 말했던 크미치츠 대위인 듯했다. 대위는 이반을 쳐다보며 물었다.

"이미 보트도 대기시켜 놓았네. 모두 몇 명인가?"

"제가 이끄는 수색대는 다섯 명입니다. 그리고 뒤쪽에 쿨라긴 대위가 이끄는 분견대는 서른한 명입니다."

크미치츠는 고개를 끄덕였다.

"그렇다면 보트를 두 번 움직여야겠군. 자, 어서 보트에 오르게."

보트는 기둥들 사이의 좁은 통로를 따라 운행되는 것이었다. 중간중간 기둥에 전등이 매달려 있었다. 석유처럼 시커먼 물에서는 암모니아 냄새가 났다. 이반은 속이 메슥거렸다. 이반은 보트에 올라타 노를 젓기 시작했다. 하나, 둘, 으악! 이반은 다친 옆구리를 움켜잡았다. 통증 때문에 숨이 턱 막히고 머리가 어지러웠다.

그 순간 터널 전체가 무너질 듯 진동했다.

"붙잡아! 어서 붙잡아……."

사람들이 소리치는 소리가 아득히 멀어졌다. 이반은 나락으로 추락해버리는 느낌이 들었다.

잠시 후 이반은 이상하리만큼 평온한 기분을 느끼며 정신을 차렸다. 그가 타고 있는 보트는 선로의 침목을 뜯어 세운 기둥들 사이를 지나가고 있었다. 침목으로 만든 기둥에 희끗희끗 자라난 버섯들을 보니 역겨운 생각이 들었다.

터널은 플랫폼으로 이어져 있었다. 해군 역-2는 핵전쟁이 일어나던 당시 미완공된 상태였다. 이제 막 외장을 시작하고 있었던 것이다. 이곳도 바실리섬 역처럼 폐쇄형이었지만 훨씬 넓었으며, 40미터쯤 더 깊었다.

그의 옆에는 미하일이 앉아 있었다. 어째서 그가 이반과 한 보트에 앉아 있는지 이해할 수 없었다.

"미하일, 다른 대원들은 어디 있나?"

"다른 대원들이요?" 미하일은 뜬금없이 피식 웃었다. 그는 평소와 전혀 다른 느낌이었다. 심지어 미소 짓는 그의 입술은 고무처럼 옆으로 길게 늘어졌다.

"대장님, 다른 대원들은 모두 죽었습니다. 터널이 무너지면서 대장님을 덮쳤고, 다른 이들은 그대로 즉사했습니다."

"자네는?"

"저도 마찬가지입니다. 뭔가 기억이 나시나요?"

"바실리섬 역의 발전기를 도둑맞았지……."

그러자 낯선 느낌의 미하일이 깔깔거리며 웃기 시작했다. 그의 웃음소리는 진공관과 시커먼 수면에 반사되어 터널 전체에 메아리치고, 녹슨 파이프들이 삐걱거리면서 사방에 박쥐들이 날아올랐다. 그리고 저 멀리 어딘가에서 또 다른 미하일이 기괴하게 웃는 소리가 들렸다.

"대장님, 그건 착각일 뿐 사실이 아닙니다."

낯선 미하일은 어느새 이반의 옆에 앉아 있었다.

"그렇다면 바실리섬 역의 발전기를 훔쳐가지 않았다는 말인가?"

"네."

"그럼 예피미뉴크는?"

그러자 낯선 미하일이 고개를 절레절레 흔들었다.

"사실 여기서 유일하게 죽은 사람들은 바로 대장님과 저뿐입니다. 안타깝지만 말입니다. 프리모르스크 역에서 카바이드를 터뜨린 일, 기억하시나요?"

이반은 깜짝 놀라서 고개를 들었다.

"아세틸렌이 너무 많았던 건가?"

"아닙니다. 아세틸렌은 적당했습니다. 덕분에 돌연변이는 죽었지만, 천장에 문제가 생겼습니다. 천장을 지탱하던 기둥이 약해지고, 결국 무너져 내린 겁니다. 바로 그 무너져 내린 천장 밑에 대장님이 깔려 있는 것입니다. 정말 안타까운 노릇입니다."

이반은 어찌된 상황인지 이해하려고 애썼다. 마침내 이반이 물어보았다.

"난 이미 죽은 건가?"

"아니요. 지금 대장님은 무너진 터널 아래 깔려 있지만 아직 살아 있습니다. 하지만 점점 산소가 희박해지면 결국 죽게 되겠지요. 사실 벌써부터 산소가 희박해지고 있습니다. 그래서 뇌세포가 점점 죽어가면서 대장님이 환영을 보는 것입니다. 이곳에 존재하지 않는 저를 보고 있지 않습니까? 이제 불과 몇 초 후면 산소가 아예 사라져버릴 것입니다." 하며 낯선 미하일이 웃으며 대답했다.

"따냐는? 내가 죽으면 그녀는 어떻게 되지?"

"따냐는 잘 지낼 겁니다. 잠시 대장님의 죽음을 슬퍼하다가 결국 다른 사람과 결혼할 거니까요."

"누구와 결혼을 한다는 건가?"

그러자 낯선 미하일이 눈썹을 치켜세우며 이반을 쳐다보았다. 순간 그의 눈동자에 불꽃이 일었다.

"정말 알고 싶으십니까?"

"그래."

"원하신다면 알려드리지요. 어차피 1초 후면 대장님은 죽을 테니까요. 따냐와 결혼하게 될 사람은……."

낯선 미하일이 대답을 하려는 순간 이반은 정신을 차렸다. 또 다시 악몽을 꾸었던 것이다.

이반은 보트에 편안히 누워 있었으며, 목까지 담요가 덮여 있었다. 파벨이 덮어준 것일까?

이반의 심장은 여전히 빠르게 뛰었다. 그는 자신의 심장에 손을 얹고 생각했다.

'아무 일도 없을 것이다. 그저 허무맹랑한 악몽이었을 뿐…….'

그들이 탄 보트는 잉크처럼 시커먼 물을 가로지르며 기둥들 사이를 지나갔다.

마침내 도착한 해군 역-2의 첫 느낌은 사무적이고 냉담했다. 이반과 대원들은 부서진 콘크리트 계단을 따라 올라간 후 해군 역-1과 해군 역-2를 잇는 연결구간을 지나갔다. 이반은 평화롭던 황금기가 끝나버렸다는 생각을 지울 수가 없었다.

예전에 이반은 가정을 꾸리고 살아간다는 것이 끔찍하게 지루한 일이라고 생각했다. 하지만 앞으로 닥칠 재앙을 생각하니 다시 예전으로 돌아가고 싶어졌다. 끔찍하게 지루하리라 생각했던 일을 미치도록 하고 싶어진 것이다.

모퉁이를 돌자 차단문이 보였다. 그 앞에는 엽총을 든 보초병이 꼿꼿이 허리를 세우고 있었다. 그는 크미치츠 대위를 보자 허리가 부러질 듯 곧추세우고 거수경례를 했다.

그러자 크미치츠 대위는 손을 내리라는 구령을 했다.

"쉬어!"

이반은 해군 역 보초병이 입은 회색 제복을 보고는 아무 말도 할 수 없었다. 해군 역의 위계질서는 남다른 것 같았다.

"어서 오게."

해군 역의 사령관이 그들을 맞이하며 말했다.

"나는 그레치니코프라고 하네. 갑작스러운 방문이라 준비가 덜 되어서 엉망이군." 사령관은 자신의 이름을 말하고 사뭇 당황스러운 표정을 지었다.

그들은 서로 악수를 했다. 이반은 그레치니코프 사령관의 표정이 어둡다는 것을 눈치챘다. 바실리섬 역에서 온 사람들이야 발전기를 도둑맞고 우울한 표정이라지만, 사령관은 어째서 그런 표정인지 이해가 가지 않았다.

"총지휘관은 누군가?"

"저입니다. 엄밀히 말하자면 저는 수색대 대장이고, 쿨라긴 대위가 분견대 전체를 이끌고 있습니다." 하며 이반은 쿨라긴 대위를 가리켰다.

공식적으로는 쿨라긴이 분견대를 지휘하고, 전투작전은 이반이 지휘하기로 사전에 합의했다.

사령관은 알겠다는 듯 고개를 끄덕였다.

바실리섬 역에서는 거의 모든 남자들을 징병하여 분견대를 조직했다. 동맹역들과 비밀리에 합의한 부분이었다. 포스트쉐프 사령관은 분견대를 둘러보며 징병적령에 맞는 사람들은 모두 대동했다며 우울하게 농담을 했었다. 분견대에는 열네 살에서 열다섯 살 사이의 청소년들도 포함되어 있었기 때문이다.

"해군 역에 온 걸 환영하네." 하고 그레치니코프가 말했다.

그를 비롯해 총 네 명이 마중을 나와 있었다. 그다지 성대한 환영은 아니었다. 사실 지금껏 특별한 기념일에나 이웃 역을 방문하고, 선물을 주고받고, 다같이 둘러앉아 식사를 하고 춤도 추었다. 하지만 지금의 상황은 전혀 달랐다.

이반은 주변을 두리번거리며 물었다.

"허기를 채울 만한 곳이 있습니까?"

그러자 그레치니코프 사령관이 손을 내저으며 대답했다.

"식사를 준비할 테니 걱정 말게. 일단 분견대에게 잠시 쉬도록 지시해주게. 나는 돌아가서 다른 일을 지시하도록 할 테니."

해군 역은 상상을 초월했다. 이반은 해군 역에 와 본 적이 있었지만 그전과는 전혀 다른 느낌이었다. 마치 처음 와 본 듯 모든 것이 새로웠다.

해군 역은 바실리섬 역보다 50미터쯤 더 길게 뻗어 있었으며, 파일론 양식으로 지어져 있었다. 말하자면 벽에 통로나 철문이 없고 대신 천장이 매우 높았다. 덕분에 훨씬 넓게 느껴졌다.

역 전체의 천장이 높고, 여기저기 조명도 밝았으며, 금빛 장식들이 눈에 띄었다. 중앙 플랫폼 주변에는 검정색 대리석으로 된 기둥들이 있고, 천장에는 금색 장식이 된 전등이 줄지어 있었다. 플랫폼의 남쪽 끝에 뭔가가 보였다. 자세히 보니 표트르 대제가 사람들에게 둘러싸인 모습을 그린 모자이크였다. 이반은 표트르 대제를 둘러싼 사람들이 스웨덴 사람들이었는지 러시아 사람들이었는지는 잘 기억나지 않았다.

어쨌든 해군 역에는 모든 것이 풍족하고 호화스러웠다. 심지어 플랫폼에 있는 작은 시장마저도 다른 역들의 고물시장과는 달랐다.

바실리섬 역에서 온 사람들은 눈이 휘둥그레져서 여기저기 돌아다녔다.

이반은 수색대원들에게 개인행동을 하지 말라고 지시했다. 일분일초가 아까운 상황이었기 때문이다.

갑자기 넵스키 대로 역으로 출발하라는 지시가 있을지도 모르는 상황이었다.

수색대원들은 언제나 선봉대로 출격해야 했다.

바실리섬 역의 분견대는 짐을 내려놓자마자 관광객들처럼 순식간에 흩어져버렸다.

이반은 주위를 둘러보았다. 수색대원들은 분견대의 짐과 따로 배낭을 내려놓은 후 살로하에게 보초를 서라고 지시했다. 낯선 역에서는 항상 조심하는 게 상책이었다. 해군 역은 보라색 라인을 오가는 상인들의 환적지점이었기 때문에 온갖 사람들이 모여들었다. 그래서인지 사방이 시끌시끌했다. 이반은 익숙지 않은 소음 때문에 더욱 피곤해졌다.

해군 역 사령관은 금방 식사를 준비해주겠다고 했지만 아직 아무런 소식도 없었다. 이반은 해군 역 사람들이 못마땅하게 느껴졌다. 겉만 번지르르한 속물들이란 생각을 했다.

한 시간이 지나도록 식사 준비가 되었다는 소식이 없자 분견대가 아우성을 치기 시작했다. 이미 뱃속은 꼬르륵꼬르륵 요동을 치고 있었다.

"전투식량으로 가져온 통조림은 절대로 건드리면 안 된다!" 하고 쿨라긴 대위가 소리쳤다. 이반은 고개를 저었다. 수색대원들이야 이미 익숙하다지만 평범한 사람들로 구성된 분견대는 엄격한 규칙을 지키기 어렵다는 생각이 들었기 때문이다.

"다들 모였나?" 이반이 수색대원들을 둘러보았다. 그때 덥수룩한 턱수염을 쓰다듬고 있는 바쟈닉 교수가 눈에 띄었다.

"교수님, 저희와 같이 가시겠습니까?"

그러자 바쟈닉 교수가 고개를 끄덕이며 대답했다.

"같이 가세."

때로는 우리가 원하지 않아도 어쩔 수 없이 모험을 해야 할 때가 있다.

갑자기 수색대원들 앞에 무릎까지 내려오는 오리털 점퍼를 입은 사내가 나타났다. 오리털 점퍼는 여기저기 구멍이 나서 스카치 테이프를 잔뜩 붙여둔 상태였다. 당장이라도 방사선량 측정기를 꺼내어 그의 옷을 확인하고 싶을 정도였다.

얼굴이 불그스레한 사내가 수색대원들에게 말을 걸었다.

"이봐, 고라니들!"

"고라니들?" 파벨이 되물었다. 모욕감은 둘째 치고 왜 그렇게 부르는지가 궁금했기 때문이었다.

"바실리섬은 고라니가 많이 살았던 섬으로도 유명하니까. 다들 바실리섬 역에서 온 것 아닌가? 그러니 고라니들의 후손이지. 틀린 말도 아닌데 뭐 그리 흥분하시나?"

이반은 어이가 없었다. 해군 역 사람들이 얼마나 뻔뻔한지 실감했다. 한시라도 빨리 발전기를 훔쳐간 놈들을 잡아서 되돌아가고 싶었다. 들리는 소문으로는 해군 역 사람들은 서로 물건을 훔치는 일도 종종 있다고 했다.

"감히 고라니라니? 함부로 말한 대가를 치르게 될 거다."

사조노프도 어이없다는 듯 콧방귀를 뀌며 말했다. 일개 주민이 감히 수색대원들에게 덤비다니 말도 안 되는 상황이었다.

그때 바쟈닉 교수가 분위기를 전환하여 싸움을 막으려고 한 마디 했다.

"고라니는 똑똑하고 강인한 동물이지. 좋은 의미야."

그러자 해군 역 사내가 비아냥거렸다.

"그렇긴 하지. 대신 우스꽝스러운 뿔이 있지!"

퍽!

사내는 순식간에 바닥에 엎어졌다. 이반은 쓰러진 사내와 예고르를 번갈아 보며 한숨을 쉬었다.

"예고르, 자네는 늘 성급한 게 문제야."

"제가 뭘요? 저는 가던 길을 가려던 것뿐인데요."

그때 수색대원들을 향해 순찰대가 뛰어왔다.

순찰대는 수색대원들의 말을 믿어주지 않았다. 특히 면도를 하지 않아 수염이 덥수룩한 예고르를 보더니 아예 말을 들으려고 하지 않았다.

이반은 더 이상 참을 수 없었다.

"내가 제일 좋아하는 막대사탕 맛 좀 보여줄까?" 이반은 주먹을 날렸다.

결국 수색대원들은 해군 역 보안국에 끌려왔다. 보안국장실은 꽤 넓은 편이었다. 국장의 책상 위에는 탁상용 선풍기가 놓여 있었다. 선풍기가 회전할 때마다 날개에서 끼리릭 소리가 났다. 이반은 파이프 나무가 흔들리면 끼리릭 소리가 나던 것을 떠올렸다. 이반은 한숨을 쉬었다. 회전하는 선풍기의 바람이 이반의 얼굴에 스쳤다. 그는 다리가 저려서 이쪽저쪽으로 몸의 중심을 옮기며 서 있었다.

언제나 예기치 않은 상황에서 불필요한 생각이 떠오르는 법이다. 그럴 때면 평정심도 잃게 된다. 이반의 귓가에 파이프 나무 소리가 맴돌았다.

'다시는 돌아오지 못할 것이다. 절대로.'

"간판대를 부순 것은 고의가 아니었습니다. 물론 그놈과 주먹질한 것은 인정합니다." 하고 이반이 갈라지는 목소리로 말했다.

"자네가 '놈'이라고 부른 사람은 턱뼈가 부러지고 뇌진탕을 일으켰네."

오를로프 보안국장은 말썽쟁이 아들을 혼내듯 고개를 절레절레 흔들며 말했다. 그런 그를 보며 이반이 한 마디 덧붙였다.

"그럴 수도 있지요."

그러자 오를로프 국장이 고개를 끄덕거렸다. 수색대원들이니 오죽하겠는가 하고 생각하는 모양이었다.

"자네들에게 시비를 건 사람은 쉐티닉이라는 우리 역 주민이네. 물론 그가 먼저 잘못을 저질렀다고 해도 주먹을 휘둘러서는 안 되지. 게다가 순찰대는 왜 건드린 건가?"

이반은 아무 대답도 하지 않았다.

"순찰대와 싸운 것도 고의가 아니었나?"

"네, 그렇습니다. 미리 경고를 했음에도 불구하고 순찰대가……."

"경고? 무엇에 대해 경고를 했다는 건가? 합법적으로 대응하는 순찰대에 맞서 싸우겠다고 경고했나? 자네가 어디에 있는지 잊어버린 건가? 수색대원들이 지금 어느 역에 와 있다고 생각하나?"

이반은 해군 역에 오고 싶어서 온 것이 아니라고 말하고 싶었지만 꾹 참았다. 순찰병을 너무 세게 때리는 바람에 아직도 어깨와 팔이 욱신거렸다. 아무리 순찰병이라고 해도 그들의 무례한 행동은 참을 수 없었다. 이반은 얼굴을 찡그렸다. 어쨌든 상황을 이렇게 만든 것은 잘못이었다.

이반은 사건의 주범인 예고르가 원망스러웠다. 보안국에서 나가면 제대로 혼쫄내야겠다고 생각했다.

"죄송합니다. 처벌을 내리신다면 달게 받겠습니다."

"그만두게, 이반 메르쿨로프. 전쟁을 앞두고 군법에 따라 총살이라도 해야 하나?" 오를로프가 인상을 썼다.

"이미 전쟁이 선포되었습니까?"

그러자 오를로프가 웃음기 없는 진지한 표정으로 이반을 쳐다보았다. 그는 책상 위에 있던 연필을 집어 손가락으로 빙그르 돌렸다. 메트로에서 가장 흔하게 사용하는 초록색과 검정색이 뒤섞인 연필이었다. 잠시 후 오를로프가 물었다.

"질문 하나 해도 되나?"

이반은 당연하다는 듯 어깨를 으쓱거리며 대답했다.

"물론입니다."

"자네는 무엇을 믿나?"

"무슨 말씀이신지?"

오를로프는 한숨을 쉬더니 두 손으로 연필의 양 끝을 잡았다.

"자네들 세대는 그게 문제야. 알겠나? 무엇을 믿는지 물어보면 하나같이 당황스러워하지. 이반, 자네는 무엇을 믿나? 정의? 인과응보? 군인들? 환생? 신? 뭐든 믿는 것이 있지 않은가?"

순간 침묵이 흘렀다. 정적 속에 선풍기 돌아가는 소리만 들렸다.

이반은 예전에도 오를로프를 만난 적이 있었지만 오늘은 전혀 다른 느낌이 들었다. 마치 다른 사람을 대하고 있는 것 같았다. 이반은 오를로프의 말장난에 놀아나지 말아야겠다고 생각했다. 정신차리지 않으면 상황을 모면할 수 없다는 생각마저 들었다.

"저는 제 자신과 친구들을 믿습니다."

"동맹의 미래는? 우리 동맹에게 미래가 있다고 믿나?"

"무슨 말씀을 하고 싶으신 건가요?"

"우리에겐 믿을 만한 사람들이 필요하네."

이반은 마침내 오를로프의 속내를 깨달았다. 자기 편으로 끌어들이려는 것이었다.

"오늘 아침에 카드 점을 보았는데, 아직은 때가 아닌 것 같습니다." 이반이 교묘하게 답을 피했다.

그러자 오를로프가 쥐고 있던 연필을 부러뜨리며 말했다.

"카드 점에 어릿광대가 없다면?"

"어릿광대가 없다면 불운이 시작되겠죠."

오를로프는 눈도 깜빡이지 않고 이반을 똑바로 응시했다. 잠시 후 그는 다시 입을 열었다.

"그런 의미인가?"

"네, 그렇습니다."

"이반 메르쿨로프, 자네는 상대하기 어려운 사람이군."

"그게 잘못된 겁니까?"

이반은 당장이라도 싸울 기세로 국장을 노려보았다.

그러자 오를로프가 다시 목소리를 누그러뜨리며 말했다.

"잘못된 것은 없지. 하지만 자네가 갚아야 할 빚이 많네."

이반은 오를로프가 무슨 말을 하는지 도무지 이해할 수 없었다. 오를로프의 말투부터 마음에 들지 않았다.

"제가 갚아야 할 빚이 있다면 갚아야겠죠." 하고 이반이 말했다.

"물론 그렇게 하겠지. 하지만 자네의 어두웠던 과거를 보면……."

"뭐라고요?" 이반이 발끈하며 고개를 쳐들었다.

"나는 이미 자네에 대해서 많은 것을 알고 있네. 보안국의 일이라는 게 그렇거든. 바실리섬 역 출신은 아니지? 동맹역 출신이 아닌 걸로 아는데?"

"그게 어째서요? 범죄라도 됩니까?"

"아니, 아니, 그저 궁금해서 물어보는 걸세. 여권에 찍힌 도장을 보니 바실리섬 역의 도장이 아니더군. 요즘 상황이 워낙 좋지 않다 보니 여권에 찍힌 도장만으로도 충분히 의심을 살 수도 있고……."

그러자 이반이 말을 가로막으며 비아냥거렸다.

"조금 천천히 말씀해주시겠습니까? 도무지 알아들을 수가 없어서요."

"그것도 유머인가? 알겠네. 자네가 그렇게 유머 감각이 뛰어난 줄 처음 알았네. 그런 자네를 위한 자리가 따로 있지. 어릿광대들을 위한 특별석이지. 저쪽에 앉아서 기다리게."

오를로프는 눈썹을 치켜세우며 손가락으로 한쪽 구석을 가리켰다.

마침내 이반은 총탄과 무기를 되돌려 받았다. 만일 되돌려주지 않았더라면 이반도 참지 않았을 것이다. 이반은 진정하려고 노력했다.

이반은 수색대원들이 보안국에서 풀려날 수 있도록 온갖 방법을 동원했다. 화를 내기도 하고, 간청을 하기도 하고, 설득해보려고도 했다. 하지만 보안국에서는 그의 말에 콧방귀도 뀌지 않았다. 이반은 다급한 마음으로 크미치츠 대위를 찾아다녔다.

결국 크미치츠 대위의 도움으로 수색대원들이 풀려날 수 있었다.

그렇게 겨우 상황을 정리한 후 이반은 해군 역을 돌아보러 나왔다. 이반과 수색대원들이 찾던 가판대가 눈에 띄었다. 싸움이 일어나지 않았더라면 곧장 이곳으로 왔을 텐데 말이다. 가판대 앞에는 '샤베르마*'라고 쓰여 있었다.

"얼마예요?" 이반은 가판대 위에 놓인 음식들을 둘러보며 물었다.

• 러시아식 케밥.

가판대 위에는 꽤 여러 종류의 음식이 있었다. 샐러드도 열 가지 정도 있고, 소금에 절인 버섯, 데친 수초, 간장에 절인 마늘, 찐 감자 등이 있었다. 가판대에 있는 음식들을 전부 사려면 기관총 하나쯤은 있어야 할 정도였다.

"두 알입니다." 하고 상인이 대답했다. 샤베르마를 사려면 총알 2개를 달라는 의미였다.

"주세요. 수초 샐러드도 주세요. 저기 있는 고기 요리도 주세요. 아, 아니에요. 그건 필요 없어요."

"프랑스식 고기 요리도 괜찮은데, 드실래요?"

이반은 궁금하다는 표정으로 상인을 쳐다보며 물었다.

"고기는 신선한가요?"

"물론이죠! 아름다운 미녀와 입 맞추는 기분이 들 겁니다."

"그래요? 그 안에는 뭐가 들었나요?"

"돼지고기, 양파, 치즈, 마요네즈가 들었어요. 제가 직접 만든 거랍니다. 둘이 먹다가 하나 죽어도 모를 맛이죠."

하지만 치즈는 오래된 진공포장이나 통조림에 들어 있던 것이고, 마요네즈도 오래된 것임이 분명했다.

"돼지고기는 어디서 구하신 건가요? 혹시 꼬리가 기다란 돼지 아니던가요?"

"무슨 말씀이세요, 아주 좋은 돼지고기랍니다. 바실리섬 역에서 키운 돼지에요. 아주 별미죠!"

이반은 상인의 말을 듣고 혼자 생각했다.

'바실리섬 역에서 온 돼지? 안녕, 보리스! 잘 지냈니?'

이반은 그런 자신이 우스워서 웃으며 말했다.

"좋습니다. 그럼 그 별미도 주세요."

삼십 분 후 바실리섬 역의 분견대와 수색대는 해군 역을 나섰다. 굶주렸던 배를 채우고 나니 저절로 콧노래가 나왔다. 그들 뒤로 해군 역의 분견대도 따라붙었다.

전쟁에 나서는 동맹군의 숫자가 더 늘어난 것이다.

얼마 후 도착한 고스쩐느이 드보르 역은 해군 역보다 훨씬 좋은 인상을 주었다. 마치 집에 온 듯한 기분이 들었다. 바실리섬 역과 비슷한 양식으로 지어진 역이었다. 밝은색 대리석 기둥, 플랫폼 양측의 철문 등도 똑같았다. 다만 바실리섬 역에 비해 더 넓고 길게 뻗어 있었다. 플랫폼과 터널 사이의 차단문도 열려 있었다. 굳이 닫아둘 필요가 없었던 것이다. 이반은 주위를 둘러보았다. 익숙한 스타일의 군복이 눈에 띄었다. 이곳에도 해군 역 군인들이 도처에 깔려 있었다. 어딜 가도 해군 역 군인들이 있어서 마치 그들이 세포분열이라도 하는 느낌이었다.

고스쩐느이 드보르 역에서는 바실리섬 역 사람들을 사무적이면서도 편안하게 맞이했다. 쓸데없이 시끌벅적한 분위기는 연출하지 않았다. 이반은 동맹역 중 한 곳의 주민으로서 합당한 대우를 받는 기분이 들었다. 출애굽기에 나오는 옷과 비슷한 파란색의 낡은 옷을 걸친 노인이 그들을 맞았다. 그는 기계공이었다.

"상황이 좋지 않지만 그래도 손님은 늘 반갑지요. 터널의 신령이 가로막지 않는다면 바실리섬 역의 발전기를 되찾을 수 있을 겁니다." 하며 그는 악수를 청했다.

이곳도 바실리섬 역과 마찬가지로 조명을 밝히고 있었다. 천장에 나트륨 전등이 걸려 있기도 하고, 어떤 곳에는 작은 전구들을 매달아두기도 했다. 바쟈닉 교수의 말에 따르면 심판의 날을 앞두고 다들 전기를 절약하고 있다고 했다. 전력을 흥청망청 쓰는 해군 역과는 딴판이었다. 플랫폼의 조명도 아주 어둡지 않을 정도로 적당했다. 오히려 어스름한 분위기가 편안하게 느껴졌다. 플랫폼의 북쪽 끝에는 넵스키 대로 역과 이어지는 통로가 보였다. 이반이 기억하기로는 그곳의 천장에 아주 밝은 전등이 줄지어 있었으며, 채소를 재배하는 온실과 어린이들을 위한 놀이터가 있었다. 덕분에 아이들과 식물들이 자라기 위해 꼭 필요한 자외선을 쪼일 수 있었다.

수색대원들은 플랫폼으로 나갔다. 예고르는 굉장하다는 듯 휘파람을 불었다. 파벨은 입을 벌린 채 넋을 잃고 천장까지 높게 지은 주거용 블록을 쳐다보았다. 주거용 블록은 무려 4층이나 되었다. 그곳에서는 활기가 느껴졌다. 여자들은 플랫폼 위로 설치된 빨랫줄에 빨래를 널고 있었다. 셔츠, 바지, 이불, 기저귀 등 줄에 걸어둔 빨래에서 똑똑 물이 떨어졌다. 아이들은 이리저리 뛰어다니기도 하고, 삼삼오오 모여서 놀이를 하기도 했다. 어떤 아이들은 3층 난간에 딱 붙어서 바실리섬 역에서 온 손님들을 구경했다. 주거용 블록은 역의 1/3을 차지하고 있었다. 고함소리와 아이들의 짱알거리는 소리가 뒤섞여 귀가 아플 정도였다. 어딘가에서 갓난아기가 우는 소리도 들렸다.

주거용 블록 뒤에는 시장과 손님들을 위한 막사 그리고 작은 카페들이 있었다. 말 그대로 사람답게 살 수 있는 생활환경이었다. 메트로에서 신혼여행지를 꼽으라면 단연 그곳을 꼽고 싶을 정도였다. 이반은 따냐도 그곳을 마음에 들어할지 궁금했다.

한 가지 단점이라면 너무 시끌벅적했다.

"나를 따라오세요." 하며 기계공인 노인이 말했다. 그는 플랫폼을 가로

질러 대원들을 안내했다. 이반은 지나가는 길에 넵스키 대로 역으로 이어지는 통로를 힐끔 쳐다보았다. 축구를 해도 될 만큼 어마어마하게 넓은 역이었다.

그때 맞은편에서 두 명의 여자가 걸어왔다. 한 명은 노란색 두건을, 또 다른 한 명은 빨간색 두건을 쓰고 있었다. 둘 다 키가 크고 늘씬했다.

"저 아가씨들 좀 봐. 천국이 따로 없네!" 하고 사조노프가 말했다.

그러자 마주친 여자들이 살짝 미소를 지었다. 노란색 두건을 쓴 여자가 사조노프에게 관심이 있는 듯 쳐다보았다. 워낙 키가 크고 잘생긴 사조노프가 시선을 끄는 것은 당연했다. 이반은 자신을 그렇게 쳐다봐주지 않는 것이 살짝 서운했다. 그때 빨간색 두건을 쓴 여자가 이반을 힐끔 쳐다보더니 시선을 피했다. 그러더니 다시 이반을 쳐다보았다. 미묘한 감정이 들었다. 이반은 그제서야 기분이 좋아졌다.

남자들이란 다 그런 법이다.

사람들은 고스찐느이 드보르 역과 넵스키 대로 역에 메트로 최고의 미녀들이 살고 있다고 했다.

파벨이 신이 나서 웃으며 말했다.

"핵전쟁이 일어나기 전까지 이곳에는 무역센터들이 있었대. 아주 부유한 사람들이 이용하던 곳이었대. 그 무역센터들에는 손님들의 시선을 사로잡을 만큼 예쁜 직원들만 뽑았대. 핵전쟁이 일어나던 날 직원들이 메트로로 피신한 거야. 정말 부럽지 않아?"

"아, 그래?" 이반이 한쪽 눈썹을 치켜세웠다.

그러자 파벨이 살짝 당황하며 말했다.

"나도 들은 얘기야. 그런데 그 말이 사실인 것 같아. 예쁜 여자들이 한두 명이 아니잖아!"

"쳐다보는 것은 말리지 않겠지만 너무 티 나게 좋아하지는 마. 이곳은 메트로에서 강간죄에 대해 가장 엄한 처벌을 내리기로 유명하니까. 핵전쟁 이후 다들 갇혀 지내는 신세이니, 더욱 엄하게 단속하는 거지." 하고 사조노프가 찬물을 끼얹었다.

그러자 파벨이 억울하다는 표정으로 대답했다.

"그런 짓은 생각조차 하지 않았어."

"학자들은 핵전쟁이 끝나고 쥐와 바퀴벌레들만 살아남았다고 말하지. 그런 얘기 들어본 적 있나? 그런데 대체 바퀴벌레들은 어디 있는 거지? 메트로에서 바퀴벌레 본 적 있어? 난 단 한 번도 못 봤어. 그러니 어떻게 학자들의 말을 믿겠어?"

"그래도 학자들 말대로 쥐들이 살아남은 것은 분명하잖아." 하고 미하일이 대답했다. 젊은 경찰인 미하일은 처음 만난 젊은이들과 쉽게 친해졌다.

"나도 그런 얘기 들어본 적 있어. 그런데 이상한 점은 프루젠스카야 역의 쥐들이 모조리 사라졌다는 거야." 라고 넵스키 대로 역의 깡마른 청년이 끼어들었다.

"왜? 쥐들을 쫓아낸 건가?"

그러자 깡마른 청년이 콧방귀를 뀌며 대답했다.

"그게 이상하단 말이지. 아무도 그 이유를 모른대. 언젠가부터 점점 줄어들더니 이제는 아예 종적을 감췄대. 누군가가 쥐들을 잡아먹는다는 소문도 있어."

이반은 미하일을 쳐다보며 고개를 끄덕였다. 그러자 미하일도 고개를 끄덕였다. 이반이 그만 돌아오라는 눈짓을 하자 미하일은 자리에서 일어나 모닥불을 빙 둘러 이반에게 왔다. 미하일이 일어설 때쯤 누군가가 기타를 가져왔다. 기타에는 온갖 낙서와 스티커들이 가득했다. 모여 앉은 무리 중 머리가 조금 벗겨진 남자가 기타를 받아 들었다. 그는 손가락으로 기타 줄을 튕기며 조율하기 시작했다.

"대장님, 부르셨습니까?" 미하일이 허리를 꼿꼿이 세우고 말했다.

"편한 자세로 있어도 돼. 미하일, 잠깐 얘기 좀 할까?"

그때 모닥불에 둘러앉은 사람들이 떠드는 소리가 들렸다.

"내가 만일 비건제국에 사는 쥐였다면 나라도 도망쳤을 거야. 비건제국 사람들이 뭘 먹는 줄 알아? 그래, 맞아! 바로 쥐를 잡아먹거든."

이반의 목소리는 이내 기타 소리에 묻혔다. 하지만 조율이 덜 되었는지 연주는 엉망이었다. 이반은 얼굴을 찌푸렸다.

"미하일, 여기는 시끄러우니까 저쪽으로 가서 얘기하지."

이반의 등 뒤에서 아까 말하던 남자의 목소리가 다시 들렸다.

"쥐들의 왕이지. 아니, 정확히 말하면 동족인 쥐를 잡아먹는 늑대 쥐야! 쥐들의 왕이라 하면 쥐들을 단결시켜야 하잖아. 하지만 놈은 그렇지 않다는 거야. 사람들 말로는 푸쉬킨 역에 그런 놈이 나타났대!"

그때 또 다시 기타 소리가 시끄럽게 들렸다.

"미하일, 자네에게 중요한 임무를 맡기려고 해." 하고 이반이 말했다.

이반은 오른쪽으로 고개를 기울이며 흥하고 코를 풀었다.

그때 익숙한 뒷모습이 눈에 띄었다.

"샤킬로프!"

그러자 사내가 뒤돌아보며 반갑게 이반의 이름을 불렀다.

두 사람은 반갑게 포옹하며 서로의 어깨를 두드렸다. 샤킬로프는 넵스키 대로 역에서 가족들과 함께 살고 있었다. 이반은 오랫동안 이곳에 들르지 못했다. 샤킬로프는 키가 크고 건장한 사나이였으며 어딘지 모르게 수색대원 같은 인상을 풍겼다.

그의 손에 든 측정기가 딸깍거렸다. 그러자 샤킬로프가 당황스러운 표정으로 말했다.

"오늘따라 이 측정기가 말썽이야. 하루 종일 이렇게 딸깍거린다니까."

"그게 뭐야?"

이반은 그런 종류의 측정기는 처음 보았다. 케이스에는 회색 고무재질이 입혀져 있고 작은 LCD 액정도 달려 있었다.

"군용 방사선량 측정기야. 러시아에서 만든 것이 아니라 나토(NATO)에서 만든 거지. 이런 군용 방사선량 측정기가 잔뜩 들어 있는 상자를 발견했거든. 그런데 이놈의 측정기가 이렇게 아무 때나 딸깍거리는 게 문제야. 원한다면 몇 개 줄 수도 있어. 그런데 여기에는 어쩐 일이야?" 샤킬로프가 뒤통수를 긁적이며 이반에게 물었다.

"아무 얘기도 못 들었어? 동맹역들이 연합해서 전쟁을 시작하기로 했어."

샤킬로프는 끌끌 혀를 찼다.

"그랬구나. 어쩐지 이른 아침부터 다들 부산을 떨길래 무슨 일인가 했어."

이반은 주변을 둘러보았다. 고스찐느이 드보르 역과 넵스키 대로 역을 연결하는 지하도는 꽤 훌륭했다. 바실리섬 역이 아닌 다른 곳에서 살라고 한다면 이곳에서 살고 싶다는 생각이 들었다.

"그런데 몬스터들은 어디에 숨겨둔 거야?"

"이봐, 말조심해야 해."

고스찐느이 드보르 역과 넵스키 대로 역을 연결하는 지하도의 벽면에는 철문이 있었다. 엄밀히 말하자면 철문이라기보다 비밀실험실로 통하는 옹벽이 있었다. 들리는 소문에 따르면 핵전쟁이 일어나기 전까지 그 비밀 생화학실험실에서 인간 몬스터라고 불리는 '슈퍼솔저'를 만들었다고 한다. 구소련 시절뿐만 아니라 러시아에서도 여전히 실험을 계속했다고 들었다. 그래서 지하도의 벽에 가까이 귀를 대면 비밀실험실에서 몬스터들이 돌아다니는 소리가 들린다는 것이었다.

이반은 예전에 그 이야기를 들려준 사람에게 물어보았다.

"그 안에서 몬스터들이 무엇을 하는 거죠?"

"특별히 하는 일은 없고 그저 돌아다니는 거지. 더 끔찍한 것은 그들이 바스락바스락, 저벅저벅 소리를 내다가 갑자기 조용해지는 거야. 그랬다가 다시 저벅저벅 걸어 다니는 소리가 들려. 마치 무언가에 발을 흠뻑 적신 것 같은 소리가 들리지."

이반은 서둘러 어딘가로 가고 있는 바쟈닉 교수의 옷자락을 붙잡았다.

"예전에는 거기에 뭐가 있었는데요?"

"예전이라면 언제를 말하는 건가?"

바쟈닉 교수는 어깨에 수건을 두르고 손에는 신문을 들고 있었다.

"핵전쟁이 일어나기 전에요."

"홀로포프 방사능 연구소가 있었지. 모든 방사능의 영향을 차단해주는 특수설비가 갖춰진 지하실험실이었어. 그곳에서 우주의 숨겨진 비밀을 연구했다고 하더군. 그건 왜 물어보나?"

이반과 샤킬로프는 서로를 쳐다보았다.

"그저 궁금해서요. 말도 안 되는 얘기가 생각났거든요. 교수님, 신경 쓰지 마세요." 하고 이반이 손을 내저었다.

바쟈닉 교수가 볼일을 보러 가자 샤킬로프는 얼굴을 살짝 찡그렸다. 다리에 쥐가 나는지 곰 인형처럼 뒤뚱거리며 움직였다. 그러고는 실눈을 뜨고 이반을 쳐다보며 물었다.

"지금 나와 같은 생각을 하는 건가?"

"글쎄, 잘 모르겠어. 궁금하긴 하지만……." 하고 이반이 하던 말을 멈추었다. 해군 역 순찰대가 지나가는 것을 보았기 때문이었다. 샤킬로프는 이반이 해군 역 순찰대를 쳐다보는 것을 눈치채고는 한숨을 쉬며 말했다.

"어제 위병대가 철수했어. 오늘 교대를 하러 온 거야. 오늘부터는 우리 역 사람들과 함께 순찰을 한다고 들었어."

순찰대는 플랫폼 끝으로 가더니 계단을 따라 내려갔다. 순찰대는 총 여섯 명이었다. 세 명은 해군 역 제복을 입고, 나머지 세 명은 이곳 사람들이라 자유로운 복장을 하고 있었다. 해군 역 순찰병들은 마치 제 집처럼 당당하게 굴었다.

이반은 고개를 치켜들며 얼굴을 찌푸렸다. 그는 덤덤하게 샤킬로프에게 물어보았다.

"어제 철수했다고?"

샤킬로프는 뒤통수를 긁으며 이반을 쳐다보았다.

"해군 역 사람들을 신뢰하지 않는구나?"

"신뢰하지 않아. 너는 어때? 놈들의 속임수를 알잖아."

샤킬로프는 여전히 뒤통수를 박박 긁으며 이맛살을 찌푸렸다.

"자네 말이 맞아. 그리고 자네 역의 발전기를 도둑맞은 일은 정말 안됐어. 어쨌든 나도 해군 역 사람들을 믿지 않아. 자네 동료인 사조노프는 꽤 괜찮은 친구인 것 같아. 그에게 전해줘……."

"저 사람들 좀 봐. 멋지지 않아?" 하고 샤킬로프가 말했다.

이반은 고개를 돌려 샤킬로프가 가리키는 곳을 쳐다보았다.

"누구야?"

"에코 파시스트."

"누구라고?"

"비건제국 사람들이야."

이반은 그들의 차림새를 살펴보았다. 비건제국 사람들은 초록색 제복을 입고 반짝거리는 장갑을 끼고 군화를 신고 있었다. 그들의 팔에는 멋들어진 장식도 있었다. 그들에 비하면 해군 역 군인들도 한낱 시골뜨기에 불과했다.

에코 파시스트들.

"저들은 야시경도 갖고 있어. 끝내주는 물건이지. 나도 어떻게든 구해보려고 했지만 쉽지 않더군. 저 사람이 갖고 있는 것 보이지?"

이반은 고개를 끄덕였다. 그런 야시경이라면 이반도 갖고 싶을 정도였다. 비건제국에서는 그런 첨단장비까지 갖고 있었다.

"그런데 저기서 뭐하고 있는 거지?"

"사실 나도 잘 몰라. 사절단이라도 되나?" 하며 샤킬로프가 어깨를 들썩였다.

"어쨌든 멋진 제복이야. 하지만 왠지 저들을 보고 있으면 기분이 좋지 않아. 어째서인지 등줄기가 오싹해지는 기분이 들어."

이반은 비건제국 사람들을 쳐다보며 말했다. 그러자 샤킬로프도 고개를 끄덕였다. 수색대원들끼리는 서로의 직감을 존중해주는 법이었다. 샤킬로프는 또 한 번 어깨를 들썩이며 말했다.

"게다가 저들에 대해 들은 소문이 많거든. 포로를 잡으면 바로 동물들의 먹이로 준다는 소문도 있어. 메트로에는 온갖 소문이 돌긴 하지만 말이야. 그 소문들을 다 믿어야 하나?"

"그럴 수는 없지." 하고 이반은 대답했다. 하지만 그런 소문들 중 대부분이 진실일 거라는 생각이 들었다.

샤킬로프는 가판대 앞에서 오만한 자세로 얼쩡거리는 비건제국 장교를 쳐다보며 이반에게 속삭였다.

"내가 들은 또 다른 소문이 있어. 비건제국 사람들은 포로를 잡으면 그 사람의 두개골에 구멍을 뚫고 특수한 버섯균을 넣는대. 버섯은 실로시빈을 만들어내거든. 일종의 환각제야. 그럼 그 버섯균이 사람의 머릿속에서 점점 자라나 환각제로 가득 채우는 거지. 이후 그 사람의 두개골을 연대. 하지만 정작 그 사람은 환각상태라서 두개골을 열어도 계속 웃는다는 거야. 비건제국 사람들은 그 사람의 머리에서 다 자란 버섯을 뜯어 환각제로 사용한대. 그러고 나서 환각제를 재배하기 위해 이용했던 사람은 머지 않아 죽게 된다는군."

"그 소문을 믿어?" 하며 이반은 샤킬로프를 쳐다보았다.

샤킬로프는 어깨를 들썩이며 대답했다.

"누가 알겠어? 나도 그들과 교류해 본 경험이 거의 없거든. 그저 그럴 수도 있겠구나 하는 의심만 할 뿐이지."

이반은 고개를 끄덕이며 말했다.

"그래, 맞아. 아, 그리고 이걸 받아. 이건 야시경은 아니지만 열감지 카메라야."

샤킬로프는 이반이 건네준 열감지 카메라를 쳐다보며 멋지다는 듯 휘파람을 불었다.

마침내 미하일이 이반에게 보고를 하러 왔다.

"대장님, 그들이 나타났습니다. 바로 얼마 전에 나타난 모양입니다. 그들의 대장 이름은 '우버퓨러'입니다. 오래된 영화에서 봤던 독일 나치시대 준장을 일컫는 '오버퓌어러'라는 단어와 비슷하죠." 하며 미하일이 피식 웃었다.

바실리섬 역에서는 일주일에 한 번 영화를 보여주었다. 그럴 때마다 역주민들이 TV 앞에 모여서 다같이 영화를 봤다. 이반은 최근에 〈두 병사(Two Soldiers)〉라는, 전쟁을 주제로 한 흑백영화를 보았다. 괜찮은 작품이었다. 영화는 마치 메트로처럼 온통 어둡기도 하고 노랫소리가 이어지기도 했다. 물론 영화 속 주인공들은 방독면을 쓰지 않았지만 말이다.

이반은 그 영화가 핵전쟁이 일어나기도 훨씬 전에 만들어졌으며 핵전쟁과는 전혀 상관이 없다는 것을 알고 있었다. 그래도 뭔가 상관관계가 있는 것처럼 여겨졌다. 마치 영화 속의 악당들이 지상으로 올라가 그곳을 초토화시키고, 선한 사람들은 메트로에 갇혀버린 것 같았다. 물론 말도 안 되는 생각이었다.

"대체 어떤 사람이지?" 이반은 쓸데없는 생각을 떨치며 물어보았다.

그러자 미하일이 잘 모르겠다는 듯 어깨를 으쓱거리며 대답했다.

"잘 모르겠지만 크미치츠 대위가 데려왔다고 들었어요. 우리를 위해, 아니, 우리와 함께 전쟁에 나갈 거라고 하더군요. '이방인들'에 맞서서 함께 싸울 거라고 합니다."

"뭐하러 그들을 부른 거지? 용병이라도 되는 건가?" 하며 이반은 얼굴을 찌푸렸다.

"글쎄요. 제 생각에는 파시스트들과 비슷한 부류인 것 같아요."

이반은 천천히 고개를 끄덕거렸다. 만일 그렇다면 동맹군에 끌어들이지 않는 편이 낫겠다는 생각이 들었다. 크리슈나파나 파시스트나 별반 다를 바 없다고 생각한 것이다.

그들도 똑같이 민머리를 하고 다니지 않는가?

"미하일, 지금 그 파시스트들은 어디 있지?"

"안톤, 쿠즈마, 세도이."

우버퓨러가 자신의 동료들을 소개했다.

그러자 미하일이 순진하게도 눈을 동그랗게 뜨며 물었다.

"세도이? 백발이라는 뜻 아닌가요? 하지만 이 사람은 민머리잖아요."

"민머리라고 해서 백발이 아니라는 법 있나?"

세도이라는 이름의 스킨헤드가 당구공처럼 반짝거리는 자신의 머리를 문지르며 말했다.

"그래, 그럴 수도 있지."

스킨헤드들은 모두 여덟 명이었다. 수색대원들과 함께 일하기에는 다소 많은 인원이었다. 우버퓨러는 한 올도 남김없이 머리를 박박 밀어서 도무지 나이를 가늠할 수 없었다. 스물여섯 살 같기도 했고, 마흔다섯 살 같기도 했다. 이반은 그런 점에서 민머리도 괜찮겠다는 생각이 들었다.

우버퓨러는 인사 대신 뜬금없는 질문을 했다.

"어째서 흑인들이 메트로에서 살 수 없는지 아는가?"

"스킨헤드인 당신들이 가만두지 않아서요?" 하고 이반이 말했다.

그러자 우버퓨러가 코웃음을 치며 말했다.

"그런 점도 있긴 하지. 하지만 우리가 직접적으로 그들을 쫓아낸 적은 없어. 근본적인 원인제공자는 다윈이지."

"다윈? 그는 또 누구인가요? 그도 스킨헤드인가요?" 하며 이반이 어수룩한 척 물었다.

그러자 세도이라는 스킨헤드가 큰 소리로 웃기 시작했다. 우버퓨러도 터져 나오는 웃음을 가까스로 참으며 말을 이었다.

"다윈은 스킨헤드가 아니고, 생물진화론을 주장한 학자야. 내가 워낙 책을 많이 읽었거든. 다윈의 진화론에 따르면 인간은 원숭이들의 후손이라는 거야. 누가 어떤 원숭이의 후손인지는 간단하지.

우리는 아리안족이야. 그러니 아리안 원숭이들의 후손인 거지.

흑인들이 이곳에 살지 못하는 이유는 간단해. 메트로에는 햇빛이 없잖아. 햇빛을 받지 못하면 인간의 피부에는 비타민D가 생성되지 않아. 우리 같은 백인들도 마찬가지야. 보스타니예 광장 역이나 사도바야 역처럼 아무리 조명을 밝게 비춰도 충분치 않지. 그러니 아프리카의 코끼리 정글에서 뜨거운 햇빛을 받으며 살아온 흑인들은 오죽하겠어?"

우버퓨러는 그 정도면 알아들었을 거라고 생각했는지 더 이상 설명하지 않았다.

"그래서요?"라고 이반이 다시 물었다.

"비타민D가 왜 필요한지 알아?"

이반은 모르겠다는 듯 어깨를 으쓱했다.

"비타민D가 부족하면 방향감각을 상실하게 돼. 햇빛을 받지 못한 불쌍한 흑인들은 결국 메트로에서 길을 잃기 시작했어. 여기저기 길을 헤매고 다녔지. 아주 쉬운 길도 찾지 못했어. 이반 수사닌 신드롬이라고도 하지."

이반은 미하일이 그들에 대해 파시스트라고 했던 것이 생각났다. 하지만 동맹군의 수가 많으면 많을수록 좋다는 점도 간과할 수 없었다. 일단 목적을 달성하는 것이 더 중요했다. 이반은 그들의 실체를 정확히 파악하기 위해 좀 더 시험해보기로 결심했다.

이반은 일부러 덤덤한 말투로 한 마디 던졌다.

"저는 파시스트들을 좋아하지 않습니다. 마치 저능아들 같거든요."

그러자 우버퓨러의 표정이 순식간에 바뀌었다.

이반은 분명 그가 주먹을 날릴 것이라고 예상하고 마음의 준비를 했다. 하지만 예상과는 전혀 다르게 우버퓨러가 껄껄대며 웃기 시작했다. 다른 스킨헤드들도 낄낄거리며 웃어댔다. 하도 웃어서 기니피그들처럼 쿵쿵거리는 소리까지 들렸다.

"놀랐나? 걱정 말게." 하며 우버퓨러가 웃음을 진정시키며 말했다.

이반은 눈썹을 치켜세우며 그를 쳐다보았다. 전혀 예상하지 못한 반응이었다. 이반은 그에게 물었다.

"제 얘기가 웃겼나요?"

"사실 우리도 파시스트들을 좋아하지 않아."

이반은 그의 말이 아이러니하게 들렸다. 유대인을 싫어하는 유대인이라는 말인가?

"우리는 그들과 전혀 달라." 우버퓨러가 진지하게 말했다.

"다르다고요?" 하며 이반은 다시 한 번 그들을 둘러보았다. 민머리에 오만한 표정과 몸짓을 하고 있었지만 파시스트들과는 사뭇 다른 느낌이 들긴 했다.

우버퓨러는 코웃음을 치며 말했다.

"우리는 정도를 걷는 스킨헤드들이지. 붉은 스킨헤드. 자, 이걸 보여주지." 하며 우버퓨러는 어깨의 문신을 보여주었다.

그의 어깨에는 월계수 화관으로 둘러싸인 낫과 망치가 새겨져 있었다.

"우리는 나치주의자들이 아냐. 체 게바라에 대해 들어본 적 있나? 그가 말했지. '사령관이여, 영원하라!' 아주 위대한 사람이었지!

'스킨'이란 영어단어는 '피부'라는 뜻이지. 피부가 하는 역할이 뭔지 아나? 외부의 유해한 것들로부터 우리 몸을 일차적으로 방어해주지. 그리고 작은 고통도 가장 먼저 느껴서 더 큰 고통이 오기 전에 미리 경고를 해주지. 라이터 불을 피부에 가까이 대보면 알 거야. 내 말뜻을 알겠나?"

이반은 그에게 고개를 끄덕였다. 우버퓨러는 말을 이었다.

"만일 라이터 불이 뜨겁다고 느껴진다면 자네가 아직 살아 있다는 뜻이야. 우리의 신체 중에서 가장 먼저 죽는 것이 바로 피부이기도 해. 우리 스킨헤드가 없었더라면 메트로의 사람들도 이미 죽었을지도 몰라. 혹은 어딘가 구석에 숨어서 죽을 날만 기다리고 있겠지.

우리 덕분에 사람들이 마음 놓고 살아갈 수 있는 거야.

우리가 나쁜 놈들이라고 생각했나? 얼간이들이라고? 저능아들이라고?

그렇게 생각해도 상관없어. 우리는 우리가 해야 할 일을 포기하지 않을 거니까."

이반은 아무 말도 하지 않았다. 잠시 후 이반이 물어보았다.

"그렇다면 당신들이 사명이라고 생각하는 것은 뭔가요?"

"보아하니 머리가 나쁘지 않은 것 같군." 우버퓨러는 동료들을 쳐다보며 말했다. 그러고는 다시 이반을 돌아보았다.

"백인의 짐. 들어보았나? 미개한 인종을 올바르게 이끄는 것이 백인의 의무라는 뜻이지. 영국 작가 키플링이 한 말이야. 그의 말대로 우리의 본분을 다하려는 거야."

이반은 반쯤 붕괴된 높은 빌딩 위에 서 있다. 사방이 텅 비어 있다. 돌풍이 불어올 때마다 거대한 구조물이 흔들리며 웅웅거리는 소리를 낸다. 이반은 아래를 내려다본다. 그는 비스듬히 기울어진 전망대 끝에 서 있다. 발밑에는 회색 빛 구름이 건물을 감싸고 있다. 건물이 너무 높아서 아래층은 보이지도 않는다.

여기서 떨어진다면 한참 후에야 땅에 닿을 것 같다.

이반은 앞을 바라본다. 멀리 강물이 보인다. 네바강(江)이다. 시커멓게 변해버린 네바강이 잔잔히 흐른다. 강가의 제방에는 회색 수풀이 우거져 있다. 군데군데 제방을 뚫고 나무가 자라난 모습이 보인다. 사실 나무라고 부르기에는 생김새가 괴상하다. 줄기는 회색이고 나뭇잎은 기괴하게 비뚤어져 있다.

그 옆으로 부서진 다리가 보인다.

저 멀리 건물 위에 낯익은 첨탑이 보인다. 해군성 첨탑이다.

그 뒤로 건물은 온데간데없고 폐허가 된 공터만 덩그러니 남아 있다. 바쟈닉 교수가 봤더라면 엄청난 핵폭발이 일어난 자리라고 말했을 것이다. 중성자탄을 투하했을지도 모른다. 중성자탄은 건물이나 도시를 파괴하지는 않지만 먼 거리에 있는 사람이나 동물에게도 치명적인 살상효과를 미친다. 결국 50년 넘게 생명이 살아갈 수 없는 폐허가 되는 것이다.

주변을 둘러본 이반은 마침내 자신이 어디에 있는지 깨닫는다.

가스프롬 회사가 건설하려던 오흐타센터다.

남성적인 이미지의 건물은 도시의 랜드마크가 되었을지도 모른다. 하지만 핵전쟁이 일어나던 당시 이 건물은 골조만 지어진 상태였다. 또 다시 돌풍이 불자 건물이 흔들리고 녹슨 철근들이 웅웅거리며 울렸다. 골조를 지은 후 창문을 달아두었지만, 당연히 모두 부서져버린 상태다. 당시 건물 안에는 건설노동자들만 있었다고 했다.

이반은 시선을 돌려 네바강 저편의 스몰니 사원을 바라본다. 과거 화려했던 모습은 사라진 채 부서지고 그을린 건물만 남아 있다. 오흐타센터에서 내려다본 도시의 모습은 아주 작은 장난감 같다.

쿵!

건물 안에 그 어떤 생명체가 있는 게 분명하다. 이반은 고개를 빼고 아래를 내려다본다.

둥글고 검은 눈동자가 녹슨 철근들 사이로 이반을 올려다본다.

이반은 온몸에 소름이 돋는다.

돌연변이 새인가?

돌연변이 새는 골조에 부리가 끼었는지 온몸을 부들거린다. 길게 빼고 있는 목덜미에는 회색 털이 나 있고, 부리 사이로 작고 뾰족한 이빨이 보인다.

순간 이반은 중심을 잃고 흔들거린다. 돌연변이 새가 부리로 골조를 쪼고 포효하는 소리가 울려 퍼진다. 또 다시 세찬 돌풍이 불어와 돌연변이 새의 등을 강타한다. 이반은 겨우 중심을 잡고 세로로 설치된 차가운 쇠막대기를 부여잡는다. 하지만 건물이 점점 세차게 흔들리자 녹슬고 미끄러운 쇠막대기가 손안에서 미끄러져버린다.

이반은 사력을 다해 막대기를 쥐어보지만 손가락은 맥없이 미끄러져버린다.

하지만 두려움조차 느껴지지 않는다. 온몸이 마비된 기분이 든다.

결국 이반은 두 손가락만으로 막대기를 움켜쥐고 있다. 피가 통하지 않는 손가락이 새하얗게 질려버렸다.

이반은 주머니에 있던 칼을 꺼내 들어 휘두른다. 휙! 칼날이 뼈를 스치며 손가락을 베어버렸다.

이반은 손에서 피가 솟구치는지 쳐다보지만 이상하게도 피가 나지 않는다. 전혀…….

그의 손가락은 천천히 떨어져나가서 골조 사이로 떨어진다. 그리고 네 바강의 가는 물줄기가 점점 커진다.

이반은 쥐고 있던 칼을 떨어뜨리고는 몸을 웅크린 채 추락하기 시작한다. 그의 몸이 안개 속으로 사라진다.

이반의 눈앞에 잘려 나간 그의 손가락이 보인다.

귓가에 거센 바람 소리가 들리고 배에 압력이 느껴진다. 곁눈으로 고층 건물의 층들이 스쳐 지나가는 것이 보인다.

이반은 다시 회색 빛의 차가운 안개 속으로 빠져든다.

순식간에 앞이 보이지 않는다.

그는 그대로 절벽으로 추락한다.

쿵!

"이반, 들리세요? 문제가 생겼어요."

살로하의 목소리였다.

이반은 눈을 뜨고 니트모자를 이마까지 올렸다. 평소에는 보온을 위해 헬멧 안에 쓰는 모자였지만 조금 전에는 코까지 내려 썼던 것이다. 환한 조명 아래에서 잠시 졸기 위해 안대 대용으로 사용하고 있었다. 하지만 이반은 모자를 덮어쓰고 잔 것을 후회했다. 조금 전의 악몽이 모자 때문이라고 생각했기 때문이다.

"싸움이 벌어졌어요!"

멀리서 사람들이 웅성거리는 소리가 들렸다. 잔잔한 호수에 누군가가 돌멩이를 던진 모양이었다.

그때 파벨이 뛰어와 말했다.

"일촉즉발의 상황이야. 넵스키 대로 역과 해군 역 사이에 말다툼이 벌어졌는데, 자칫하다가는 칼부림이 일어날지도 몰라!"

이반은 벌떡 일어났다. 순간 옆구리의 통증이 강하게 느껴졌다. 사실 넵스키 대로 역과 해군 역 사이의 싸움은 이반이 관여할 바는 아니었지만 바실리섬 역 사람들도 같이 몰려 있다는 것이 문제였다.

이반이 허겁지겁 플랫폼에 도착했을 때는 이미 많은 사람들이 모여 있었다. 사람들 사이로 익숙한 목소리가 들렸다.

"평화적으로 해결하자." 하고 샤킬로프가 말했다.

"어떻게?"

샤킬로프는 갑자기 곰 인형처럼 친절한 표정을 지으며 웃었다. 하지만 그의 얼굴은 얻어맞아 만신창이가 되어 있고 손에는 권총을 들고 있었다.

"다른 방식으로 대화를 하자는 거지."

"돌려서 말하지 말고, 간단히 말해. 어떻게 하자는 거야?"

건장한 사내가 샤킬로프를 노려보며 말했다. 사내의 눈 밑에는 시뻘겋게 멍이 들어 있었다.

그러자 샤킬로프가 대답했다.

"축구!"

어느새 두 역의 축구대표팀이 조직되었다. 삼십 분 만에 축구공, 축구장으로 쓸 만한 공터, 골대 등을 준비했다. 하지만 팀의 명칭을 정하는 것이 문제였다.

양 팀은 과거 페테르부르그 축구팀이었던 '제니트'라는 명칭을 서로 갖겠다고 아웅다웅했다. 논쟁이 계속되자 누군가 제니트-1, 제니트-2라고 이름을 붙이자고 제안했다. 처음에는 그 제안을 받아들이는가 싶더니 이내 어느 쪽이 제니트-2가 될 것인지에 대해 논쟁했다. 결국 양측은 다른 이름을 짓기로 했다.

"페트로 트레스트!"

"페트로 트레스트? 붉은 돛단배는 어때? 아니면 디나모?"

샤킬로프는 자신의 팀원들과 상의하더니 결국 제니트라는 명칭을 고수했다.

그러자 건장한 사내가 말했다.

"그렇다면 우리 팀의 명칭은 맨체스터 유나이티드로 하겠네! 자, 이제 시작하지."

"축구를 한다고?" 이반이 물었다.

"그래, 피겨스케이팅이 아니라 축구야."

삑! 호각소리가 들렸다.

"저길 좀 봐!"

옆자리에 있던 사람이 팔꿈치로 이반의 옆구리를 치며 말했다. 이반은 옆구리에 강한 통증을 느꼈다.

심판은 번개처럼 선수들을 쫓아다니기도 하고 다시 한쪽 구석으로 물러나기도 했다. 심판은 건장한 젊은이들보다 더 빨리 뛰었다. 그와 비교하면 젊은이들은 달팽이처럼 느려 보였다.

옆자리의 사람은 뒤를 돌아보았다. 얼굴은 발갛게 상기되고 승부욕에 눈이 이글거렸다. 몹시 흥분한 눈빛이었다. 이반은 그가 술을 거나하게 마셨거나 담배를 과하게 피운 것 같다고 느꼈다.

"봤나?" 옆자리의 사람이 재차 물었다.

"봤네." 이반은 귀찮은 듯 대답했다. 상대편의 면상이라도 후려치고 싶었지만 갈비뼈의 통증 때문에 꾹 참았다.

"이봐, 친구! 핵전쟁이 일어나지 않았더라면 꿈도 꾸지 못할 일이야. 지금 심판을 보는 사람이 누군지 아나? 그 유명한 가이폴린이야!"하고 옆자리의 사내가 말했다.

이반은 순간 갈비뼈의 통증도 잊은 채 심판을 쳐다보았다. 전혀 유명한 사람 같아 보이지 않았다. 검은 바지를 입고 호각을 불고 있는 평범한 중년 남자였다. 그는 축구장이 된 플랫폼을 뛰어다니며 중얼중얼 욕을 하기도 했다.

그는 여느 축구선수들보다 훨씬 빨리 뛰어다녔다.

"차라리 그가 공격수를 하는 편이 나았겠군."

"정말 누군지 모르겠어? 저 사람이 바로 유명한 심판 조하르 가이풀린이야. 2010년 월드컵 당시 이탈리아와 브라질 경기의 심판이었지. 메트로가 아니었더라면 저 사람을 실제로 보는 것은 꿈도 꾸지 못할 일이야. 과거 축구장은 이런 역을 세 개쯤 합친 크기였대. 그뿐만 아니라 잔디로 고르게 깔려 있었다고 해. 적어도 10만 명이 관중석을 가득 채우고, 몇 억 명의 시청자들이 TV로 축구중계를 봤겠지. 수십억 명이 축구를 즐겼던 셈이지! 그런 그가 이런 아마추어 경기의 심판으로 나서다니 믿을 수 없어."

쿨럭쿨럭…….

이반은 누군가의 기침소리에 고개를 돌렸다. 바쟈닉 교수였다.

"교수님, 무슨 일이세요?"

"이제 다들 전문가 같아." 하며 바쟈닉 교수는 떨리는 목소리로 말했다. 그의 눈빛은 평소와 달랐다. 그는 턱수염을 쓸어내리더니 벌떡 일어나 출구 쪽으로 걸어갔다. 이반은 그의 뒷모습을 바라보았다. 평소와는 전혀 다른 모습이었다. 왠지 모르게 그가 울고 있다는 생각이 들었다.

이반은 잠시 머뭇거리다가 옆자리의 사내에게 수초튀김이 들어 있는 봉지를 떠넘기고는 서둘러 바쟈닉 교수를 따라나섰다.

옆자리의 사내는 여전히 입을 벌린 채 경기를 지켜보았다.

이반은 고스찐느이 드보르 역의 플랫폼 끝 쪽에 있는 교수를 발견했다.

그는 플랫폼 끝자락에 서서 어깨를 들썩이고 있었다. 플랫폼 아래 선로에 서는 사람들이 투덜거리며 궤도차의 짐을 내리고 있었다.

"바쟈닉 교수님, 무슨 일이세요?"

"난 축구를 좋아하지 않아." 하고 교수가 말했다. 그는 떨리는 목소리로 더듬거리며 대답했다.

"예전에 〈무엇이? 어디서? 언제?〉라는 퀴즈쇼에 참가할 때도 나는 축구와 연관된 문제는 절대 고르지 않았어. 내 전문분야가 아니거든. 그런데 조금 전 축구 하는 모습을 보니 왠지 숨이 턱 막히는 것 같았어. 특히 지금과 같은 상황에서……"

교수는 말을 멈추고 쿨럭쿨럭 기침을 했다.

"신경 쓰지 말게. 조금 있으면 괜찮아질 걸세. 진정되고 나면 다시 축구장으로 가겠네."

이반이 축구장에 돌아온 순간 마침 맨체스터 유나이티드팀이 제니트팀의 골문에 공을 넣었다. 순식간에 사람들의 박수소리와 야유소리가 뒤섞였다.

몸집이 크고 얼굴이 벌겋게 달아오른 샤킬로프는 맨체스터 유나이티드팀의 골키퍼에게 다가가 주먹을 날렸다.

"반칙이야!" 옆자리의 사내가 벌떡 일어섰다가 다시 제자리에 철퍼덕 앉았다.

"골이 들어가지 않았잖아!" 하고 샤킬로프가 소리쳤다. 하지만 축구를 잘 모르는 이반도 분명 골이 들어가는 것을 보았다.

그때 가이폴린 심판이 옆자리 사내와 전혀 다른 판정을 내렸다. 레드카드를 내밀었던 것이다. 그러자 순식간에 관중석이 들썩거렸다.

"이건 오판이야! 심판, 안경이라도 써야겠어!" 하고 누군가 소리쳤다.

가이폴린 심판은 그 말을 듣자마자 그 자리에 멈춰 서서 고개를 돌렸다. 그의 표정이 심상치 않았다.

'그럴 리가 없다. 말도 안돼.' 하고 이반은 혼자 생각했다.

하지만 심판은 눈물을 흘리고 있었다. 이반은 그의 볼을 타고 내리는 눈물을 보았다.

"이건 오판이야!" 하고 누군가 다시 한 번 크게 외쳤다.

그러자 가이폴린 심판이 고개를 들어 관중석을 쳐다보았다. 오히려 그의 표정은 너무나 행복해 보였다. 그는 레드카드를 높이 치켜들고 천천히 관중석을 따라 뛰었다.

마치 이탈리아와 브라질 경기의 심판을 보고 있는 것 같았다.

마침내 두 역의 축구경기가 끝났다. 결과는 2 : 2, 무승부였다.

"보셨어요? 심판이 눈물을 보이는 것 같던데요?" 하고 미하일이 여전히 흥분한 목소리로 말했다.

이반은 고개를 끄덕이며 대답했다.

"바쟈닉 교수도 마찬가지야. 뭔가 그의 감정을 움직인 것 같아."

"나이 든 사람들은 작은 일에도 쉽게 눈물을 보이잖아요. 안 그런가요, 대장님?" 하고 미하일이 물었다.

이반은 사뭇 건방지게 말하는 미하일을 쳐다보며 단호하게 말했다.

"아니, 그렇지 않아."

이반은 플랫폼 밑에 있는 창고에서 쿨라긴을 발견했다.

"쿨라긴, 우리가 너무 지체한 것 같아요."

"이반! 자네 없이는 되는 일이 없군." 쿨라긴은 이반에게 말한 후 다시 대머리 창고지기를 쳐다보며 소리쳤다.

"자네 나에게 뭐라고 했나? 내가 분명 탄약을 내달라고 하지 않았나?"

이반은 창고지기의 어깨너머로 12구경 총탄박스를 발견했다.

"너무 지나치잖아요." 하고 창고지기가 웅얼거렸다.

그러자 쿨라긴이 폭발하며 소리쳤다.

"뭐? 뭐라고 중얼거리는 거야?"

"쿨라긴, 진정하세요." 하고 이반이 말했다. 그러고는 창고지기를 쳐다보며 말했다.

"우리도 해군 역 사람들이라고 오해한 모양이에요. 사실 우리는 바실리섬 역에서 왔는데 말이죠. 쿨라긴은 예전에 프리모르스크 역에서 살았어요. 어쩔 수 없이 프리모르스크 역을 두고 떠난 뒤 바실리섬 역에 정착했죠. 우리가 소란을 피워서 죄송합니다. 발전기를 도둑맞아서 다들 제정신이 아니에요."

이반의 말을 들은 창고지기의 표정이 환해졌다.

"진작에 말씀하시지 그랬어요? 저는 해군 역 사람들만 잔뜩 몰려온 줄 알았거든요. 아까 말씀하신 탄약을 드리겠습니다."

이반과 쿨라긴은 서로를 쳐다보았다. 이반은 팔짱을 끼며 생각했다.

'마음에 들지 않아도 어쩌겠는가? 외교를 위해서 참아야지.'

그렇게 창고지기와 총알에 대한 언쟁을 해결했을 무렵 크미치츠 대위가 다가왔다. 그는 몹시 지치고 우울한 표정이었으며, 두 눈은 빨갛게 충혈되어 있었다.

"이반, 자네를 사방팔방 찾아다녔네. 자네도 군사회의에 참석하라는 지시가 있었네."

가장 먼저 눈에 띈 것은 관자놀이에 남은 흉터자국이었다.

그리고 그의 회색 제복이 눈에 들어왔다.

그의 키는 중간 정도였고, 체격은 다부졌다. 그의 짧게 자른 머리 스타일도 눈길을 끌었다. 그는 한 발자국 앞으로 나서며 자신의 카리스마로 분위기를 압도했다.

순간 침묵이 흘렀다.

"나를 처음 보는 사람들도 있을 테니 내 이름을 알려주지. 나는 메모프라고 한다."

그러자 여기저기서 속닥거리는 소리가 들렸다. 유명한 메모프 장군을 실제로 보았기 때문이었다. 이반은 그를 쳐다보았다. 그는 해군 역의 전설적인 장군이었다.

"간단히 설명하겠다. 사병들은 지금 당장 각자 분견대와 소대로 흩어져서 전투 태세를 갖추어야 한다. 한 시간 내에 다시 지시를 내릴 것이다. 일반 사병을 제외한 대장들은 내 옆에 모이도록 한다."

메모프는 몇 안 되는 대장들의 얼굴에서 수많은 군인들의 모습을 떠올렸다.

"이제 어떻게 하면 되겠는가? 마야코프 역과 보스타니예 역을 공격할 수 있는 좋은 제안이 있는가?" 메모프는 잠시 멈추었다가 피식 웃으며 다시 말을 이었다.

"별다른 제안이 없다면 내 지시를 따르도록 한다."

5 ←

마야코프 역
МАЯК

    핵전쟁이 일어나기 전까지 보스타니예 광장 역은 모스크바에서 출발한 기차들이 도착하는 '모스크바 기차역'과 지하도로 연결되어 있었다. 핵전쟁 공습경보가 울렸을 당시 아흐메트쟈노프 총경은 총을 들고 승객들을 지하철역으로 대피시켰다. 대피라기보다 역으로 몰아넣었다는 표현이 더 적당할 것이다. 왜냐하면 당시 지하철역으로 대피하지 않겠다고 고집을 피우던 사람들도 총경이 AKSU 소총으로 위협하자 어쩔 수 없이 그의 말을 따랐기 때문이었다. 그리하여 보스타니예 광장 역에는 모스크바를 비롯한 남동부 지역에서 온 사람들로 가득했다. 아흐메트쟈노프 총경은 자연스럽게 독재자가 되었으며, 그의 계승자들도 엄격한 군주주의를 따랐다. 일종의 독재군주국이 된 것이었다.

    메트로에서는 그때 모스크바와 다른 도시에서 온 사람들을 '이방인들'이라고 부르기 시작했다.

    이반이 들은 얘기에 따르면, 당시 모스크바가 핵전쟁으로 폐허가 되었음에도 불구하고 이방인들은 모스크바 시민들이 모두 구출되어 비밀열차

D-6을 타고 도시를 탈출했으며, 살아남은 정부관리들이 지하사령실에서 여전히 국가를 운영하고 있다고 굳게 믿는다고 한다.

그들은 우랄산맥 너머 어딘가에 핵폭탄도 파괴할 수 없는 지하사령실이 있다고 믿고 있는 것이다.

이반은 그들의 말이 사실이라면 좋겠다는 생각이 들었다.

하지만 너무 허무맹랑한 얘기였다.

역 안은 습하고 안개가 자욱하게 끼어 있었다. 환풍기가 작동하지 않는 모양이었다. 공기가 너무 습해서 어떤 소리를 낸다고 해도 울리지 않을 것 같았다.

이반은 잠에서 깨어 벌떡 일어섰다. 막사 안은 어두웠다. 그는 조심스럽게 막사 출구로 다가가 숨을 죽였다. 두꺼운 막사 천막 사이로 불빛이 보였다. 흔들리는 불빛을 보며 이반은 그것이 카바이드 불빛이라고 생각했다. 그는 막사를 나가 플랫폼으로 걸어갔다. 가장 먼저 그의 눈에 들어온 것은 고무장화를 신은 발이었다. 장화의 발목 부분은 너덜너덜하게 닳아 있었다. 그리고 장화 위로 얼룩덜룩한 무늬의 군복과 벨트가 보였다. 옷을 입지 않은 상체는 온통 멍과 상처투성이였다. 이반은 자신도 모르게 부르르 떨었다. 이반은 자신의 왼쪽 옆구리의 상처를 만져보았다. 신기하게도 벌써 아물었는지 통증이 느껴지지 않았다.

이반은 바닥에 누워 있는 남자의 얼굴을 쳐다보았다. 그는 바로 이반 자신이었다. 두 팔을 축 늘어뜨리고 쓰러져 있는 자신의 옆구리에는 여전히 상처가 남아 있었다.

"어서 눈을 떠!"

이반은 누워 있는 자신에게 말했다.

이반의 옆에는 카바이드 랜턴이 놓여 있었으며, 랜턴의 불빛이 흔들거리며 그의 얼굴을 비추었다.

이미 죽어 있는 자신을 보며 이반은 다시 한 번 소리쳤다.

"제발 눈을 떠! 빌어먹을!"

이반은 사력을 다해 눈을 떴다. 그는 얼굴을 가리고 있던 니트모자를 이마까지 걷어 올리고 주위를 두리번거렸다. 그의 옆에서 파벨이 기둥에 기대어 졸고 있고, 예고르는 코를 골고 있었다. 사조노프는 진지한 표정으로 생각에 잠겨 있고, 살로하는 책을 읽고 있었다.

이반은 매번 꿈에서 자신이 죽는 모습을 보는 게 마음에 걸렸다.

작전명령이 떨어질 때까지 기다리는 상황이었다. 디거들은 전투를 앞두고 체력을 보충하기 위해 잠을 자두는 것에 익숙했지만 평범한 사람들은 잠들지 못했다. 그래서 역 안에 사람들이 웅성거리는 소리가 들렸다. 해군역, 넵스키 대로 역, 바실리섬 역 사람들이 무기를 들고 플랫폼에 앉아 대기하고 있었다. 달콤한 마리화나를 피우는 연기가 스멀스멀 피어올랐다. 이반은 예전에도 사람들이 마리화나 피우는 모습을 본 적이 있었다. 하지만 여전히 마음에 들지 않는다는 듯 눈살을 찌푸렸다.

그때 누군가가 말했다.

"그까짓 이방인들! 우리가 쳐부수면 돼!"

이반은 코웃음을 치며 소리가 나는 쪽을 쳐다보았다.

넵스키 대로 역 사람들 중 한 노인이 벌떡 일어서며 앉아 있는 사람들에게 말했다.

"고대 그리스군처럼 트로이 요새로 쳐들어가볼까?"

하지만 아무도 그의 말에 대꾸하지 않자 그는 풀 죽은 표정으로 말했다.

"하긴 자네들은 그리스군이니, 트로이 요새니 하는 말이 무슨 뜻인지도 모르겠지. 불쌍한 청년들! 어둠 속에서 붉은빛이 반짝이며 새벽의 여신 에오스가 나타났다! 자네들은 호메로스의 〈일리아드〉도 모르겠지?"

"아저씨, 그만 앉으세요. 그러다가 감기 걸려요."

그때 크미치츠 대위가 성큼성큼 걸어와서 말했다.

"잡담은 그만! 다시 이동한다!"

핵폭발이 치명적인 데에는 몇 가지 이유가 있다. 첫째, 눈이 멀 정도로 번쩍이는 섬광. 둘째, 충격파. 셋째, 방사능. 이반은 그런 것들에 대해 수도 없이 들었지만, 이미 쓸모 없는 지식이었다. 석기시대에 구경 5.45mm 돌격소총에 대해 공부하는 것이나 다름없기 때문이었다. 이 세상에 핵무기가 남아 있다고 해도 더 이상 전쟁을 할 상대가 없지 않은가? 지상의 돌연변이들에게 핵무기를 쓸 것인가? 돌연변이들은 핵폭발을 두려워하지 않을 것이다. 이미 방사능에 익숙한 존재들이니까. 오히려 살아남았던 인간들마저 방사능에 노출되어 암이나 궤양에 걸리고 피를 토하고 면역이 바닥나고 실명하게 될 것이다. 돌연변이들은 오히려 힘을 얻어 더욱 빠르게 번식할 것이다.

'전혀 다른 생명체야.' 그의 꿈속에서 들었던 노인의 목소리가 귓전을 맴돌았다.

이반은 무의식적으로 말했다.

"다들 준비해. 다시 출발한다."

마야코프 역까지 이어지는 터널은 대략 2킬로미터쯤 되었다. 동맹군의 이동속도는 시속 2~3킬로미터였다. 그렇다면 얼마 만에 마야코프 역까지 도착할 수 있을까? 전쟁이 벌어진 지금은 아무도 알 수 없었다.

동맹군의 선봉대는 몇몇 대원들과 분견대를 이끌고 출발했다. 선봉대는 312번 환풍구에 숨어 있던 부랑자들을 내쫓았다. 사람이라고 부르기도 힘든 추한 몰골이었다. 대원들은 총의 개머리판으로 부랑자들을 몰아내어 후방으로 내쫓았다.

온갖 잡동사니와 쓰레기더미에 있던 부랑자들의 근처에 가자 방사선량 측정기의 바늘이 빠르게 움직이며 방사능 수치가 높아지고 있음을 경고했다. 대체 그들은 어떤 경로를 통해 지상을 오가는 것일까? 이반은 궁금해졌다. 부랑자들은 어떻게든 지상으로 나가서 버려진 것들을 주워 왔다. 심지어 어둠 속에서 반짝거리는 물건도 서슴없이 집어 왔다. 방사능에 노출되어 형광물질이 반짝이는 것에 불과하다고 생각하지 못하는 모양이었다.

그럼에도 불구하고 한 가지 풀리지 않는 의문이 있었다. 부랑자들은 씻지도 않고 온통 더러운 오물을 묻히고 사는데도 가까이 가서 들여다보면 치아도 멀쩡하고, 머리카락도 빠지지 않았으며, 눈동자도 멀쩡해 보였다. 전반적으로 건강에 전혀 문제가 없어 보였다. 그들도 전혀 다른 생명체가 되어 방사능에 적응된 것인가? 이반은 고개를 저었다. 그들은 분명 엄청난 방사능에 노출되어 있었다. 평범한 사람이라면 이미 죽었을지도 모른다. 하지만 그들은 치명적인 수치의 3~4배에 달하는 방사능에 노출되고도 죽지 않고 살고 있다. 이반은 여태껏 병에 걸려 앓고 있는 부랑자를 본 적이 없었다. 과학에서 말하는 자연선택(natural selection)인가? 어쩌면 병에 걸린 동료를 잡아먹어서인지도 모른다. 그런 소문이 아예 근거 없지는 않을 것이다.

이반은 자신의 대원들과 터널 갈림길에 도착했다. 그곳에는 이미 해군역 군사들이 기다리고 있었다.

"일단 이곳을 확인해보자." 해군 역 군사가 말하며 앞으로 나아갔다. 이반은 배수관 구멍을 쳐다보며 가래를 뱉었다.

그곳은 터널 화장실이었다.

"예고르가 앞장서고, 내가 그 뒤를 따른다. 사조노프는 후발대를 맡는다."

이반은 대원들에게 지시한 후 고개를 좌우로 꺾었다. 우드득거리는 소리가 들렸다. 그는 다시 대원들에게 말했다.

"수류탄을 가져가야 하나? 일단 가보자. 전진!"

터널 화장실에는 작은 샤워실과 세면대 그리고 남녀 구분된 화장실이 있었다. 화장실 안은 어두컴컴했다. 하지만 그냥 지나칠 수도 없는 노릇이었다.

수색대원들은 총신에 랜턴을 매달았다. 사조노프는 어깨에 메고 있던 엽총을 들고 준비되었다는 듯 고개를 끄덕였다.

예고르는 살금살금 배수관으로 들어갔다.

이반은 천천히 앞을 살피며 걸음을 옮겼다. 터널 안에는 선봉대의 랜턴 불빛이 흔들거렸다. 선봉대는 이미 마야코프 역의 초소에 가까이 도착한 것 같았다.

이반은 깊은 한숨을 내쉬고 셋을 센 후 예고르의 뒤를 따라갔다.

보스타니예 광장 역의 구조는 단순하지 않았다. 해군 역 군사들을 비롯한 프리모르스크 동맹군 전체가 고개를 내저을 정도였다.

보스타니예 광장 역 주변에는 지도에도 표시되어 있지 않은 지하 시설과 터널이 수도 없이 많았다. 그중에는 민방위시설과 비상사태를 대비하여 구축한 벙커도 있었다. 터널 화장실만 해도 몇 개 사단이 사용할 수 있을 정도로 많았다.

　이제 이반과 대원들이 그 악명 높은 미로들을 따라 기어들어 가야 하는 것이었다. 하지만 보스타니예 광장 역 사람들은 미로를 훤히 꿰고 있었다. 그러니 그들과 미로 안에서 싸우는 것은 불리했다. 마치 기니피그들처럼 궁지에 몰리게 될 게 뻔했다.

　이반은 이를 악다물었다. 순간 예브팟 삼촌의 목소리가 환청처럼 들렸다.

　'기니피그에 비유한 것은 너무 심했나? 그래도 어쩌겠어? 참고 견뎌야지. 자, 정신을 집중해!'

　'경보!'의 의미로 예고르가 수신호를 보냈다. 그는 손가락 세 개를 들어 보였다. 화장실 안에 세 명이 있다는 의미였다. 위험한 상황이었다.

　이반은 알았다는 신호를 보내고 어깨에 총을 받쳐 들었다.

　메트로 터널의 화장실은 비상상황에서 사람들이 터널에 갇힐 경우를 대비하여 마련해둔 시설이었다. 하지만 핵전쟁 이후 메트로에 살아남은 사람들의 수는 그리 많지 않아서 터널 화장실은 대부분 관리되지 않은 채 버려졌다. 그래서 대부분의 터널 화장실에는 전기가 들어오지 않았다. 그 뿐만 아니라 온갖 오물이나 시체가 버려져 있었다. 그것이 바로 폐쇄된 공간의 가장 큰 문제였다.

　사람들은 메트로에 쌓여 가는 송장을 어디로 치워야 할지 골머리를 앓았다.

　특히 위대한 사담이 통치를 하던 시기에 메트로 인구가 서너 배, 아니 다섯 배 줄어들면서 그런 문제가 매우 심각해졌다. 사실 메트로 인구가 얼마나 줄었는지 정확히 아는 사람은 없었다. 사담이 죽은 후 메트로에는 온갖 폭력이 난무했다. 사람들은 피를 두려워하지 않고 닥치는 대로 살인을 저질렀다. 특별한 이유도 없었다. 결국 살아남은 사람들은 강한 자를 중심으로 무리 지어 살기 시작했다. 그리고 그 무렵 시체를 소각하는 일명 장의사들이 생겨났다. 그들은 키로프공장 역에서 살았다. 그들이 사는 곳은 비교적 안전했다. 물론 여자와 아이들은 여전히 폭력에 취약한 존재들이긴 했지만 말이다.

약자들에 대한 폭력은 더욱 무자비했다.

그렇게 해서 메트로 안에는 시체가 넘쳐났다. 그렇다고 시체를 먹어 치울 수도 없는 노릇이었다. 한 번 인육을 맛본 사람은 이성을 잃고 닥치는 대로 사람을 죽이고 먹어 치운다는 얘기가 있었기 때문이다. 그렇다고 시체를 지상에 갖다 버릴 수도 없었다. 시체를 갖다 놓을 때 방사능에 노출되기 쉬웠고, 무엇보다도 지하 깊숙이 건설된 메트로에서 지상까지 시체를 운반하기가 어려웠다. 그뿐만 아니라 돌연변이들이 득실대는 지상에 나갔다가 자칫하면 들고 간 시체처럼 죽은 목숨이 될 게 뻔했다.

쌓여가는 시체들은 점점 부패했으며, 그로 인해 전염병이 발생할 수도 있는 위험한 상황이었다.

결국 사람들은 묘지로 쓸 역을 정했다. 시체를 운반하는 일을 전담하는 팀을 조직해 정해진 곳으로 시체를 옮겼다. 이반이 들은 얘기로는 그곳에서 시체를 태웠다고 한다.

말하자면 일종의 화장터가 된 것이었다. 화장터는 주로 남쪽에 있는 보라색 라인 역들에 있었다.

부하레스트스카야, 메쥐두나로드나야와 같은 역들이 화장터로 쓰였다. 들리는 소문에 따르면 완공되지 않은 슬라바 대로 역에 불에 탄 유골들이 산더미처럼 쌓여 있다고 한다.

하지만 이반은 그 말을 믿지 않았다. 유골이 산더미처럼 쌓일 만큼 메트로 인구가 많지도 않았기 때문이었다.

'경보해제.'

예고르가 다시 수신호를 보냈다.

이반은 랜턴으로 화장실 안을 비췄다. 순간 더러운 거울에 자신의 모습이 비쳤다. 이반은 자신도 모르게 얼굴을 찌푸리며 고개를 돌렸다.

그곳에는 시체들이 앉아 있거나 누워 있었다. 시체는 말라붙은 상태였다.

이반은 치켜들고 있던 총을 내려놓았다. 극도로 긴장했던 탓인지 머리가 지끈거렸다.

"이상합니다." 하며 예고르가 고개를 저었다.

이반은 곁눈질로 그를 쳐다보았다. 시체를 봐도 늘 태연하게 행동하던 예고르가 이마를 찌푸리고 서 있었다.

"뭐가 이상하다는 거지?"

"대장님, 화장실 안은 이렇게 습한데 어째서 시체들은 바싹 말라붙은 걸까요?"

"아!"

이반은 변기가 있는 화장실 칸의 문을 천천히 밀었다. 그러자 경첩이 녹슨 문이 끼리릭 하며 열렸다.

이반은 해군 역 군사들이 자신들에게 더러운 화장실 수색을 맡기고 간 것을 원망했다.

"어서 선봉대를 쫓아가자!"

이반과 대원들은 다시 터널로 나와 선봉대를 쫓아가기 시작했다. 좋든 싫든 빌어먹을 해군 역 군사들의 꽁무니를 쫓아가야 하는 상황이었다.

그때 멀리서 사람들의 고함소리가 들렸다.

"모스크바 놈들을 해치우자!"

"돌격!"

"페테르부르그 놈들을 싹 쓸어버려!"

펑!

공격하는 동맹군 앞에서 폭발이 일어났다. 마치 쇳덩이가 폭발하는 것처럼 엄청난 펑음이 울렸다. 으아악! 총알이 빗발치고 사람들이 비명을 질러댔다. 여기저기 파이프에 맞아 총알이 튕기는 소리도 들렸다. 이반은 생각할 겨를도 없이 반사적으로 총을 치켜들고 쏘기 시작했다.

사방에서 불꽃이 번쩍거렸다.

터널 안에 구경 12.7mm 코르드 기관총의 총알이 쏟아졌다. 손이든 어디든 총알을 맞게 되면 죽을 정도로 고통스러운 총이었다.

"엎드려!" 하고 이반은 소리쳤다. 하지만 그대로 엎드려 있다가는 도망치는 아군들에게 밟혀 죽을지도 모른다는 생각이 들었다. 이반은 다시 소리쳤다.

"다시 터널 화장실로 숨어! 어서 빨리!"

이반과 대원들은 터널 화장실 쪽으로 피하고, 다른 사람들은 아연실색하여 도망쳤다. 도망치는 사람들 뒤로 총알이 빗발쳤다.

프리모르스크 동맹군의 작전은 실패했다.

조금 전까지만 해도 오만상을 쓰게 만들던 터널 화장실 덕분에 이반과 대원들은 목숨을 건졌다.

해군 역 군사들이 화장실 수색을 맡기지 않았더라면 이반과 대원들도 죽음을 면치 못했을 것이다. 이방인들은 최전방에 나선 동맹군들을 전멸

시켰다. 이방인들의 첫 버섯 수확이 풍년을 거둔 것이었다. 이제 놈들은 버섯의 균사체를 찾으려고 할 것이다. 펑! 멀리서 또 한 차례 폭발음이 울렸다. 뜨거운 불길이 터널에 퍼졌다. 펑! 수류탄 터지는 소리가 들렸다. 이반은 터널 화장실에 숨어서 사람들이 도망치는 모습을 바라보았다. 여기저기서 굉음이 들렸다.

어떤 사람은 도망치다가 다리에 경련이 일어났는지 그 자리에 털썩 주저앉았다.

그 순간 펑 하는 폭발음이 들렸다.

탕, 탕, 탕! 연달아 총소리가 들렸다.

"어서 이쪽으로 데려와야 해!"

이반은 손을 뻗어 쓰러진 남자의 소매를 잡아 끌었다. 그는 열다섯 살쯤 되어 보였으며 머리칼은 은발이었다. 소년은 크기도 맞지 않는 큼지막한 군복을 입고 있었다. 그의 눈동자는 겁에 질려 있었다. 소년은 자신을 잡아당긴 것이 아군인 줄도 모르고 도망치려 발버둥치며 소리를 질렀다. 이반은 휘청거리며 겨우 소년을 화장실 안으로 떠밀었다. 예고르는 소년을 붙잡아 그의 손에 들려 있던 총을 빼앗았다. 소년은 앞도 보지 않고 마구 주먹을 휘저었다. 예고르는 그의 손을 등 뒤로 꺾어 바닥에 눕혔다. 그러자 소년은 죽을 듯이 소리를 질렀다. 이반은 머리가 지끈거렸다. 귀청이 찢어지고 심장이 터질 듯한 비명이 들렸다.

터널 안에는 여전히 총알이 빗발치고 있었다. 파이프에 맞아 튕겨져 나온 총알이 이반의 머리 위 벽면에 박혔다. 그의 머리 위로 콘크리트 가루가 쏟아졌다. 그는 움찔하며 고개를 숙였다. 하마터면 머리가 박살날 뻔했다.

소년은 여전히 악을 쓰며 저항했다. 그러자 예고르가 바닥에 제압했던 소년을 뒤집어 있는 힘껏 뺨을 후려쳤다. 소년의 얼굴이 휙 하고 돌아갈 정도였다.

"됐어! 이제 그만 해." 하고 이반이 말했다.

잠시 후 기관총 소리가 멎었다. 이반은 자신의 귀가 멍멍해져서 들리지 않는 게 아닐까 싶었다. 귀가 윙윙거리고 머리부터 발끝까지 소름이 돋았다.

"작전실패야."

이반의 말에 대원들은 아무 대답도 하지 못했다. 그렇게 맥 빠진 이반의 목소리는 처음이었다. 이반은 다시 말을 이었다.

"열심히 싸웠지만 말이야……. 발전기를 되찾으려면 더 많은 희생을 감수해야 할 것 같군."

깨진 수통에서 물이 새고 있었다. 수통의 한쪽 면에 뚜껑부터 바닥까지 금이 가 있었다. 이반이 아끼던 수통이었다. 하지만 모든 것은 언젠가 망가지기 마련이다.

이반은 파벨에게 수통을 건네고 손바닥을 갖다대며 말했다.

"손 위에 따라줘."

파벨이 수통을 기울이자 쪼르륵 물이 흘러나왔다. 이반은 재빨리 손을 닦고 물기를 털어내며 말했다.

"한 번 더."

이반은 손바닥으로 흘러내리는 물을 보다가 불현듯 까쨔를 떠올렸다. 그는 손바닥에 고인 물로 얼굴을 문지르고 코를 풀었다. 시원하고 상쾌한 물이었다. 그는 다시 한 번 물을 받아서 한 모금 마셨다. 기분이 훨씬 나아졌다.

넵스키 대로 역은 식수에 있어서 문제가 없었다. 그곳에는 깊이 지하수 층까지 파놓은 우물이 두 개 있었으며, 예비로 찾아둔 곳도 두 군데나 있었다. 이반은 그런 곳이라면 생활하는 데 지장이 없을 거라는 생각이 들었다. 넵스키 대로 역의 발전기는 예전부터 사용해오던 것이었다. 심하게 낡긴 했지만 아직도 문제없이 작동했다. 덕분에 넵스키 대로 역에 안정적으로 전기를 공급하고 있었다. 그곳에 비하면 바실리섬 역의 발전기는 보잘 것없었다. 넵스키 대로 역의 발전기는 과거 핵전쟁에 대비해 구축한 고정형 발전기였다. 발전기뿐만 아니라 기계실, 연료보관실, 부품창고, 배기기설 등이 갖춰져 있었으며 기계관리인이 생활하는 작은 방도 있었다.

하지만 고정형 발전기의 단점은 연료를 많이 소모한다는 것이었다.

그래도 넵스키 대로 역은 형편이 좋은 편이었다. 바실리섬 역은 그렇게 많은 연료를 소모할 형편이 아니었다.

이반은 물을 따라주던 파벨에게 이제 됐다는 눈짓을 했다. 그는 손을 수건으로 닦은 후 스테인리스 컵을 찾으려고 가방을 뒤적거렸다. 따뜻한 차라도 한 잔 마셔야 할 것 같았기 때문이다.

이반은 찻잔에 뜨거운 물을 부어 플랫폼에 나가 한 모금 마셨다. 따뜻한 기운이 온몸에 퍼졌다.

그는 참패를 겪은 프리모르스크 동맹군의 용사들을 둘러보았다. 어떤 이들은 잡담을 하거나, 뭔가를 먹고 있었다. 하지만 대부분 잠을 자고 있었다. 주로 검은 바지에 초록색 상의를 입은 군인들이었다. 전쟁 중에는 그렇게 틈틈이 잠을 보충하는 게 상책이었다. 지친 사람들의 코고는 소리가 들렸다. 자고 있는 사람들의 우측에는 알루미늄 테가 둘러진 기둥이 있었다. 기둥 뒤에서 고통스러워하는 신음소리가 들렸다. 부상자들을 치료하고 있었던 것이다.

마야코프 역 공격은 실패했다. 이방인들은 이미 공격에 대비하고 있었다.

측면터널로 갔던 사람들은 그나마 운이 좋았다. 이방인들도 코르드 기관총은 하나뿐이라서 측면터널에서 대응하던 병사들은 권총과 엽총을 썼기 때문이었다.

덕분에 측면터널로 갔던 분견대의 사상자는 비교적 적었다.

쿨라긴 대위와 넵스키 대로 역 용사들은 마야코프 역의 첫 번째 초소를 점령했지만 두 번째 초소 앞에서 후퇴해야만 했다.

첫 번째 공격이 실패하면서 프리모르스크 동맹군 중 14명이 사망하고 30명 이상이 부상을 당했다.

"이반 메르쿨로프! 장군님 호출이네!"

이반은 또 무슨 일로 호출을 하는 건가 싶었다. 그는 일부러 천천히 돌아보며 한숨을 쉬었다.

그의 앞에는 살찐 사내가 서 있었다.

"이반 메르쿨로프! 귀가 먹었나? 장군님 호출이다."

"지금 가야 하나? 무슨 일이지?" 이반은 기지개를 켜며 하품을 했다.

"귀만 먹은 게 아니라 눈도 안 보이는가? 경솔하게 행동하면 후회할 걸세. 장군님께서 자네를 부르시네. 당장 눈썹이 휘날리게 뛰어가게!"

"흥! 웃기시네. 그런데 어쩌나? 우리가 워낙 느림보들이라서 말이야." 이반의 뒤에 있던 예고르가 비아냥거렸다.

"뭐야?" 이반을 데리러 온 사내가 발끈하며 소리쳤다. 당장이라도 화를 내며 폭발할 기세였다. 하지만 예고르는 멈추지 않고 한 마디 더 거들었다.

"그보다 더 할 수도 있어."

그러자 화가 난 사내가 이반을 쳐다보며 소리를 질렀다.

"부하를 어떻게 단속하길래 감히 이런 태도를 보이는 건가?"

그 순간 이반의 눈에 사내의 제복에 붙은 대위 견장이 보였다. 과거 경찰들이 쓰던 견장 같았다. 이 역에서는 계급이 확실히 구분되고 그에 맞는 견장까지 달고 있었던 것이다. 이반은 일부러 애처로운 목소리로 말했다.

"그렇게 소리지르지 마. 조금이라도 자둬야 할 것 아닌가?"

이반은 영 마음이 내키지 않았다. 일단 공격을 미루었으니 잠을 자면서 체력을 보충하는 게 정상이라는 생각이 들었다.

"뭐라고 중얼거리는 거야?" 하고 사내가 다시 소리쳤다.

이반은 눈썹을 치켜세우며 그에게 말했다.

"소리지르지 않아도 알아들었네. 나를 멍청이로 보는 건가?"

이반은 다시 예고르를 쳐다보며 말했다.

"안 그런가? 그나저나 수류탄은 남았나?"

그러자 사내가 당황한 듯 기침을 했다.

예고르는 천천히 손을 뻗어 덥수룩한 턱수염을 긁었다. 벅벅거리며 긁는 소리가 났다.

"아마 남았을 걸요……."

"안 들린다. 뭐라고 했나?" 이반이 갑자기 엄한 목소리로 물었다.

"있다고 했습니다……."

예고르는 당황하여 이반을 쳐다보았다. 그는 이반의 무서운 눈빛을 보더니 벌에 쏘인 듯 벌떡 일어나 차렷자세를 하고 침을 튀기며 말했다.

"있습니다!"

"이제야 말이 통하는군. 쉬어!"

이반은 다시 사내를 쳐다보며 공손한 말투로 물었다.

"대위님, 뭐라고 하셨나요?"

그러자 대위도 화를 누그리며 예의를 갖춰 대답했다.

"장군님께서 부르시네. 나를 따라오게."

이반은 그제서야 웃으며 걸음을 옮겼다.

"장군님의 말씀은 저에게도 법이나 다름없습니다. 따라가겠습니다."

"이제 진지전을 펼칠 것입니다." 오를로프 해군 역 보안국장이 말했다.

그러자 이반이 벌떡 일어나서 쏘아붙였다.

"진지전이라뇨? 더 많은 희생자를 만들 뿐입니다. 우리는 절대 터널 초소를 뚫고 갈 수 없습니다. 이미 시도해보지 않았습니까? 동맹군들은 맥없이 나가떨어졌습니다. 저도 대원 두 명을 잃었습니다. 그런데도 진지전을 펼치자고요?"

"이반 다닐로비치 메르쿨로프. 그렇다면 자네가 제안해보게." 메모프 장군이 차분한 목소리로 이반에게 말했다.

이반은 코웃음을 쳤다. 이름과 성뿐만 아니라 '다닐로비치'라는 부칭까지 불러가며 말하는 것이 마음에 들지 않기 때문이었다. 이반은 군사회의에 참석한 사람들을 둘러보았다. 넵스키 대로 역 사람들은 졸거나 무관심한 표정을 짓거나 코를 파고 있었다. 해군 역 사람들의 반응도 별반 다르지 않았다. 이반은 그들을 총의 개머리판으로 후려치고 싶은 마음을 간신히 누르고 대답했다.

"습격을 해야 합니다."

그러자 쥐 소굴에 불을 던지기라도 한 듯 사람들이 웅성거리며 동요했다.

메모프 장군은 눈썹을 치켜세우고 고개를 끄덕이며 말했다.

"자네 생각은 알겠네. 이만 자리에 앉게, 중사. 다른 사람들의 의견은 어떤가?"

메모프 장군은 이반을 '중사'라고 불렀다.

장군은 이반의 옆자리에 앉은 넵스키 대로 역 사람에게도 의견을 물었다. 그는 갑작스러운 질문에 웅얼거리며 자신 없이 대답했지만 메모프 장군은 다그치지 않았다. 그러고 나서 차례대로 의견을 말하도록 했다.

이반도 잠자코 다른 사람들의 의견을 들었다. 대부분 방어를 위주로 하는 진지전에 찬성했다. 첫 번째 공격이 실패하자 위축된 것이었다.

이반은 첫 번째 공격을 무턱대고 시작한 것이 잘못이었다는 생각을 했다.

"자, 이제 결정을 해야 하네. 습격을 감행한다면 어떻게 될까?"

메모프 장군이 질문을 던지더니 그 자리에 있는 사람들을 하나하나 쳐다보았다. 마치 벽에 핀으로 사진을 꽂는 것 같기도 하고, 식물표본집에 딱정벌레를 하나하나 꽂아두는 것 같기도 한 느낌이었다. 그는 보이노비치, 타라스, 쿨라긴, 메르쿨로프를 차례대로 쳐다보았다. 이반은 메모프 장군이 자신을 똑바로 응시하자 어깨를 움츠렸다.

그는 예전에 바쟈닉 교수가 북빙해에 대해 말했던 것이 생각났다. 메모프 장군의 눈빛이 얼음처럼 차가웠기 때문이었다. 얼음이 둥둥 떠다니는 북빙해와 똑같았다.

"대위들도 어째서 말이 없는가? 보스타니예 광장 역을 습격한다면 어떤 결과가 있을 것 같은가?" 하고 메모프 장군이 재차 물었다.

이반은 생각을 집중하기 위해 뇌를 쥐어짰다. 하지만 뇌는 다른 근육과 달라서인지 쉽지 않았다. 이반은 좋은 생각이 나지 않았다. 평소에 뇌를 쥐어짜는 연습을 하지 않은 것이 후회스러울 정도였다.

"이반 다닐로비치. 자네가 대답해보게."

이반은 작게 한숨을 쉬었다. 자리에서 일어서서 최대한 빨리 이 상황을 모면하는 게 상책이었다. 쓸데없는 말을 하지 않아야 했다. 다른 대위들이 책임을 지도록 해야 했다.

"일단 3일 후에 우리가 공격할 것이라는 소문을 내야 합니다. 그 다음 이방인들에게 발전기를 돌려주고 예피미뉴크를 죽인 살인범들을 색출해서 인도하라고 최후통첩을 보내야 합니다. 그리고 그들이 생각할 수 있는 시간은 3일을 줍니다. 그리고 마지막으로……."

이반이 말을 마치기도 전에 사람들이 그의 의견을 반박했다.

"최후통첩이 무슨 소용이야?"

"무슨 소리를 하는 거야?"

"말도 안돼!"

"헛소리!"

하지만 메모프 장군은 이반이 말을 마칠 때까지 기다려주었다. 그의 표정에는 전혀 변화가 없었다.

"계속 해보게, 이반 다닐로비치."

"오늘밤에 당장 습격을 해야 합니다."

그의 뜻하지 않은 말에 일동은 침묵했다. 사람들은 눈이 휘둥그레져서 서로를 쳐다보았다.

"생각할 시간을 주겠다고 한 후 습격하자는 건가?" 하고 메모프 장군이 이반을 똑바로 응시했다.

"네, 그렇습니다."

이반은 즉시 대답했지만 말을 뱉은 걸 내심 후회했다.

"어떤 식으로 습격을 하자는 건지 설명해 보게."

"수색대원들이 잠입해서 초소를 점령하는 겁니다. 이후 동맹군 전체가 습격에 나서는 거죠. 관건은 최대한 빨리 마야코프 역을 점령하는 것입니다. 만일 이방인들이 보스타니예 광장 역으로 도망친다면 문제가 심각합니다. 그들이 보스타니예 광장 역으로 통하는 연결구간을 차단할 테니까요. 여러분들 생각은 어떠신지 모르겠지만, 제 생각에는 시간을 오래 끌어서 좋을 것이 없습니다."

마침내 군사회의가 끝난 후 사람들이 자리에서 일어나기 시작할 무렵 메모프 장군이 이반을 불렀다.

"이반 다닐로비치, 잠시 얘기 좀 할 수 있겠나?"

이반은 올 것이 왔다고 생각했다. 괜히 나서서 말한 것이 후회스러웠다.

사람들이 모두 나가고 두 사람만 남자 메모프는 테이블로 다가와 꼬냑한 병과 스테인리스 찻잔 두 개를 올려놓고는 고개를 끄덕였다.

이반은 갈색빛의 꼬냑을 한 모금 들이켰다. 따뜻한 기운이 식도를 타고 들어가 온몸이 뜨끈해졌다.

꽤 괜찮은 기분이었다.

"내 아들도 자네와 비슷한 나이일 걸세. 만약 여기 있었더라면 자네와 친구가 되었을지도 모르지. 안타깝게도 내 아들에 대해 기억나는 것이 별로 없네. 아들은 주로 제 어미와 지내고, 나는 여기저기 돌아다녀야 했으니까. 이제 돌이켜보면 너무나 후회가 되는 일이지. 자네는 나를 많이 닮은 것 같네. 물론 내가 자네 나이였을 때는 자네보다 훨씬 부드러운 성격이었지만 말일세."

이반은 한 번 이를 꽉 다물었다가 말했다.

"그래서요? 제가 장군님을 동정하며 잃어버린 아들 노릇이라도 해주길 바라시나요?"

메모프 장군은 코웃음을 치며 고개를 저었다.

"역시 자네는 너무 직설적이야, 이반 다닐로비치. 물론 그런 성격이 나쁜 것은 아니지만 때로는 뻔뻔스러워 보일 수도 있네. 나는 뻔뻔스러운 사람들을 별로 좋아하지 않아."

"그건 저도 마찬가지입니다."

메모프 장군은 피식 웃으며 말했다.

"그만 가보게, 중사."

메모프 장군과 처음으로 허심탄회한 얘기를 한 것 같았다. 하지만 이반은 끝내 참지 못하고 하고 싶었던 말을 내뱉었다.

"그런 참회는 수도 없이 들었습니다. 장군님 세대의 사람들 중 1/3은 그런 얘기를 하더군요. 다들 아이들이 있었을 테니까요. 그리고 다들 그 아이들을 잃어버린 것을 후회하죠. 물론 마음이 몹시 아프시겠죠. 하지만 제 생각을 솔직히 말씀드릴까요? 들어보시겠어요?"

이반은 메모프 장군 쪽으로 한 걸음 다가서며 당돌하게 말했다. 장군의 눈이 반짝거리는 것을 보자 이반은 다시 말을 이었다.

"장군님 세대는 자신들의 세상이 얼마나 아름다운지 잊고 살았어요. 소중함을 모르고 말이죠. 그런데 이제 와서 젊은 세대의 세상을 과거 세대의 세상에 맞추려고 애를 쓰고 계시죠. 그럴 필요 없습니다. 부랑자들처럼 졸렬하고 추잡해 보입니다. 장군님 세대가 도와주지 않더라도 우리는 얼마든지 난관을 헤쳐나갈 수 있습니다. 도움 따위는 필요 없습니다. 알겠습니까?"

"목소리를 낮추게. 자네가 무슨 말을 하는지 충분히 알겠네. 조금 전에 한 말은 진심인가?"

이반은 대답하지 않았다. 그러자 메모프 장군이 다시 말을 이었다.

"때로는 정의로움이 뒤틀리고 어리석고 심지어 부당하게 되는 경우도 있어. 말장난같이 들리겠지만 말이야. 하지만 사실이 그렇네. 적어도 내 생각에는 말이야. 하지만 자네 말처럼 이방인들은 죄값을 치러야 하네."

이반은 여전히 아무런 대꾸도 하지 않았다.

그러자 메모프 장군이 이반을 바라보며 의미심장하게 말했다.

"마이 건 이즈 퀵(My gun is quick)."

"무슨 뜻이죠?" 하고 이반이 날카로운 눈빛으로 쳐다보며 물었다.

"오래된 미국 카우보이 영화에 나왔던 대사일세." 메모프 장군은 고개를 절레절레 흔들며 말을 이었다.

"이반 다닐로비치, 자네 말대로 지금은 새로운 세상이지. 엄밀히 말하자면 세상이 존재하지 않는 상태야. 과거의 세상과 다시 태어나는 새로운 세상 사이의 경계쯤이랄까? 미대륙 정복이나 우주 정복과 같은 의미지. 지구 상에서 우리를 없애려는 존재들이 있는 상태이기도 해. 그 속에서 메트로는 프론티어가 되었어."

"무슨 말인지 전혀 이해가 가지 않습니다."

메모프 장군은 이반의 말을 듣지 못한 척 말을 이었다.

"그래, 맞아. 프론티어. 개척지와 미개척지와의 경계선이지. 총이 지배하는 세상이기도 해. 난 왜 여태껏 그걸 몰랐을까? 아주 간단한 사실을 말이야. 어쨌든 오늘 자네와 흥미로운 대화를 했네. 고맙군. 이만 가보게, 중사!"

이반은 고개 숙여 인사를 하고 뒤돌아섰다. 하지만 문 앞에서 다시 멈췄다. 이반은 하고 싶은 말이 목구멍까지 차올랐다. 결국 이반은 다시 메모프 장군을 돌아보았다.

장군은 테이블 앞에 앉아 서류를 읽고 있었다. 그는 이반의 시선을 느끼고 고개를 들었다.

"할 말이 있는가?"

"총이 아닙니다."

"뭐라고?"

"장군님께서 착각하고 계신 겁니다. 이곳은 총이 지배하는 세상이 아닙니다. 이곳은 용기가 지배하는 세상입니다."

그러자 메모프 장군이 고개를 치켜들고 흥미롭다는 듯 이반을 쳐다보며 말했다.

"자네 말을 기억해 두겠네, 중사."

"한 마디만 더 하겠습니다."

"해보게."

"장군님은 이곳을 프론티어, 즉 경계선이라고 생각하시지만, 우리 세대는 이곳을 연결선이라고 생각합니다."

작전은 이방인들이 아직 잠들어 있는 새벽 무렵에 시작되었다.

바쟈닉 교수는 이 시간대를 '축시'라고 했다. 그는 소가 바닥에 눕고, 어두운 기운이 강해지는 시간이라고 설명했다.

각각 샤킬로프와 조니스가 이끄는 선봉대가 랜턴도 켜지 않고 조심스럽게 어둠 속을 걸어갔다. 유대인인 조니스는 맨손으로도 상대를 제압할 수 있는 강한 사람이었지만 늘 장황하게 궤변을 늘어놓아서 주변 사람들을 지치게 했다.

이반의 수색대는 넵스키 대로 역 용사들과 함께 돌격대를 조직했다. 선봉대가 쥐도 새도 모르게 보초병들을 제압하고 동맹군의 길을 터주기로 한 작전이 실패하면 돌격대가 나서기로 했다.

그들은 마치 부랑자처럼 어두컴컴한 터널을 걸어갔다. 이반은 앞이 잘 보이지 않아서 얼굴을 찌푸렸다. 수색대원들에게는 수류탄을 두 개씩 나눠주었다. 그래서 수색대 전원이 총 열 개의 수류탄을 갖고, 이반이 예비로 한 개의 수류탄을 더 챙겼다. 협소한 공간에서 작전을 펼치기에는 네 명이 가장 적당했지만 해군 역에서 굳이 한 명을 더 끼워 넣어서 다섯 명이 되었다. 이반은 마지못해 동의했다. 그의 이름은 콜랸이었다.

이반은 다시 한 번 손을 더듬어 수류탄을 확인했다. 과거 경찰특공대에서 사용하던 수류탄이었다. 꽤 성능이 좋은 것이었다. 이반에게는 수류탄과 더불어 조명탄을 쏠 수 있는 신호총과 탄약 열 개를 주었다. 수류탄을 던지고 조명탄을 쏴서 적들을 혼란에 빠뜨린 후 유리한 입지에서 전쟁을 하기 위해서였다. 물론 희생자가 발생하겠지만 감수해야 할 일이었다.

이반은 눈이 아플 정도로 어둠 속을 똑바로 응시했다. 어둠 속에서는 시간의 흐름이 더디게 느껴졌다.

해군 역 사람인 콜랸은 동양무예에 심취해 있었으며 전투에 나가고 싶어서 안달이었다.

이반은 어둠의 장막이 동맹군을 보호하여 적들이 눈치채지 못하기를 마음속으로 빌었다. 이반은 속이 쓰릴 정도로 배가 고팠다. 하지만 오늘 모든 것이 판가름 날 것이라고 생각하니 참을 만했다. 동맹군이 마야코프 역을 점령하면 보스타니예 광장 역을 공격하는 것은 간단한 일이었다. 마야코프 역은 이방인들의 요새와 같은 곳이었기 때문이다. 마치 바실리섬 역처럼 말이다.

이반은 한숨을 쉬었다. 갑자기 따냐의 얼굴이 생각났기 때문이다. 그가 전쟁에 나가게 되었다는 말을 들었을 때 따냐의 표정이 떠올랐다. 이반은 그녀에게 다시 돌아오겠다고 말했다.

그녀는 이해할 수 없다는 표정을 지었다. 그가 떠난다는 것보다 어떻게 그런 결정을 내릴 수 있었는지 이해할 수 없다는 듯 느껴졌다. 어떻게 전쟁과 행복을 저울질할 수 있는지 이해하지 못하는 듯했다. 여자들이 생각하는 행복의 기준은 조금 달랐다. 남자들은 형식적이고 상징적인 것에 연연해하지 않는 반면 여자들은 작은 것에 큰 의미를 두는 법이다. 결혼반지도 그런 것 중 하나다. 여자들은 모두가 고개를 끄덕여야 비로소 행복하다고 느낀다.

옆에서 걸어가던 콜랸이 철커덕거리는 소리를 냈다. 이반은 당장이라도 그를 혼쭐내고 싶은 심정이었다. 다행히 터널 안은 조용했다. 만일 소문대로 이방인들이 편집증 환자에 가깝다면 작은 소음에도 기관총을 갈겨댔을 것이다. 이반은 혼자 생각했다.

'선봉대가 이미 보초병들을 제압한 건가? 그렇다면 샤킬로프는 어디 있지? 어째서 공격을 시작하라는 신호를 보내지 않는 거지?'

이반은 손바닥에 땀이 찼다. 그는 옷자락으로 땀을 닦으며 생각했다.

'완벽하게 이행되는 계획은 없다. 항상 누군가가, 무언가가 문제를 일으킨다. 제발 이번만은 성공하길……'

마야코프 역 주변은 복잡한 구조였다. 수많은 터널, 화장실, 배수관, 환풍구, 갈림길 등이 있었다. 그런 곳에서 전투를 해야 하는 상황이었다.

이반은 시계를 쳐다보았다. 어둠 속에서 희미한 형광으로 숫자가 보였다. 그 시계는 5호선의 한 가게에서 산 것이었다. 꽤 쓸 만한 물건이었다. 하지만 메트로에서 파는 것들이 다 그러하듯 이 시계도 주기적으로 시간을 맞춰야 했다. 바로 그런 이유 때문에 오늘도 메모프 장군이 전투에 앞서 시계를 맞추라고 지시한 것이다. 벌써 4시 32분을 지나고 있었다.

20분 전에 출발한 샤킬로프는 아직 아무런 신호도 보내지 않았다.

어떻게 해야 하나?

그때 누군가가 속삭이며 물었다.

"공격할까요? 대장님, 이제 공격할 때인가요?"

이반은 속닥거리는 대원을 한 대 때려주고 싶었지만 꾹 참았다.

"쉿! 조용히 해."

메트로에는 침수를 막기 위한 차단문이 있었다. 두께 0.5미터의 커다란 철문이었다. 연결구간과 에스컬레이터로 이어지는 통로마다 설치되어 있었으며, 각 터널에는 2~4개의 차단문이 있었다.

차단문의 자동개폐장치는 이미 고장 나서 수동으로 움직여야 했다. 차단문에 특수열쇠를 꽂고 손잡이를 돌리면 대략 8~10분 정도 문을 봉쇄할 수 있었다. 규정에는 5분이라고 쓰여 있었지만 실제로는 조금 더 길었다.

만일 이방인들이 습격을 눈치채고 마야코프 역과 보스타니예 광장 역 사이의 차단문을 봉쇄해버리면 작전은 또 다시 실패할 것이다. 차단문을 폭파시킬 수도 없는 노릇이기 때문이다. 이반은 고개를 절레절레 흔들며 생각했다.

'대체 누가 발전기를 훔치고 예피미뉴크를 죽였을까? 파렴치한 것들!'

터널 안에는 팽팽한 긴장감이 맴돌았다. 이반은 눈을 깜빡이며 긴장을 풀려고 노력했다. 이반의 수색대는 공격신호를 기다리며 대기했다. 바쟈닉 교수는 넵스키 대로 역을 출발하는 수색대를 표트르 대제의 정예병들이라고 불렀다. 바쟈닉 교수는 본대와 함께 출격하기로 했다. 그는 판단력이 뛰어나지만 달리기 솜씨는 엉망이었다. 그가 판단을 내리기도 전에 놈들이 먼저 총을 쏠 가능성이 높았다. 그래서 선봉대가 아닌 본대에 포함시킨 것이었다.

그 순간 이반은 어둠 속에서 작별인사를 하며 웃던 코솔라프의 얼굴이 떠올랐다. 그는 마음속으로 생각했다.

'하필이면 습격을 앞두고 왜 그의 얼굴이 떠올랐을까?'

마침내 샤킬로프가 신호를 보냈다!

이반은 칼라슈니코프 총을 치켜들고 앞으로 뛰어가며 대원들에게 지시했다.

"수류탄을 준비해!"

철퍽거리는 장화 소리를 들으며 이반은 대원들의 숫자가 많지 않다는 생각이 들었다. 그의 옆에서 콜랸이 헉헉거리며 뛰고 있었다. 그는 SKS 시모노프 반자동 소총을 들고 있었다. 그 소총은 꽤 성능이 좋았지만, 이반은 콜랸을 믿을 수가 없었다. 그가 작전을 망치지만 않기를 바랐다.

그때 폭발음과 총성이 들리고 사람들이 비명을 질렀다. 이반은 더욱 빠르게 뛰기 시작했다.

"공격!"

이반은 목청껏 소리를 질렀다. 더 이상 숨죽일 필요가 없었다.

이반과 대원들은 모래주머니를 쌓아서 만든 참호를 뛰어넘고 초소를 가로질렀다. 선로 위에 사람들이 쓰러져 있었다. 회색 제복 차림인 것을 보니 이방인들이 분명했다. 이반은 뛰면서 곁눈질로 또 하나의 시체를 보았다. 터널 벽에 기댄 채 죽어 있는 이방인의 목에서 피가 흘러내리고 그의 옆에는 하얀 찻잔이 나뒹굴고 있었다.

"전진!"

대원들은 두 번째 초소를 뛰어넘었다. 그곳에는 더 많은 시체들이 쓰러져 있었다. 가까운 거리에서 총성과 비명이 들렸다.

터널 안에 연기가 자욱하고 플라스틱 타는 냄새가 진동했다.

이반과 대원들은 마침내 플랫폼으로 들어섰다. 들어서자마자 눈부신 불빛 때문에 머리가 어지러웠다. 그 순간 오렌지색 점퍼를 입은 사내가 엽총을 들고 튀어나왔다. 이반이 먼저 총을 쏘았지만 빗나갔다. 그는 다시 한 번 총을 쏘았다.

그러자 상대방이 휘청거렸다. 이반은 그를 향해 뛰었다. 사방에서 총소리가 둔탁하게 울렸다.

넵스키 대로 역을 출발하기 전에 이반과 대원들은 총신에 플라스틱 병을 씌우고 그 안에 유리섬유를 채웠다. 일종의 소음장치를 만든 것이다. 무기에 대해 잘 아는 샤킬로프의 아이디어였다.

마침내 오렌지색 점퍼를 입은 남자가 쓰러졌다. 이반은 쓰러진 남자를 뛰어넘었다. 그때 비상대책부의 회색 제복을 입은 이방인들 세 명이 달려왔다. 탕! 총알이 바닥에 튕기며 불꽃을 일으켰다. 이반은 이미 피로 물든 벽에 바싹 붙어서 기둥 뒤로 숨었다. 마야코프 역은 숨을 곳이 많아서 총격전을 벌이기에 안성맞춤이었다. 이반은 허리에 차고 있던 차가운 수류탄을 집어 들고 안전고리를 뽑았다. 하나, 둘!

"눈 감아!"

이반은 수류탄을 던지며 목청껏 소리쳤다. 그는 바닥에 엎드려 귀를 막고 눈을 감았다. 펑! 눈을 감고 있는데도 수류탄 불빛이 느껴졌다. 이반은 다시 눈을 뜨고 벌떡 일어섰다.

"전진!"

그는 지하도로 연결되는 통로에 다다랐다. 지하도 입구에는 모래주머니가 쌓여 있었다. 그 순간 모래주머니들 사이로 총구가 보였다.

"엎드려!"

이반이 소리치기도 전에 콜랸이 뛰쳐나갔다. 그를 향해 총알이 쏟아졌다. 이반은 바닥에 엎드린 후 몸을 굴려 옆으로 피했다.

그는 다시 한 번 수류탄을 꺼내 들었다.

"눈 감아!"

펑! 이번에도 엄청난 폭음과 불꽃을 일으키며 수류탄이 터졌다.

이반은 바닥에 엎드린 채 칼라슈니코프 총을 갈겼다.

"돌격!"

밝은색 화강암으로 된 플랫폼 바닥에 시체들이 쌓이고 사방에서 총성이 울렸다.

이반은 바닥에 쓰러진 콜랸을 지나 뛰어갔다. 그는 이미 죽어 있었다. 이반은 허리 높이까지 쌓아둔 참호 쪽으로 뛰어가서 몸을 숨겼다. 그는 머리 위로 총을 들어 무작정 쏘았다. 총알이 바닥에 튕기는 소리와 함께 누군가의 비명소리가 들렸다. 명중한 것인가? 이반은 고개를 들어 참호 너머를 살폈다. 누군가가 바닥에 쓰러져 꿈쩍도 하지 않았다. 이반은 벌떡 일어나 한 손으로 참호를 딛고 껑충 뛰었다. 순간 다쳤던 옆구리가 스치며 통증이 느껴졌다. 하지만 지체할 시간이 없었다. 그는 다시 앞을 향해 뛰어갔다.

그때 지하도에서 회색 제복을 입은 이방인이 뛰어오르는 것이 보였다.

붉은색 머리카락과 하얀 피부가 눈에 띄었다.

계단을 뛰어오르던 이방인이 고개를 들다가 이반을 발견하고는 눈을 휘둥그렇게 떴다. 이반은 재빨리 총을 들어 방아쇠를 당겼다. 철컥! 총알이 떨어졌다. 이반은 제발 총알이 나오길 바라는 심정으로 연거푸 방아쇠를 당겨보았다. 하지만 소용없었다. 그 사이 이방인이 총을 치켜들었다. 이반은 있는 힘껏 뛰어서 그를 덮치고 총으로 얼굴을 내리쳤다. 이방인은 바닥에 쓰러져 이반을 쳐다보았다. 마치 뭔가를 말하려는 듯 입을 움직였다. 그의 코에서 주르륵 피가 흘렀다. 이방인은 혼이 빠진 듯 눈을 껌벅거렸다. 이반은 다시 한 번 개머리판으로 이방인을 사정없이 후려쳤다. 철퍼덕! 마침내 이방인이 쓰러졌다.

이반은 그 자리에 서서 주위를 둘러보았다.

사방이 온통 피로 물들어 있었다.

마야코프 역의 하얀색 바닥도 벽도 온통 핏빛이었다.

역 안에는 연기가 자욱했다. 이미 화재경보음이 울리고 있었다.

그 순간 지하도 계단 밑에서 총성이 들렸다. 빗나간 총알에 깨진 파편들이 튀어 올랐다. 곧이어 총알 하나가 전등갓을 스치면서 전등이 폭발했다. 이반은 몸을 수그렸다. 파편이 사방으로 튀었다. 다시 이반이 고개를 들었을 때, 자욱한 연기 속에 누군가가 뛰어오는 모습이 보였다. 이반은 식은땀이 흘렀다. 총알이 떨어진 상황에서 다시 적과 맞서야 했기 때문이었다. 하지만 그때 익숙한 군복이 눈에 띄었다. 이반은 그제서야 안도의 한숨을 쉬었다.

마야코프 역에는 화약 냄새와 피비린내가 진동했다.

사방은 온통 핏빛이었다.

역을 가득 메운 연기 속에서 샤킬로프가 얼굴을 찌푸리고 목덜미를 부여잡으며 걸어 나왔다. 그의 얼굴은 온통 피로 얼룩지고 왼쪽 뺨에는 커다란 멍 자국이 남아 있었다.

"어떻게 된 거야?" 하고 이반이 물어보았다.

샤킬로프는 입에 고인 피와 침을 뱉으며 대답했다.

"계단에서 미끄러지면서 바닥에 얼굴을 부딪혔어."

샤킬로프는 환하게 웃어 보였다. 앞니 서너 개가 빠지고 피가 흐르고 있었다.

"내 꼴이 우습지?"

"괜찮아. 그나저나 상황은 어때?"

샤킬로프는 손가락으로 흔들리는 이빨을 잡아 뽑으며 오만상을 찌푸렸다. 그러고는 마침내 뽑힌 이빨을 바닥에 버리고 피를 뱉었다.

"상황은 종료되었어. 이제 마야코프 역은 우리 것이야."

그는 다시 손가락을 입에 넣고 또 다른 이빨을 뽑았다.

"보스타니예 광장 역은? 그곳도 점령했어?"

샤킬로프는 대답 대신 고개를 저었다. 그는 또 한 번 피를 내뱉고는 혓바닥으로 이가 빠진 자리를 확인했다. 그러고는 이반을 쳐다보며 피식 웃었다.

"보스타니예 광장 역까지 거의 뚫고 가긴 했지. 하지만 이미 바리케이드를 쳤더군."

"양쪽 출구에?"

그러자 샤킬로프가 얼굴을 찌푸리며 말했다.

"응. 이제 어떻게 놈들을 쳐부수지?"

6 ←

화학자들
ХИМИКИ

장례식은 살아남은 자들을 위한 것이기도 하다.

이반은 플랫폼에 시신들을 줄지어 눕히는 모습을 바라보다가 얼른 모자를 벗었다. 오랫동안 감지 못한 머리가 땀과 먼지로 찌들어 있었다. 터널에서 불어오는 한 줄기 바람이 목덜미를 스쳤다.

메트로에도 장의사들이 있었다. 그들은 방수포로 된 옷을 입고 하얀 마스크를 썼다. 몇몇은 산소마스크를 쓰고 있기도 했다. 그들의 차림새는 왠지 무시무시한 분위기를 풍겼다. 장의사들은 각각의 시신을 비닐로 감싸고 스카치테이프를 붙인 후 방수포로 덮어두었다. 차근차근 움직이는 그들의 모습에서 절제와 엄중함이 느껴졌다.

오늘은 장의사들이 해야 할 일이 많았다. 한 역에서 치워야 하는 시체만 해도 30구가 훌쩍 넘었다.

아직 발견하지 못한 시신까지 합한다면 그 숫자는 더 늘어날 것이다.

이반이 들은 얘기로는 슬라바 대로 역 근처의 환풍구에 장의사들이 시신을 화장하는 거대한 화장로가 있다고 한다. 지상의 공기를 빨아들여서 화장을 하는 것이다.

연통의 길이가 무려 50미터나 되어서 연기가 금방 빠진다고 한다. 예브팟 삼촌의 말에 따르면 화장로의 불길이 워낙 세서 몇 개 구간 앞에서도 그 소리가 들린다고 한다.

하지만 과거 지상에서 사용하던 화장로와 비교하면 온도가 낮은 편이라 유골은 다 타지 않는다. 그래서 슬라바 대로 역의 터널에 유골이 산더미처럼 쌓인다는 것이다. 그곳은 일종의 공동묘지가 되었다.

오늘 가져가는 시신만 해도 30구가 넘으니 그곳에는 더 많은 유골이 넘쳐날 것이다.

"마지막 인사를 할 준비를 하십시오."

장의사들을 이끌고 온 남자가 말했다.

"고인들을 위한 묵념의 시간을 갖겠습니다."

이반은 고개를 숙였다. 역 전체에는 그 어떤 말소리나 소음도 들리지 않았다. 적막만이 가득했다.

바실리섬 역, 해군 역, 넵스키 대로 역, 고스쩐느이 드보르 역 사람들과 용병들은 그 자리에 서서 묵념을 했다. 이반은 고인들의 죽음이 여러 역의 사람들을 하나로 단결시켜주었다고 생각했다.

또 다시 터널로 불어오는 바람이 이반의 목덜미를 스쳤다. 이반은 마음속으로 말했다.

'집으로 돌아가고 싶다. 집으로.'

"이제 묵념과 작별의 시간을 마치겠습니다."

이반은 다시 모자를 쓰고 장의사들이 시체를 싣고 떠나는 모습을 지켜보았다.

이반은 다시 대원들에게로 걸어갔다.

속이 쓰리도록 배가 고팠다. 그는 버티기 위해서 뭐든 먹어야겠다고 생각했다.

두꺼운 스테인리스 컵 위로 뜨거운 김이 피어올랐다. 이반은 따뜻한 증기를 코로 들이마시고는 입술이 데지 않도록 조심스럽게 한 모금 마셨다. 혀끝에 단맛이 느껴졌다. 이반이 사용하는 컵은 핵전쟁 전에 만들어진 것이었다. 중간에 진공층이 있는 이중컵은 열을 전달하지 않아서 손으로 쥐어도 뜨겁지 않았다. 예전에 코솔라프가 살아 있을 때 지상의 버려진 상점에서 찾은 것이었다. 그날 이반은 컵과 더불어 도끼, 보온병, 티셔츠 등 유용한 물건들을 가져왔다.

그곳에는 노란 돌로 만든 커다란 지구본도 있었다. 이반은 손가락으로 지구본을 돌려보았다. 더 이상 존재하지 않는 도시들의 명칭이 눈에 띄었다. 뉴욕, 멕시코, 부에노스아이레스, 산티아고, 트베리, 볼로고예, 니즈니노브고로드, 모스크바. 코솔로프는 그곳이 여행자들이 자주 찾던 상점이었다고 말했다. 엄밀히 말하자면 실제로 여행을 가지 않아도 여행객의 기분을 느껴보고 싶은 사람들이 자주 찾던 곳이었다.

모스크바…….

'이방인들의 말이 맞다면 어째서 모스크바 사람들은 그들을 구하러 오지 않는 걸까?'

이반은 피식 코웃음을 쳤다. 말도 안 되는 기대일 뿐이라고 생각했다.

마야코프 역을 점령한 지 어느새 5일이 흘렀다. 그 사이 이방인들은 동맹군의 모든 공격을 막아내고 심지어 역습을 감행하기도 했다. 이방인들은 심지어 동맹군에게 소리쳤다.

"우리의 아흐멧 왕께서 너희들이 항복할 것을 제안하셨다. 항복한다면 용서해주실 것이다."

하지만 이방인들은 항복이니, 용서니 운운할 상황이 아니었다. 팽팽한 무승부 상태였다.

이반은 다시 차를 한 모금 마신 후 바닥에 컵을 내려놓았다. 지난 3일간 전투를 벌인 용사들은 휴식을 위해 넵스키 대로 역으로 보냈다. 이반은 건빵을 꺼내서 뜨거운 차에 적신 후 한입 베어 물고 오물거렸다.

건빵은 설탕을 조금밖에 넣지 않은 차와 함께 먹기에 안성맞춤이었다. 비록 대리석처럼 딱딱했지만 군인들에게는 별미였다.

건빵만으로는 부족하다고 푸념하는 사람들도 있었다. 하지만 이반은 그런 이들에게 동료들의 장례식을 상기시켜주었다.

"방법을 찾았어." 하고 사조노프가 말했다.

이반은 아직 씹고 있던 건빵을 급하게 삼키고는 사조노프를 쳐다보았다.

"방법?"

이반은 사조노프가 무슨 말을 하는지 바로 이해하지 못했다. 이반은 여전히 먼저 간 동료들에 대해 생각하고 있었기 때문이다. 비닐과 스카치테이프에 둘둘 말린 채 떠나가던 고인들의 모습이 자꾸 떠올랐다. 이반은 갑자기 이마가 간지러웠다. 그는 오른손으로 이마를 긁으려다가 손에 들린 건빵을 보고는 왼손을 들어 이마를 긁었다. 그 순간 이반은 사조노프의 말을 이해했다.

"아! 보스타니예 광장 역을 점령할 방법을 말하는 거야?"

"그래, 독가스 공격을 하는 거야."

"좀 더 자세히 말해봐."

"보스타니예 광장 역의 지붕은 오래돼서 쉽게 불에 탈 거야. 먼저 커다란 환풍기를 설치하고, 고스쩐느이 드보르 역까지 케이블을 연결하는 거지. 그곳까지는 멀지 않으니 케이블은 충분할 거야. 그리고 나서 유일한 구멍을 통해 독가스를 살포하는 거지."

"하지만 그들도 방독면을 갖고 있을 텐데." 하고 이반이 반문했다. 그는 여전히 사조노프의 구상을 정확하게 이해하지 못했다.

"하지만 모든 이방인들이 방독면을 갖고 있진 않아."

이반은 감탄한 표정으로 그를 쳐다보았다. 약 200여 명의 주민들이 살고 있었지만 방독면은 기껏해야 20개 정도일 것이다.

그러나 이반의 머릿속에 한 가지 생각이 스쳤다.

'나약한 여자들과 아이들은? 그들도 독가스를 마시고 쓰러질 텐데⋯⋯.'

이반은 사조노프에게 말했다.

"너무 잔인한 것 아냐?"

"프리모르스크 동맹군의 승리를 위해서라면 어쩔 수 없지."

그러나 사조노프는 이내 얼굴을 찌푸리며 말했다.

"아냐, 내가 너무 심했지? 이반, 아무래도 내가 너무 지쳤나봐."

이반은 고개를 끄덕였다. 그의 말처럼 모두 지쳐 있었다.

"친구, 우리 다시 한 번 고민해 보자." 이반은 다독이듯 말했다. 그때 발자국 소리가 들리자 이반은 뒤돌아보며 말했다.

"예고르, 가져왔나?"

예고르는 가져온 바구니를 바닥에 내려놓았다. 바구니 안에는 노란 테니스 공이 들어 있었다. 여러 사람의 땀과 먼지로 군데군데 새까맣게 변해 있었다. 이반은 고개를 끄덕였다. 이마에 주름이 진 예고르의 표정에는 아무런 변화가 없었다. 그도 지루한 나날들에 지쳐 보였다.

"고맙네. 대원들, 시작해볼까?"

"또 시작하는 건가?" 파벨이 마지못해 일어섰다.

"또 시작이 아니라, 다시 시작하는 거지. 자, 다들 어서 모여! 살로하, 자네를 모시러 가야 하나? 살로하!" 하고 이반이 살로하를 불렀다.

"갑니다, 갑니다!" 살로하도 읽던 책을 내려놓고 몸을 일으켰다.

살로하는 가방에 등을 기댄 채 반쯤 누워서 테가 부러진 안경을 코에 얹고 책을 읽고 있었다. 살로하는 키가 크고 말랐으며 밝은 갈색의 곱슬머리를 갖고 있었다. 그는 시간이 날 때마다 책을 읽었다. 하지만 그가 읽는 책들은 하나같이 지루한 것들이었다. 예를 들어 『돈 후앙의 가르침』과 같은 책이었다. 이반도 한 번 읽어보려다가 몇 페이지 넘기다 덮어버렸다.

이반은 책을 싫어하는 편이 아니었음에도 불구하고 살로하가 읽는 책들은 재미가 없었다. 책에 쓰인 철학적 교훈을 읽다가 지루하여 포기해버린 것이다.

하지만 살로하는 그런 책들이 마음에 드는 모양이었다.

"다들 준비됐나?"

이반은 대원들을 둘러보았다. 좀 더 조용하고 한적한 곳이었더라면 더좋았겠지만 선택의 여지가 없었다. 한편으로는 시끄럽고 산만한 곳에서 훈련하는 것도 나쁘지 않을 것 같았다.

"이제 둥글게 원을 그리고 서! 시작한다!"

처음에 대원들은 공 하나를 갖고 시작했다. 이반은 파벨에게 가볍게 공을 넘기며 'I'라고 말했다. 파벨은 공을 받아 예고르에게 넘기며 'IV'라고 했다. 다음 차례인 사람은 'IVA'라고 말해야 했다. 그렇게 해서 'IVAN', 즉 '이반'이라는 이름을 완성하는 것이었다. 그 다음에는 다른 대원의 이름을 마찬가지 방식으로 완성해 가며 공을 주고받았다. 대원들의 이름을 모두 완성하고 나면 다시 반대 순서로 이름을 만들었다. 그러고 나서 차츰

공의 개수를 늘려갔다. 이 훈련은 대원들의 집중력을 높이고 협동심을 길러주기 위해서 코솔라프가 제안한 것이었다. 코솔라프는 이 밖에도 여러 가지 훈련방법을 고안했다. 일명 '거울'이라고 부르는 훈련도 있었다. 두 명의 디거가 서로를 마주 보고 서서 상대방의 움직임을 그대로 따라 하는 것이었다. 이런 훈련을 통해 대원들은 파트너십을 발휘하여 실전에서 서로를 지켜줄 수 있었다.

이반은 늘 그랬듯이 대원들을 가르쳤다.

"공을 받는 상대방과 시선을 맞춘 후 공을 던져야 한다. 너무 세게 던져서는 안 된다. 상대방을 배려하면서 부드럽게 공을 던져라."

디거들은 서로 공을 주고받았다. 디거들 주변으로 점점 사람들이 모여들었다. 공을 던질 때마다 사람들이 환호하기도 하고 웃기도 했다. 이들의 훈련은 사람들에게 신기한 구경거리가 되었다.

하지만 왠지 삐걱거리는 느낌이 들었다.

"사조노프! 졸고 있는 거야? 집중해!"

이반은 자꾸 공을 놓치는 사조노프에게 소리쳤다. 사조노프가 다시 공을 주워 이반에게 던졌다. 하지만 너무 세게 던지는 바람에 이반은 겨우 공을 받았다. 손목이 시큰거릴 정도였다.

"이런 빌어먹을!"

주변에 모여든 사람들이 키득거렸다.

"미안해, 이반. 오늘따라 잘 안 되는군." 사조노프가 무표정하게 말했다.

"그래, 오늘은 이만 하자." 이반은 손가락이 아픈지 손을 흔들며 말했다.

"예고르, 공을 주워 담아. 자, 여러분! 이제 쇼는 끝났습니다."

사람들은 아쉬워하며 각자 자리로 흩어졌다.

예고르가 공을 줍는 사이 이반이 사조노프에게 다가가 말을 걸었다.

"사조노프, 괜찮나? 평소답지 않게 산만해 보여."

"이반, 자네도 멀쩡해 보이지는 않아. 수염이라도 좀 깎아."

사조노프는 피식 웃으며 뒤돌아서서 가버렸다. 흐릿한 불빛에 사조노프의 베이지색 외투자락이 펄럭거렸다.

'대체 매일 어디를 가는 거지? 고스찐느이 드보르 역에 여자라도 숨겨둔 건가? 정신을 어디 빼놓고 다니는 거야?' 하고 이반은 생각했다.

이반은 사조노프의 뒷모습을 바라보며 자신의 턱을 만져보았다.

사조노프의 말대로 꺼칠꺼칠한 수염이 덥수룩했다.

이반은 냄비에 뜨거운 물을 끓여서 면도날을 담갔다. 그는 테두리가 있는 작은 손거울을 들고 면도날을 꺼냈다. 얼굴에 뜨거운 면도날이 닿았다. 면도날이 수염을 스치며 슥슥 하는 소리가 났다.

그때 고스찐느이 드보르 역과 이어지는 지하도에서 두 명이 올라왔다. 두 사람은 잰걸음으로 거의 뛰다시피 했다. 낯선 남자가 쿨라긴 대위의 뒤를 쫓아오고 있었다. 얼굴이 둥글고 키가 작은 그 남자는 양복 차림이었다.

"왜 내 꽁무니를 졸졸 쫓아다니는 건가?" 하며 쿨라긴이 화를 냈다.

그러자 역의 주민인 듯한 남자가 잠시 당황한 표정을 짓더니 다시 쿨라긴에게 바싹 다가서며 말했다.

"제 요청을 들어주세요."

"무슨 요청?"

땅딸막한 남자는 좀 더 용기를 내어 말했다.

"더 이상 섬광탄은 쓰지 말아주세요. 비인도적인 무기입니다! 메트로의 평화단체에서는……."

"그놈의 평화단체!"

"섬광탄 때문에 사람들의 눈이 멀 지경이에요!"

그 사람의 주장도 틀린 말은 아니었다. 섬광탄은 공격받는 사람은 물론 공격하는 사람에게도 위험할 정도로 엄청난 빛을 발했다. 특히 프리모르스크 동맹에 속한 역들의 조명은 어두운 편이었기 때문에 빛에 익숙하지 않은 사람들에게는 치명적이었다. 이미 몇몇은 망막이 손상되어 넵스키 대로 역으로 호송한 상태였다. 다시 시력을 회복하는 사람도 있겠지만 그렇지 못하는 사람도 있을 것이다. 이반은 냄비의 뜨거운 물에 면도날을 헹궈서 다시 수염을 깎기 시작했다.

"그나저나 대체 뭐하는 사람이야? 여기서 뭘하는 거야? 군법에 따라 혼쭐나봐야 정신을 차릴 모양이지? 당장 벽에 붙어 서!"

군복을 입은 쿨라긴 대위는 격노했다.

"그럴 권리가 없을 텐데요! 저는 메트로 평화단체에서 온 감독관입니다. 저는 중립이라는 말입니다!" 하며 남자가 화재경보음처럼 귀를 찢을 듯 소리쳤다.

"이봐, 중립주의자. 당장 똑바로 서!"

쿨라긴은 권총을 꺼내 안전장치를 풀었다. 그러자 남자는 순식간에 온몸에서 피가 빠져나간 사람처럼 창백해졌다. 하지만 그는 포기하지 않았다.

"이건 폭정이에요!"

이반은 입술을 깨물었다. 그런 사람들이 하나씩 있기 마련이었다. 하지만 무력 앞에서는 이상주의자들도 잠잠해졌다. 이반은 덤덤하게 면도를 하며 조용히 쿨라긴을 불렀다.

"쿨라긴 대위님."

쿨라긴이 뒤돌아서서 이반을 쳐다보았다. 이반은 고개를 저으며 그만하라는 신호를 보냈다.

그제서야 쿨라긴은 냉정을 되찾고는 바닥에 침을 뱉었다. 그는 욕설을 하며 권총집에 총을 넣고 가버렸다. 마침내 상황이 정리되었지만 땅딸막한 남자는 갈 생각을 하지 않았다.

"한눈에 문화인이라는 것을 알아차렸습니다. 악수 한 번 해도 될까요?"

그는 이반에게 다가오며 손을 내밀었다. 그는 총총걸음으로 우스꽝스럽게 걸었다.

이반은 한 손에 뜨거운 물이 든 냄비를 들고 다른 손에는 면도날을 들고 있었다. 뒤늦게 그걸 알아차린 남자는 머쓱해하며 말했다.

"죄송합니다. 혹시 시간이 되신다면 잠시 얘기 좀 해도 될까요?"

이반은 자신도 모르게 미간을 찌푸렸다.

"평화롭던 역을 공격한 것입니다. 어떻게 그럴 수 있죠?"

"맞습니다."

이반은 그와 입씨름을 하고 싶지 않았지만 어째서 그들이 마야코프 역을 공격했는지 설명해야 할 것 같았다.

"하지만 우리 역의 발전기를 훔쳐가지 않았습니까? 물론 도둑질이야 할 수 있다지만……."

그때 남자가 말을 가로막았다.

"발전기를 훔쳐갔다는 것은 아직 입증되지 않았잖아요!"

그의 말대로 아직 입증된 사실은 아니었다. 하지만 그 사실을 입증하기도 전에 바실리섬 역 사람들이 죽어갈 판이었다. 어두운 불빛에 익숙한 바실리섬 역 사람들은 그나마 견뎌내고 있겠지만 발전기가 없으면 오래 버티지 못할 것이다.

이반은 평화주의니, 진실이니 떠들어대는 남자를 이해할 수 없었다.

"진실을 운운하는 당신과 얘기하다 보니 지치는군요. 하지만 그 진실도 당신 편은 아닐 겁니다."

"당신들은 진실을 이해하지 못하고 있어요!" 하고 남자가 말했다.

하지만 이반은 그의 말을 무시하고 미하일을 불렀다. 미하일은 파블로프 들개처럼 재빨리 뛰어왔다.

"네, 대장님!"

이반은 미하일의 반짝이는 눈동자를 보며 생각했다.

'언제까지 저렇게 눈동자가 반짝일까? 내게도 저런 때가 있었을까? 대장이었던 코솔라프에게 인정받기 위해 열정을 쏟았던 때가 있었던가? 아니다. 나는 단 한 번도 그렇지 않았다. 바실리섬 역에 처음 왔을 때부터 나는 이미 열정을 상실한 상태였다. 코솔라프는 나의 우상이라기보다 좋은 친구이자 선배였다.'

"미하일, 지시할 것이 있다. 이 민간인을 데려가라."

"네, 알겠습니다. 그런데 어디로 데려갈까요?" 미하일은 어깨에 멘 총을 바로잡으며 물었다.

땅딸막한 사내는 귀를 쫑긋 세웠다. 그는 육감이 좋은 사람 같았다.

이반은 이를 꽉 깨물며 눈살을 찌푸렸다. 피곤에 지쳐서인지 눈이 타들어 가는 것처럼 따끔거렸다.

"터널 초소 너머에 있는 배수펌프장으로 데려가. 지금은 배수펌프가 작동하지 않는 곳이지."

"대체 무슨 소리를 하는 겁니까?" 하며 남자가 목멘 소리를 했다.

"배수펌프장으로 데려가겠습니다." 미하일이 고개를 끄덕였다. 용맹한 군인의 눈빛이었다.

"그곳으로 데려간 후 어떻게 할까요?"

이반은 태연한 말투로 대답했다.

"총살해. 다녀와서 나에게 보고해."

하지만 이반은 땅딸막한 남자가 눈치채지 못하게 미하일에게 살짝 윙크를 하며 신호를 보냈다. 미하일은 잠시 당황한 표정을 짓더니 이내 윙크를 하며 말했다.

"네, 대장님!"

남자는 자신의 귀를 의심하며 이반과 미하일을 번갈아 쳐다보았다.

"정말 저를 데려가실 겁니까? 저는……."

그러자 이반이 그의 말을 가로막으며 말했다.

"물론이지. 조금 전에 쿨라긴 대위에게 폭정이라고 했나? 폭정이 어떤 건지 제대로 보여주겠네."

"하지만 저는 평화단체에서 온 사람입니다!"

미하일은 어깨에 메고 있던 총을 치켜들고 사무적인 어투로 말했다.

"평화단체 얘기는 집어치우고 걸어가기나 해."

땅딸막한 남자는 어깨를 움츠리고 말없이 미하일을 쫓아갔다. 이반은 다시 면도를 하기 시작했다. 기분이 조금 나아지는 것 같았다. 이반은 영화 〈두 병사〉에 나왔던 노래를 조용히 흥얼거렸다.

"전우들이여, 레닌그라드의 영광에 대해 노래 부르세."

그는 오른쪽 뺨의 면도를 마치고 손거울을 들여다본 후 왼쪽 뺨을 면도하기 시작했다.

그 순간 불안한 생각이 스쳤다.

'이런 젠장!'

이반은 냄비에 면도날을 던져 넣고 뛰기 시작했다. 그는 뛰어가는 길에 마주친 살로하에게 면도날과 냄비를 떠밀었다. 살로하는 냄비를 받아 들고는 멍하니 이반의 뒷모습을 쳐다보았다. 이반의 얼굴은 반쪽만 면도된 상태였다. 정신 없이 뛰어가는 이반을 보며 사람들은 놀라서 길을 비켜주었다. 그는 선로로 뛰어내리다가 미끄러졌다. 하지만 얼른 일어나서 더욱 빠르게 달렸다. 터널에 그의 발자국 소리가 울려 퍼졌다.

'제발 늦지 않아야 할 텐데……'

마침내 이반은 배수펌프장에 도착했다.

"멈춰!"

미하일이 놀란 표정으로 이반을 쳐다보며 치켜들고 있던 총을 내려놓았다. 정말 총을 쏠 작정이었던 것이다.

"미하일……" 이반은 두 손으로 무릎을 짚고 숨을 헐떡거렸다. 하도 빨리 뛰어서 가슴팍이 뻐근했다. 이반은 다시 상체를 일으켜 세우며 말했다.

"미하일, 내 말을 곧이곧대로 들은 건가? 난 자네가 내 농담을 알아듣고 배수펌프장에서 그를 놓아줄 거라고 생각했네."

미하일은 당황한 표정으로 자신의 총과 이반의 얼굴을 번갈아 보았다.

"저는 그것도 모르고…… 방금 그를 쏘려던 참이었어요."

"괜찮아. 내 잘못이야. 미하일, 먼저 역으로 돌아가. 잠시 후 뒤따라 갈게. 나는 이 사람과 얘기를 좀 해야 할 것 같군."

"어떻게 이런 짓을 할 수 있죠?"

조금 전까지만 해도 바들바들 떨며 서 있던 남자는 상황을 파악하자 고래고래 소리를 질렀다.

이반은 미하일이 나간 후 남자에게 물었다.

"이름이 뭔가?"

남자는 목청껏 소리를 지르는 바람에 컥컥거렸다. 그는 다시 정신을 추스르며 대답했다.

"보리스 예브게니예비치입니다."

이반은 바실리섬 역의 기니피그 '보리스'를 떠올렸다. 그 남자와 기니피그가 어딘지 닮았다는 생각이 들었다.

이반은 그에게 손을 내밀었다. 그는 처음에 경계하는 눈빛을 보이더니 이내 이반의 눈을 쳐다보며 침을 꼴깍 삼키고는 천천히 손을 내밀었다. 이반은 덥석 그의 손을 잡고 흔들었다. 보리스의 손은 작았지만 단단했다. 이반은 눈썹을 치켜세우며 피식 웃었다.

"이제 서로 친하게 지내세. 어리석은 농담을 해서 미안하네. 술 한잔 같이 하겠나? 놀란 가슴도 진정시킬 겸."

"음, 우리 평화단체에서는……." 하며 보리스는 하려던 말을 멈추었다. 그러더니 코를 긁적이며 말했다.

"나쁘지 않은 생각이군요."

"거대한 돌연변이 지렁이야. 2미터는 족히 넘을 거야. 심지어 날카로운 이빨까지 있어서 흙, 콘크리트, 자갈까지 닥치는 대로 갈아먹는대. 나무조각 따위는 턱 운동 삼아 쉽게 부숴버린대. 그나마 다행히도 아직 파이프를 씹어먹을 힘은 없나봐. 무엇보다도 위험한 것은 놈이 발자국 소리에 민감하다는 거야. 조금만 빠르게 걸어도 어느새 놈이 쫓아와서 다리를 씹어먹는대. 특히 우젤나야 역에 그런 지렁이들이 사는데, 그곳에서는 사람들이 물속을 걷듯 아주 천천히 걸어 다닌다고 들었어."

"헛소리! 아무리 길어봐야 1미터겠지. 두께도 기껏해야 손가락 정도일 거야. 약간 하얀색을 띠긴 했지만 평범한 지렁이와 겉모습이 별반 다르지 않아. 내가 직접 봤어! 내가 설마 거짓말하겠어? 우젤나야 역에서는 지렁이로 튀김이나 만두를 만들기도 하고 심지어 지렁이를 넣고 끓인 차를 마시기도 해. 접시를 싹싹 핥아먹을 정도로 맛있다고들 하더군. 중국식 요리법이지!"

이반은 사람들의 이야기를 건성으로 들으며 누워 있었다. 마야코프 역 점령 후 이반의 수색대는 체력을 회복하기 위해 잠시 넵스키 대로 역에 와 있었다.

해군 역 사람들과 지내는 것도 조금은 익숙해졌다.

앞으로 두 달여 간 군사작전이 이어진다면 더욱 똘똘 뭉칠 것이라는 생각도 들었다. 물론 지나치게 긍정적인 생각이었지만 말이다.

이반은 눈을 감은 채 왼쪽으로 돌아누워서 머리까지 이불을 덮어썼다. 사람들은 벌써 깨서 시끌시끌 떠들고 있었다. 오랫동안 빨지 않은 이불에서 시큼한 냄새가 났다.

"예전에 아주 고집 센 친구가 한 명 있었지. 우리는 항상 그에게 땅바닥에 아무것도 깔지 않고 자면 안 된다고 충고했어. 뭔가 딱딱한 것을 받치고 자야 한다고 말했지만 그는 듣지 않았지. 그러던 어느 날 결국 일이 터져버렸어. 지금도 그때를 생생히 기억해. 그는 평소와 마찬가지로 땅바닥에 아무것도 깔지 않은 채 왼쪽으로 돌아누워 잠이 들었어. 다음날 아침 모두 잠에서 깨어 세수하고, 화장실에서 볼일도 보고, 각자 할 일을 시작하는데도 그는 일어날 생각을 하지 않는 거야. 여전히 왼쪽으로 돌아누워 있었어.

그런데 갑자기 그가 우리에게 말하는 거야. 너무 오래 자서 그런지 다리가 저려서 일어날 수 없다면서 일으켜달라고 하더군. 그래서 우리가 그의 팔을 잡고 일으켜주려는데 갑자기 그가 죽을 듯이 비명을 지르는 거야. 무슨 일인가 싶어서 그의 이불을 걷어봤더니, 세상에나!

그의 허벅지를 뚫고 지렁이가 기어 나오고 있었어! 그 끔찍한 장면은 잊히지 않아. 땅바닥에서 나온 지렁이가 그의 다리로 파고든 거야. 우리는 그의 다리에서 기어 나오는 지렁이를 잡아 빼려고 했지만 지렁이는 이리저리 몸을 비틀며 빠져나가 버렸어. 아주 얇고 미끄덩거리는 지렁이는 보기만 해도 소름이 끼치더군."

이반은 얼굴을 찌푸렸다. 어제 보리스와 술을 마신 탓인지 머리가 지끈거렸다.

'지렁이라고? 말도 안 되는 소리…….' 하고 이반은 생각했다. 물론 그들의 말을 믿는 건 아니었지만 혹시나 하는 생각에 이반은 오른쪽으로 돌아누웠다.

처음 보는 특이한 칼이었다. 칼날이 마치 도끼처럼 넓적하고, 갈고리처럼 살짝 휘어져 있었다. 꽤 묵직한 칼이었다. 칼자루는 꺼칠꺼칠한 나무로 되어 있어서 손에서 미끄러지지 않았다. 다만 칼자루의 장식이 거슬렸다. 이반은 칼을 휘저어보았다. 그런 칼이라면 적의 목을 베는 것도 어렵지 않을 것 같았다.

"이 칼이 뭐라고요?"

우버퓨러는 천진난만하게 웃으며 대답했다.

"쿠크리."

"그게 뭐예요?" 하고 앞니 빠진 샤킬로프가 얼굴을 들이밀었다.

"구르카족의 단검이야."

우버퓨러는 마치 자신이 구르카족이라도 되는 듯 으스대며 말을 이었다.

"구르카족은 영국군의 용맹한 군인들이 되었지. 네팔 원주민 부족이야. 구르카족 중에서도 가장 용감한 전사들을 선발해 영국군의 정예부대를 조직했던 거지."

샤킬로프가 눈을 반짝거리며 물었다.

"어디서 구했어요?"

"지금은 구할 수 없는 곳에서. 핵전쟁 전에 얻은 칼이거든. 구르카족이 직접 만든 수공예품이야. 그들은 이 칼로 나무를 베기도 하고 전투에서는 적의 목을 치기도 하지."

그는 잠시 생각에 잠긴 표정을 지었다가 다시 말했다.

"이미 과거의 일이 되었지만…… 혹시 영국 메트로 어딘가에 구르카족 중 누군가가 살아남았을지도 모르지. 정말 그랬으면 좋겠어."

"구르카족도 흑인 아닌가요?" 하고 이반이 물었다.

"아니, 구르카족은 인도의……." 우버퓨러는 생각나지 않는 듯 말끝을 흐렸다.

그때 샤킬로프가 솔직하게 말했다.

"우버퓨러, 당신은 파시스트 아닌가요? 왠지 당신은 다른 파시스트들과 달리 아주 대범한 사람인 것 같아요."

"이건 방탄문이야." 하며 샤킬로프가 문을 흔들었다.

"이반, 저 위쪽 천장에 있는 것 보이지? 저게 뭔지 알아?"

이반은 자세히 보려고 실눈을 떴다. 점점 시력이 나빠져서 조만간 안경을 써야 할 것 같았다.

"보강근 같은데. 아니면 파이프인가?" 하고 이반이 되물었다. 그러자 샤킬로프가 코웃음을 치며 말했다.

"그것 말고 그 위에 있는 것 말이야."

"기관총이잖아! 자동 발사되는 건가?"

"그런 것 같아. 자동 발사되는 기관총까지 설치한 것을 보면 이 안에 특수시설이 있는 게 분명해. 센나야광장 역처럼 아무나 드나드는 곳이 아니라는 말이지. 이곳에는 과거 KGB, 대통령 특수 프로그램 총국의 연방경호국 같은 보안기관들의 비밀시설이 있었대. 침입자가 발견되면 묻지도 않고 바로 기관총을 발사했다는 거야. 물론 나도 직접 본 적은 없어."

"이 방탄문 너머에 뭐가 있을까?"

"나도 모르지."

샤킬로프는 벽면에 등을 기대며 모르겠다는 듯 어깨를 들썩였다.

"뭐가 있는지 알아보려고 시도해 본 적은 없어?" 하고 이반이 물었다.

샤킬로프는 피식 웃으며 대답했다.

"항상 바빠서 말이야. 아내와 아이들이 있으니까……."

"그리고 항상 여기저기 수색하러 다니느라 바빴겠지." 이반이 끼어들었다. 샤킬로프와 이반 둘 다 한곳에 머물러 있지 못하고 호기심도 많은 성격이었다. 그렇지 않았다면 두 사람이 방탄문 앞까지 오지도 않았을 것이고, 고스찐느이 드보르 역에 가서 예쁜 아가씨들이나 힐끔거리고 있었을 것이다. 이반은 한숨을 쉬었다. 두 사람 모두 모험을 찾아다니는 스타일이었다. 그게 바로 디거들의 습성이었다. 디거들은 항상 뭔가에 열중하는 마니아들이었다.

"샤킬로프, 한 번도 시도해보지 않았다는 말은 거짓말이지? 솔직히 말해봐."

그러자 샤킬로프가 눈썹을 치켜세우며 피식 웃었다.

"사실은 이틀 정도 꼼짝도 하지 않고 이 자리에 앉아서 지켜본 적도 있었어."

"그래서?"

"아무도 드나들지 않더군. 그래서 직접 방탄문을 만져봐야겠다고 생각했지."

"그래서?"

"생각만 하고 말았어. 겁이 나서 방탄문 앞까지 가지도 못했어."

이반은 자신의 귀를 의심했다.

'호기심 많은 샤킬로프가 무엇을 두려워한 것일까? 그 어떤 경우에도 호기심을 누르지 못했던 친구인데…….'

잠시 휴전상태에 있는 틈을 타서 이반과 샤킬로프는 예전처럼 모험심을 발휘해보기로 했다. 진정한 디거라면 그래야 한다고 생각했다.

이반은 자신의 가방을 열고 손목에 랜턴을 매달았다. 그러고는 쇠지렛대와 스크루드라이버를 주머니에 넣고 총을 등에 멨다.

"이건 왜?" 샤킬로프가 다 알면서 물었다.

"산책이나 하려고." 이반도 너스레를 떨었다.

"어리석은 짓은 하지 마."

"어리석은 짓이 아니야. 뭔가 쓸모가 있을지도 몰라."

"어련하시겠어!"

이반은 방탄문 앞 모퉁이에서 돌멩이를 던졌다. 돌멩이는 방탄문에서 2미터 앞에 떨어졌다. 이반은 움직임이 있는지 살펴보았다. 랜턴으로 방탄문을 비춰보니 긁힌 흔적도 보였다.

1초, 2초…… 그때 기관총의 총신이 15도 각도로 움직이더니 돌멩이 쪽을 겨냥했다. 기관총이 여전히 작동하고 있었던 것이다. 하지만 기관총은 겨냥만 할 뿐 발사하지 않았다.

마치 방탄문 뒤에서 연방경호국 장교가 특수부대 견장이 달린 회색 옷을 입고 밖을 내다보는 것만 같았다. 지금쯤 발사버튼을 누를지 말지 고민하는 게 아닐까 싶은 생각마저 들었다. 이반은 두 번째 돌멩이를 던졌다. 돌멩이는 첫 번째 돌멩이보다 더 멀리 떨어졌다. 이반은 다시 초를 셌다. 1초, 2초, 3초, 4초! 그때 또 다시 기관총이 움직였다.

이반은 다시 돌멩이를 던졌다. 이번에는 방탄문 근처에 떨어졌다. 역시 기관총이 움직이며 돌멩이를 겨냥했지만 여전히 발사되지 않았다.

이반은 한 걸음, 두 걸음 다가갔다. 기관총은 조용했다.

하지만 이상하게도 방탄문에 가까이 갈수록 마치 늪에 빠진 것처럼 걸음을 옮기기가 어려워졌다.

그 순간 이반은 프리모르스크 역에서 돌연변이 괴물과 맞서 싸울 때 정신이 몽롱해졌던 일이 떠올랐다. 그건 코를 찌르는 냄새가 나던 이상한 이끼 때문이 아니었을까 하는 생각이 들었다.

이반은 고개를 저으며 생각을 떨쳤다. 그는 자리에 멈춰 서서 천천히 고개를 들었다. 기관총의 총신이 자신을 겨냥하고 있었다. 검은 총구가 금방이라도 이반을 빨아들일 것처럼 느껴졌다. 그대로 있다가는 자신도 모르게 총을 향해 걸어갈 것만 같았다. 이반은 퍼뜩 정신을 차렸다.

"어때?"

샤킬로프가 되돌아온 이반에게 물었다.

"아무것도 없어. 아무래도 우리가 쓸데없는 일에 신경을 쓴 것 같아. 사실 우리에겐 돌봐야 할 가족이 있잖아. 너에게는 아내와 아이들이 있고, 나에게는 딸냐가 있으니까."

샤킬로프는 이반을 바라보며 코웃음을 쳤다. 그러고는 희끗희끗하게 새치가 자란 머리를 뒤로 젖히며 웃었다.

"어쨌든 여기까지 와 보긴 했네. 자, 우리 클럽에 오신 것을 환영합니다!"

"그러게 말이야. 아주 한창때에 맞춰서 잘 왔군!"

두 사람은 농담을 하며 다시 플랫폼으로 향했다.

이반은 플랫폼의 낮은 담장을 훌쩍 뛰어넘어 가볍게 착지했다. 총에 매달아둔 랜턴을 켜지 않은 채 주변을 둘러보았다. 역 안의 희미한 불빛만으로도 충분했다.

놈들의 덫이 아니기만을 바랐다.

이반은 총을 치켜들고 좌우를 살피며 앞으로 걸어갔다. 잠시 후 이반은 철커덕 소리가 나지 않도록 아주 조심스럽게 바닥에 총을 내려놓고 네팔 부족의 쿠크리 칼을 꺼내 들었다. 무겁고 구부러진 칼은 도끼가 없어도 나뭇가지를 벨 수 있을 정도였다. 그 칼은 우버퓨러가 물려준 것이었다. 아주 쓸 만한 물건이었다.

이반은 숨을 죽이고 기둥 뒤에 숨어 주변을 살폈다. 희미한 불빛 아래 아무런 움직임도 없었다. 대리석이 깔린 보스타니예 광장 역의 플랫폼은 화려했다. 마야코프 역으로 이어지는 지하도 앞의 커다란 가로등만이 불을 밝히고 있었다. 보초병도 보이지 않았다.

이반은 천천히 걸음을 옮겼다. 그는 왼손으로 작은 거울이 달린 기다란 막대기를 들고 있었다. 이반은 기둥이 구부러졌음을 고려하며 막대기를 쭉 뻗었다. 거울에 체르니쉐프스카야 역 쪽으로 뻗은 플랫폼이 보였다. 그곳에도 인적은 보이지 않았다. 저 멀리 모자이크 벽화가 보였다. 이상한 옷차림의 사람들이 그려진 벽화였다. 이반은 다시 거울의 방향을 반대쪽으로 돌렸다. 그곳에도 아무런 움직임이 없었다.

'어떻게 된 일이지? 다들 어디로 숨은 걸까? 혹시 놈들이 덫을 놓은 건가?'

이반은 다시 총을 가지러 가야겠다고 생각했다. 사방이 뚫린 플랫폼을 살펴보기 위해서는 반드시 총이 필요했기 때문이다. 그 순간 거울에 뭔가가 움직이는 것이 비쳤다.

분명 뭔가가 움직였다.

이반은 한쪽 무릎을 땅에 대고 다시 거울을 내밀었다. 거울의 빛이 반사되지 않도록 조심스럽게 막대기를 내밀고 이반은 숨을 죽였다.

희미한 어둠 속에서 뭔가가 반짝거렸다. 잘 닦아둔 금속 같기도 했다. 자세히 보니 쿠크리 칼이었다.

이반은 기둥을 돌아서 쿠크리를 휘둘렀다. 휙! 칼이 바람을 가르는 소리가 들렸다. 하지만 아무도 없었다. 이반은 다시 한 걸음 앞으로 나아갔다.

그곳에는 사람들이 누워 자고 있었다. 보초병도 하나 없는 곳에서 수십 명의 이방인들이 이불을 덮고 잤다.

그는 다시 쿠크리를 치켜들고 가까이 다가갔다.

이반은 자고 있는 사람들의 목을 내려칠지 말지 잠시 고민했다. 그 순간 쿠크리가 도끼처럼 무거워지며 아래로 떨어졌다. 그러자 검붉은 피가 사방으로 튀었다.

으악! 이반은 식은땀을 흘리며 잠에서 깼다. 꿈이 너무나 생생해 정신을 차릴 수가 없었다. 꿈속의 플랫폼에서 자고 있던 여자들, 아이들, 노인들을 실제로 죽인 것만 같은 기분이 들었다.

'대체 이 느낌은 뭐지? 제길, 뭐지?'

"환각작용이요? LSD? 버섯균?" 살로하가 이반의 눈을 쳐다보았다.

"비슷한 것 같아. 그런 환각제들에 대해서 자세히 설명해줘." 하며 이반이 코를 긁었다. 코가 근질거리며 자꾸 재채기가 나올 것 같았다.

"간단히 설명해 드릴게요. 이미 오래전부터 알려진 정보들이에요. 그런 환각제들은 두 가지 화학성분으로 나뉘어요. 자세히는 묻지 마세요. 저도 거기까지밖에 모르니까요. 어쨌든 가장 잘 알려진 환각제는 LSD라는 거예요. 아마 들어보신 적이 있을 거예요. 메트로에서 가장 구하기 쉬운 환각제는 버섯균이고요. 환각버섯에는 프실로시빈이라는 물질이 함유되어 있어요. 그래서 버섯을 먹으면 활성물질이 창자 벽에 달라붙고, 그것들이 혈액으로 흡수되는 거예요."

"그걸 먹고 독이 오르지는 않아?"

그러자 살로하가 웃으며 대답했다.

"버섯을 한 번에 몇 톤씩 먹지 않는 한 그럴 일은 없어요."

"그렇군. 환각성분이 혈액에 흡수되면 어떤 일이 벌어지나?"

"프실로시빈이 몸 안에 퍼지면 환희를 느끼기도 하고, 주변의 사물이 갑자기 커지기도 하고, 아주 드물게는 견딜 수 없는 공포를 느끼기도 해요. 그리고 공감각이 생기게 되요. 시각이나 청각 같은 별개의 감각이 서로 섞여 느껴지는 현상이죠. 빛을 듣거나 소리를 보는 거예요. 그리고 기하학적인 형상들이 보이기도 해요. 눈을 감아도 아주 아름다운 형상들이 보이는 거예요. 그런 현상은 LSD를 복용했을 때 주로 나타나요. 가장 강력한 환각제거든요. 아! 그리고 어떤 이들은 종교적인 경험을 하기도 해요. 카스타네다가 말한 어셈블리지 포인트, 즉 연결점이 바뀌는 거예요."

이반은 손을 내저었다. 종교적인 경험은 전혀 궁금하지 않았다.

"그러니까 환각을 느끼고, 환영을 본다는 건가?"

그러자 살로하가 의아하다는 듯 이반에게 물었다.

"그렇죠. 그런데 대장님은 이게 왜 궁금하신 거예요?"

"필요해서 그래. 나중에 설명해줄게. 거부반응은 없나?"

살로하는 이반이 자세한 얘기를 하지 않자 조금 서운하다는 표정을 지었다.

"글쎄요. 일단 필요하시다면 환각제인 두르를 만드는 곳에 가서 물어보면 될 거예요."

이반은 뒷덜미를 긁으며 물어보았다.

"두르를 만든다는 곳이 어디인가?"

"드벤코 거리 역이에요. 거기에서 버섯을 재배해서 두르를 만들죠. 메트로에 유통되는 두르는 모두 거기서 만든 거예요. 모르셨어요? 사람들은 그 역을 '즐거운 마을'이라고 불러요."

"어떤 사람들이?"

살로하는 이반의 질문을 이해할 수 없다는 듯 어깨를 들썩이며 말했다.

"버섯을 재배하는 사람들이 그렇게 부르겠죠."

"6호선에 대해 들어본 적 있나?"

순간 폭탄이라도 터진 듯 모두 침묵했다.

잠시 후 미하일이 제일 먼저 입을 열었다.

"황금라인이죠!"

"그래, 맞아. 천국의 라인이라고 부르지. 혹은 D7이라고도 해." 라고 바쟈닉 교수가 말했다.

"뭐라고요?"

"그래, 바로 D7 말이야. 페테르부르그의 비밀 메트로지." 바쟈닉 교수는 의미심장한 눈빛으로 사람들을 둘러보았다.

또 다시 일동이 침묵했다. 그때 우버퓨러가 천천히 자리에서 일어나 바쟈닉 교수에게 다가가더니 그의 이마를 짚어보며 말했다.

"다행히 열은 없군."

"뭐하는 건가?" 교수가 발끈하며 우버퓨러의 손을 밀었다.

"혹시 아파서 헛소리하시는 게 아닌가 해서요."

바쟈닉 교수는 화가 난 표정으로 우버퓨러를 쳐다보았다.

"이봐, 젊은이. 무슨 뜻인가?"

그러자 우버퓨러가 키득거리며 대답했다.

"제가 이래서 페테르부르그를 좋아하는 겁니다. 페테르부르그의 남자들은 나이에 상관없이 모두 '젊은이'거든요. 방금 비밀 메트로라고 하셨나요? 그걸 모르는 사람이 있습니까? 비밀벙커, 비밀실험실 등이 있죠. 예를 들면 키로프 공장 역 아래에는 비밀통신센터 '다치닉'이 있다죠? 그게 뭔지 아십니까? 교수님은 예전에 〈무엇이? 어디서? 언제?〉 퀴즈쇼에서 우승한 적이 있다면서요? 이번에는 틀리셨네요. 안타깝지만 상금은 다른 시청자에게 돌아가겠군요!"

"잘 알지도 못하면서!" 하고 교수가 화를 냈다. 그의 얼굴이 순식간에 벌겋게 달아올랐다.

이반은 바쟈닉 교수가 늘 말하던 퀴즈쇼나 시청자라는 단어가 마치 크리슈나 숭배자들의 주문처럼 들렸다. 하레 크리슈나, 하레 라마. 크리슈나, 크리슈나, 하레. 또는 아코디언을 연주하는 것 같은 느낌이었다.

사실 이반은 비밀 메트로에 대해 바쟈닉 교수보다 더 잘 알고 있었다. 심지어 그곳에서 왔다는 사람들을 마주친 적도 있었다. 그들은 아주 이상했다. 항상 비밀리에 움직이고 절제된 행동을 했다. 때로는 가만히 서서 상대방을 쳐다보며 알 수 없는 미소를 짓기도 했다.

그들은 마치 태어날 때부터 금수저를 물고 태어난 사람들처럼 행동했다.

우버퓨러가 다시 말을 이었다.

"그건 모두 지어낸 얘기일 뿐이에요. 교수님, 페테르부르그에는 비밀 메트로, 그러니까 메트로-2라는 것은 존재하지 않아요. 물론 비밀 지하실험실, 중앙통제실, 특수시설 따위가 있다는 말은 사실이에요. 하지만 비밀메트로 따위는 없어요. 죄송하지만, 오늘 상금은 첼랴빈 주 작은 마을에 사는 시청자에게 돌아가겠습니다."

그때 미하일이 물었다.

"크론슈타트 섬까지 이어진다는 터널은요? 그런 터널이 있다고 들었어요."

"그것도 다 꾸며낸 이야기야. 나는 이방인들이 사는 역으로 통하는 비밀통로가 있다고 들은 적도 있어. 아흐멧 왕의 침실로 이어지는 통로라고 하더군. 직접 가서 맨손으로 이방인들의 왕을 때려잡고 이 전쟁을 끝내는 건어때? 하하하! 이 얘기 역시 헛소리야! 내 말 알아듣겠나?"

이반은 우버퓨러의 말을 듣고 생각했다.

'헛소리가 아닐 수도 있겠는걸!'

이반은 사조노프가 말한 가스공격인 플랜 A 외에 플랜 B가 생길 수도 있다고 생각했다.

이반은 여기저기 물어보고 다녔지만 헛수고였다.

"어쩌면 쟈텔이 알지도……." 하다가 넵스키 대로 역 사람은 말을 멈췄다.

이반은 그 순간을 놓치지 않았다. 사람들은 가장 중요한 것을 말실수로 얘기해버리는 경우가 종종 있다.

"쟈텔? 그게 누구지?"

넵스키 대로 역 사람은 자신이 말실수한 것을 후회하며 어쩔 수 없이 대답했다.

"이곳의 철학자야. 그를 만나더라도 함부로 행동하지 마. 그는 이곳에서 신성한 사람으로 여겨지니까."

"흥, 정신이상자겠지." 하고 사조노프가 끼어들었다.

그러자 넵스키 대로 역 사람이 버럭 화를 냈다.

"함부로 말하지 마! 그는 예언자야. 그러니 그에게 함부로 굴지 마."

이반은 고개를 끄덕이며 물었다.

"알겠네. 어디서 그를 만날 수 있지?"

쟈텔의 거처는 파라오의 무덤을 연상시켰다. 살아 있는 동안 부유한 역을 다스리며 탐욕스럽게 살았던 자의 무덤 같았다.

쟈텔은 마야코프 역과 알렉산드르 넵스키 광장 역 사이의 연결구간에 살았다. 문 앞의 철창에는 '함부로 들어오면 죽는다.' 라고 쓰인 종이가 걸려 있었다. 그리고 그 밑에는 빨간색과 초록색으로 'Enigma, A Good Man'이라고 쓰여 있었다. 그런 문구는 메트로에서 흔히 볼 수 있는 것이었다. 전해지는 얘기에 따르면 핵전쟁이 일어나기 전부터 디거들은 메트로에 몰래 들어와 최초의 디거 세대의 흔적을 남겼다고 한다. 이반이 어린 시절 들었던 얘기였다. 이반은 코웃음을 쳤다.

그것 외에도 철창에는 호일, 유리, 돌조각 등으로 만든 딸랑이 장식과 병뚜껑과 동전을 전선줄에 주르륵 꿰어둔 것도 있었다.

예언자라 불리는 쟈텔은 한쪽 구석에 놓인 푹 꺼진 매트리스에 앉아 있었다. 방 안에서는 전혀 냄새가 나지 않았다. 누군가가 정기적으로 그의 거처를 치우고, 옷과 이불을 세탁해주는 모양이었다.

작은 테이블 위에는 알코올램프가 놓여 있었다. 램프의 파란 불꽃이 흔들리며 벽에 그림자를 드리웠다.

쟈텔은 고개를 들었다. 그의 긴 머리는 양 갈래로 땋여 있었다. 그는 눈을 깜박이며 이반에게 말했다.

"나를 찾아온 건가?"

"그렇습니다."

이반은 작은 테이블 앞에 앉아 램프 위에 손을 녹였다. 따뜻한 기운이 손바닥에 퍼지면서 기분이 좋았다. 이반은 천천히 가방을 열어서 바실리 섬에서 직접 만든 술을 꺼냈다. 표고버섯으로 담근 독한 술이었다.

예언자는 눈을 반짝이며 말했다.

"자네는 아주 괜찮은 사람인 것 같군."

"아멘." 하며 이반은 술병의 마개를 열었다.

"술잔은 있죠?"

그러자 쟈텔이 얼른 대답했다.

"당연하지! 그걸 말이라고 하나?"

"메트로는 무서운 존재야. 하지만 사람들은 몰랐지. 우리가 핵전쟁을 원했다고 생각하나? 자네는 전쟁을 원했나?"

"아니요. 그때 저는 겨우 다섯 살인가 여섯 살이었는걸요……."

"나도 전쟁을 원하지 않았어. 무슨 말인지 알겠나?"

쟈텔은 대답을 원하는 표정으로 이반을 바라보았다. 마치 어리석은 제자가 마침내 답을 깨닫고 말해주기를 기다리는 스승 같았다.

"아니요. 전혀 모르겠습니다."

"아무도 전쟁을 원하지 않았어. 아무리 지독한 박해자라고 해도 전쟁을 원하지는 않았지. 그들은 다만 '그'에게 세뇌당한 거야. 나약한 인간들은 감수성이 예민하지. '그'의 주문은 너무나 강력해서 사람들이 최면에 걸리게 된 거야. 그래서 결국 전쟁이 일어난 거지. '그'가 원하는 대로 된 거야."

"그가 대체 누구죠?" 하고 이반이 물었다. 그러나 쟈텔의 대답은 궁금하지 않았다. 그저 정신이상자의 헛소리 같았다.

하지만 쟈텔은 진지하게 말했다.

"메트로를 말하는 걸세. 전 세계 수백만 명이 메트로를 타고 다녔어. 모스크바, 런던, 뉴욕, 멕시코시티에서 수백만 명의 사람들이 매일 메트로를 이용했지. 바로 메트로가 전쟁을 원한 거야. 탐욕스럽고 어리석은 메트로가…… 그리고 교활하기도 하지. 교활하지 않았다면 메트로가 원하는 대로 되지 않았을 거야. 하지만 메트로는 어리석어. 메트로는 매일 사람들이 자신을 찾아왔다가 다시 떠나는 게 싫었던 거야. 그래서 사람들을 자신 속에 가둘 방법을 궁리한 거지. 결국 우리는 메트로에 갇혀버렸어. 메트로는 점점 사람들을 집어삼키고 있지. 천천히 서두르지 않고 말이야. 결국 우리는 모두 사라지고 메트로만 남게 될 거야."

"메트로라고요?" 이반이 재차 물었다.

"그래, 메트로. 201번 환풍구에 가 본 적이 있나?"

"아니요."

그곳은 1970년대에 지어진 오래된 환풍구였다. 정화필터와 공기냉각기, 탄소필터 등이 있는 환풍구였다. 번호만 들어도 알 수 있듯이 아주 오래된 곳이었다.

"메트로는 이미 오래전에 썩어서 와해되었어야 하지만 아직도 새것 같아. 201번 환풍구도 마찬가지야. 알겠나?"

"그렇군요." 이반은 자리에서 일어났다.

"오늘 시간 내주셔서 감사합니다. 배수관도 있다고 하셨던가요?"

그러자 쟈텔이 고개를 끄덕이며 대답했다.

"그렇다네."

이반은 일단 쟈텔의 말을 믿어보기로 했다.

그는 배수관의 벽면을 만져보았다. 장갑을 끼고 꺼칠꺼칠한 콘크리트 벽면을 쏠어보니 물기가 묻어났다.

쟈텔의 말에 따르면 그 배수관은 터널을 우회하여 201번 환풍구로 이어진다고 했다. 바로 그 환풍구는 보스타니예 광장 역으로 이어지는 연결구간에 있었다. 그 연결구간에 순찰병만 없다면 잠입할 수 있을 것이다.

이방인들은 편집증 환자들 같았다. 모스크바 놈들……. 이반은 코웃음을 쳤다. 샤킬로프는 항상 이방인들에 대해 같은 생각을 갖고 있었다. 오히려 시간이 흐를수록 그들에 대한 혐오감이 더욱 심해졌다.

이반은 랜턴을 켜고 바닥에 엎드렸다. 개구멍이든 맨홀이든 어딘가 구멍으로 들어갈 때는 반드시 다리부터 넣어야 한다. 그래야 구멍에 끼는 사태가 벌어져도 다시 빠져나올 수 있기 때문이다. 만일 머리부터 들어갔다가는 구멍에 끼어서 그대로 죽을 것이다.

그 배수관은 보스타니예 광장 역 주변의 복잡한 시설 중 하나였다. 그래서 부랑자들조차 그곳에 드나들지 않았다.

부랑자들을 생각하자 이반은 얼굴을 찡그렸다. 부랑자들은 버려진 역, 터널, 낡은 환풍구, 터널 화장실 등에서 살았다. 그들이 무엇을 먹고 연명하는지는 알 수 없었다. 아마도 버려진 쓰레기, 터널 안에서 자라는 버섯, 사람들이 사는 역에서 훔친 것 등을 먹을 터였다. 그들이 인육을 먹는다는 소문도 있었지만 이반은 믿지 않았다.

순간 이반은 그가 보았던 수많은 유골들이 떠올랐다. 분해되고, 부서지고, 구멍 난 유골들……. 이반은 쥐들이 갉아 먹은 줄 알았지만, 지금 와서 보니 쥐들의 소행이 아닐 수도 있다는 생각이 들었다. 어쩌면 떠도는 소문 대로 부랑자들의 짓일지도 모른다.

부랑자들이 아이들을 훔쳐다가 소금 통에 절여둔다는 소문까지 나돌았다. 프루젠스카야 역에서 폭동이 일어났을 때 그곳에 버려진 배수펌프장에서 한 무리의 부랑자들이 발견되었다. 사람들은 흥분하여 경찰들의 만류에도 불구하고 부랑자들을 태워 죽였다.

이반은 다시 얼굴을 찌푸렸다.

점점 어깨가 눌리는 느낌이 들었다. 배수관이 좁아진다는 의미였다.

'제발 여기만 통과할 수 있기를!'

그때 뭔가 딱딱한 것이 발밑에 닿았다. 이반은 발 쪽에 랜턴을 비췄다.

'이런 제길!'

배수관의 끝은 콘크리트로 막혀 있었다. 이미 손을 써둔 모양이었다.

아쉽지만 플랜 B는 실패했다. 아흐멧 왕의 침실에 잠입하려던 작전은 시도조차 하지 못했다.

이제 남은 건 플랜 A 뿐이었다. 물론 성공 확률은 알 수 없었다.

이반은 한숨을 쉬고 들어온 길로 다시 기어가기 시작했다.

"자네가 가스 공격 얘기를 했었지?" 하고 이반이 말했다.

사조노프는 옷자락이 펄럭일 정도로 빠르게 이반을 돌아보았다. 그의 두 눈이 반짝거렸다.

"뭔가 좋은 생각이 있어?"

이반은 히죽 웃으며 말했다.

"자네는 어때?"

그러자 사조노프가 안달하는 표정으로 말했다.

"궁금하니까 어서 얘기해봐. 어서!"

"사조노프, 소방설비에는 어떤 게 있었지?" 이반은 여전히 웃고 있었다.

"새삼스럽게 그건 왜 물어보는 거야? 삽, 갈고리, 모래, 물, 양동이, 방수포가 있지. 그건 왜?"

이반은 피식 웃으며 고개를 저었다.

"그저 궁금해서. 한 가지 좋은 생각이 있긴 한데 말이야. 하하하!"

이반은 자신의 얼굴을 똑바로 쳐다볼 수 없었다. 조금은 살찐 모습과 이중턱을 볼 때면 재빨리 시선을 돌렸다. 그는 단편적으로 자신의 모습을 보았다. 짧게 자른 머리 사이로 희끗희끗 보이는 흰머리, 밝은 갈색 원에 점을 찍어둔 듯한 눈동자, 두껍고 털이 수북한 손가락, 낡아서 빛바랜 군복. 그는 그런 자신의 모습이 썩 마음에 들지 않았다.

그는 여느 때처럼 눈을 감고 코솔라프가 알려줬던 기억력 훈련을 했다. 이반은 메모프의 단편적인 인상들을 이어 붙여 하나의 모습을 만들려고 노력했다. 하지만 어째서인지 메모프의 전체적인 모습이 그려지지 않았다.

코솔라프는 누군가의 전체적인 모습을 떠올리는 방법을 알려준 적이 있었다. 첫째, 대상을 떠올린다. 둘째, 그 대상을 자신 쪽으로 끌어당긴다. 셋째, 그 대상을 꿰뚫는다. 그는 안톤 체홉의 작품을 인용한 적도 있었지만 이반은 잘 기억나지 않았다. 하지만 코솔라프는 '블로카드닉*'에 대해

● 메트로 시리즈에 나오는 돌연변이. 인간의 이성을 지배할 수 있는 능력이 있다. '봉쇄된 자'라는 뜻의 단어로, 페테르부르그 사람을 가리키기도 했다. 1941년 제2차 세계대전 당시 독일군에 의해 페테르부르그가 봉쇄되었던 것에서 기인한 말이다.

서만은 얘기해주지 않았다.

이반은 다시 한 번 메모프의 모습을 떠올리려고 노력했다.

사람의 이미지는 그 사람 자체와 일치한다. 그 사람이 했던 말이 아닌 행동으로 이미지가 만들어지는 것이다.

이반은 숨을 내쉬며 메모프 장군의 이미지를 그려보았다.

두꺼운 손가락, 곱슬곱슬한 머리카락. 테이블 위에 올려져 있던 그의 손가락……

여전히 메모프 장군의 모습이 선명하게 떠오르지 않았다.

메모프 장군은 두꺼운 손가락으로 탁탁 테이블을 두드렸다. 그러더니 잠시 멈추고 얼굴을 찌푸리며 이반에게 물었다.

"좋은 아이디어가 있다고? 간단히 설명해보게."

"이끼입니다."

그러자 메모프 장군이 눈썹을 치켜세우며 물었다.

"뭐라고? 어떤 이끼를 말하는 건가?"

이반은 히죽 웃으며 대답했다.

"아주 흥미로운 이끼입니다. 제 아이디어를 한 번 들어보시죠."

"용감하군." 메모프 장군은 긍정적인 반응을 보였다.

그는 깨끗하게 면도한 턱을 매만졌다. 이반은 그의 얼굴을 보며, 그는 책상머리에 앉아 지휘를 하는 장군보다 직접 전투에 나가 싸우는 전사로 사는 게 더 어울린다고 생각했다. 그는 잘생긴 편은 아니었지만 현명한 사람이라는 인상을 풍겼다. 매서울 정도로 날카로운 눈빛, 밝은 갈색 원에 점을 찍어둔 듯한 눈동자……

"이반, 자네의 아이디어가 성공할 거라고 확신하나?"

물론 이반은 확신할 수 없었다. 하지만 그는 메모프 장군을 똑바로 쳐다보며 대답했다.

"일단 시도해봐야죠."

"자네는 판단력이 빠르군. 위험을 두려워하지 않아. 항상 여유만만해 보여. 그런 점이 마음에 드네."

이반은 멋쩍은 표정으로 말했다.

"저는 디거니까요."

"지금껏 수많은 디거들을 만나봤지만 마음에 드는 사람이 없었네. 하지만 자네는 전혀 달라. 이번 전쟁이 끝나면 내 부관으로 일하지 않겠나? 자네처럼 위험을 두려워하지 않는 사람이 필요하네. 자네는 능력이 뛰어난 사람이야. 난 그런 사람들을 존경하고 높이 평가하지."

이반은 뭐라고 대답해야 할지 몰랐다. 동맹의 일인자 옆에서 일한다는 것은 대단한 일이었다. 머리가 어지러울 정도로 솔깃한 제안이었다.

하지만 이반은 따냐를 떠올렸다. 자신이 꿈꾸던 단란한 가정은 어떻게 되는 것인가?

"만일 이번 작전이 실패한다면요?" 하고 이반이 물었다.

"성공여부는 중요하지 않아. 나를 믿는가?"

이반은 메모프 장군을 쳐다보았다. 그의 눈빛은 진심을 말하고 있었다.

"네, 믿습니다."

이틀 뒤 부탁한 물건들이 도착했다.

"성공할 수 있을까?" 하고 파벨이 조심스럽게 물었다.

그는 필터를 들어 세게 흔들었다. 보라색 먼지가 흩날렸다. 이반과 파벨은 산소마스크와 방독면을 닦았다. 그렇게 하지 않고 나갔다가는 그들도 바닥에 누워 해롱거리게 될 것이기 때문이었다. 파벨의 방독면에는 보라색 먼지들이 잔뜩 끼어 있었다.

이반은 고개를 저어보았다. 여느 때와 마찬가지로 방독면 GP-9의 조임 끈이 목덜미를 조였다.

'나는 행운아야.' 코솔라프는 그렇게 말하며 웃곤 했다.

이반은 한 번 더 필터를 세게 흔들었다. 또 다시 보라색 연기가 자욱하게 피어올랐다.

'따냐, 곧 집으로 돌아갈게. 기다려줘.'

7 ←

승리
ПОБЕДА

도시의 모습은 바들바들 떨고 있는 회색 코끼리 같았다.

주룩주룩 비가 내렸다.

빗줄기가 건물 외벽을 타고 흘러내렸다. 대부분의 건물들은 화재로 붕괴되고 그나마 남아 있는 잔해들도 어두침침한 색으로 빛이 바랬다. 집이 무너지면서 그곳에 살던 사람들도 죽었지만 건물의 뼈대는 앙상하게 남아 있었다.

비가 오는 날이면 방독면의 시야는 거의 제로 수준으로 떨어졌다. 안면창에 빗줄기가 쏟아지고 쉴 새 없이 고무마스크와 방사능보호복을 따라 물줄기가 흘렀다.

이반은 걸음을 멈췄다. 방사선량 측정기를 꺼내 방사능 수치를 확인했다. 측정기의 바늘이 쉬지 않고 까딱거렸다. 빗속에서 방독면을 쓴 채 방사능 수치를 확인하다 보면 방독면의 안면창과 방사선량 측정기의 플라스틱 덮개가 부딪히기도 했다. 더욱 거세진 빗소리에 측정기의 까딱대는 소리가 묻혀버렸다. 오늘은 상황이 좋지 않았다. 비가 와서 좋은 점도 있기는 했다. 돌연변이들이나 파블로프 들개들은 비를 좋아하지 않기 때문이다. 물론 어디선가 놈들을 정면으로 맞닥뜨리지만 않는다면 말이다.

방사능 수치는 시간당 5뢴트겐이었다. 이반은 혀를 내둘렀다. 너무 높은 수치다. 근처에 방사능에 심각하게 오염된 지점이 있는 모양이었다. 이반은 건물 외벽을 따라 걸었다. 그러자 점점 방사능 수치가 올라갔다. 분명 건물 어딘가에 근원지가 있는 것이다. 이반은 방사능보호복 주머니에 측정기를 넣고 칼라슈니코프 총의 안전장치를 풀었다. 여기저기 긁힌 검정색 총신에 빗방울이 떨어졌다.

이반은 숨을 죽이고 때를 기다렸다. 멀리서 빗줄기를 뚫고 아주 천천히 스산한 울음이 들려왔다. 사람인지 동물인지조차 분간할 수 없었다.

건물 모퉁이를 돌아서 확인하고 싶은 마음이 사라졌다.

이반은 청동기마상을 쳐다보았다. 이미 빛이 바래서 거의 초록빛으로 변해버렸다. 빗줄기가 말의 초록색 궁둥이를 때렸다. 지지대가 거의 부서졌지만 희한하게도 기마상은 꿋꿋이 서 있었다.

이반은 마침내 결심했다. 뒷덜미가 뻐근해지는 느낌이 들었지만 그는 용기를 내어 발걸음을 내디뎠다. 한 걸음, 두 걸음.

이반은 마침내 모퉁이를 돌았다. 순간 등줄기에 식은땀이 흘렀다.

강가에 뭔가가 웅크리고 앉아서 기다란 팔을 늘어뜨리고 있었다. '블로카드닉'이었다. 블로카드닉은 기다란 손가락으로 개의 살점을 잡아 뜯었다. 사방으로 피가 튀었다. 하지만 이내 쏟아지는 빗줄기에 붉은 피가 씻겨 내렸다. 우르르 쾅쾅. 멀리서 천둥소리가 들렸다.

이반은 이제 끝이라고 생각했다.

블로카드닉이 개고기를 잡아 뜯으며 천천히 뒤를 돌아보았다. 순간 그의 검은 눈동자 속에서 깊이를 잴 수 없는 우주의 지혜가 보이는 듯했다.

타닥타닥. 빗방울이 그의 검고 미끄덩한 살갗을 때렸다.

"안녕, 이반."

블로카드닉이 갈라지는 목소리로 인사를 했다. 그의 목소리를 듣자 이
반은 온몸에 소름이 끼쳤다. 그때 블로카드닉이 다시 천천히 말했다.

"오래전부터 너를 기다리고 있었어."

이반은 소스라치게 놀라며 눈을 떴다. 맨발로 바닥을 딛고 벌떡 일어
섰다.

그는 하마터면 '기상!'이라고 소리칠 뻔했다.

손목시계를 보니 겨우 새벽 4시 30분이었다.

이반은 다시 침상에 걸터앉았다. 삐거덕거리는 소리가 들렸다. 이반과
대원들은 배수펌프장에서 자고 있었다. 잠시 눈을 붙인 후 다시 작업을 하
기 위해서였다.

다행히도 그곳에는 꿈속에서 본 블로카드닉은 없었다. 이반은 다시금
몸서리를 쳤다. 그저 꿈이었다는 것이 천만다행이었다. 옆 침상에는 미하
일이 색색거리며 자고, 그 옆에는 파벨이 코를 골며 자고 있었다. 배수펌
프장 안쪽에도 침상이 하나 있었다. 그곳에는 살로하가 잠꼬대를 하며 자
고 있었다. 어제 하루가 너무 힘들었던 탓인지 이반의 침상이 삐거덕거려
도 한 명도 뒤척이지 않았다.

바쟈닉 교수의 침상은 비어 있었다. 여전히 불면증에 시달리는 모양이
었다.

교수를 제외한 나머지 대원들은 모두 제자리에 있었다.

아직 30분 정도 시간이 있었다. 이반은 고된 하루를 보내야 하는 대원들
을 좀 더 재워야겠다고 생각했다.

이반은 옆구리에 감은 붕대를 만져보다가 얼굴을 찡그렸다. 붕대는 아직도 젖어 있었다. 프리모르스크 역에서 돌연변이와 싸우다가 다친 상처는 나아질 기미를 보이지 않았다. 어째서일까?

이반은 소변을 본 후 한기가 느껴져 서둘러 바지를 올렸다.

그는 조용히 배수펌프장 밖으로 나왔다.

대원들은 하루 종일 작업을 했다. 이반도 녹초가 되어버렸다. 그들은 다행히 버려진 컴프레서를 발견했다. 공기를 압축시켜 실린더에 채우기 위해서는 컴프레서가 필요했다. 압축시킨 공기가 든 실린더를 소화전과 소방설비함 그리고 마야코프 환풍기에 넣어야 했다. 그 다음에 알람시계나 배터리를 넣어서 작동시키는 타이머도 필요했다. 배터리보다는 알람시계가 더 믿을 만했다.

어쨌든 할 일이 산더미 같았다. 게다가 모든 일은 극비리에 진행해야만했다. 여기에 또 한 가지 문제가 남아 있었다.

"그래도 일단 실험을 해봐야 하네. 물론 연구 결과를 상부에서 승인해주기는 했지만 실제로 적용해 본 적은 없거든." 바쟈닉 교수가 실린더를 들여다보며 말했다. 실린더 안에는 압축시킨 공기 외에도 보라색의 탁한 액체가 들어 있었다. 배수펌프장은 그들의 비밀 화학실험실이 되었다.

"실험에 응할 지원자를 찾아야 하네." 하고 메모프 장군이 말했다.

이반이 한 걸음 나서며 말했다.

"제가 지원하겠습니다."

그러자 메모프 장군이 고개를 내저으며 말했다.

"아니, 자네는 제외일세. 건강한 지원자가 필요하거든."

이반은 흠칫 놀랐다. 메모프 장군이 자신의 상처를 알고 있다는 의미였다.

"그럼 누구에게 실험해 볼까요?" 하고 이반이 물었다.

"어째서 바로 저를 지목하신 거죠?" 하고 살로하가 눈을 동그랗게 떴다.

바쟈닉 교수는 히죽 웃으며 살로하에게 가까이 다가갔다.

"살로하, 자네 도움이 꼭 필요하네. 자, 이제 안경을 벗게."

살로하는 자신도 모르게 뒷걸음질을 치며 말했다.

"미리 경고하는데 제가 몇 가지 약물에 대해 알러지 반응을 갖고 있어요."

그렇게 말하면서도 살로하는 안경을 벗었다.

"알러지 반응? 치명적인가?" 바쟈닉 교수가 사무적인 말투로 물었다.

"그렇지는 않지만…… 어쩌려는 거예요?"

"이제 곧 알게 될 걸세." 바쟈닉 교수는 방독면을 쓴 뒤 살로하를 향해 분무기를 들이대며 물었다.

"준비됐나?"

그러자 살로하가 울상을 지으며 말했다.

"아이고, 어머니!"

바쟈닉 교수는 공중에 대고 분무기를 뿌려보았다. 거의 보이지 않는 무색의 액체가 공기 중에서 금세 흩어졌다.

살로하는 천천히 조심스럽게 숨을 들이마셨다. 다른 사람들은 그의 반응을 숨죽여 지켜보았다. 다행히 살로하는 알러지 반응을 보이지 않았다.

살로하는 사람들을 둘러보며 히죽거렸다. 심지어 교수에게 농담을 하기도 했다.

"교수님, 혹시 어린 시절부터 요제프 멩겔레 박사를 우상으로 생각하신 거 아니에요? 아시죠? 나치강제수용소에서 생체실험을 했던 그 유명한 박사 말입니다."

"전반적으로 실험 결과에 만족하네. 살로하도 그런 것 같군."

메모프 장군은 매트리스에 누워 있는 살로하를 돌아보며 말했다.

이반은 피식 웃었다.

살로하는 매트리스에 누워 연신 히죽거렸다. 동공이 약간 확장된 것 외에는 평소의 모습과 별반 차이가 없었다. 물론 살로하가 그렇게 긴장을 풀고 있는 모습은 처음이었다.

바쟈닉 교수는 메모프 장군과 이반에게 다가가며 말했다.

"거부반응도 없네. 우리가 약물로 쓴 이끼가 LSD 환각제와 유사한 특성을 갖는 것 같아. 아드레날린을 차단하는 효과가 있지. 살로하는 감응성이 높아지고 공감각을 겪은 것 같아. 금방 정상으로 되돌아오기는 했지만 말이야. 근육마비증상도 있었지만 금세 나아졌어. 우리가 작전에 쓰려는 양의 1/10밖에 투여하지 않았는데도 생각보다 효과가 강력했어."

"교수님, 알겠습니다. 메모프 장군님, 어떻게 할까요? 동맹군이 마야코프 역을 떠나도록 지시할까요?"

이반은 어려운 의학용어를 쓰는 교수의 말을 반 정도밖에 이해하지 못했지만 다급한 마음에 장군에게 물어보았다.

메모프 장군이 대답하려는 순간 살로하가 중얼거렸다.

"카스타네다가 말한 어셈블리지 포인트를 찾은 것 같아요. 제 얘기 들리시죠? 인생의 의미가 아주 분명하게 보입니다."

그러자 바쟈닉 교수가 감탄했다.

"아주 좋은 소식이군! 대단해."

그는 어셈블리지 포인트가 무엇인지 받아 적기라도 할 작정으로 살로하에게 다가갔다.

메모프 장군은 그들을 쳐다보다 피식 웃으며 말했다.

"이제 '메르쿨로프 플랜'을 시작해볼까?"

"떠나간 자들의 역에 대해 들어봤는가? 예전부터 전해져 오는 이야기지. 어느 날 남녀노소 할 것 없이 무리를 지어서 지상으로 떠났대. 그들은 차단문을 열고 에스컬레이터를 걸어 올라갔다고 해. 그들은 무엇을 기대하고 떠난 걸까? 방사능에 오염된 지역을 무사히 통과해 어딘가로 갈 수 있다고 생각했을까? 하지만 지상에 나간 순간 방사선량 측정기의 바늘이 쉴 새 없이 까닥거리며 움직였을 텐데…….

메트로에서 멀리 떨어진 곳에서 살 수 있다고 생각했을까? 잘 모르겠지만 어쨌든 그들 중 아무도 돌아오지 않았어. 들려오는 소식도 없었어. 어쩌면 그들이 원했던 오염되지 않은, 아니 덜 오염된 곳을 찾아서 정착한 걸까? 그들과 마찬가지로 희망을 가졌던 사람들을 만난 걸까? 혹은 방사능에 노출되어 전염병과 기근에 시달리다가 죽은 걸까?

우리는 끝내 그 대답을 듣지 못하겠지. 우리는 기술이 발달한 문명 사회에서 태어나 자란 사람들이지만, 자연에 순응하며 살아왔던 추코트카 반도의 에스키모나 호주 원주민들은 도시인들보다 살아남았을 확률이 훨씬 높지. 그들은 인터넷조차 쓰지 않았으니까."

바쟈닉 교수는 잠시 말을 멈추고는 이반을 비롯해 어린 시절부터 메트로에서 살아온 이들을 쳐다보며 다시 말을 이었다.

"자네들도 이해하기 힘들겠지. 어쨌든 그렇게 모든 것이 끝나버렸어.

모든 것이 우리의 책임이야. 우리 인류의 책임이지. 우리는 단체로 자살한 거나 다름없어. 스스로 목구멍에 총을 집어넣고 방아쇠를 당긴 거지. 탕! 그렇게 우리의 뇌도 산산조각이 난 거야. 그런 상황에서 무슨 희망을 가질 수 있는지 모르겠어. 산산조각 난 우리의 뇌가 다시 뭔가 생각할 수 있는 생명체가 되기를 기대하는 건가?"

그때 사조노프가 조소하듯 말했다.

"교수님은 비관론자군요."

"정말 그렇게 생각하나? 낙관론자들은 더 나은 삶을 찾아 떠나버렸어. 인류의 마지막 기회를 찾아서 떠난 거지. 하지만 그들은 지금 어디에 있나? 그들을 본 사람이라도 있나? 난 지금처럼 비관론자로 남겠네."

그때 갑자기 미하일이 말했다.

"전 그들이 무엇을 찾았는지 알 것 같아요. 더 나은 삶을 찾았을 거예요. 맞아요. 적어도 저는 그렇게 믿고 싶어요."

아무도 대답하지 못했다.

잠시 후 바쟈닉 교수가 말했다.

"오늘 들려준 이야기는 희망이 얼마나 위험한지 알려주기 위한 거야."

"그럼 지어낸 이야기라는 말씀인가요?" 이반이 교수를 똑바로 쳐다보며 물었다.

바쟈닉 교수는 그런 이반을 바라보며 말했다.

"사실이든 아니든 상관없지."

이방인들도 바보가 아니기 때문에 동맹군이 계속 아무런 공격도 하지 않으면 분명 의심하고 경계 태세를 강화할 것이 뻔했다. 그래서 동맹군은 가스 공격에 앞서 마지막으로 보스타니예 광장 역을 습격하기로 결정했다.

그리고 그 결정을 실행에 옮겼다.

이반이 다시 마야코프 역으로 돌아왔을 때, 역 안에는 화약 냄새를 풍기며 전투에서 돌아온 용사들이 가득했다. 고통스럽게 신음하는 부상자들은 궤도차에 태워 고스찐느이 드보르 역으로 호송했다. 한쪽에는 사망자들의 시신도 아홉 구나 있었다. 적을 교란하기 위해 벌인 전투치고는 희생자가 많은 편이었다.

이반은 샤킬로프와 마주쳤다. 그는 지칠 대로 지친 모습이었다. 이반은 그와 악수를 하고 주변을 둘러보았다. 기둥 옆 벤치에 스킨헤드들이 모여 있었다. 그들 가운데 목덜미에 상처가 있는 세도이가 보였다. 세도이는 꼬냑인 듯한 술병을 기울여 동료들에게 술을 따라주었다.

스킨헤드들은 잔을 높이 들더니 건배도 하지 않고 단숨에 잔을 비웠다. 평소와는 전혀 다른 분위기였다.

"무슨 일이지? 스킨헤드 중에 죽은 사람이 있는 거야?"

이반은 샤킬로프를 쳐다보며 물었다. 샤킬로프의 한쪽 눈은 시퍼렇게 멍들어 있었다. 얼굴 반쪽이 거의 피멍으로 뒤덮여 있고, 북처럼 잔뜩 부어올라 있었다. 한마디로 몰골이 말이 아니었다.

"그런 것 같아. 더 정확히 말하자면 우버퓨러가 보스타니예 광장 역에 억류되었어. 그를 죽였는지는 나도 잘 모르겠어. 한 가지 분명한 것은 그가 다시 돌아오지 않았다는 거야."

또 한 명의 동맹군이 사라졌다. 이반은 우버퓨러를 처음 만났을 때 그를 마음에 들어 하지 않았다. 하지만 단점이 없는 사람은 없다. 그는 파시스트이자 인종차별주의자이긴 했지만 나쁜 사람은 아니었다. 그는 약속도 잘 지켰다. 해군 역 장교들과 같이 있는 것보다 그와 함께 있는 것이 오히려 더 편했다.

이반은 이를 꽉 깨물었다. 키플링 운운하던 우버퓨러가 측은하게 여겨졌다. 이반은 마음속으로 말했다.

"잘 가요, 우버퓨러."

도처에 바리케이드가 설치되어 있었다.

이반은 넵스키 대로 역의 바이노비치 대위를 따라 계단을 내려갔다. 바이노비치 대위는 '코스쨔 대위'라고도 불렸다. 코스쨔 대위는 이방인들과 만나기로 약속했다.

계단을 내려가니 모래주머니를 쌓아서 만든 참호가 있었다. 모래주머니 사이사이에는 총구가 나와 있었다. 이반은 바닥의 경사를 가늠해보았다. 바닥이 기울어져서 수류탄을 사용했다가는 수류탄이 도로 자기 쪽으로 굴러올 것 같았다. 사실 이반이 그곳에 간 건 수류탄을 던지기 위해서가 아니었다.

"멈춰!" 참호 너머에서 누군가 소리쳤다.

"라밀, 날세, 코스쨔 대위네."

코스쨔 대위가 큰 소리로 대답하자 이반과 대위를 향해 서치라이트가 켜졌다. 이반은 서치라이트 불빛에 눈이 아프고 아무것도 보이지 않았다.

잠시 침묵이 흘렀다.

"같이 온 사람은 누구인가?" 또 다시 참호 너머에서 목소리가 들렸다.

"내 친구일세. 라밀, 자네에게 물어볼 것이 있다고 해서 데려왔네."

한참 동안 정적이 흘렀다. 기다리다 못한 코스쨔 대위가 말했다.

"약속하겠네. 잠시 얘기만 하고 가겠네."

"알겠네."

참호 너머에서 키 큰 남자가 모습을 드러냈다. 하지만 어두운 전등 불빛 때문에 그의 얼굴은 제대로 보이지 않았다.

"자리에 앉게." 하고 라밀이 말했다.

이반과 코스쨔 대위는 바닥에 앉았다. 순간 이반은 딱딱한 것이 엉덩이 아래에 있는 게 느껴졌다. 탄피였다. 이반은 엉덩이에 깔린 탄피를 꺼내 옆으로 밀어두었다. 주위를 보니 탄피가 수도 없이 널려 있었다. 이방인들은 시체는 치웠어도 탄피는 그대로 둔 것이었다. 그때 키가 큰 라밀이 두 사람 쪽으로 걸어왔다. 그의 발밑에서 탄피 깨지는 소리가 들렸다. 라밀은 두 사람의 맞은편에 앉았다.

"넌 누구냐? 무슨 말을 하려고 온 거지?"

"나는 '디거' 이반이다. 내 동료가 사라져서 확인하려고 온 것이다."

"우리가 네 친구를 붙잡아두었는지 궁금해서?"

"사망자들 중에서 그의 시체를 찾지 못했거든."

그러자 라밀이 무표정한 얼굴로 덤덤하게 말했다.

"자네 동료에 대해 알려주면 내가 이득을 보는 것이라도 있나?"

"고민해보겠네. 협상을 할 수도 있지."

하지만 라밀은 고개를 내저었다.

"그럴 리 없지."

이반은 그제서야 라밀을 자세히 살펴보았다. 어두운 군청색 상의를 입고 가슴에는 하얀색 팔각별이 새겨진 견장이 있었다. 그의 얼굴은 잘생긴 편이었지만 특별한 점은 없었다.

"그 사람 생김새는?"

"민머리에 보통 키보다 조금 큰 편이고, 나이는 30~40세 정도. 언뜻 봐서는 정확한 나이를 가늠하기 힘든 편이지. 눈동자는 파란색이고, 그의 이름은 우버퓨러네. 아, 그리고 여기 어깨에 월계수 화관으로 둘러싸인 낫과 망치가 새겨져 있네. 눈에 띄는 문신이지."

"그런 사람은 못 봤어."

이반은 자신도 모르게 두 눈을 감았다. 그의 죽음이 애석했다.

"용건은 끝났나?"

"한 가지만 더 묻지. 어째서 우리 역의 발전기를 훔친 거지?"

또 다시 침묵이 흘렀다.

"우리가 그 발전기를 가져갔다고 생각하나?" 하며 라밀은 고개를 저었다. 그는 다시 말을 이었다.

"그건 너희들의 착각이야. 우리는 아무것도 훔치지 않았어."

이반은 그 말이 거짓이라고 확신했다.

"그만 가봐. 이대로 꾸물거리면 2분 후에 총을 쏴버릴 테니까."

이반과 코스쨔 대위는 자리에서 일어섰다. 그제서야 이반은 자신이 온통 땀으로 젖었다는 것을 깨달았다. 그는 모자를 벗어 얼굴의 땀을 닦았다.

"저 사람은 누구예요?" 하고 이반이 돌아오는 길에 물었다.

"라밀 카단가리예프. 고위급 중 한 명이지. 아흐멧 왕의 보안경호국장이거든. 나쁜 사람은 아니지만 가끔 돌변하기도 해."

이반은 혼자 생각했다.

'이방인들이 자초한 일이다. 죄값은 반드시 치러야 한다.'

작전을 앞두고 메모프 장군이 이반을 불렀다.

"이게 뭡니까?"

이반은 익숙한 모양의 휘장을 들여다보았다. 해군 역 군인들에게서 본 듯한 것이었다. 하얀 원의 둘레에는 회색 테두리가 있고, 원 안에는 꼭 쥔 주먹이 그려져 있었다. 주먹의 다섯 손가락이 도드라져 보였다.

"상징이지. 과거에는 각 제국마다 상징이 있었네. 이제 이것이 우리의 상징이야."

메모프 장군은 한 손을 들더니 천천히 한 손가락씩 구부리며 힘껏 주먹을 쥐어 보였다.

"다섯 개의 동맹역을 상징하는 걸세. 이제 우리는 하나의 주먹으로 뭉치는 거야. 그런 의미로 이 휘장을 우리의 상징으로 삼고 싶네. 자, 받게."

이반은 휘장을 받았다.

"내일은 힘든 날이 될 테니 어서 돌아가서 눈을 붙이게. 자네만 믿겠네."

전보를 받은 것처럼 자신의 일생을 펼쳐보라.

비밀리에.

아무도 보지 못하도록.

전보를 읽은 후에는 반드시 불태워야 한다.

"시작하자." 이반이 목소리를 낮추며 말했다. 그들 옆으로 해군 역, 넵스키 대로 역, 바실리섬 역 사람들이 우울한 표정으로 지나갔다. 동맹군은 이유도 모른 채 마야코프 역을 떠나게 되었기 때문이다.

"이반, 자네라도 이유를 말해주게. 대체 무슨 일이야? 어째서 모두 떠나라는 건가? 이런 어이없는 경우가 어디 있나?" 하고 쿨라긴 대위가 말했다.

이반은 고개를 저었다. 극비리에 진행해야 하는 작전이었기 때문이다. 바실리섬 역의 사람들에게조차 발설할 수 없었다.

"저도 모르겠어요. 어서 가보세요." 이반은 애써 태연한 척 말했다.

"디젤 발전기는? 우리 역의 발전기는 포기하는 건가?"

쿨라긴 대위는 이를 악다물었다.

"어서 가세요. 아무것도 묻지 말고 저를 그냥 믿어주세요."

하지만 쿨라긴 대위는 그 자리에 선 채로 이반을 똑바로 응시했다.

"결국 협상을 한 건가?"

"뭐라고요?"

이반은 갑작스러운 말에 그만 당황했다.

"자네를 보아하니 이미 메모프 장군이 구워삶은 것 같군. 이봐, 디거! 아무리 그래 봐야 자네는 굴러온 돌일 뿐이야. 앞으로도 그 사실은 변하지 않을 걸세."

이반은 쿨라긴의 말에 표정이 굳어버렸다. 화가 치밀어 눈이 화끈거렸다. 하지만 이반은 꾹 참으며 대답했다.

"쿨라긴 대위님, 대위님이니까 방금 한 말은 용서해드리죠. 아니, 어쩌면 용서하지 못할지도 모르겠습니다. 어쨌든 지금 당장 사람들을 데리고 떠나세요. 알겠습니까?"

그러자 쿨라긴 대위는 당장이라도 덤빌 기세로 주먹을 쥐었다. 하지만 이반은 덤덤하고 태연한 표정으로 그를 쳐다보았다. 쿨라긴은 뭔가 말하려고 다시 입을 열었다. 그러나 이반이 먼저 말했다.

"한 가지 더 말씀드리자면, 이것이 최선의 방법이에요. 그러니 저를 믿고 떠나세요."

"나는……."

"어서 가세요, 대위님. 메모프 장군의 지시를 따르세요."

이반은 지극히 사무적인 말투로 쿨라긴 대위의 말을 잘랐다.

쿨라긴은 순간 휘청거리며 머리를 흔들었다. 하지만 다시 냉정을 되찾더니 본대를 쫓아갔다.

이반은 깊은 한숨을 내쉬었다. 화가 쉽게 가라앉지 않았다. 그는 손바닥으로 자신의 얼굴을 쓸어 내렸다. 마치 방독면처럼 뻣뻣하고, 아무 촉감도 없는 고무 같았다. 이반은 혼자 생각했다.

'괜찮아, 괜찮아. 그래, 그의 말도 틀리지는 않아. 내가 그들을 위해 희생한다고 해도 난 어차피 굴러온 돌이다. 영원히 그런 존재일 것이다. 바실리섬 역. 그래, 그곳이 나의 집이야. 나는 반드시 돌아갈 거야. 그곳이 나의 집이 아니라고 말하는 자는 가만두지 않을 거야.'

그때 사조노프가 다가왔다. 이반은 사조노프를 쳐다보았다. 그는 어깨에 권총집을 메고 있었다. 권총집 밖으로 리볼버 총자루가 삐죽이 튀어나와 있었다.

"이반, 준비됐어. 환풍기에 타이머를 맞추고 두 번째 배수관에 약물이 든 실린더를 설치하는 중이야. 바쟈닉 교수가 말하길 작전을 개시할 때까지 실린더의 압력은 크게 떨어지지 않을 거래. 그런데 이반, 무슨 일이야? 왜 그런 표정이야?"

"내 표정이 어떤데?"

"근심이 가득해."

이반은 아무 말도 하지 못했다. 잠시 후 이반은 다시 입을 열었다.

"사조노프, 비록 상황이 이렇게 되었지만, 우리는 결국 우리의 인생을 헤쳐나갈 수 있겠지?"

사조노프가 환하게 웃으며 대답했다.

"물론이지. 이반, 이제 시작할까?"

이반은 천천히 주위를 둘러보았다. 동맹군의 마지막 대열이 마야코프 역을 벗어나고 있었다. 이반은 다시 사조노프를 돌아보며 고개를 끄덕였다.

"화학무기? 주로 제1차 세계대전 때 많이 사용했지. 제2차 세계대전 때는 거의 쓰이지 않았어." 하고 바쟈닉 교수가 설명했다.

이반은 핵전쟁 당시에도 화학무기를 사용하지 않았지만 결과는 마찬가지로 참혹하다는 생각을 했다. 그는 교수에게 물었다.

"어째서 제2차 세계대전 때는 쓰지 않았죠?"

"첫째, 비인도적이고, 둘째, 화학무기를 사용하는 사람들에게도 위험하니까."

"셋째는요?"

"비효율적이기 때문이지. 그게 가장 큰 이유였을 거야. 제1차 세계대전이 끝나고 작성된 통계자료에 따르면 화학무기로 적군 한 명을 죽이기 위해서는 이페리트 가스나 여타 독가스가 들어 있는 포탄이 50개쯤 필요하지만, 일반 무기를 사용할 경우 포탄 30개 정도가 필요하다고 해. 아주 간단한 계산법이지. 게다가 일반 무기는 만들기도 쉽고 보관도 용이하지. 헤이그 협정보다 이런 계산 결과가 더 효과적이었던 거야."

"또 어떤 일이 있었나요?"

"미국인들이 한국전쟁 당시 화학무기를 쓰려고 했지만 결국 실패했어."

"또 다른 경우는요?"

바쟈닉 교수는 잠시 기억을 더듬다가 다시 말을 이었다.

"과거 미국 중앙정보국이 'MK 울트라'라는 프로젝트에 따라 일련의 실험을 했어. 말하자면 인간의 정신지배 프로그램이었지. 당시 세뇌, 심리고문, 전기충격, 뇌수술, 기억삭제, 인간행동 제어장치 등 여러 가지 실험을 했어. 이른바 사이코트로닉스라고 하지. 그중 한 가지가 바로 LSD 환각제를 이용한 인간 성격개조 실험이었어. 감응성을 비롯한 여타 능력을 최대로 발휘할 수 있도록 만드는 거지. 당시 미국의 한 마을에서 120킬로미터에 걸쳐 LSD를 살포했어. 물론 주민들에게 사전예고도 없이 말이야. 솔직히 말하면 그 실험이 어떤 결과를 초래했는지는 나도 잘 몰라. 그런 주제에 별로 관심이 없었거든. 하지만 분명한 것은 그 마을이 유독 반항적인 곳도 아니었고, 환각제를 살포한 뒤에도 특별한 저항은 없었다는 거야. LSD는 호흡기로 들이마시거나 입으로 먹지 않아도 피부를 통해 흡수되는 물질이거든."

"그렇다면……."

"그래, 실제로 그런 일들이 벌어진 거야. 윤리적인 측면에 대해서는 말하지 않겠어. 어쨌든 우리의 목표는 최대한 희생자를 줄이는 거니까. 안 그래?"

"그렇긴 하죠."

사실 이반은 윤리적인 측면까지는 생각하지 못했다.

"이번 작전의 결과가 궁금해. 아주 궁금해." 바쟈닉 교수는 자신의 턱수염을 잡아당기며 말했다.

이반은 바쟈닉 교수가 손으로 귀뚜라미 다리를 힘껏 잡아당겼다가 떼며 좋아하는 어린 소년 같다고 생각했다.

학자들 중에서도 평화주의자들보다 몽상가들이 더욱 새롭고 혁신적인 것을 개발하는 법이다.

대원들은 터널을 따라 뛰어갔다. 그들을 향해 총을 쏘는지 확인하려고 몇 번이고 뒤돌아보았다.

이반이 발을 헛디뎌 넘어지려고 하자 파벨이 얼른 그를 붙잡았다.

언제쯤 이방인들은 마야코프 역이 텅 비었다는 사실을 눈치챌까?

피로 얼룩지고, 너덜너덜해진 마야코프 역이 점점 멀어졌다. 그들은 일부러 어두컴컴하게 만들려고 마야코프 역의 전등을 몇 개 빼두었다.

그뿐만 아니라 해군 역에서 갖고 온 마리화나를 태워서 연기를 피워두었다. 대원들은 이제 메모프를 자신들의 진정한 지휘관이라고 생각했다. 이방인들과 전투를 하는 동안 끈끈한 연대감이 생긴 것이었다. 그것이 잘된 일인지 잘못된 일인지는 몰라도 말이다.

어쨌든 마야코프 역은 온통 연기와 냄새로 뒤덮이고 어두컴컴하여 보라색 환각제를 살포한다고 해도 눈치채기 어려울 정도였다.

대원들은 약속했던 초소에 도착했다. 그곳에서 이방인들을 공격할 때를 기다리면 되는 일이었다. 이반은 머릿속으로 작전을 되짚어보았다.

'모든 일이 순조롭게 진행된다면 대략 네 시간쯤 후에 공격을 시작하면 된다. 그때쯤이면 이방인들이 마야코프 역을 점령할 거야. 바로 그때 타이머가 작동하면서 보라색 환각제가 살포될 것이다.

보라색 환각제의 효과는 약 열두 시간 가량 지속되며 처음 세 시간 동안 가장 극대화된 효과를 보인다고 한다. 그때쯤 이방인들은 정신이 몽롱하고 방향감각을 잃은 채 무방비 상태가 될 거야.'

이반은 주먹을 불끈 쥐며 의지를 다졌다.

대원들은 초소에 도착해 자리를 잡았다. 이반은 헤드랜턴으로 주위를 비췄다. 건장한 사내들이 방독면, 방탄조끼, 수류탄 발사기를 갖추고 있었다. 해군 역 군인들도 그렇게까지 무장하진 못했을 것이다. 대원들은 모두 어깨에 '회색 주먹'이 그려진 휘장을 달고 있었다. 한 명은 등에 아연 통을 메고 있었다. 연료 냄새가 진동했지만 대원들은 아랑곳하지 않고 맛있게 음식을 먹었다.

사조노프가 아연 통을 쳐다보며 말했다.

"화염방사기는 살상력이 뛰어나지. 압력으로 등유를 분사하고 불을 붙이는 거야."

이반은 아무 말도 하지 않았다. 사실 화염방사기는 위대한 사담이 통치하던 때부터 메트로에서 금지된 무기였다.

메모프 장군이 제대로 전쟁을 벌이기로 단단히 마음을 먹은 모양이었다. 하긴 이제 와서 물러설 곳도 없었다.

"이반, 먹어 둬."

파벨이 작은 냄비를 내밀었다. 냄새를 맡아보니 버섯 스프였다. 이반은 거절하려다가 생각을 바꾸어 냄비를 받아 들었다. 시간을 보내려면 뭐라도 먹어야 할 것 같았다. 앞으로 네 시간을 기다릴 생각을 하니 벌써부터 답답했다. 이반은 고개를 저으며 생각했다.

'메르쿨로프 플랜이 실패하면 어쩌지? 아냐! 방독면과 화염방사기로 무장한 용맹무쌍한 전사들을 누가 이길쏘냐?'

이반은 긍정적으로 생각하기로 했다.

이반은 수건에 둘둘 말아서 한쪽 장화에 넣어두었던 숟가락을 꺼냈다. 그 숟가락은 이반이 처음 바실리섬 역에 왔을 때부터 그의 믿음과 정의의 상징이었다. 버섯 스프는 살짝 타기도 했고 뜨거웠지만 꽤 맛있었다.

어느새 냄비 밑바닥을 숟가락으로 싹싹 긁는 소리가 들렸다.

이반은 차를 한잔 부탁했다. 예브팟 삼촌은 메트로에서 마시는 차는 과거 찻잎을 끓여서 먹던 차와 비교하면 형편없다고 했다. 모스크바 지하철과 페테르부르그 지하철을 비교하는 것처럼 말이다. 하지만 달리 선택의 여지가 없었다. 진공포장된 티백은 슈퍼마켓이나 창고에서 발견한 것이었다. 그중에서 방사능 수치가 높지 않은 것들을 선별해서 마셨다. 물론 방사능의 위험이 아주 없지는 않았다. 하지만 배가 고픈 것보다는 나중에 식도암에 걸리는 편이 낫다고 생각하는 사람들도 많았다.

메트로에서 기근이 심하던 시기에는 지상에 남아 있던 식량들을 거의 싹쓸이했다. 당시 디거들은 매일 밤 지상을 다녀왔다. 그러나 디거들만 지상을 오간 건 아니었다.

이반은 차를 한 모금 들이켜다가 기침을 했다. 너무 뜨거웠던 것이다.

그는 다시 시계를 들여다보았다. 겨우 20분 지났을 뿐이다.

이반은 한숨을 쉬었다.

마침내 작전을 개시하는 이른바 '영시'가 되었다. 마야코프 역의 환풍기에서 일제히 환각제가 살포되었다.

그 후 두 시간에 걸쳐 동맹군의 공격이 이어졌다. 대부분의 이방인들은 저항할 힘도 없는 상태였지만 재빨리 방독면을 쓴 일부 이방인은 끝까지 맞서 싸웠다. 특히 검은 상의를 입은 군인들이 가장 끈질기게 대항했다.

이반의 수색대와 함께 나선 해군 역 보병대가 이방인들을 공격하고 화염방사기를 발사했다. 그러자 터널 안에 시체 타는 냄새가 진동했다.

바실리섬 역 용사들은 마지막 남은 이방인들의 분견대를 연결통로까지 몰아갔다.

"항복하겠다! 쏘지 마라!"

쿨라긴이 이반을 쳐다보았다. 어떻게 해야 할지, 아직도 공기 중에 환각제가 남았는지 물어보는 듯한 눈빛이었다. 이반은 이제 괜찮다는 듯 고개를 끄덕였다. 그러자 쿨라긴이 방독면을 벗고 두 손을 확성기처럼 오므리더니 소리쳤다.

"무기를 버려라! 그리고 양손을 머리 위로 올리고 걸어 나와라!"

쿨라긴의 발밑에 AK-103 소총과 그 밖의 여러 가지 권총들이 하나둘씩 모였다.

이반도 방독면을 벗었다. 얼굴이 온통 땀범벅이었다.

마침내 상황이 종료됐다.

마야코프 역과 보스타니예 광장 역은 동맹군에게 항복했다.

8 ←

배신자
ИЗМЕННИК

이반은 바닥에 털썩 주저앉아 콘크리트 벽에 등을 기댔다. 그의 앞에 알루미늄 파이프를 연결해 만든 이동식 작업대가 세워져 있었다. 그것이 눈을 찌르는 듯한 불빛을 가려주었다. 보통 높은 천장의 전등을 교체할 때 쓰는 작업대였다. 작업대 위쪽에는 방수포가 씌워져 있었다. 덕분에 그늘이 드리워졌던 것이다.

이반은 벽에 기댄 채 두 다리를 쭉 뻗었다. 젖은 점토 덩어리처럼 등 전체가 마비되는 것 같았다. 손가락 하나 까딱할 힘이 없고 온몸이 쑤셨다. 그는 끙끙대며 자리에 앉은 채로 목과 허리를 움직여보았다.

사방에 콘크리트 가루가 날리고 화약 냄새와 시체 타는 냄새가 진동했다. 속이 메슥거릴 정도로 역하고 산소도 희박했다.

이루 표현할 수 없이 힘든 하루였다. 빌어먹을 이방인들! 그는 다시 그 자리에 주저앉아 거친 벽에 뒤통수를 기댔다. 귀가 웅웅거렸다. 이반은 눈을 감고 바실리섬 역에서 따냐의 다리에 손을 얹고 누웠던 때를 떠올렸다. 그러자 모든 근심이 사라지고 뻐근하던 목덜미도 편안해졌다.

하지만 목이 따끔거렸다. 이반은 침을 삼켜보았다. 감기에 걸려서인지 전투를 하면서 너무 소리를 질러서인지 목이 아팠다. 이반은 좀 더 쉬면 나아지리라고 생각했다. 어쨌든 동맹군이 이겼으니 이제 상황도 끝났다고 생각했다.

희생을 얼마나 치렀는지는 더 이상 중요하지 않았다.

이반은 그 자리에서 조금 더 쉬고 난 후 위병대를 돕고 지시를 내리고 주변을 정리해야겠다고 생각했다.

불현듯 포로로 잡혀 놀란 표정을 하던 이방인들의 모습이 떠올랐다. 처음부터 바실리섬 역의 발전기를 훔치지 않았더라면 그런 일도 없었을 거라는 생각을 하자 이반은 다시금 분노가 치밀었다. 동시에 마음이 착잡해졌다.

뭔가 옳지 않은 일을 했다는 죄책감도 들었다.

'아냐. 일단 아무 생각도 하지 말고 쉬어야 해. 군인은 때로 적군의 시체가 타들어 가는 냄새를 맡으며 뿌듯해한다지? 하지만 그런 말은 지상에서나 가능한 것 같다.'

이반은 미간을 찡그렸다. 눈물이 나려는 것인지 뒤늦게 긴장이 풀려서인지 목구멍이 파르르 떨렸다. 동시에 위경련도 느껴졌다. 하지만 곧 나아지리라고 생각했다. 아직 아무도 보이지 않으니 그대로 앉아 있을 작정이었다. 온몸의 근육이 뒤틀려서 다시는 펴지지 않을 것 같았다.

'그래, 이제 끝났어.'

이반은 이를 꽉 깨물며 몸을 일으키려고 했다. 하지만 물에 젖은 솜처럼 몸이 무겁고 무기력했다. 가슴속에서 들끓던 분노마저 누그러지는 것 같았다.

'분명 그들에게 기회를 주었건만……'

그때 누군가가 이반을 부르는 소리가 들렸다.

"대장님!"

이반은 어둠 속에서 잠시 호흡을 가다듬고 눈을 떴다. 얼굴이 화끈거리고 귓불이 뜨거웠다.

'제길, 감기에 걸린 건가? 안 그래도 힘든데…….'

이반은 메트로에 전염병이 돌았을 때 터널에 사람만 보이면 무조건 총으로 쏴버렸다는 얘기를 들었다. 각 역마다 외부인들을 차단하려고 했던 것이다. 전염병이 확산되면 모두 죽는 것은 시간 문제였기 때문이다. 이반은 콧방귀를 뀌며 눈을 떴다.

그의 앞에 살로하가 서 있었다.

"무슨 일인가?" 이반은 눈썹을 치켜세우며 물었다.

살로하는 발을 동동 굴렀다. 그 모습을 보니 서커스단이 떠올랐다. 기다란 막대기 두 개에 발을 올려놓고 우스꽝스럽게 걸어 다니는 어릿광대가 있었다. 서커스단은 이곳저곳을 돌아다니며 공연했다. 공 위에 서서 발을 구르던 여자, 저글링, 카드 맞추기, 마술사 등 볼거리가 많았다. 하지만 서커스단은 이미 오래전에 사라져버렸다.

'그들은 메트로를 돌아다니며 서커스를 하는 것이 유일한 일이라고 말했는데 대체 어디로 사라진 것일까? 그렇게 말했던 은발의 남자 이름이 뭐였더라? 시뇨르 안토넬리? 그래, 안톤이었다.'

그때 살로하가 치통을 앓는 환자처럼 얼굴을 찡그리며 다급한 목소리로 말했다.

"큰일났어요, 대장님. 난리 났어요."

이반은 일 초 정도 멈칫했다. 그대로 어둠 속에 앉아서 서커스단을 떠올리며 쉬고 싶었다. 공 위를 걸어 다니던 여자의 모습을 떠올리고 싶었다.

하지만 이반은 자리를 털고 일어서며 말했다.

"대체 무슨 일로 이 야단법석인지 가보자."

고요함 속에 불꽃이 일어나고, 천장까지 공이 튀어 올랐다.

붉은색 마름모가 눈에 띄었다. 이반은 한 가지 기억을 떠올렸다. 공 위에 서서 발을 구르던 여자는 붉은색 마름모 무늬가 들어간 트리코를 입고 있었다. 날씬하고 유연한 여자였다. 그렇다고 나이가 어리지는 않았다. 음악이 울려 퍼졌다. 서커스단은 노끈과 스카치테이프로 동여맨 낡은 중국산 녹음기를 들고 다녔다. 너무 낡아서 가끔 음악이 멈추고 치직거리는 소리가 들리기도 했지만 관중들은 개의치 않았다. 그때 울려 퍼지던 음악은 팀파니 소리가 두드러지는 경쾌한 곡이었다. 공을 굴리던 여자는 껑충 점프를 하여 외줄을 타기도 하고, 건장한 사내의 손바닥을 딛고 그의 어깨 위에 올라가기도 했다. 그리고 머리 뒤로 다리를 올리며 몸을 동그랗게 말기도 했다.

높은 천장과 플랫폼 바닥이 울릴 정도로 관중들의 힘찬 박수가 쏟아졌다. 서커스단이 오기 전까지 고요하던 역 안에는 경쾌한 음악과 박수 소리가 이어졌다. 공을 굴리던 여자의 이름은 엘레오노라 폰 바이스카이체였다. 긴 이름 대신 애칭인 '레라'라고 불리기도 했다. 공연이 끝난 후 이반은 잘 봤다는 인사를 하려고 그녀에게 다가갔다. 가까이에서 보니 그녀의 얼굴에는 주름살이 있었다.

이반은 그녀에게 좋은 공연이었다고 말하며 꽃을 건넸다. 물론 조화이긴 했지만 말이다. 이반은 그녀의 눈동자를 바라보았다. 검은 눈동자는 많은 일을 겪은 듯 깊어 보였다. 공연을 하느라 온 힘을 쏟아부은 그녀의 눈망울에는 피곤함과 외로움이 서렸다.

이반은 그녀와 대화를 나누었다.

당시 그녀는 서른 살이 넘었다. 그녀는 핵전쟁이 일어나기 전의 일들을 이반보다 더 많이 기억하고 있었다. 물론 그녀의 기억도 지극히 선별적이었다.

여자는 남자와 달리 사소한 것들을 더 많이 기억한다. 레라도 과거의 향기, 소리, 음악을 기억하고 있었다. 하지만 정작 이반이 궁금한 것들은 기억하지 못했다.

그녀는 파르나스 역에 대해서도 얘기했다. 그녀가 들은 바로는 그곳이 야말로 예술인들의 천국이며, 아름답고 영감이 풍부한 사람들이 모여 사는 곳이라고 했다.

젊고 아름다운 사람들.

예술감각이 뛰어나고 친절한 사람들.

평화롭고 평온한 곳.

이반은 살로하의 뒤를 쫓아가며 문득 궁금해졌다.

'그녀는 꿈꾸던 천국을 찾았을까?'

살로하의 뒤를 따라가던 중 이반은 끔찍한 광경을 보았다.

"사격 준비!"

어깨에 회색 휘장을 단 대위가 지시했다.

'멀쩡한 젊은이들이 맥없이 죽어가는구나.' 이반은 씁쓸해졌다.

탕, 탕, 탕!

총알이 쏟아지자 벽에 일렬로 서 있던 젊은이들이 쓰러졌다. 한 번에 열 개의 총이 발사되자 귀가 먹먹해졌다. 마치 전쟁이 끝나지 않은 듯 총구에서 불꽃이 일어나고 사람들이 죽어갔다.

이반이 그곳을 지나온 후에도 등 뒤로 사람들의 비명이 이어졌다. 그는 속이 울렁거렸다.

그곳뿐만 아니라 곳곳에서 동맹군이 이방인들을 심문하는 모습이 보였다.

"너는 누구 편이냐?"

이반은 그런 모습을 보며 생각했다.

'제길. 어째서 정상적인 전쟁이 피바다로 바뀐 것일까? 어째서 사람들이 이토록 광분하는 것일까? 아니, 뭐라고? 내가 지금 무슨 생각을 하는 거지? 정상적인 전쟁? 어떻게 전쟁이 정상적일 수 있지? 과연 그런 전쟁이 있을 수 있나?'

보스타니예 광장 역은 바닥과 기둥이 핏빛처럼 검붉었다. 어쩌면 메트로 건설자들은 미래를 예견했는지도 모른다. 이반은 차가운 대리석 기둥에 이마를 대고 얼굴을 찌푸렸다. 이 모든 상황이 꿈이기를 바랐다. 이반은 마음속으로 외쳤다.

'어서 잠에서 깨라! 악몽일 뿐이다! 어서!'

또 다시 고통스러운 상황이 반복되었다.

"이곳은 임시병원이다." 라고 기억 속의 중위는 말했다.

하얀 백열등 아래 침상이 줄지어 있고, 침상에는 환자들이 누워 있거나 앉아 있었다. 그들은 병실을 들어선 사람들의 눈치를 보았다. 뭔가 기대하는 듯한 표정이었다. 병실 끝에는 하얀 가운을 입은 간호사와 의사들이 몇 명 서 있었다. 그들의 가운에는 이미 붉게 피가 물들어 있었다.

중위는 침상 사이를 걸어가며 환자들을 쳐다보았다. 어떤 환자는 대충 보기도 하고, 또 어떤 환자는 뚫어져라 응시하기도 했다. 이반은 중위의 뒤를 쫓아가며 자신이 무엇을 해야 하는지 몰라서 당황스러웠다.

"환자들을 어떻게 하죠?"

갑자기 중위가 멈춰 섰다. 나이 든 의사 한 명이 그에게 다가왔다. 의사의 얼굴은 길고 각이 졌다. 의사가 중위에게 말했다.

"우리가 물을 쓸 수 있게 허락해주세요. 보시다시피 여기 환자들이 많지 않습니까?"

중위는 주위를 둘러보더니 의사를 똑바로 쳐다보며 반문했다.

"환자들?"

그러자 의사는 겁에 질려 침을 꼴깍 삼켰다. 주름진 그의 목에 튀어나온 목젖이 움직였다. 의사는 며칠째 면도를 하지 못했는지 목까지 허연 수염이 자라 있었다.

"환자들이 어디 있다는 거지? 내 눈에는 제국의 적들만 보이는데?"

의사는 온몸에서 피가 빠져나간 사람처럼 순식간에 창백해졌다.

"여기에는 아픈 사람들이 있습니다. 그들을 도와줘야 합니다. 하지만 이곳에는 물도, 약품도, 붕대도 없습니다. 저를 도와주는 간호사들은……."

"간호사들이라……." 하며 중위가 이상한 어투로 말을 가로막았다. 의사는 하려던 말을 삼켰다. 중위는 하얀 가운을 입은 간호사들을 위아래로 훑어보았다. 의사는 다시 입을 열었다.

"어떤 상황인지 모르……."

탕! 총성이 울려 퍼졌다. 중위는 태연하게 윙크를 했다. 의사의 얼굴은 접착제를 뒤집어쓴 것처럼 표정변화가 없었다. 의사는 그 자리에서 휘청거렸다. 겁에 질린 간호사들은 비명을 질렀다.

"조용!" 중위는 나지막히 말하고는 자신의 리볼버 권총을 쳐다보았다. 마치 처음 보는 듯 한참을 들여다본 후 다시 권총집에 넣었다.

의사는 쿵 하고 바닥에 쓰러졌다. 이반은 쓰러지는 의사를 멍하니 쳐다보았다. 그의 가슴팍에 뚫린 구멍에서 붉은 피가 흘러나왔다. 이반은 의사의 피가 사방을 물들이고 병원과 사람들까지 집어삼킬 것 같은 착각이 들었다. 이반의 눈에는 붉은 피만 보이고, 쿵닥쿵닥 자신의 심장이 뛰는 소리가 들렸다. 너무 놀란 나머지 무엇을 해야할지도 몰랐다. 앞으로 걸어가야 하는지 뒤로 물러서야 하는지조차 판단할 수 없었다.

'대체 무슨 일이 일어나고 있는 걸까? 이건 현실이 아닐 거야. 분명 악몽을 꾸고 있는 거야.'

이반은 고개를 들었다. 중위는 모래 위를 기어다니는 사막의 보아뱀처럼 차가운 눈빛으로 간호사들을 쳐다보았다.

하얀 백열등 아래 정적이 흘렀다.

잠시 후 중위가 말했다.

"전부 죽여."

그러고는 소름 끼치도록 씨익 웃으며 간호사들을 쳐다보았다.

"아가씨들, 내가 사과라도 해야 하나?"

탕! 또 다시 총성이 울렸다. 바닥에 쓰러져 있던 의사의 시체가 들썩거렸다. 이반은 한 발자국 움직였다. 그때 또 다시 의사의 시체가 들썩거렸다. 의사는 휘둥그레진 눈을 감지도 못한 채 죽어 있었다. 그의 충혈된 회색 눈동자에는 억울함이 서렸다.

중위는 리볼버 권총을 든 손을 다시 들어올렸다.

"자, 아가씨들 차례인가?"

그 뒤로 간호사들의 비명소리가 이어졌다.

이반은 끔찍한 기억을 떨쳐내려고 고개를 세차게 흔들었다. 아주 오래전 일이었다. 이반은 그것이 실제로 일어나지 않은 일이라고 믿고 싶었다. 하지만 안타깝게도 그건 실제 상황이었다.

비건제국이 알렉산드르 넵스키 광장 역을 점령한 뒤 대학살이 시작되었다. 당시 열일곱 살이던 이반은 비건제국 군대에서 3개월간 용병으로 일했다. 바로 그때 병원에서의 학살이 벌어졌다.

이반은 다음날 밤 중위의 목을 베고 비건제국에서 탈출했다.

초록색 군복을 입은 비건제국 군인들은 이반을 뒤쫓았다. 터널과 환풍구를 따라 추격전이 벌어졌고, 어둠 속에서 총성이 울렸다. 결국 이반은 지상으로 도망쳤다. 비건제국 군인들은 더 이상 쫓아오지 않았다. 굳이 위험을 감수하고 싶지 않았던 것이다. 하지만 도망칠 곳이 없는 이반으로서는 유일한 출구였다. 비건제국에 끌려가 노예가 되거나 머리에 환각버섯을 넣고 다니느니 차라리 지상에서 위험을 감수하는 편이 낫다고 생각했다.

'살인자들!'

이반은 이를 악다물었다. 그 일이 있은 후 이반은 비건제국에서 가장 멀리 떨어진 바실리섬 역으로 도망쳤다.

그런데 바로 이곳에서 과거의 악몽이 되풀이되고 있었다.

"이반!"

살로하가 이반을 다그치듯 불렀다. 이반은 뒤돌아보았다. 살로하의 얼굴은 성 이삭 성당의 둥근 지붕에 쌓인 하얀 눈처럼 창백했다.

"저쪽에서 예고르가……."

이반은 심상치 않은 일이 벌어지고 있음을 직감했다.

믿을 수 없는 상황이 벌어지고 있었다.

"발전기 어디 있어?"

예고르가 눈을 희번덕거리며 수술용 메스로 이방인을 위협하고 있었다. 이방인은 힘없이 예고르를 쳐다보았다.

'돌대가리! 건드리기만 해봐!' 이반은 있는 힘껏 달려갔다. 가는 도중에 해군 역 군인이 이반과 부딪혀 바닥에 넘어졌다. 그러자 그는 발끈하며 이반의 옷자락을 잡아당겼다. 하지만 이반은 팔꿈치로 그의 턱을 쳐서 밀쳐냈다. 그러자 해군 역 군인이 바닥에 쓰러졌다. 이반은 미안한 생각도 들었지만 멈춰 서서 사과할 겨를이 없었다.

"무슨 발전기?" 겁에 질린 이방인이 물었다.

"셋까지 세겠다. 하나, 둘……."

"미친 페테르부르그 놈들!"

퍽! 으드득. 뼈가 부서지는 소리가 들렸다.

"오답이야." 하며 예고르는 그 자리에서 즉사한 이방인의 목에 꽂힌 메스를 잡아 뽑았다. 그러자 피가 솟구쳤다. 예고르의 얼굴과 옷에 붉은 피가 튀었다.

"자, 다음 환자!"

"멈춰!"

이반은 작열하는 백열전구의 필라멘트처럼 미쳐 날뛰는 예고르를 떠밀었다. 예고르의 표정이 굳어졌다. 그는 비틀거리며 벽 쪽으로 물러났다.

이반은 예고르가 쥐고 있던 메스를 빼앗아 바닥에 내동댕이쳤다. 딸그락. 이반은 분노로 손을 바들바들 떨었다. 결국 참지 못하고 주먹을 휘두르자 예고르는 등을 벽에 부딪히며 나가떨어졌다. 예고르는 바닥을 기었다. 이반은 다시 예고르의 멱살을 쥐고 들어올렸다.

"미친 놈! 무슨 짓을 저지른 거야?"

갑자기 예고르가 낄낄거리기 시작했다. 그는 피가 흐르는 입술 사이로 썩은 이빨을 드러내며 웃었다.

"대장, 아무 일도 아니에요. 그저 포로들을 심문하고 있었을 뿐입니다."

이반은 예고르를 바싹 잡아당기고 눈을 부라렸다.

"흠씬 두들겨 맞아야 정신을 차릴 건가?"

이반은 다시 벽에 예고르를 떠밀었다. 그는 실성한 사람처럼 여전히 낄낄거리며 말했다.

"대장, 왜 그렇게 화를 내요?"

이반은 예고르의 허리에서 마카로프 권총을 꺼내 방아쇠를 잡았다. 이반은 총구로 예고르의 이마를 짓눌렀다. 하도 세게 눌러서 총구로 누른 곳 주변의 피가 통하지 않아 하얗게 변해버렸다.

"이제야 이해가 되나? 총알 맛을 봐야 이해하겠나?"

"아닙니다." 예고르는 이반을 보며 키득거리더니 다시 말을 이었다.

"이해 안 될 게 뭐 있나요? 대장은 처음부터 굴러온 돌이었고, 앞으로도 영원히 그럴 겁니다. 우리 역의 발전기 따위에는 관심도 없죠? 안 그런가요? 그깟 발전기를 찾지 못한다고 해서 대장에게 문제될 게 없으니까요."

퍽! 이반은 마카로프 권총을 비스듬히 기울여 예고르의 관자놀이를 내리쳤다. 그러자 예고르는 주르륵 벽면을 따라 맥없이 미끄러졌다.

"왜 멍하니 보고만 있어?"

이반은 보초병을 돌아보며 소리쳤다.

"어서 포로들을 초소 너머로 데리고 가. 거기서 놓아주란 말이다. 알겠나? 머리카락 한 올도 건드리지 마라. 내가 직접 확인할 테니. 알겠나?"

"네, 알겠습니다!"

보초병은 성 이삭 성당의 둥근 지붕만큼이나 눈을 휘둥그렇게 뜨고 대답했다. 그때 플랫폼에서 여자의 비명소리가 들리고 곧이어 샤킬로프의 고함소리가 이어졌다.

이반은 고개를 저으며 생각했다.

'오늘 일진이 왜 이렇게 사나워?'

그는 살로하를 돌아보며 말했다.

"살로하, 나를 따라와."

폭발이 일어난 후 공기 중에는 산소가 희박하다.

누군가는 숨을 헐떡이기 마련이다.

평소의 공기와는 확연히 다르다.

"해군 역 사람들을 말려." 하고 이반이 경고했다. 그는 살로하와 샤킬로프의 가운데에 섰다. 이반은 미하일을 플랫폼으로 데려오지 않은 것이 다행이라고 생각했다. 결국 편을 갈라 싸우는 꼴이 되어버렸다.

"넌 누구냐?" 하고 해군 역 군인이 물었다. 그의 어깨에도 회색 휘장이 붙어 있었다. 그들의 트레이드 마크가 된 것이다. 이반은 얼굴을 찌푸렸다.

"나는 디거다."

"한판 붙고 싶나?"

"어디 한번 덤벼보시지."

해군 역 군인은 이빨을 드러내며 으르렁거렸다. 그의 부하들은 이반이 나타나자 붙잡고 있던 여자를 놓아주었다. 여자는 얼른 물러나서 상황을 지켜보았다. 그녀는 약간 넋이 나가 보였다.

이반은 해군 역 군인에게 소리쳤다.

"정신 바짝 차려야 할 거다. 그렇지 않으면 너를 내동댕이칠 테니까. 네 동료들에게 본보기를 보여주겠다. 알겠나?"

해군 역 군인들이 웅성거렸다.

해군 역 사람들의 수가 훨씬 많아서 이반에게 불리했다. 해군 역 군인들, 정확히 말하자면 여자를 희롱하려고 한 야만인들은 다섯 명이었지만 이반 쪽은 겨우 세 명이었다. 해군 역 군인이 야비하게 웃었다.

3 대 5의 싸움이었다. 이반은 한숨을 쉬었다. 하지만 디거들은 이보다 더 불리한 상황에서도 굴하지 않는 법이다.

해군 역 군인들은 순식간에 무기를 집어 들었다. 비겁한 놈들이었다.

이반은 그들을 보며 코웃음을 쳤다.

"이 총을 보고도 혀를 놀릴 셈인가?"하며 그들 중 가장 계급이 높은 군인이 말했다.

"내가 제일 좋아하는 막대사탕이 있는데, 하나 줄까?" 이반은 상대방을 조롱하듯 쳐다보았다. 해군 역 군인은 퉁퉁하게 살이 찌고, 한쪽 뺨에는 커다란 사마귀가 있었으며 덥수룩하게 턱수염이 자랐다.

"무슨 헛소리야?"

그 순간 이반이 먼저 주먹을 날렸다. 상대방은 단번에 나가떨어졌다. 그는 머리가 핑 도는지 고개를 좌우로 흔들었다. 이반은 넘어진 해군 역 군인을 방패 삼아 그의 손에서 권총을 빼앗아 안전장치를 풀었다. 이반은 다시 두 손으로 총을 들고 해군 역 군인들을 겨냥했다.

마치 결투 장면을 보는 것 같았다.

침묵이 흘렀다. 일곱 개의 총이 서로를 겨냥하고 있었다.

갑자기 해군 역 군인들이 고함을 질렀다. 넵스키 대로 역 사람들도 이에 질세라 고함을 질렀다. 점점 분위기가 험악해지고, 자칫하면 피바다가 될 상황이었다.

이반은 예전에도 그런 순간을 겪어보았다.

이반은 천장을 향해 총을 겨냥하며 소리쳤다.

"진정해! 다들 진정하라고! 당장 무기를 버려!"

일촉즉발의 순간이었다. 싸움의 원인이 되었던 여자는 마치 자기와 상관없는 일을 보듯 태연한 표정이었다. 그녀를 희롱하려고 한 일도, 그런 그녀를 구해준 일도 모두 잊은 모양이었다.

"조용!" 이반이 소리를 질렀다.

"넌 대체 누구냐?" 하고 깡마른 민머리 군인이 물었다. 그때 다른 군인이 그의 귀에 뭔가를 속닥거렸다.

"뭐? 정말이야? 메르쿨로프? 이런! 다들 그만 둬." 하며 그는 놀라는 표정을 지었다. 또 다른 해군 역 군인도 그에게 뭐라고 속삭였다. 뭐라고 말하는지 알 수는 없었지만 이번에도 군인은 놀라워했다.

"사조노프와 같은 부대라고?"

이반은 처음부터 이렇게 대화로 풀었으면 좋았을 거라고 생각했다.

샤킬로프가 대신 대답했다.

"그렇다. 사조노프와 같은 부대다."

하지만 샤킬로프는 앞니가 빠져서, 그의 말은 '내가 사조노프다.'처럼 들렸다. 그러자 해군 역 군인이 의아하다는 듯 말했다.

"네가 사조노프라고? 확실해? 내가 듣기에 사조노프는 너처럼 뚱뚱하지 않다던데?"

그러자 샤킬로프가 발끈하며 말했다.

"더 이상 말할 필요도 없군. 너는 지금 내 심기를 건드렸어!"

그때부터 양쪽 군인들은 마구잡이로 주먹을 휘두르며 싸웠다. 이반은 다시 옆구리가 아팠다. 하필이면 해군 역 군인들은 그의 상처 주변을 때렸다. 마침내 싸움이 끝나고 해군 역 군인들은 기어가다시피 하며 돌아갔다.

이반은 겨우 자리에서 일어나 찢어진 윗입술을 혓바닥으로 어루만져보았다. 다행히 입술은 제자리에 있었다. 싸움은 결국 해군 역 겁쟁이들의 패배로 끝났다.

탕!

갑자기 총성이 울리고 샤킬로프가 맥없이 바닥에 쓰러졌다. 순식간에 그의 얼굴이 창백해졌다.

"샤킬로프!"

이반은 샤킬로프에게 달려갔다. 어느새 피가 흥건하게 흘렀다.

"괜찮아. 좀 자고 나면 괜찮을 거야."

이반은 고개를 들어 플랫폼을 둘러보았다. 해군 역 군인들이 뚱뚱한 동료를 질질 끌고 가고 있었다.

희롱당할 뻔했던 여자도 온데간데 없었다. 이반은 부르르 떨며 소리쳤다.

"살로하! 의사를 데려와! 어서!"

메모프 장군은 보스타니예 광장 역 끝자락에 있는 작은 방에 임시지휘소를 마련했다. 그곳도 습격을 받았던 곳이라 엉망이긴 했다. 한쪽 구석에 반으로 쪼개진 책상이 있고, 기운 책상 위에는 서류들이 널브러져 있었다. 그리고 나무 의자 하나가 덩그러니 놓여 있었다. 벽에는 메트로 노선도가 붙어 있었다. 노선도에는 여러 색의 압정들이 박혀 있었다. 이반은 눈을 가늘게 뜨고 자세히 보았다. 초록색 라인에는 알렉산드르 넵스키 광장 역부터 오부호보 역까지 초록색 압정이 박혀 있었다. 그곳은 비건제국의 영

역이었다. 오부호보 다음 역인 르바츠코예 역에는 검정색 압정이 박혀 있었다. 지상에 건설된 옥외 역이라 그곳에는 아무도 살지 않기 때문이었다. 물론 '전혀 다른 생명체'가 살지도 모르지만 말이다.

마야코프 역과 보스타니예 광장 역에는 회색 압정이 박혀 있었다. 바실리섬 역도 마찬가지였다.

이반은 그것이 세력 확장을 의미한다는 생각이 들었다.

"총살을 멈추라고 지시해 주세요." 하고 이반이 말했다.

"이미 끝났을 거야. 죄를 진 놈들은 이미 처단했으니까. 그나저나 자네역의 발전기는 찾았나?"

메모프 장군은 이반을 정면으로 바라보았다.

"아니요. 아직 찾고 있습니다. 도와주신다면 더 빨리 찾을 수 있을 겁니다."

메모프 장군은 고개를 끄덕였다.

"알겠네. 발전기를 같이 찾을 사람들을 보내주겠네."

이반은 손바닥으로 얼굴을 문질렀다. 피곤이 밀려들었다. 대체 어디에 발전기를 숨긴 것인지 도무지 감이 잡히지 않았다. 이반은 부서진 책상을 지나 유일하게 남겨진 의자에 털썩 앉았다. 메모프 장군 앞이었지만 예의를 차릴 기운조차 남아 있지 않았다. 의자에서 삐거덕거리는 소리가 났다. 이반은 잠시 눈을 감았다. 쪼르륵. 이반은 다시 눈을 떴다. 메모프 장군이 코냑을 따르고 있었다.

장군은 이반에게 스테인리스 컵을 내밀었다.

"한잔 들이켜고 돌아가서 쉬게. 안색이 아주 안 좋아. 발전기는 찾을 수 있을 걸세. 최선을 다해보도록 하겠네. 자, 승리를 자축하며 건배!"

두 사람은 잔을 마주쳤다.

이반은 식도가 뜨끈해지는 것을 느꼈다. 따뜻한 기운이 퍼지면서 온몸이 나른해졌다. 한 번 더 힘을 내서 살아갈 의욕이 생기는 것 같았다.

이반은 고개를 들어 밝은 표정으로 장군에게 말했다.

"작전이 성공했다는 것이 믿기지 않아요. 성공한 것 맞죠? 그렇죠?"

장군은 잠시 머뭇거리다가 대답했다.

"솔직히 말하자면, 완전한 성공은 아니지."

"뭐라고요?"

"정말 자네의 계획이 유일했다고 생각하나?"

이반은 몸에 얼음물을 끼얹은 기분이었다.

"하지만……."

"자네가 생각해낸 환각제 공격은 이방인들의 시선을 끌기 위한 작전일 뿐이었네. 그 시각 본대는 체르니쉐프스카야 역과 블라디미르 역에서 공격했어. 후방공격이지. 그 작전은 이미 일주일 전부터 준비하고 있었지. 하지만 문제는 어떻게 이방인들의 시선을 다른 곳으로 돌리느냐 하는 것이었네. 마침 그때 자네가 환각제 공격을 제안한 거야. 정말 기발한 생각이었어.

첫 번째 분견대는 애석하게도 입구에서 진압당했지. 두 번째 분견대는 환풍기를 통해 잠입을 시도했지만 마찬가지로 이방인들이 먼저 눈치를 챘어. 그런데 이미 디거 한 명이 환풍기를 타고 역으로 들어간 뒤였네. 다른 동료들이 그를 구하려고 나섰다가 결국 모두 전멸했지. 다들 죽기 전에 수류탄을 터뜨리긴 했지만 말이야.

마침내 세 번째 분견대가 성공적으로 잠입했어. 그때 자네의 환각제 공격이 시작되면서 세 번째 분견대에게 길을 열어준 거야."

이반은 아무 대답도 하지 않았다. 물론 모든 계획이 극비리에 진행된다는 것은 알고 있었지만 왠지 착잡한 기분이 들었다.

"그 작전은 누구의 생각이었나요?"

"자네도 아는 사람일세. 크미치츠 대위였어."

이반은 눈썹을 치켜세우며 쏘아붙이듯 말했다.

"훌륭한 부하를 두셨네요. 게다가 오를로프 보안국장도 거느리고 계시니 든든하시겠습니다. 크미치츠를 찾아서 축하라도 해줘야겠네요."

"아니, 그럴 수 없네."

"그들은 지금 어디에 있죠? 혹시 죽었나요?"

"이방인들을 공격하다가 의도치 않게 아군의 공격을 받아 전사했지. 크미치츠가 직접 세 번째 분견대를 이끌었거든."

이반은 그제서야 상황을 이해했다.

"혹시 검정색 상의를 입고 있었나요?"

"그렇네."

"사실은 '메르쿨로프 플랜'이 아니라 '크미치츠 플랜'이었군요."

"사실은 그렇지. 하지만 사람들은 이번 작전을 자네의 성을 딴 '메르쿨로프 플랜'으로 기억할 걸세. 어쨌든 이반, 기뻐하게. 승자는 비난받지 않는 법이지."

이반은 대답하지 않았다.

'기뻐하라고? 너무 좋아서 구역질이 날 지경이다!'

"더 이상 여기 못 있겠네! 이반, 무슨 말인지 알겠나?"

바쟈닉 교수는 비밀 화학실험실로 썼던 배수펌프장 안을 뛰어다니며 초조한 기색을 감추지 못했다. 책상 위에 놓인 카바이드 랜턴 불빛 때문인지 바쟈닉 교수의 표정은 비통해 보였다.

먼 옛날 연구자들이 어느 날 아침 일어나보니 우연히 핵폭탄을 만들었다는 얘기가 생각났다.

"내 심정을 알겠나?" 교수는 애처로운 표정을 지었다.

이반은 고개를 끄덕였다.

바쟈닉 교수는 뒤돌아서더니 방을 나갔다. 그의 뒷모습은 지치고 무기력해 보였다.

이반은 순간 섬뜩한 생각이 들었다.

"미하일!"

방 안에 앉아 뭔가를 먹고 있던 미하일이 얼른 뛰어왔다.

"네, 대장님!"

"어서 교수님을 따라가. 그렇지 않으면 또 한 명의 희생자가 생길 것 같아. 그가 고스쩐느이 드보르 역까지 무사히 들어가는 것을 확인한 후에 다시 돌아와. 가는 길에 샛길로 빠지지 말고. 특히 교수님은 그런 걸 싫어하시거든. 내 말 명심해. 혹시라도 자네와 교수님이 쿠프치노 역의 공산주의자들에게 붙잡히기라도 하면 골치 아프니까. 알겠나?"

미하일은 씨익 웃어 보였다. 이반의 말뜻을 제대로 이해한 듯 했다. 이반은 미하일이 좀 더 자라면 디거로 훈련시켜도 좋을 것 같다고 생각했다.

"네, 대장님!"

이반은 마지막으로 화학실험실을 둘러본 후 터널로 나갔다. 서둘러 발전기를 찾아야 했다.

"이반!"

누군가가 기둥 뒤에서 그를 불렀다.

이반은 잘 보이지 않아 눈을 찡그렸다. 그는 만약을 대비해 총자루를 쥐

었다. 예고르에게서 빼앗은 마카로프 총이었다. 역시 마카로프 총은 꽤 쓸
만했다.

"누구야? 어서 나와!"

그러자 상대방은 순순히 기둥 뒤에서 나왔다. 그는 땅딸막한 보리스였
다. 바실리섬 역의 기니피그와 같은 이름의 보리스. 자칭 평화주의자라던
보리스.

"잘 있었나, 이반? 할 말이 있어."

왠지 그의 눈빛이 불안해 보였지만 이반은 크게 신경 쓰지 않았다.

이반은 한숨을 쉬며 마카로프 총을 다시 권총집에 넣었다.

"또 폭정의 현장을 목격한 건가?"

이반은 지친 목소리로 말했다. 지난 이틀 동안 이반이야말로 폭정이 무
엇인가를 똑똑히 지켜보았기 때문이다. 이제는 진저리가 날 정도였다.

"뭐라고? 아, 아니, 아니네. 아, 맞네……."

이반은 보리스가 어쩔 줄 몰라 하자 답답했다.

"아니라는 건가, 맞다는 건가?"

"그게 말이야, 설명하려면 너무 복잡해. 일단 나와 같이 가세. 아주 중요
한 일이야."

"아주 중요한 일이라니? 됐네. 난 집에 갈 거야."

이반은 아무 데도 가고 싶지 않았다. 당장 짐을 싸서 조용히 집으로 돌
아가고 싶었다.

"아니야, 아주 많이 중요한 일이라니까."

이반은 보리스를 쳐다보았다. 그가 처음 쿨라긴에게 따져 물을 때처럼
확고한 의지가 느껴졌다.

"이반, 꼭 나와 함께 가야 하네. 반드시 자네가 같이 가야 해. 다른 누구

도 아닌 자네가 말일세."

"그렇다면 할 수 없지. 그런데 대체 어딜 가자는 거야?"

두 사람은 터널, 지하도, 배수관, 연결통로를 지나갔다.

이반은 새삼 메트로 안이 참 복잡하다는 생각이 들었다.

그때 어둠 속에서 뭔가가 반짝거리더니 누군가의 실루엣이 보였다.

"양손을 뒤통수로 올려."

이반은 한숨을 쉬고 보리스를 쳐다보며 말했다.

"자네가 말한 중요한 일이라는 게 이건가? 고맙네, 친구."

이반은 천천히 손을 올렸다. 보리스를 믿고 따라온 것이 후회스러웠다. 하지만 지금이라도 낯선 남자의 다리를 걸고 넘어뜨리면 도망칠 수 있다는 생각이 들었다.

"쓸데없는 생각하지 말게. 도망칠 수 없을 거야."

이반은 상대방이 자신의 생각을 알아차리자 흠칫 놀랐다.

그때 보리스가 당황한 목소리로 말했다.

"분명 약속했잖아요! 그를 위협하거나 곤경에 빠뜨리지 않겠다면서요?"

총을 든 상대방이 마침내 모습을 드러냈다. 어디선가 본 듯한 얼굴이었다. 잘생긴 편이고, 눈은 약간 사시이며, 짧게 자른 머리카락은 검은색이었다. 그리고 뺨에는 긁힌 흉터가 있었다. 그는 회색 상의에 벨트를 둘렀으며 가슴팍에는 하얀 팔각별이 그려진 비상대책부 견장이 달려 있었다.

'빌어먹을! 그냥 집으로 갔어야 했는데……'

"그래, 보리스. 그렇게 약속했지." 하며 그는 눈을 깜빡이더니 이반에게 말했다.

"손을 올린 상태에서 어깨 너비로 다리를 벌려. 어서!"

그러자 순식간에 그의 주변으로 사람들이 모여들었다. 먼저 배수관에서 AK-103 소총을 든 소년이 나왔고, 그 뒤로 총신이 짧은 총을 든 노인이 나왔다. 그리고 또 한 명의 건장한 남자가 튀어나왔다. 그들은 이반의 몸을 샅샅이 뒤졌다. 남자의 중요한 그곳까지도 뒤져보았다.

"아무것도 없습니다, 라밀!" 하고 마지막으로 튀어나왔던 장정이 말했다. 그러자 사시 눈을 한 남자가 고개를 끄덕였다. 그제서야 이반은 그를 알아보았다.

그는 아흐멧 왕의 보안경호국장, 라밀 카단가리예프였다.

"나를 따라오게." 라밀은 예의를 갖추는 척하더니 이내 이반의 눈을 안대로 가렸다. 이반은 너무 빨리 걷지는 말라고 당부하려다가 그만두었다. 사실 이반은 이미 익숙한 길이라 눈을 감고도 갈 수 있었다.

라밀은 몇 개의 모퉁이를 지나서야 이반의 안대를 풀었다. 그곳에는 환하게 불이 켜져 있었다. 그곳은 예전에 메트로 건설자들이 창고로 쓰던 곳이었다. 보아하니 이방인들이 임시주둔지로 삼은 모양이었다.

방 안에는 키가 작지만 잘생긴 남자가 이반을 쳐다보고 있었다. 전등불에 그의 눈동자가 반짝거렸다. 그는 가죽코트를 입고 있었으며, 그의 앞 테이블 위에는 권총이 놓여 있었다. 마카로프 총보다 훨씬 좋은 것이었다. 유심히 보니 글록 권총 같았다.

"위대한 아흐멧 2세님." 하고 라밀이 공손하게 말했다.

그러자 그 남자는 고개를 끄덕였다. 이반은 곁눈질로 누군가가 그의 옆을 지나가는 것을 보았다. 얼핏 보아 젊은 여자인 것 같았다. 그 여자는 아흐멧의 뒤쪽으로 다가섰다. 그녀의 뒷모습은 늘씬했다.

마침내 그녀가 뒤돌아섰을 때 이반은 깜짝 놀랐다.

"이 사람이에요. '메르쿨로프 플랜'을 제안한 사람이기도 하고, 보스타니예 광장 역에서 나를 구해준 사람이기도 하죠. 어째서 이 사람을 죽이려는 거죠?"

"이 사람이 너를 구해줬다고? 정말이야?"

"맞아요. 아무 조건 없이 구해줬어요."

아흐멧 2세는 고개를 끄덕였다.

"그렇군. 그런데 이 사람을 죽이면 안 되는 이유라도 있니? 한 가지 이유라도 말해보렴."

"저를 구해준 것에 대한 감사의 표시죠."

"전쟁에서 감사의 표시라니?" 아흐멧 2세는 눈썹을 치켜세웠다.

이반은 그가 타타르인이라고 들었지만 실제로 보니 이탈리아인을 더 닮은 것 같았다. 아흐멧 2세가 다시 말을 이었다.

"전쟁터에서는 네 목숨을 구해준 사람일지라도 필요하다면 그 사람의 손톱 밑을 바늘로 찌르고 망치로 무릎을 부숴야 하는 거야. 그게 바로 전쟁의 법칙이지."

이반은 잠자코 두 사람의 대화를 들었다.

그때 보리스가 끼어들었다.

"저는 반대입니다! 절대로 이 사람을 죽이면 안돼요!"

그러자 아흐멧 2세가 얼굴을 찌푸리며 말했다.

"되고 말고는 오직 나만이 결정할 수 있어. 라밀, 이놈은 위험한 자인가?"

"네." 라밀은 냉정하게 대답했다.

"이제 알겠나? 선택의 여지가 없어." 라고 아흐멧은 여자에게 말했다.

이반이 마침내 입을 열었다.

"복수를 위해 나를 죽이는 건 당신의 선택입니다만, 한 가지 궁금한 것이 있습니다. 왜 굳이 나를 이곳으로 부른 거요? 혹시 항복하고 싶어서 부른 거라면 번지수를 잘못 찾았군요. 저는 그럴 권한이 없거든요. 그래도 정 원하신다면 당신의 항복을 받아들이죠."

순간 정적이 흘렀다.

아흐멧 2세는 눈을 동그랗게 뜨고 이반을 쳐다보았다. 라밀은 자신도 모르게 피식 웃었다.

"자네 아주 뻔뻔스럽군. 존경스러울 정도야. 차 한잔 하겠나?"

이반은 일단 목숨을 건진 것 같아서 마음이 놓였다.

이반은 이제 살았다고 생각했다.

"어째서 다들 안달인 거야? 안타깝군! 독재라고? 뭐? 그래, 우리 제국은 독재주의고 풍습도 다소 야만적이지. 그렇다고 해서 우리 역을 함부로 점령해도 된다고 생각하나? 그런 자네들은 얼마나 민주적인가?"

아흐멧 2세는 이반을 쳐다보며 대답을 기다렸다. 이반은 잠시 침묵하다가 어깨를 으쓱했다.

"대답을 듣고 싶었다면 상대를 잘못 골랐군요. 나는 당신들의 민주주의니, 독재주의니 하는 것들에는 관심도 없습니다. 난 그저 집으로 돌아가고 싶을 뿐입니다."

잠시 정적이 흐른 후 아흐멧이 말했다.

"나 또한 집으로 가고 싶네. 하지만 내 집을 점령군들이 빼앗았네. 부랑자들처럼 갑자기 들이닥쳤지. 평화협정을 깨고 환각제 공격까지 감행했어."

이반은 이를 악다물고 듣다가 더 이상 참지 못하고 소리쳤다.

"당신들이 우리 역의 발전기를 훔쳤기 때문이오!"

"뭐라고?"

아흐멧 2세는 놀란 표정으로 눈썹을 치켜세웠다. 그는 마치 맹수처럼 강한 기운을 품고 있으면서도 우아해 보였다. 게다가 호남형이었다. 하지만 어딘지 모르게 초조해 보였다.

"발전기라니? 이 사람이 무슨 말을 하는 건가?" 하며 아흐멧이 라밀을 쳐다보았다.

라밀은 자신도 모르겠다는 듯 어깨를 들썩였다.

"관두죠. 당신들의 거짓말은 신물이 나니까." 하고 이반은 딱 잘라 말했다.

"말 조심해." 라밀이 조용히 경고했다.

이반은 곧 얻어맞을 거라고 생각했다. 하지만 라밀은 마치 춤을 추듯 천천히 다가왔다. 이반은 그에 대해 들었던 얘기가 떠올랐다. 라밀은 이반이 허리춤에 차고 있던 마카로프 총을 빼앗았다.

"그건 왜? 나를 쏘려고? 마음대로 해." 이반은 코웃음을 쳤다.

그때 아흐멧의 옆에 있던 여자가 말했다.

"저 사람에게 설명해줘요."

"무엇을?" 하고 이반이 물었다.

그 순간 이반은 뭔가 숨겨진 내막이 있음을 직감했다. 온몸에 소름이 끼쳤다.

아흐멧 2세는 씨익 웃었다. 메트로에 사는 사람답지 않게 새하얗고 고른 치아가 드러났다.

"우리는 자네 역의 발전기를 훔치지 않았네."

"아, 그러세요?" 하며 이반이 비아냥거렸다.

"난 진실을 말하는 걸세. 우리는 발전기에 대해서 들어본 적도 없네. 자네도 잘 알다시피 우리 역은 중심역이라 전기 공급에 전혀 문제가 없네.

그런데 뭐하러 자네 역의 발전기를 훔쳤겠는가?"

그의 말대로 메트로에서는 유일하게 세 군데, 즉 레닌대로 역과 사도바야 역·센나야광장 역·스파스카야 역의 환승구간, 마야코프 역과 보스타니예 광장 역의 환승구간에서만 눈부시게 밝은 조명을 밝히고 있었다.

"전기 공급에 문제가 생겼다고 들었는데요?" 하고 이반이 물었다.

"문제? 동맹군이 습격한 것 외에 어떤 문제가 있겠나?" 아흐멧이 수려한 눈썹을 치켜세웠다.

이반은 이를 악다물었다. 차라리 아흐멧의 말이 거짓이기를 간절히 바랐다.

"사실 동맹군의 습격이 있기 전에 사절단이 나를 찾아와서 평화, 우호, 협력을 위해 동맹을 맺자고 제안하더군. 아주 거창하지? 누가 보낸 사절단인지 혹시 아나?"

"누구인가요?"

이반은 아흐멧에게 물어보면서도 그의 말을 믿지 않으려고 애썼다. 하지만 아흐멧이 그런 거짓말을 해서 얻을 게 없다는 생각이 들었다.

"오를로프라는 이름을 들어봤나?" 하고 아흐멧이 말했다.

그 순간 이반은 하늘이 무너지는 것 같았다. 아흐멧은 계속 말을 이었다.

"나는 그 제안을 거절했네. 그런 거창한 제안도 실상을 들여다보면 속이 구리거든. 프리모르스크 동맹을 확장하려는 거겠지. 우리가 그 장단에 놀아날 이유는 없어. 안 그런가? 어째서 아무 말도 하지 않나?"

"잠시 고민 중입니다." 하고 이반이 대답했다.

"현명하군. 잘 생각해보게. 고민해서 나쁠 것은 없으니까. 뇌 혈액순환에도 도움이 된다네. 분명히 말해두건대, 나는 비건제국에서 비슷한 제안을 했을 때도 거절했네. 제안은 고맙지만 사양하겠다고 정중히 거절했지."

"그들도 평화, 우호, 협력을 운운하던가요?"

"어떻게 알았나? 하지만 이런 상황이 되고 보니 비건제국의 제안을 받아들이지 않은 것이 후회스럽네." 하며 아흐멧은 이반을 천천히 쳐다보았다. 그의 눈매에는 어딘지 동양적인 느낌이 있었다.

그는 태연하게 말을 덧붙였다.

"이제 모든 상황을 이해했네. 그러니 이제 자네는 죽어줘야겠어."

"안돼요!" 하고 보리스가 소리치자 아흐멧이 이맛살을 찌푸렸다. 보리스는 더 이상 아무 말도 못하고 입을 다물었다.

이반은 그런 보리스를 보며 어이가 없었다.

"라밀!" 아흐멧은 지시를 내리려는 듯 라밀을 불렀다.

이반은 이제 모든 것이 끝났다고 생각했다.

'더 이상의 요행은 없는 건가⋯⋯.'

그때 아흐멧의 옆에 있던 여자가 그에게 뭔가 속삭이려는 듯 고개를 숙였다. 그녀의 길고 검은 머리카락이 폭포수처럼 아흐멧의 어깨로 흘러내렸다. 아름다운 모습이었다.

이반은 이런 순간에도 아름다운 여자에게 시선을 뺏기는 자신이 한심했다.

그 순간 여자가 순식간에 권총을 빼 들어 아흐멧의 관자놀이를 겨냥하며 말했다.

"저 사람을 놓아줘요."

"지금 제정신이야?" 아흐멧은 그녀를 뿌리치려고 했지만 그녀는 더욱 강하게 총구를 들이밀었다.

이반은 그녀가 첫인상과 달리 강인한 모습을 보이자 사뭇 놀랐다.

"이런 천한 행동을 하다니!"

그러자 여자가 고개를 저으며 말했다.

"아뇨. 오히려 아주 고상한 행동이죠."

그녀는 아름다운 눈동자로 다시 이반을 쳐다보며 말했다.

"왕의 말은 사실이에요. 우리는 당신 역의 발전기를 훔치지 않았어요. 그러기에는 왕이 너무 소심하고 비굴하거든요. 하지만 왕의 말은 사실입니다. 자, 어서 가세요."

이반은 자리에서 일어섰다. 라밀은 무표정하게 이반을 쳐다보았다. 아흐멧은 이를 갈며 소리쳤다.

"도망치게 내버려두면 안돼! 죄값을 치르게 해야만 해!"

그러자 여자가 조용히 말했다.

"굳이 그렇게 하지 않아도 저 사람은 이미 충분히 괴로워요. 저 표정을 보고도 모르겠어요?"

그때 이반이 여자에게 물었다.

"이름이 뭐죠?"

여자는 잠시 머뭇거리다가 대답했다.

"일류자."

"일류자, 당신은 무척 아름답습니다." 라고 말하며 이반은 뒤돌아섰다.

라밀은 그에게 마카로프 총을 내밀었다. 탄창이 비어 있을 거라는 짐작과 달리, 총알은 그대로 있었다.

"아흐멧 1세는 진정한 통치자였지. 강력하고, 엄하고, 현명하고, 정의로운 왕이었어. 그에 비하면 지금의 왕은 너무 나약해."

이반은 총을 받아 들었다. 그 순간 라밀이 있는 힘껏 이반의 무릎을 걸어찼다. 이반은 너무 아파서 눈물이 찔끔 날 지경이었다.

"하지만 좋든 싫든 그는 나의 왕이야." 하고 라밀이 말했다.

이반은 이를 꽉 깨물었다. 신음조차 할 수 없을 정도로 아팠다. 네바강, 핀란드만, 메트로, 아니, 페테르부르그 도시 전체가 그를 덮친 듯 엄청난 통증이 밀려왔다.

"잘 가게, 메르쿨로프. 다시는 만나지 않길 바라네. 다음에 또 만나면 자네를 죽여야 할 테니까."

"그래, 빌어먹을!" 하고 이반이 무릎을 부여잡고 말했다.

그러자 라밀이 피식 웃으며 마지막으로 말했다.

"자네에게 돌려준 마카로프 총에는 총알이 들어 있어. 쏘고 싶으면 쏴. 잘 가게!"

이반은 자욱한 붉은 안개를 헤치며 겨우 걸었다.

어떻게 보스타니예 광장 역까지 돌아왔는지, 어떻게 초소를 통과했는지 기억나지 않았다. 어쨌든 돌아온 것을 보니 초소에서 제대로 암호를 말한 모양이었다. 그는 돌아오자마자 가방을 뒤져 진통제 네 알을 씹어 먹었다. 잠시 후 통증은 가라앉았지만 입에서 진통제 냄새가 풀풀 났다. 이반은 멍하니 생각했다.

'암호가 흐린 날의 강변이었던가? 맑은 날이던가? 그래, 맞아. 맑은 날이었어.'

옆구리가 쑤시고, 마치 척추에 금속파이프를 쑤셔 넣은 듯 허리를 구부리기 힘들었다.

터널 안에 축포 소리와 함성이 들렸다. 승리를 자축하는 모양이었다. 역에는 여전히 피비린내와 화약 냄새가 진동했다.

이반은 주위를 둘러보았다.

파벨이 보이지 않았다. 살로하 혼자 앉아 책을 보고 있었다. 그는 안경 너머로 이반을 쳐다보았다. 살로하는 승리를 자축하는 사람들과 달리 차분해 보였다.

이반은 바닥에 놓인 금속판들을 쳐다보았다. 이리저리 자유자재로 구부러지는 금속판이었다. 대략 스무 개쯤 되어 보였다.

"이게 뭐야?" 하고 이반이 물었다.

그러자 살로하가 손을 내저으며 대답했다.

"민병대들이 멍청하게도 방탄조끼에서 꺼낸 거예요. 이 금속판이 무겁다고 하면서 죄다 빼버리더라고요. 한심하죠?"

"그래."

이반은 고개를 끄덕인 후 점퍼를 벗어 바닥에 내려놓았다. 그는 옆구리의 붕대를 풀었다. 그러나 혼자 힘으로는 다시 감을 수가 없었다. 그는 살로하를 쳐다보며 말했다.

"도와주겠나?"

메모프는 평온한 표정으로 이반을 바라보았다. 이반은 자신의 말을 듣고 나면 해군 역의 최고통치자인 메모프 장군의 표정이 일그러질 것이라고 확신했다. 하지만 이반은 정면승부를 하기로 결심했다.

"이제 모든 진실을 알았다고? 오히려 일이 쉬워졌군." 하며 장군이 고개를 끄덕였다.

"일이 쉬워졌다고요?"

메모프 장군은 대답 없이 한동안 이반을 응시했다. 이반의 생각을 꿰뚫어보는 듯한 눈빛이었다.

마침내 그가 테이블에 마주 앉은 이반을 향해 상체를 수그리며 말했다.

"이반, 선택하게. 아무 일도 없었던 것으로 묻어두겠나? 아니면 그 반대인가? 선택은 자네 몫이네. 소위 '선택의 자유'라고 하지. 하긴 자네 세대는 처음 들어보는 말이겠지만 말이야."

"글쎄요." 하며 이반은 메모프 장군을 노려보았다.

"그렇다면 내 말을 잘 듣게. 자네가 아무 일도 없었던 것으로 묻어둔다면 아무런 일도 일어나지 않을 걸세. 자네는 바실리섬 역으로 돌아가서 아름다운 신부와 결혼을 하고, 아이도 낳게 되겠지. 하지만 그 반대의 경우에는……."

메모프는 잠시 멈추었다가 다시 말을 이었다.

"나와 함께 가야 하네. 마침 자네 같은 인재가 필요했네. 자, 어떤가? 과거와 미래 중 무엇을 선택하겠는가?"

"당신은 예피미뉴크를 죽였습니다."

"내가? 왜?" 메모프 장군이 눈썹을 치켜세웠다.

"그럼 누가 그런 짓을 한 거죠?"

그러자 메모프 장군이 미간을 찌푸리며 말했다.

"이반, 사소한 것까지 깊게 파고들 시간이 없어. 어서 결정해. 우리와 함께 갈 건가? 아니면 우리와 함께 가지 않을 건가?"

"전 누구와도 함께하지 않습니다."

"지나친 개인주의로군. 이 세상을 살아가기에는 부적합한 태도야." 메모프 장군은 돌연 웃음기를 없애고 매서운 눈초리로 이반을 쳐다보았다.

"마지막으로 묻는다. 자네를 높이 평가하기 때문에 주는 기회다. 나를 따를 것인가?"

이반은 잠시 침묵한 후 마침내 입을 열었다.

"아니요. 저는 미래의 신부와 함께할 수 있는 과거를 선택하겠습니다."

그러자 이반이 처음에 예상한 대로 메모프 장군의 얼굴이 일그러졌다.

"이반! 말장난을 하자는 게 아니네. 인생이 걸린 중요한 문제야."

"그렇죠. 솔직한 대답을 원하시나요? 좋습니다. 하지만 먼저 제 질문에 대답해주시죠. 대체 이유가 뭡니까? 발전기를 훔치고, 살인을 저지르고, 끝내 전쟁까지 일으킨 이유가 뭡니까?"

"사람들은 항상 이유를 따져 묻지."

"저는 반드시 알아야겠습니다. 장군님 옆에서 도와줄 사람이 필요하다고 하시지 않았습니까? 아니면 꼭두각시가 필요한 건가요?"

그러자 메모프 장군이 이반의 눈을 똑바로 쳐다보며 말했다.

"자네는 정말 완강하군. 자네와 적이 되는 일은 피해야겠어."

이반은 메모프 장군도 마찬가지라고 생각했다.

"이반, 나를 따를 건가? 한 가지 경고하겠네. 솔직하게 대답해야 하네. 만일 거짓말을 할 경우……." 메모프 장군은 잠시 말을 멈추었다가 다시 이었다.

"이반, 나는 정치가로서 아주 뛰어난 감각을 갖고 있어. 상대방이 거짓말을 하면 바로 알아차릴 수 있지. 어때, 나와 함께 갈 건가?"

이반의 귓가에 예피미뉴크의 목소리가 들리는 듯했다.

'아까 기관총을 겨냥한 것은 정말 죄송합니다, 대장님. 제가 악의로 그런 것은 절대 아닙니다.'

천하에 다시 없을 멍청이.

이제 그를 위해 죽음을 무릅쓸 때가 온 건가?

침묵을 깨고 메모프가 다시 물었다.

"결정했나?"

"장군님과 함께 가겠습니다."

메모프는 예리한 눈초리로 이반을 쳐다보았다. 이반은 자신의 심장이 빠르게 쿵쾅거리는 것을 느꼈다.

마침내 메모프가 고개를 좌우로 꺾으며 대답했다.

"좋아! 자네를 믿네!"

이반은 스노볼을 흔들고 천천히 가라앉는 눈송이를 바라보았다. 그는 일부러 이때를 선택했다. 사방에서 승리를 자축하는 목소리가 들리고 곧 집으로 돌아간다는 생각에 들떠 있었다. 예고르는 벌써 짐을 싸고 있었다. 이반은 곁눈질로 그의 널찍한 등을 쳐다보았다.

'어째서 신은 악하고 못난 사람들에게도 재능을 부여할까? 예고르는 뻔 뻔한 살인자다. 사람을 죽이고도 승리를 자축하며 엉덩이를 실룩거린다. 파괴자, 약탈자, 살인자!'

이반은 넵스키 대로 역에서 강간범들을 처벌하듯 예고르를 채찍으로 마구 때려서 사나흘 거꾸로 매달고 싶었다. 이반은 예고르가 혐오스러워 서 똑바로 쳐다보기조차 싫었다.

이반은 이제 수색대도 끝이구나 싶었다.

천천히 아름다운 눈송이들이 가라앉았다. 눈송이들은 하얀 눈밭 위의 나무와 지붕 위에 쌓였다. 스노볼 안에 있는 작은 집은 지상의 건물들과 달리 여전히 살아 있는 것처럼 느껴졌다.

이반은 코솔라프를 따라 지상에 나갔던 일이 떠올랐다. 네바강은 꽁꽁 얼어붙고 거리에는 눈이 쌓여 있고 도시 전체가 죽은 듯 적막했다.

그날따라 도시가 허허벌판처럼 느껴졌다.

이반은 그날 6호선 터널을 통해 지상으로 나갔다. 가로수 길이 펼쳐져 있었다. '벨로루시 신발'이란 간판이 붙어 있는 상점의 문이 열려 있었다.

그래서 상점 입구와 안쪽까지 눈이 쌓였다.

거대한 분수대에도 눈이 쌓였고, 시들어 비틀어진 나무들은 슈미트 해안가 쪽으로 쓰러져 있었다.

이반은 눈을 밟으며 걸어갔다. 뽀드득 뽀드득. 그날은 몹시 추웠다. 달궈진 총신에 눈송이가 떨어지면서 이내 녹아내렸다. 이반의 옆에서도 뽀드득 눈 밟는 소리가 들렸다. 코솔라프였다. 저 멀리 성 안드레이 사원이 보였다. 성당의 둥근 지붕들 중 하나가 붕괴되어 가로수 길에 떨어져 있었다. 이제는 거뭇거뭇 빛이 바랜 황금색의 둥근 지붕 위에도 하얀 눈이 쌓여 있었다.

수색대원들은 앞을 보며 걸으면서도 서로를 지켜주고 있었다. 여전히 눈이 내렸다. 하늘은 온통 검은빛이었지만 눈이 내리자 세상이 달라 보였다.

하지만 곧 랜턴을 켜야 할 것 같았다.

이반은 교차로 너머에 있는 성 안드레이 사원을 쳐다보았다. 성당 뒤에 있는 루터 교회에 놈들의 본거지가 있을지도 모르는 일이었다. 수색대는 그곳을 우회하여 지나기로 했다. 언젠가 이 근처에서 놈들과 맞닥뜨렸던 적이 있었기 때문이다.

그때 이반은 코솔라프의 발자국 소리가 달라졌다는 생각을 했다. 고개를 돌려보니 그가 이반을 향해 가까이 걸어오고 있었다.

수색대의 행군 배치를 바꾸려는 것 같았다. 이반은 사뭇 긴장해서 침을 꿀꺽 삼켰다. 이반은 왠지 평소와 다른 분위기를 감지했다.

시험을 치르는 기분이었다.

"솔직해야 해." 하고 코솔라프가 말했다.

그는 겨울이면 수염을 길렀지만, 그날 이반의 눈에는 오직 코솔라프의 눈동자만 보였다. 방독면의 안면창 너머로 보이는 그의 눈동자 속에 차갑고 파란 불꽃이 타오르는 것 같았다.

마침내 때가 온 것이었다.

이반은 코솔라프의 목소리가 흘러나오는 마스크를 쳐다보며 고개를 끄덕였다. 코솔라프의 방독면 위로 눈송이가 떨어지더니 안면창을 따라 주르륵 물방울이 흘렀다. 안면창의 모서리에는 입김이 서려 있었다. 이반은 코솔라프의 마스크를 통해 그의 색색거리는 숨소리를 들었다.

"솔직해야 해. 다른 사람들에게는 거짓말을 하더라도 너 자신에게만은 솔직해야 해. 항상 대답을 준비해둬야 해. 아주 간단한 일이야. 늘 머릿속으로 옳고 그름을 판단하고, 똑바로 선을 그어두면 돼. 그리고 너의 행동이 그 선을 넘는지 아닌지 판단하면 되는 거야. 사람의 감정이란 상대적이라서 자꾸 변하기 마련이지만, 네 머릿속에 그어둔 선은 변하지 않을 거야. 바로 진실의 선이지."

이반은 스노볼 안에서 마지막으로 내려앉는 눈송이를 보며 코솔라프의 숨소리와 목소리를 떠올렸다.

'가자, 이반! 오늘은 네가 대장이야.'

이반은 혼자 생각했다.

'어째서 어려운 질문에는 쉬운 대답이 없을까?

마치 그렇게 정해진 것처럼 말이야.

지금 머릿속의 선은 무엇을 말해주고 있나?

이것이 과연 옳은가?

모든 것을 잊어버리면 다시 예전으로 돌아갈 수 있다고?'

이반은 마지막으로 스노볼을 흔들고는 눈송이가 가라앉는 것을 지켜보았다. 마지막 눈송이가 가라앉자 이반은 스노볼을 가방에 넣었다. 그는 조용히 눈을 감고 마음속으로 다섯을 센 뒤 번쩍 눈을 떴다.

마침내 그는 자리에서 일어났다.

"샤킬로프 못 봤나?"

책을 읽고 있던 살로하가 안경을 고쳐 쓰고는 의아하다는 표정으로 이반을 천천히 올려다봤다.

"봤나, 못 봤나?" 이반은 다시 다그치듯 물었다.

"대장님, 잊으셨어요? 의무실에 있잖아요."

이반은 플랫폼에서 샤킬로프가 다친 것을 까맣게 잊어버렸다.

"그럼 파벨은?"

살로하는 고개를 저었다. 그는 다급하게 대원들을 찾는 이반이 이상하다는 듯 쳐다보았다. 살로하는 환각제 실험 이후 예전보다 훨씬 더 차분해졌다. 이반은 살로하라도 데려갈까 하고 잠시 고민했다.

"이반, 뭐 잃어버린 거라도 있나?"

등 뒤에서 익숙한 목소리가 들렸다. 사조노프였다. 이반은 마침 잘됐다고 생각했다. 파벨이나 살로하는 지나치게 양심적이었다. 특히 불필요한 상황에서 더욱 그랬다. 지금은 좀 더 강인한 대원의 도움이 필요했다.

"사조노프, 자네 도움이 필요해. 총 갖고 있나?"

그러자 사조노프가 늘 그랬듯이 한쪽 입꼬리를 살짝 올리며 웃었다.

"질문이라고 하나?"

이반은 사조노프의 허리춤을 쳐다보았다. 사조노프는 리볼버 권총집을 붕대로 감아 허리에 묶고 있었다. 권총집 밖으로 주황색 총자루가 살짝 보였다.

"잘됐어. 같이 가자. 해야 할 일이 있어."

"급한 일이야?"

"그래, 시간이 없어. 어서 가자."

사조노프가 씨익 웃었다.

"대장, 어딜 가려고?"

"나를 따라오면 돼."

이반은 이제 운명의 주사위가 던져졌다고 생각했다.

그는 군사 쿠데타를 일으킬 작정이었다.

터널이 끝도 없이 이어졌다.

이반은 깊이 숨을 몰아쉬었다. 어둡고 텅 빈 터널에 들어서니 마음이 평온해졌다.

그는 초소에 있는 해군 역 보초병에게 말했다.

"메모프 장군님에게 이반 메르쿨로프가 터널 연결구간에서 기다린다고 전해. 동맹의 미래에 대해 할 말이 있다고 말이야. 아, 잠깐! 지금 아흐멧이 어디 있는지도 안다고 전해."

이반은 메모프가 덫에 걸려들기만을 바랐다. 메모프의 제안을 받아들였으니 분명 그가 자신을 믿어줄 거라고 생각했다.

해군 역 보초병은 잠시 머뭇거리더니 이내 플랫폼을 향해 달려갔다.

이반은 결국 이런 상황을 벌이게 된 것이 씁쓸했다.

"이반."

등 뒤에서 그를 부르는 소리가 들렸다. 이반은 여전히 생각에 잠긴 채 천천히 뒤를 돌아보았다.

사조노프의 손에 리볼버 권총이 들려 있었다. 그리고 총구는 이반을 향했다.

"대장, 무기를 버려. 내 사격 솜씨는 잘 알 테지?" 하고 사조노프가 조용히 말했다.

이반은 천천히 손을 들어올려 어깨에 메고 있던 칼라슈니코프를 선로 위에 올려놓았다. 철커덕. 이반은 다시 상체를 일으켜 세웠다.

"어떤 의미인가, 사조노프?"

"장군님께 거짓말을 했나? 장군님도 너에게 거짓말을 했으니 피차일반이군." 하며 사조노프가 웃었다.

이반은 대답하지 않았다. 좀 더 서두르지 않은 것이 후회스러웠다. 하지만 어떻게 사조노프가 자기를 배신할 수 있는지 이해할 수 없었다.

이반은 마침내 퍼즐이 완성되는 것 같은 느낌이 들었다.

"네가 예피미뉴크를 죽인 거야? 그런가 보군."

이반은 '옛 친구'를 쳐다보았다. 이제서야 그날의 상황을 이해했다.

'그날 프리모르스크 역에서 돌아왔을 때 사조노프는 초소에 없었어. 그 시각 사조노프는 해군 역 군인들이 발전기를 훔칠 수 있도록 도왔을 거야. 그러고는 다시 예피미뉴크에게 돌아가서 그를 죽인 거지. 하지만 왜? 왜 그를 죽인 걸까?

해군 역 군인들은 필요도 없는 발전기를 해군 역까지 힘들게 끌고 가기 싫었을 것이다. 아마 바실리섬 역 근처 어딘가에 발전기를 숨겨두었을 거야. 어쩌면 프리모르스크 역에 숨겨두었을지도 모르지. 제길! 그래, 예피미뉴크가 그들을 가로막았던 게 분명해. 그래서 그를 죽인 거야.

사조노프는 일부러 상황을 연출한 것이다. 해군 역 보초병을 위협해서 '이방인'이라는 말을 뱉도록 한 거야. 그런데 우리는 멍청하게 그들의 장단에 놀아나 전쟁을 시작한 것이다. 바보 같이 아무것도 눈치채지 못하다니!'

이반은 입술을 깨물었다.

"예피미뉴크는 정신이상자나 다름없었어. 너도 그를 좋아하지 않았잖아. 안 그래?"

이반은 아무 대꾸도 하지 않았다.

"아까 파벨을 찾았나? 예고르도 거기 없었지? 하하하!" 사조노프는 고개를 저으며 말을 이었다.

"이반, 위대한 이반! 안됐지만 너는 다시는 바실리섬 역으로 돌아갈 수 없어. 너의 반 토막짜리 고향으로 말이야."

이반은 사조노프가 '위대한 이반'이라고 말한 것보다 바실리섬 역을 그의 반 토막짜리 고향이라고 비아냥거리는 것을 견딜 수 없었다. 그가 바실리섬 역 태생이 아니라는 점을 비웃었기 때문이다.

"이반, 반 토막짜리 고향으로 돌아갈 수 없어. 하하하! 어때? 내 말장난이 우습지?"

"정말 우스운 게 뭔지 알아?" 하고 이반이 조용히 입을 열었다. 사조노프는 이반의 매서운 눈초리를 보더니 입을 닫았다.

"사조노프, 너는 악한 사람이 아냐. 다만 판단이 흐려졌던 거지. 너는 지금 네 자신이 혐오스럽지? 내 눈에는 다 보여."

"쳇! 마음대로 지껄여봐." 사조노프는 억지웃음을 지으며 대답했다.

"오히려 양심적인 사람들이 더 잔인한 법이지. 안 그래?" 이반은 사조노프를 똑바로 바라보았다. 사조노프의 얼굴은 마치 방독면을 쓴 것처럼 부자연스러웠다. 방독면을 벗기면 그가 다시 예전의 친구로 돌아올 것만 같았다.

이반은 아직도 헛된 기대를 버리지 못하는 자신이 한심했다. 이반은 사조노프를 정면으로 바라보며 말했다.

"지금 네 안에서는 양심이 꿈틀거리고 있을 거야. 그래서 괴롭지? 내 말이 고통스럽게 들렸다면 사과하지. 차라리 어서 나를 쏴. 그럼 모든 게 끝날 테니."

"그렇지 않아도 그러려고 했어. 각오나 해." 사조노프는 리볼버 권총을 들어올려 이반의 이마를 겨냥했다.

총구는 이반의 이마에서 1미터쯤 떨어져 있었다. 그럼에도 불구하고 총구 안에 들어 있는 총알까지 선명하게 보였다. 순간 이반은 고개를 갸우뚱했다.

"네 총은 어디 있어? 나강 리볼버 권총 말이야."

사조노프는 반짝거리고 커다란 새 권총을 들고 있었다.

사조노프는 대답하지 않았다.

"그래, 말하지 않아도 알 것 같아. 죽기 전에 한 마디 해도 될까? 사조노프, 네가 버린 나강 리볼버 권총은 명예의 상징이었어. 너는 총과 함께 네 명예도 버린 거야."

"난 단 한번도 다른 사람의 물건을 부러워한 적이 없었어." 하고 사조노프가 뜬금없는 말을 했다.

이반은 그를 쳐다보았다.

"어떻게 된 일이었냐면……." 하고 사조노프가 천천히 말했다.

"누군가 너에게 지금 들고 있는 새 총을 주겠다며 매수한 거구나? 그래, 누군지 말하지 않아도 돼. 오를로프? 메모프 장군? 이런, 어리석은 친구야. 자, 어서 나를 쏴."

그 순간 이반은 재빨리 옆길로 빠져서 앞을 향해 달렸다. 사조노프의 리볼버 권총이 이반을 겨냥했다.

탕!

이반은 사조노프의 사격 솜씨가 여전하다는 생각을 했다.

이반은 불현듯 궁금해졌다.

'사람은 언제 자신이 죽었다는 것을 깨닫는 걸까?'

사조노프는 이반이 아는 사람들 중 달리기 실력이 가장 좋았다. 어쩌면 예고르보다도 그가 더 빠를 것이다. 이반은 바닥에 엎드린 채로 어떻게 이 상황을 모면할지 고심했다. 이반은 다시 사조노프에게 말했다.

"뭘 기다리는 거야?"

그러자 사조노프가 씨익 웃었다. 그 순간 배수관에서 오를로프가 걸어 나왔다. 이반은 그제서야 사조노프가 무엇을 기다렸는지 알 것 같았다.

"메모프 장군님께서 미래를 위한 기회를 주셨건만 너는 그 기회를 변기에 버렸다."라고 오를로프가 말했다.

"변기?" 이반은 처음 듣는 말인 듯 되물었다.

오를로프는 반사적으로 설명하려다가 손을 내저었다. 그러고는 사조노프에게 말했다.

"어서 끝내지."

사조노프는 엄지손가락을 방아쇠 위로 가져갔다. 철컥. 그는 이반을 쳐다보았다.

"대장, 미안하지만 이제 작별인사를 할 시간이야. 자네가 늘 하던 얘기로 마무리하지. '내가 좋아하는 막대사탕!'이란 말을 입버릇처럼 하지 않았나?"

이반은 대답하지 않았다.

옆에 서 있던 오를로프가 답답하다는 듯 다그쳤다.

"사조노프, 뭐하는 거야? 어서 쏴! 할 일이 산더미야."

사조노프는 리볼버 권총으로 이반을 겨냥한 채 고개를 절레절레 흔들었다.

"그의 마지막 인사를 들어야죠. 터널을 떠도는 부랑자를 죽이는 것도 아니고 '메르쿨로프 플랜'을 만든 살아 있는 전설이니까요."

"살아 있는 전설 따위가 다 무슨 소용이야. 사조노프, 어서 쏴!"

하지만 사조노프는 고집을 부렸다. 그의 얼굴은 어느새 창백해져 있었다.

"자, 이반. 어서 말해. 그렇지 않으면 바실리섬에 돌아가는 즉시 너의 따냐를 총으로 쏴버릴 테니까."

"사조노프! 그만 해!" 오를로프가 소리 질렀다.

"어서 말해!" 사조노프는 더 크게 고함을 질렀다.

이반은 고개를 들었다. 드디어 때가 온 것이었다.

"그래. 사형집행인! 준비됐나? 내가 좋아하는 막대사……."

이반은 말을 마치기 전에 냅다 뛰기 시작했다. 조금 전의 상황과 마찬가지였다.

하지만 이반은 이번만큼은 꼭 도망칠 수 있을 것 같았다.

탕!

머리 위로 콘크리트 가루가 쏟아져 내렸다. 그 순간 이반의 귓가에 파이프나무의 목소리가 들렸다.

'다시는 돌아오지 못할 것이다. 절대로.'

2

자장가
КОЛЫБЕЛЬНАЯ

밤바람은
너의 요람을
흔들어주지 않는구나
너의 엄마는 돌아오지 않으니
내가 대신
자장가를 불러줄게
말 잘 듣는 착한 아이들은
침대 위에서 잠들었구나
이제
말 안 듣는 아이들도
잠들어야 할 텐데…….

_On The Nickel, Tom Waits

9 ←

터널의 주인
ХОЗЯИН ТУННЕЛЕЙ

달그락달그락.

숟가락으로 통조림 캔을 긁는 소리가 들렸다. 그는 허옇게 굳은 기름과 살코기를 떠서 입에 넣었다. 냠냠. 숟가락이 썩은 이빨에 부딪히며 입 안으로 들어가 혓바닥 위에 기름덩어리를 올려주고는 다시 통조림 캔으로 향한다.

메트로에는 치과의사가 없었다.

대신 이발사들이 치아를 뽑고, 상처를 치료했다. 하지만 그들이 치료한 후에는 어김없이 상태가 더 악화되었다.

레닌광장 역에는 군의관들도 있었다.

하지만 그들도 딱히 신뢰하기 어려웠다.

노인은 혼자 생각했다.

'쉰한 살쯤 되면 이미 죽을 날을 기다릴 나이지. 잠깐, 정말 그런가?'

노인은 고개를 저었다. 그는 다시 숟가락으로 통조림 캔을 긁어 입 안에 넣었다.

경험이란 실로 위대한 것이다.

그는 살코기가 혀에 닿으면 입 속에서 살살 굴리며 과거에 먹어보았던 고깃덩어리를 상상했다. 그러면 입 안에 있는 통조림 고기가 더욱 맛있게 느껴졌다.

그 다음에는 고기를 씹을 차례였다. 육즙을 빨아먹은 뒤 몇 개 남지 않은 이빨로 오래된 고기를 씹기 시작했다.

노인은 질겅질겅 한참 동안 고기를 씹으며 음미한 후 목구멍으로 넘겼다. 그리고 다시 숟가락질을 시작했다.

군용 비상식량은 더할 나위 없이 훌륭했다. 벌써 30년이나 지난 소고기 통조림도 아직 먹을 만했다. 과거에 대한 향수를 불러일으키는 맛이었다. 다시 스무 살 시절로 돌아간 듯한 기분마저 들었다.

그는 환풍구 근처에 앉아서 통조림 캔을 먹었다. 지상에 다녀오면 더욱 허기가 느껴지고, 식탐이 심해졌다.

노인은 흑맥주 한 모금만 마실 수 있다면 소원이 없겠다고 생각했다. 옛날에는 술 취한 사람들이 터널에 가득했다. 하나같이 취해서 비틀거렸다. 노인은 피식 콧방귀를 뀌고는 다시 숟가락질을 했다.

핵전쟁 이전의 사람들은 이 모든 걸 직접 봤어야만 했다.

이런 날이 오리라고 누가 예상했겠는가?

터널 화장실, 차단문, 환풍구, 비상 디젤발전기 따위를 실제로 쓸 것이라고 생각이나 했겠는가?

그런 것들을 보면서 실제로 사용하게 되면 어떨까 하고 상상만 했을 것이다. 하지만 결국 그런 상황이 벌어지고 말았다. 일어나지 않았으면 좋았겠지만 말이다.

아무도 직접 그것을 보지 못했다는 것이 애석할 따름이었다.

노인은 손을 바들바들 떨며 숟가락을 입으로 가져갔다. 툭! 숟가락이 엇나가면서 살코기가 떨어졌다. 노인은 살코기가 어디로 떨어졌는지 보지 못했다. 그는 앞이 보이지 않는 장님이었다.

대신 그는 박쥐처럼 소리에 민감했다. 보이진 않지만 어디에 고기가 떨어졌는지 소리로 알 수 있었다.

그의 머릿속에는 터널, 벙커, 배수관, 갈림길 등의 배치도가 선명하게 그려졌다. 머릿속에서 손가락만 까딱하면 지도가 펼쳐졌다. 어디로 가야 하는지, 어느 출구가 열려 있는지 훤히 꿰뚫고 있었다. 물론 눈이 보인다면 더 좋았겠지만.

'하긴 눈이 보인다고 해서 무엇을 보겠는가? 이 세상에 봐야 할 것이 아직 남았던가?' 노인은 허무하고 착잡한 마음이 들어서 잠시 넋을 놓고 앉아 있었다.

그리고 이내 다시 숟가락질을 하기 시작했다. 그는 통조림 캔을 긁어서 입에 넣고 우물우물 씹었다.

그것은 한 여행객이자 '디거'의 아침 풍경이었다.

'과거 레닌그라드라 불렸던 페테르부르그는 구소련 시절 가장 소비에 트답지 않은 도시였어. 물론 소련의 영토였던 에스토니아의 탈린을 제외하면 말이야.'

이반은 예전에 코솔라프가 했던 말을 떠올렸다.

레닌그라드의 고딕식 건축물.

흔들리고 칙칙하고 눈 덮이고 안개 쌓인 막연하고 흐릿한 실루엣들, 부슬비 내리는 안개 속에 헤엄치는 집들, 빛바랜 건물 외관, 청동기마상.

밤마다 거리를 활보할 것만 같은 청동 푸쉬킨 동상.

버려진 넵스키 대로와 썩어버린 외제차들.

검은 파도와 같은 안개 속에 뭔가 끔찍한 것이 숨어 있지 않을까 싶었다.

이반은 넵스키 대로를 따라 걸으며 카페의 숫자를 세어보았다.

첫 번째 카페는 'Cafemax'.

두 번째는 '초콜릿'. 팬케이크로 유명했던 집이라고 들었다.

세 번째는 '완벽한 컵'. 어둠 속에 오렌지색 테이블들이 보였다. 카페 한쪽 구석에 세워진 옷걸이에는 누군가 놓고 간 작은 우산이 걸려 있었다.

그때 멀리서 짐승이 울부짖는 소리가 들리기 시작하더니 사방에 메아리쳤다. 거대한 카잔 성당은 마치 커다란 덫을 놓은 것처럼 양옆으로 뻗어 있었다.

딩, 딩, 딩. 성당의 종소리가 울려 퍼지는 착각이 들었다.

이반은 어디선가 읽은 표트르 대제의 유명한 말이 생각났다.

'위대한 도시여, 이곳에서 영원하라!'

성당 위로 어두운 하늘이 낮게 내려앉아 있었다. 성당 꼭대기는 안개에 가려져 보이지 않았다.

발 아래를 내려다보니 회색 아스팔트가 부서지고 금이 가고 군데군데 솟아올라 있었다. 그때 지붕에서 돌멩이가 굴러떨어져 툭 하고 물웅덩이에 빠졌다. 저 멀리 안개 속에서 뭔가 거대한 것이 움직이고 있는 것 같았다.

이반은 버려진 카페 안에서 정적을 깨고 톰 웨이츠의 노래가 들릴 것만 같았다. 그가 부르는 블루스가 비 내리는 넵스키 대로를 따라 퍼져 나가는 것 같았다.

테이블 위에 두꺼운 찻잔과 차받침이 보였다. 찻잔 안에는 커피가 말라

붙어 있었다. 찻잔 옆에는 '슬라드코*'라고 쓰인 종이가 버려져 있었다.

오렌지빛 냅킨

금요일부터 이 블루스를 부르고 있다네

또 다시 술에 취하네

벌써 몇 년째 이 벽에 머리를 박고 있는가

입 안에 짠 눈물 맛이 느껴지네

톰 웨이츠의 허스키한 목소리가 이반의 귓가에 맴돌았다. 모든 것이 죽은 듯 고요하지만 몇 밀리뢴트겐에 달하는 방사능과 감마 방사선이 얇은 벽을 뚫고 퍼지고 있을 터였다.

방사능이 메아리친다.

그는 거리에 서서 '방사능 블루스'를 들었다.

이반의 손에는 더블샷건이 들려 있었다.

그는 버려진 자동차들을 피해가며 넵스키 대로를 걸었다. 거의 모든 집들의 창문이 깨져버리고 구멍이 뚫려 있었다. 눈먼 장님이 된 우울하고 섬뜩한 페테르부르그가 그곳을 통해 이반을 지켜보고 있는 것 같았다. 페테르부르그는 이제 늙고 미친, 무서운 도시가 되어버렸다.

마치 누렇게 빛바랜 셔츠를 입고 블루스를 부르는 이빨 빠진 흑인 노인 같았다.

이반은 들고 있던 IZH-43KN 더블샷건의 총신을 열었다. 뇌관이 반짝였다. 그 총은 12구경이었으며 대형 산탄이 들어 있었다. 고통을 더 오래

---

* 러시아의 유명한 초콜릿 상표.

느끼도록 만들어진 무기였다.

이반은 뇌관을 들여다보았다. 깨끗했다. 철컥! 이반은 다시 총신을 닫았다. 이반은 방아쇠를 당겨보았다. 틱, 틱. 사실 그것은 방아쇠라기보다 일종의 용수철이었다. 어쨌든 방아쇠를 당기는 느낌이 썩 좋았다.

이반은 서점을 지나갔다. 넵스키 대로에는 한 블록 건너, 아니 한 집 건너 하나씩 서점이 있을 정도로 많았다. 온통 카페와 서점이었다. 가끔 옷가게도 보였다. 핵전쟁 전까지 페테르부르그 사람들은 커피를 마시며 책을 읽고, 건물 외관의 색깔에 맞춰 옷을 골라 입는 것에만 열중했던 게 아닐까 싶을 정도였다.

또 다른 상점이 보였다. 깨진 쇼윈도 안에는 목걸이를 한 마네킹이 세워져 있었다. 보라색 팔찌가 채워진 허연 팔은 바닥에 나뒹굴고 있었다.

팔찌는 색색의 실을 엮어서 만든 것이었다.

이반은 자동차들 사이를 지나 길을 건넜다.

'그날도 사람들은 바쁜 하루를 보냈겠지?'

거리에는 수백 대, 아니 수천 대의 자동차들이 운전석에 앉은 주인과 함께 그대로 멈춰버렸다. 이반은 흰색 '스코다'를 지나갔다. 운전석에는 해골이 핸들에 머리를 박고 있었다. 그는 보도블록 위로 올라가 앞을 바라보았다. 이반은 철창을 넘어 우측으로 돌아가면 보스타니예 광장 역의 입구가 나온다는 것을 알고 있었다. 보스타니예 광장 역의 건물에는 낮은 탑과 첨탑이 세워져 있었다. 그 모습이 마치 웅크리고 앉은 난쟁이 같았다.

언젠가 갈색이었을 건물 벽이 검은색으로 변해버렸고, 자욱한 안개에 가려져 있었다.

이반은 고개를 들었다. 지하철 위에 지어진 5층 건물에 '영웅도시 레닌그라드'라는 글자가 붙어 있었다.

물론 글자는 군데군데 떨어져 있었다.

이반은 여기저기 떨어져 나간 글자판이 자신의 인생과 같다고 생각했다.

"이반!"

누군가가 그를 불렀다. 이반은 이제 놀랍지도 않다는 듯 천천히 뒤돌아보았다.

"이반, 그만 잠에서 깨어나." 하고 코솔라프가 말했다.

"뭐하러? 나는 이미 죽었는데. 나는 내가 이미 죽었다는 걸 알고 있어. 프리모르스크 역에서 폭탄이 터질 때 죽었지. 나는 무너진 터널에 깔려서 죽었어. 그 후 나는 꿈속에서 전쟁과 죽음 그리고 잔혹함과 배신을 목격했지. 온통 핏빛으로 변해버린 역도 보았어. 녹슨 디젤발전기가 버려진 창고 안에도 있었고. 그리고 지금 내 눈앞에 자네가 보이는 거야. 내가 마지막으로 보는 환영이겠지. 머지않아 뇌에 산소가 공급되지 않으면 완전히 숨이 멎을 거야. 안 그래?"

"아니야. 모든 것이 실제로 일어났던 일이야."

이반은 잠시 생각에 잠겼다가 우울한 표정으로 말했다.

"난 돌아가고 싶지 않아."

"아니, 돌아가야만 해. 이반, 돌아가야 해."

이반은 눈을 떴다. 푸른빛이 보였다. 그 순간 이반은 소스라치게 놀랐다. 그 빛은 칼날에 반사된 것이었기 때문이다.

이반은 올 것이 왔다고 생각했다.

커다란 칼날은 녹이 슬고 거뭇하게 변색했다. 심지어 칼날에 누군가의 머리카락이 달라붙어 있었다. 빌어먹을 사조노프! 이반은 어찌된 상황인지조차 알 수 없었다.

"맛있어 보여. 너는 분명 맛있을 거야."

머리가 벗겨진 부랑자가 말했다.

이반은 부랑자들이 그를 먹어 치우려는 것이라고 생각했다.

"저…… 저리 가!" 하며 이반은 부랑자를 밀어내려고 애썼다.

번쩍! 칼날이 번뜩였다.

"여기서 뭐하는 건가?"

누군가 허스키한 목소리로 소리쳤다.

그러자 부랑자가 멍하니 입을 벌리고 뒤돌아보며 랜턴을 비췄다.

어둠 속에 거대한 그림자가 흔들리고 있었다.

부랑자들은 서로를 쳐다보았다. 이반은 아직도 자신의 눈앞에 있는 칼날을 밀치고 벌떡 일어섰다. 부랑자들은 남자 셋, 여자 둘, 모두 다섯 명이었다. 물론 남녀를 구분할 수 없을 정도로 하나같이 더럽고 추잡한 몰골이었다. 그들은 온몸에 오물과 쓰레기를 묻히고 있었다.

어둠 속에서 한 노인이 걸어오며 부랑자들에게 고함을 질렀다.

"인간의 탈을 쓰고 어떻게 그런 짓을 하나?"

부랑자들은 중얼거리며 물러섰다. 노인은 한 걸음, 두 걸음 다가왔다. 그는 테이프를 칭칭 동여맨 녹슬고 기다란 쇠지팡이를 짚고 있었다. 그는 회색 머리카락을 어깨까지 기르고 있었다.

그는 마치 전설 속의 왕 '리처드 1세' 같았다. 어찌 보면 그저 정신병자 같기도 했다.

"나한테 얻어맞을 줄 알아! 내가 누군지 알지?" 노인은 부랑자들에게 경고했다.

부랑자들은 중얼거리며 둥글게 노인을 에워쌌다. 파블로프 들개들이 먹잇감을 공격할 때처럼 말이다.

노인은 번쩍 팔을 들어 올렸다.

휙!

그는 녹슨 쇠지팡이를 부랑자의 가슴을 향해 힘껏 던졌다. 으드득! 뭔가 부서지는 소리가 나면서 부랑자가 2미터쯤 나가떨어졌다. 그는 가슴팍을 움켜쥐고 신음했다.

노인은 바닥에 떨어진 쇠지팡이를 집으려고 했다. 그때 또 다른 부랑자가 먼저 지팡이를 집으려고 손을 뻗었다. 그러자 노인이 무릎으로 부랑자의 사타구니를 걷어찼다. 부랑자는 바닥을 뒹굴며 고통스러워했다. 세 번째 부랑자가 덤벼들자 노인은 팔꿈치로 그의 턱을 가격했다.

이제 두 명의 여자만 남았다. 여자 부랑자들은 터널의 쥐새끼들처럼 잔뜩 약이 올라 있었다.

노인은 먼 곳을 바라보며 허리를 숙였다. 그러더니 손으로 바닥을 더듬거렸다. 지팡이를 찾고 있는 것 같았다.

마침내 노인은 지팡이를 집어 들고 허리를 폈다. 휙! 노인의 지팡이가 바람을 가르는 소리가 났다.

"자, 다음 차례는 누구야?"

이반은 숨을 죽였다. 부랑자들은 뒤도 돌아보지 않고 꽁무니를 뺐다. 심지어 랜턴도 두고 가버렸다. 희미한 랜턴 불빛에 노인의 모습이 보였다. 그리고 서둘러 도망치는 부랑자들의 발자국 소리가 들렸다.

"빌어먹을! 한 번 더 여기오면 가만두지 않을 거야!"

노인은 도망치는 부랑자들에게 소리쳤다. 이반은 노인의 모습을 보고 놀라지 않을 수 없었다. 그는 적어도 2미터는 족히 되는 장신이었다. 보통 사람들은 그의 옆에 서면 난쟁이처럼 보일 정도였다.

부랑자들이 멀리서 웅성거리는 소리가 메아리쳤다.

"이니그마, 어 굿맨(Enigma, A Good Man)."

"저, 흠, 흠." 이반은 헛기침을 하며 물었다.

"저들이 당신을 아나요?"

노인은 엄청난 에너지를 가진 사람이었다. 마치 움직이는 활화산처럼 뜨거운 열기가 느껴졌다.

"지나가는 개도 나를 알 정도로 유명하지." 하며 노인은 이반을 쳐다보았다. 하지만 노인의 눈동자는 이반의 어깨 너머를 바라보고 있었다. 이반은 또 다른 누군가가 있나 싶어서 자신의 등 뒤를 돌아보았다. 그러나 아무도 없었다. 이반은 노인에게 말했다.

"개라고요? 아, 파블로프 들개들 말씀이신가요? 아, 할아버지, 죄송합니다. 제가 그만 말을 잘라버렸네요."

"누가 네 할아버지라는 거냐? 나한테 하는 말이냐?"

이반이 미처 대답하기도 전에 노인은 이반의 이마에 손을 얹었다. 그에게서 스카치테이프 냄새며 땀 냄새가 났다. 노인은 이반의 코, 뺨, 이마, 턱을 만졌다. 이반은 한 걸음 물러서려 했으나 기운이 없었다. 그는 이번에는 이반의 귀를 잡아당겼다. 이반은 얼굴을 찡그리며 말했다.

"아, 아파요."

그러자 노인이 고개를 숙이며 얼굴을 가까이 들이댔다. 노인의 눈에는 눈동자가 없고 흰자위만 가득했다.

"뭐라고 쫑알거리는 거냐?"

이반은 그제서야 자신을 구해준 노인이 장님이라는 것을 알아차렸다.

그을린 냄비 아래 알코올램프의 파란 불빛이 흔들거렸다.

"그때 표도르가 나에게 전화를 했지." 하고 노인이 말했다.

"전화요?" 이반은 놀란 표정을 지었다.

"그래, 전화."

노인은 숟가락으로 스프를 휘저었다. 알코올램프의 냄새와 향긋하게 식욕을 자극하는 스프 냄새가 이반의 코끝을 스쳤다. 향기를 맡아보니 버섯 스프인 것 같았다. 이반의 배에서 꼬르륵거리는 소리가 들렸다.

"그와 전화통화를 하면서 나한테도 환각제가 있다는 걸 떠올렸지. 나는 온갖 종류의 마약을 맛보았지만 그렇게 환각작용이 빠른 것은 처음이었어."

노인은 스프를 저으며 말했다. 이반은 고개를 절레절레 흔들었다.

환각작용이라는 말만 들어도 진저리가 났다.

"누구와 통화하셨다고요?" 하고 이반이 다시 물었다.

"표도르라고 내가 말하지 않았나? 표도르 바흐메티예프. 그는 거기에서 살고 있거든."

"어디에서요?" 하고 이반은 물어보았다. 왠지 노인이 헛소리를 하는 것 같았다.

"레닌그라드 원자력발전소 말이야. 처음 들어보나?"

이반은 허탈감에 두 손으로 머리를 감싸 쥐었다. 이반은 노인이 아직도 환각제에 취해 있다고 확신했다.

"나는 원자력발전소에 대해 잘 알지. 부친께서 원자력발전소 건설자였거든. 그래서 나는 어린 시절부터 RBMK 도면을 갖고 놀았어."

"RBMK? 그게 뭔데요?"

노인은 그것도 모르냐는 듯 어깨를 들썩이더니 말했다.

"원자로야. 체르노빌 원자력발전소에 썼던 것이지. 레닌그라드 발전소의 원자로도 같은 모델이지만 훨씬 커."

이반은 머리가 지끈거렸다.

'하루하루 지날수록 별일이 다 있군. 가장 친했던 친구가 총을 쏘고, 이제는 원자로니 뭐니 하는 얘기를 듣고 있고…….'

"그런데 전화는 어떻게 하신 거죠?"

"뭐?"

"그분과 전화통화를 했다면서요."

"방 안 테이블 위에 있어. 빨간색 전화기 말이야."

이반은 겨우 몸을 일으켜 세웠다. 아직도 머리가 핑 돌았다.

그는 벽을 짚고 겨우 걸어가 방문을 밀었다. 삐그덕거리며 문이 열렸다.

정말로 테이블 위에 전화기가 놓여 있었다. 하지만 노인의 말과 달리 전화기는 빨간색도 초록색도 아니었다. 이반은 노인을 돌아보았다. 그는 플라스틱 통을 들고 와서 스프에 소금을 뿌렸다. 그 모습을 보니 더욱 허기가 느껴져 아무 생각도 나지 않았다.

배가 고프다 못해 위장이 쪼그라드는 느낌이 들었다. 배에서 천둥이 치듯 요란한 소리가 들렸다.

하지만 이반은 조금 더 참기로 마음을 먹고 테이블로 뛰어가 의자에 앉았다.

다시 머리가 핑 돌았다. 이반은 잠시 눈을 감았다가 다시 정신을 집중하며 테이블 위를 살펴보았다.

테이블 위에는 전화기 하나만 놓여 있었다. 어두운 회색 플라스틱으로 된 전화기였다. 전화기 위에는 수북이 먼지가 쌓여 있었다.

이미 오랫동안 사용하지 않은 게 분명했다.

'눈먼 노인네가 날 속였군! 왜 노인네들은 하나같이 농담하는 걸 좋아할까?'

이반은 다시 전화기를 쳐다보았다. 전화기가 작동하면 손에 장을 지지겠다고 생각했다. 그러다가 이반은 다시 생각을 바꾸었다.

'정말로 근처 역에서 노인에게 전화를 걸었나? 혹시 높은 지휘관의 친척인가? 그래서 노인과 연락할 수 있는 핫라인을 설치해준 건가? 하지만 원자력발전소에서 전화를 했다고 하지 않았나? 그건 또 무슨 헛소리지?'

이반은 수화기를 들다가 잠시 머뭇거렸다.

'정말로 전화가 된다면 어쩌지? 전화통화가 되면 뭐라고 말하지?'

이반은 일단 시도해보기로 마음먹고 수화기를 들고 귀에 갖다 댔다.

조용했다. 하지만 좀 더 귀를 기울여보니 뭔가 들리는 것 같았다.

"여보세요! 응답하라, 응답하라, 들리나?"

하지만 대답이 없었다. 이반은 고개를 저었다. 표도르, 레닌그라드 원자력발전소 등 전부 노인이 꾸며낸 얘기라는 확신이 들었다.

이반은 수화기를 내려놓고 매트리스로 돌아가 풀썩 주저앉았다. 조금 전 정신을 집중한 탓인지 머리가 빙빙 돌았다.

"그에게 직접 다녀와." 하고 노인이 말했다.

이반은 고개를 저었다. 말도 안 되는 소리였다.

"농담이시죠?"

"무슨 소리! 원자력발전소까지는 불과 80킬로미터밖에 되지 않아. '사스노브이 보르'라고 들어봤나? 그 도시에 원자력발전소가 있어. 누군가는 발전소에 다녀와야 하잖아. 안 그래?"

이반은 콧방귀를 뀌었다.

"그 누군가가 바로 저인가요?"

"그럼 자네 말고 누구겠어? 다녀오겠나?" 노인이 당연하다는 듯 말했다.

이반은 한숨을 내쉬며 대답했다.

"죄송하지만 다음 기회에 다녀올게요."

순간 노인이 얼굴이 굳어졌다. 오랜 시간 동안 품고 있던 희망이 와르르 무너진 모양이었다.

"나는 자네가 디거라고 생각했어." 하고 노인이 말했다.

"저도 제가 그런 줄 알았어요."

노인은 아무 말도 하지 않았다. 그는 냄비 앞에서 휘청거리다가 손을 데었다. 이반은 그가 불쌍해 보였다.

"디거, 자네에게 무슨 일이 있었던 건가?"

이반은 자신도 모르게 코웃음을 치며 대답했다.

"저를 죽이려고 했어요."

"음, 그런 일이 종종 있지."

"제가 해결해야 할 일들이 남아 있어요."

노인은 하얀 눈썹을 치켜세우며 말했다.

"사람은 누구나 해야 할 일이 있지. 우리 모두 말이야."

이반은 피식 웃으며 대답했다.

"옳은 말씀이에요."

"사람들은 언제나 분주하게 살지. 이리저리 왔다 갔다 하면서 말이야. 나는 젊은 시절 너무 정신없이 지냈어. 항상 뭔가를 걱정하거나, 상처를 받기도 했네. 내겐 친구, 동료, 적 그리고 여자들이 있었지."

이반은 노인이 '여자'라고 말할 때 왠지 그 단어가 듣기 좋았다.

"여자들이란 참으로……."

노인은 말끝을 흐리더니 한숨을 쉬었다. 그러고는 다시 말을 이었다.

"영원에 대해서도 고민해볼 필요가 있어. 자네는 지금 무슨 생각을 하고 있나?"

"일단 배부터 채워야 생각이 날 것 같아요."

이반의 말은 거짓이었다. 사실 그는 눈을 감고 세 사람을 떠올렸다.

메모프.

오를로프.

사조노프.

모든 것이 명료해졌다.

누구부터 죽일지 순서를 정하는 일만 남았다.

그때 노인이 이반을 툭 치며 말했다.

"자는 거냐? 아니면 죽은 거냐?"

이반은 눈을 떴다. 노인이 바로 코앞까지 얼굴을 들이대고 있었다. 그의 하얀 턱수염이 보였다.

"자, 이거 받아."

노인은 이반에게 낡은 쇠그릇을 내밀었다. 차가운 공기 속에 스프의 김이 모락모락 피어올랐다. 스프를 받아 들자 이반의 배에서 더욱 크게 꼬르륵거리는 소리가 들렸다.

"맛있게 먹게."

노인은 이반에게 검게 변한 쇠숟가락을 건네주었다. 이반은 후후거리며 뜨거운 스프를 식혔다. 스프에서 살짝 탄내가 났다. 하지만 이반은 아랑곳하지 않고 말했다.

"고맙습니다."

이튿날 그는 갈비뼈가 타들어 가는 것처럼 아프고, 온몸에 열이 올라서 정신을 차릴 수 없었다. 마치 썩은 치아가 낯설고 위험한 것으로 여겨지는 것과 같은 기분이었다. 그러나 썩은 치아는 뽑으면 그만이지만 온몸이 아플 때는 그럴 수도 없는 노릇이다.

레닌광장 역의 군의관이 이반을 진찰하며 말했다.

"총알이 여기를 스쳤군. 총알이 뭔가에 맞고 비스듬히 스쳐 지나간 거야. 운이 좋았어. 방탄조끼를 입고 있었나?"

군의관의 얼굴은 길고 눈썹은 짧았다. 거의 대머리에 가까웠으며 목은 가늘었다. 이반이 어린 시절 보았던, 모글리가 주인공인 디즈니 만화에 나오는 사람 같았다. 이반은 그가 무쇠처럼 강인한 사람이라는 것을 단번에 느낄 수 있었다. 그런 사람에게는 함부로 장난을 치면 안 되는 법이다.

"맞습니다. 갈비뼈를 다쳤거든요. 그날 등허리도 몹시 아팠습니다. 부상당한 부위를 고정시키기 위해서 방탄조끼에 들어 있던 금속판을 덧댄 후 붕대로 감아두었습니다. 그런대로 견딜 만했는데요……."

"놀랍군." 군의관은 눈썹을 치켜세웠다. 그는 푸른 눈을 휘둥그렇게 뜨고 이반을 처다보며 말을 이었다.

"물론 이보다 더 놀라운 광경도 여러 번 봤지. 총알이 부적이나 책에 맞아서 목숨을 구한 경우도 있었거든. 자네 목숨은 방탄조끼가 구한 셈이군. 클린트 이스트우드가 출연했던 〈황야의 무법자〉라는 영화에서처럼 말이야. 하긴 자네는 그 영화에 대해 들어본 적도 없겠지?"

"덧대두었던 금속판을 뺄 겨를이 없었을 뿐이에요." 이반은 공연히 덧붙였다. 마치 우연의 일치로 목숨을 구한 것에 대해 변명하는 것 같았다.

그러자 군의관이 미소를 지으며 일어섰다. 전선에 매달아둔 랜턴이 그의 머리에 반쯤 가려지자 그의 민머리 뒤로 후광이 빛나는 듯한 착각이 들었다. 이반은 속으로 생각했다.

'마치 오래된 성상화에 그려진 성자 같군.'

그 순간 의사가 옆으로 한 발자국 옮기자 눈부신 불빛이 이반의 눈을 찔렀다. 그는 반사적으로 눈을 감았다. 하지만 여전히 눈앞에 불빛의 잔상이 어른거렸다.

"상처를 소독할 과산화수소와 감염을 막아줄 설파닐아마이드 분말을 두고 가겠네. 마음 같아서는 항생제를 처방해주고 싶지만 안타깝게도 항생제가 없다네. 하지만 걱정할 필요는 없네. 워낙 건강한 사람이라 금방 나을 걸세. 상처 부위를 깨끗하게 씻고 소독하는 것만 잊지 말게."

"감사합니다, 의사선생님." 하고 이반이 말했다.

의사가 나가자 이반은 침상에 누워 눈을 감았다. 갈비뼈가 욱신거렸다. 이반은 인생이 참 아이러니하다는 생각이 들었다. 프리모르스크 역에서 이반을 공격했던 돌연변이가 결과적으로는 그의 목숨을 구해준 셈이었다. 돌연변이와 싸우다가 입은 상처를 치유하려고 방탄조끼의 금속판을 덧댄 것이 사조노프의 총알로부터 이반의 목숨을 구해줬으니 말이다.

잠시 후 지팡이를 땅에 짚으며 걷는 소리가 들렸다. 하지만 이반은 일어나지 않았다. 노인의 반응이 궁금했기 때문이었다. 이반은 자는 척하며 가늘게 실눈을 뜨고 고르게 숨을 쉬었다.

"완전히 뻗었군." 노인은 얼굴을 들이대고 이반의 숨소리를 들었다. 그러다가 순식간에 지팡이를 들어올려 이반의 다치지 않은 옆구리를 찔렀다.

으악!

이반은 자신도 모르게 벌떡 일어섰다.

"뭐하시는 거예요?"

"내 침상에서 나오라는 뜻이지." 노인은 태연하게 대답했다.

"하지만 군의관이 누워 있으라고 했단 말이에요!"

그러자 노인이 키득거리며 말했다.

"그럼 매트리스에 가서 누워. 저쪽에 있잖아. 물론 그것도 내 것이지만 말이야."

이반도 노인의 말이 우스워 낄낄거렸다. 노인에게서는 카리스마가 느껴졌다.

"알았어요." 하고 이반이 웃으며 대답했다. 이반은 침상에서 일어났다. 갑자기 머리가 핑 돌았다. 하지만 어지럼증은 금세 사라졌다. 이반은 하루 정도 더 쉬고 난 후에 결심한 것을 실행하기로 했다. 이반은 노인을 쳐다보며 물었다.

"알겠어요. 설득의 대가 같군요. 그나저나 매트리스는 어디 있나요?"

그날 밤 꿈속에서 이반은 또 다시 병원과 차가운 눈빛의 무자비한 중위를 보았다. 중위는 밝은 백열전등 아래 줄지어 있는 침상들 사이를 걸어갔다. 환자들은 중위와 이반을 증오심과 공포로 가득 찬 눈으로 쳐다보았다. 중위가 방아쇠를 당기자 총성이 울리고 온 세상이 흔들렸다.

총에 맞은 의사가 슬로비디오의 한 장면처럼 아주 천천히 바닥에 쓰러졌다. 그의 가느다란 목에는 하얀 턱수염이 자랐다. 그때 갑자기 의사의 얼굴이 변하더니 레닌광장 역의 군의관으로 바뀌었다. 주변에 서 있던 간호사들이 얼굴을 일그러뜨리며 비명을 질렀다. 하지만 음소거를 한 영화처럼 아무 소리도 들리지 않았다. 겁에 질린 간호사들 사이에 따냐와 일류자가 보였다. 그는 꿈속에서 소스라치게 놀랐다.

일류자와 따냐의 비명소리가 들렸다.

이반은 중위의 어깨에 손을 올렸다.

중위는 천천히 뒤돌아섰다. 이반은 쓸데없는 행동을 했다는 생각이 들었다. 어쨌든 이반은 고개를 들어 중위를 쳐다보았다.

바로 사조노프였다.

"안녕, 이반!"

사조노프가 밝은 표정으로 인사했다. 그 순간 총성이 울렸다. 총알이 갈비뼈를 뚫고 들어가 금속판에 부딪히는 느낌이 들었다. 이반은 고개를 숙이다가 상처에서 피가 쏟아지는 것을 보았다. 이반은 몸을 부르르 떨었다.

'그렇다. 놈들은 나를 죽이고, 공격을 감행했다.'

멀어져 가는 따냐의 얼굴.

새하얀 웨딩드레스.

이반은 눈을 번쩍 떴다. 그는 드디어 떠나기로 마음먹었다. 더 이상 시간을 낭비할 수 없었다. 상처쯤이야 가는 도중에 나을 거라고 생각했다.

그의 머리 위 갈라진 틈새로 회색 천장이 보였다.

노인은 보스타니예 광장 역과 체르니쉐프스카야 역 사이 연결구간에 있는 작은 벙커에서 살고 있었다. 어떤 목적으로 만들어진 벙커인지는 몰라도 그 안에는 두 개의 방이 있었다. 그중 하나의 방에 전화기가 있었다. 그 방과 작은 복도로 이어진 또 다른 방에는 회색의 캐비닛이며 도구함들이 쌓인 선반이 있었다. 벙커 안에는 전구들이 매달려 있었으며, 놀랍게도 그중 두 개의 전구가 아직도 불을 밝혀주고 있었다. 이반은 보스타니예 광장 역에 다녀온 뒤 전기를 마음껏 쓰는 것에 익숙해졌다.

장님인 노인에게는 전기가 무용지물이나 다름없었지만 이반은 전기가 있어서 편했다.

"떠나려고? 그래, 자네가 결정할 일이지. 이걸 받게. 자네 여권일세."

"정말이요?"

이반은 노인이 건네준 낡은 수첩 같은 것을 받아서 아주 조심스럽게 펼쳐보았다.

'이반 세르게예비치 고렐로프. 생년월일: 2008.11.01. 출생지: 레닌그라드 주 상트 페테르부르그 시'

"이건 제 여권이 아닌데요? 이름만 같을 뿐이죠."

그러자 노인이 어깨를 들썩이며 말했다.

"그럼 누구 건가? 쓰러진 자네 옆에 있었는데."

이반은 혹시 부랑자들 중 한 명이 흘리고 간 것인가 하고 생각했다. 이 또한 운명의 장난 같았다.

이반은 피식 웃었다.

부랑자들이 의도치 않게 주고 간 선물이었다. 사실 메트로에서 여권 없이 돌아다니기는 힘들었기 때문이다.

"그럼 자네 여권에는 뭐라고 쓰여 있나?"

"마찬가지로 이반이라는 이름이 쓰여 있지요. 물론 성은 다르지만요."

"그럼 넣어둬. 새로운 이름에 적응할 필요도 없으니 오히려 잘된 일일세."

"맞는 말씀이네요."

사조노프는 이반의 총, 칼, 랜턴, 여권을 비롯해 이반의 가방에 있던 모든 물건들을 가져가버렸다. 그 가방 안에는 따냐에게 선물하려던 스노볼도 있었다. 이반의 표정이 일그러졌다. 뜨거운 백열전구처럼 눈시울이 뜨거워졌다.

"반드시 집으로 돌아가야 합니다."

잠시 침묵이 흘렀다.

"돌아가서 모든 것을 제자리로 돌려놓는 것이 자네 목표인가? 로맨틱하군." 노인은 이반 쪽으로 고개를 돌리며 말했다.

"제 인생을 되돌려놓고 싶습니다." 이반이 힘주어 말했다.

"어리석은 생각이야. 자네의 인생은 처음부터 없었어. 자네는 이미 전쟁에서 죽었으니까. 단지 그걸 깨닫지 못할 뿐이야. 이반, 자네는 이미 죽었어."

노인은 흰자위를 드러내며 이반 쪽을 쳐다보았다.

"나?" 노인이 소리 내어 웃더니 말을 이었다.

"천 개의 큐브를 따라 나의 웃음소리가 퍼져 나갔다. 어둠 속에서 붉은 빛이 반짝이며 새벽의 여신 에오스가 나타났다! 들어본 적 있나?"

이반은 온몸에 소름이 돋았다. 어떻게 노인이 고스쩐느이 드보르 역에서 이반이 들은 이야기를 알고 있는지 알 수 없었다.

"당신의 이름은 뭔가요?"

노인은 잠시 침묵한 후 대답했다.

"아이스라고 부르게. 물론 아예 나를 부르지 않으면 좋겠지만 말이야."

이틀 후 이반은 짧은 거리를 걸어 다닐 수 있을 정도로 회복되었다. 노인은 투덜대면서도 이반과 함께 다녔다. 이반은 노인이 왜 자신과 함께 다니는지 이해할 수 없었다. 사실 노인과 함께 다니는 것은 쉽지 않았다. 노인이 걷는 속도를 맞추는 것이 어려웠기 때문이다. 노인은 지팡이를 짚으면서도 이반보다 앞서 갔다. 어떨 때는 일부러 그러는 것인지는 몰라도 이반보다 한참 뒤처졌다.

이반은 점점 회복되고 있긴 했지만 여전히 통증을 느꼈다. 그는 고통을 잊기 위해 노인에게 프리모르스크 역의 돌연변이에 대해 이야기했다.

"호랑이를 보는 순간 뭔가 잘못되고 있다는 걸 깨달았어요."

"호랑이? 어떤 호랑이였나?"

"하얀색의 호랑이였어요."

"벵골 호랑이 아니던가? 호랑이는 아름다운 동물이지. 어떻게 호랑이가 메트로 안으로 들어왔을까?"

노인은 갑자기 엄청난 관심을 보였다.

"사람들이 말하길 핵전쟁이 일어나던 날 동물원 직원이 호랑이를 풀어 주었대요. 물론 떠도는 소문이에요. 사실일지도 모르지만요."

"떠도는 소문이라고? 아니야, 사실 내가 직접 호랑이를 풀어주었어."

순간 정적이 흘렀다.

이반은 자신의 귀를 의심했다. 노인이 실성한 것은 아닌가 싶었다. 이러다가 노인이 천지창조를 했다고 말하는 건 아닐까 하는 생각마저 들었다. 하지만 이반은 내색하지 않고 물었다.

"어디에 있던 호랑이를 풀어준 건가요?"

"당연히 동물원 철창 안에 갇혀 있었지. 어리석은 질문은 하지 말게."

노인은 지팡이를 짚고 걸어갔다. 그는 고집이 센 사람이었다.

"이반, 당연하지 않나? 그럼 호랑이가 엠파이어 스테이트 빌딩에 있었 겠는가? 자네는 아직 애송이 같군."

이반은 애송이라는 말에 자존심이 상했다. 코솔라프가 죽은 후 이반의 자존심을 건드리는 사람은 아무도 없었다.

이반은 잠시 침묵한 후 다시 노인에게 물었다.

"어째서 호랑이를 풀어줬나요? 그게 사실인가요?"

두 사람은 평소보다 더 멀리까지 갔다. 어제까지만 해도 이반은 다리가 후들거리고, 심장박동도 고르지 않았다. 마치 굳어버린 석유를 끌어올리는 펌프처럼 힘겨웠다. 하지만 오늘은 전혀 달랐다.

그때 어디선가 수상한 소리가 들렸다.

"뭐죠?" 하고 이반이 노인에게 물었다.

하지만 노인은 대수롭지 않다는 듯 대답했다.

"환풍구일 뿐이야. 특별한 것은 없어." 그는 지팡이로 바닥을 툭툭 짚으며 걸어갔다.

이반은 랜턴으로 비춰봤다. 평범한 환풍구였다. 그곳에서 압축된 공기가 나오고 있었다. 바람에 이반의 머리카락이 흩날렸다. 아직도 작동하고 있었던 것이다. 이반은 안으로 들어갔다.

랜턴 불빛에 탑처럼 쌓인 것들이 보였다. 탄소필터였다.

그곳에 환풍정화시설이 있었다. 이반은 시설을 따라 들어가면 차단문과 지상으로 나가는 문이 있다는 것을 알고 있었다. 가끔 디거들이 환풍구를 통해 지상으로 나갔기 때문이었다. 하지만 어쩌다 문제가 생기기도 했다. 먼저 계단을 따라 올라가야 하는데, 가끔은 낡고 부식된 계단이 중간에 끊어져버려서 아무리 손을 뻗어도 닿지 않았기 때문이다. 지상으로 올라가는 계단은 70미터나 이어져 있었다. 짐이 많거나 계단이 낡은 경우에는 다리가 후들후들 떨렸다.

이반은 비건제국의 초록색 제복을 입은 군인들이 자신을 추격했던 일이 생각났다. 그때 살아남는 방법은 지상으로 도망치는 것뿐이었다.

이반은 주변을 둘러봤다. 여느 환풍구와 마찬가지였다. 사람들이 지속적으로 관리를 해왔기에 환풍시설은 잘 유지되고 있었다. 이반은 콧방귀를 뀌며 되돌아갔다.

하지만 이반이 다시 선로에 내려서는 순간 퍼뜩 떠오르는 것이 있었다.

'설마! 설마 그럴 리가!'

이반은 다시 환풍구로 들어갔다. 그의 심장이 두근거렸다.

이반은 바닥에 가방을 내려놓고, 아주 천천히 조심스럽게 랜턴을 비추었다. 자신의 짐작이 맞다는 걸 확인할 용기를 내려는 것이었다. 벽에 쓰인 빨간색 숫자가 보였다.

이반은 다가가 콘크리트 벽을 만져보았다. 거칠거칠하고 메말라 있었다. 장갑을 낀 손으로 벽을 쓸어내려보니 하얗게 먼지가 묻어났다.

'모든 일은 환풍구에서 일어나지.' 이반은 예언자 쟈텔의 말이 떠올랐다.

이반은 마침내 메트로의 심장과도 같은 곳을 찾았다고 생각했다.

벽에는 201번이라고 쓰여 있었다.

그리고 그 옆에는 어떤 문구가 적혀 있었다. 이반은 문구를 읽고는 피식 웃으며 고개를 내저었다. 늘 보던 문구였기 때문이다.

"뭐라고 쓰여 있나?" 하고 노인이 물었다.

이반은 화들짝 놀랐다. 노인이 환풍구로 들어오는 소리를 듣지 못했던 것이다. 장님인 그가 이반이 벽면에 쓰인 문구를 보고 있다는 것을 어떻게 알았는지 의아했다. 가끔은 노인이 시력을 잃지 않았으면서 일부러 장님 행세를 한다는 생각이 들기도 했다.

"'이니그마, 어 굿맨(Enigma, A Good Man)'이라고 쓰여 있어요."

그러자 노인이 흠칫했다.

이반은 노인에게 물었다.

"누구를 의미하는 건가요?"

하지만 노인은 처음 들어본 말이라는 듯 어깨를 들썩였다.

순간 이반은 부랑자들이 도망치면서 이 말을 중얼거렸던 것이 생각났다.

"아이스, 혹시 '이니그마'라는 사람을 아시나요?"

이반은 노인의 표정을 살폈다. '이니그마'를 알고 있는 게 분명했다. 하지만 노인은 모르는 척했다.

'말하기 싫다면 하는 수 없지. 누구나 감추고 싶은 것이 있으니까.' 하고 이반은 생각했다.

두 사람은 다시 환풍구를 나왔다. 선로에 내려서야 이반은 가방을 두고 왔다는 것을 깨달았다. 그는 또 다시 환풍구 안으로 들어갔다. 노인은 한가운데 서서 마치 환각제에 취한 사람처럼 이리저리 몸을 흔들었다. 그의 하얀 머리칼이 환풍구 바람에 흩날렸다.

"빌어먹을! 여전히 사람들이 존경하고 있군." 하고 노인이 중얼거렸다. 그는 더러워진 소매로 보이지도 않는 눈을 비비더니 다시 몸을 흔들었다.

이반은 조용히 가방을 들고 환풍구를 나섰다. 노인의 뜻 모를 혼잣말을 듣고 나니 심장이 쿵쾅거렸다.

대체 환풍구에 어떤 비밀이 숨겨진 것일까?

"하얀 호랑이는 야생에서 살아남을 수 없어. 그래서 내가 호랑이를 풀어주었던 거야. 우리 인간들과 마찬가지지. 야생에서 털이 하얀 알비노는 너무 눈에 띄어서 먹이를 잡을 수도 없고, 다른 적들에게 잡아 먹히기 십상이지. 인간들과 같아. 인간이 야생에 버려지면 알비노와 같은 존재가 되는 거야. 상상해보게. 어디론가 자네를 끌고 갔는데 주변이 온통 낯설다면 어떻겠는가? 이제 메트로 밖의 지상은 너무 많이 변해버렸어. 사람들이 지상에 나온다면 마치 화성에 버려진 호랑이 같은 신세가 될 거야. 지구가 아닌 다른 행성에 대해 들어본 적 있나? 이제 메트로는 하얀 호랑이에게 집과 같은 곳이 된 거야."

이반은 그제서야 이해가 되었다. 잠시 후 이반이 물었다.

"달리 방법이 없나요?"

"사람들을 말하는 건가, 호랑이를 말하는 건가?"

"호랑이 말이에요. 지상에서 살아남을 수 없나요?"

그러자 노인이 씁쓸한 표정을 지으며 대답했다.

"한 가지 방법이 있긴 하지."

"뭔가요?"

"사람들을 잡아먹는 식인 호랑이가 되는 수밖에."

칠십구, 팔십.

이반은 팔굽혀펴기를 마치고 자리에서 일어났다. 온몸이 땀으로 흠뻑 젖고, 팔이 후들거렸다. 그래도 지속적으로 운동을 하다보니 이반은 다시 디거로서의 강인한 체력을 회복하고 있었다. 이제 공을 주고받으며 집중력과 파트너십을 키울 차례였다.

순간 이반은 멈춰 섰다. 더 이상 함께 훈련할 수색대원이 없다는 것을 잠시 잊었던 것이다. 이제 모든 것을 처음부터 다시 시작해야만 했다. 불현듯 이반은 생각했다.

'정말 그럴 가치가 있을까?'

이반은 헝겊으로 만든 공을 들어 무게를 가늠해보았다. 테니스 공은 아니지만 그나마 쓸 만했다. 이반은 노인과 공 던지기 훈련을 시작했다. 두 사람은 이런저런 철학적인 얘기를 주고받으며 서로에게 공을 던져주었다. 놀랍게도 노인은 공을 잘 받아쳤다. 소리를 듣고 위치를 감지하는 노인은 오히려 이반보다 실수가 적었다. 마치 실명된 눈 대신 레이저라도 달고 있는 것 같았다. 이반은 어떻게 그런 일이 가능한지 물어보았지만 노

인은 대답하지 않았다. 이반은 노인이 뭔가 끔찍한 일을 겪었으리라 짐작
했다.

앞이 보이지 않는 상대와 공 던지기를 하는 기분은 아주 묘했다.

두 사람은 또 다시 철학적인 얘기를 주고받았다.

지난번에 노인은 메트로가 지옥 같은 곳이라고 이야기했다. 하지만 오
늘은 메트로가 천국이라고 말했다. 그리고 언젠가는 이 천국에서 사람들
이 쫓겨날 것이라고 덧붙였다.

"그럼 메트로가 지옥이란 건가요, 아니면 천국이라는 건가요?" 하고 이
반이 공을 던지며 물었다.

그러자 노인이 가볍게 공을 받으며 반문했다.

"이반, 자네 생각은 어떤가? 천국이라고 생각하나?"

그는 다시 이반에게 공을 던졌다.

"천사들이 사는 곳이라고 생각해요." 이반이 공을 받으며 말했다.

노인은 이반의 마음을 들여다보기라도 하듯이 고개를 쭉 빼고 그를 쳐
다보았다. 이반은 다시 공을 던졌다. 이번에는 노인이 자신의 코앞에서 겨
우 공을 잡았다.

"천사라고 했나? 그들을 만나면 안부 전해주게." 하며 노인은 다시 공을
던졌다.

이반은 가볍게 점프하여 공을 잡았다. 갈비뼈의 통증은 거의 느껴지지
않았다.

"네, 그럴게요!"

"어찌 된 일인지 듣고 싶나? 내가 알고 있는 것이 있거든." 하며 노인이
공을 던졌다.

"좋아요, 얘기해주세요. 자, 공 받으세요!"

"메트로 어딘가에 오래된 신이 살고 있지. 그의 하얀 턱수염은 길게 자랐고, 얼굴은 선하며 눈동자는 푸른색이야.

핵전쟁이 있기 한참 전에 일명 '태초의 몬터'라 불리던 자가 살고 있었지. '몬터'란 원래 기술자란 뜻이야. 그는 어느 날 메트로를 건설하기로 결심하고 자신이 이끌고 있던 다른 몬터들을 불러 모았어. 그는 건설계획을 설명하고, 해야 할 일들을 지시했지.

몬터들은 끙끙거리며 메트로를 건설했어. 얼마 후 태초의 몬터가 메트로를 둘러보더니, 나쁘지 않다고 말했지. 그러고는 메트로에 빛이 필요하다고 말했어.

그 말을 들은 몬터들은 메트로에 전기를 끌어왔지.

그 뒤 '태초의 디거'가 등장한 거야……."

이반은 태초의 디거에 대해 여러 번 들었다. 메트로에서 어린아이들에게 들려주는 태초의 디거에 대한 옛날 이야기도 있었다.

노인의 방문은 조금 열려 있었다. 이반은 경계하며 틈새를 들여다보았다. 방으로 들어선 노인은 지팡이를 짚고 왔다 갔다 하며 안절부절못했다. 키가 큰 노인은 지치지도 않았다. 새삼 그의 하얀 머리카락과 턱수염이 눈에 띄었다.

그는 마치 누가 있는 듯 벽 앞에서 다리를 동동 굴렀다. 하지만 방 안에는 오래된 도구함 외에 아무것도 없었다.

"왜 다들 여기 온 거예요? 여기가 노아의 방주입니까?" 하고 갑자기 노인이 말했다.

그 순간 이반은 자신의 눈을 믿을 수 없어서 고개를 세차게 흔들었다. 그러고는 다시 방 안을 들여다보았다. 여전히 믿을 수 없는 광경이 펼쳐졌다.

평범해 보이던 그림자가 노인의 말에 대답하듯 움직이기 시작한 것이다.

'환시인가? 보라색 환각제가 옷에 묻어 있었나? 그래서 환각작용을 일으키고 있는 건가?'

노인은 여전히 벽과 대화를 하고 있었다. 그래, 누구나 약점이 있기 마련이다.

이반은 고개를 저었다.

"저에게 원하시는 게 뭡니까? 말씀해보세요!" 하고 노인은 물었다.

이반은 자신이 너무 피곤해서 헛것을 보았다고 생각했다.

전화가 쉬지 않고 울렸다.

이반은 잠결에 전화벨 소리를 들었다. 따르릉, 따르릉, 따르릉.

전화벨 소리가 신경을 거슬렀다. 이반은 이를 꽉 깨물며 베개로 귀를 막았다. 그래도 벨 소리가 끊이지 않았다. 그는 다시 돌아누우며 베개로 머리를 덮었다. 하지만 벨 소리는 베개를 뚫고 이반의 귓전에 울렸다. 마치 디거들이 환풍구에 잠입할 때 누군가의 타이머가 울리는 듯한 기분이었다.

따르릉.

벨소리가 넵스키 대로 역처럼 점점 크게 느껴졌다. 그는 더 이상 참지 못하고 매트리스를 박차고 벌떡 일어섰다. 그제서야 퍼뜩 정신이 들었다. 심장이 조여드는 느낌이었다. 이반은 의학에 대해서 아무것도 몰랐지만 그 순간 자신의 심장이 조여들고 있다는 것만은 확실히 느꼈다. 하긴 메트로에서 누가 의학을 제대로 이해하겠는가? 레닌광장 역의 군의관들조차 모든 것이 핵전쟁 전의 상태에 머물러 있다고 시인했다. 이반의 심장은 제멋대로 뛰고, 입 안은 바싹 마르고, 혀끝에는 시큼한 맛이 느껴졌다. 몇 년째 수면부족에 시달리면서 증상은 더욱 악화되었다. 체력이 예전보다 많이 떨어졌다는 증거였다.

따르릉, 따르릉, 따르릉.

이반은 얼굴을 찌푸리며 고개를 세차게 흔들었다. 옆방에서 들리는 소리였다. 정말 전화벨 소리인가? 꿈이 아니라는 말인가? 이반은 비틀거리며 문을 향해 걸어갔다. 세로로 이어진 복도가 커졌다가 다시 작아졌다. 그렇게 어지러운 기분이 드는 건 처음이었다.

따르릉! 어서 수화기를 들라고 재촉하는 소리였다.

노인은 대체 어디서 전화기를 구했을까? 누가 그에게 전화를 하는 걸까? 전화선은 어떻게 연결한 걸까?

이반은 좁은 복도를 통해 옆방으로 들어갔다. 걸음을 떼기도 힘들 정도로 머리가 어지러웠다. 그는 문설주를 붙잡고 겨우 걸음을 옮겼다. 눈앞이 온통 안개로 뒤덮인 것 같았다.

이반은 다시 한 번 눈을 질끈 감았다가 떴다. 마침내 눈앞이 선명하게 보였다. 테이블 위에 놓인 회색 전화기가 울려대고 있었다. 이반은 자신의 눈과 귀를 믿을 수 없었다. 그는 최면에 걸린 사람처럼 전화기로 다가가 수화기를 들었다.

수화기 너머에서는 아무 소리도 들리지 않았다. 순간 이반은 자신이 환청을 들었다고 생각했지만 혹시나 하는 마음에 수화기에 대고 말했다.

"여보세요?"

대답이 없었다. 다시 수화기를 내려놓으려는 순간 딸깍하는 소리가 들리더니 곧이어 누군가의 다급한 목소리가 들렸다.

"자네는 누군가?"

"고렐로프입니다." 하고 이반은 노인이 준 여권에 적혀 있던 낯선 이의 성을 말했다. 어쨌든 익숙해져야 하는 이름이었다.

"지시를 내리겠다, 고렐로프. 2호선이 자체적인 운영체제로 전환했다. 비밀통신센터 '다치닉'은 전시체제다. 이제 남은 시간은 50분이다. 알아듣겠나? 남은 시간은 50분이다. 주요 대피소들은 사람들을 수용할 준비를 해야 한다. 이미 상부의 승인을 받았다. 다시 한 번 반복한다. 상부의 승인을 받았다."

이반은 수화기에 귀를 대고 있었다. 회색 플라스틱 전화기의 차가운 느낌이 귀를 통해 머리로 전해지더니 이내 식도를 타고 위장으로 퍼졌다. 마치 위장에 수은을 쏟아부은 듯 밝은색의 반점들이 생기는 것 같았다.

"발사하라는 상부의 승인을 받았다. 이해했나? 고렐로프, 듣고 있나?"

"네, 듣고 있습니다." 하고 이반이 대답했다.

"잘 듣게, 고렐로프."

상대방의 강한 어조가 갑자기 힘을 잃었다.

"이제 끝이네. 30번 작전은 잊어버리고 이제 사람들을 구해야 하네. 난 술 한 잔을 들이켜고 내 관자놀이를 쏠 계획이네. 고렐로프, 사람들을 구해주게. 부탁이네. 물론 의미 없는 짓이겠지만, 그래도 노력해주게. 나도 사람들을 구해주고 싶지만 그럴 힘이 없네."

그러더니 상대방이 갑자기 깔깔거리며 웃기 시작했다. 이반은 그의 목소리 너머로 누군가가 가쁜 숨을 몰아쉬는 소리를 들었다.

"그들이 오고 있어. 난 이 날이 영원히 오지 않기를 바랐지. 이 날이 오기 전에 죽기를 바랐어. 암이라도 걸려서 죽고 싶었지. 암이 가장 나을 것 같았어. 적어도 그런 희망을 걸고 있었지. 앞으로 벌어질 일들을 생각하니 눈앞이 캄캄하네. 마치 무신론자가 된 기분이야. 그래, 이런 말들이 다 무슨 소용 있나? 난 사람들의 눈을 똑바로 쳐다볼 엄두가 나질 않네. 자네, 내가 내린 지시사항은 전달했나?"

이반은 극도로 흥분한 상대방을 진정시켜야겠다고 생각했다.

"네, 전달했습니다."

"고맙네, 고렐로프. 어째서 지금껏 나를 둘러싸고 있던 세상을 보지 못했을까? 나의 아내는 늘 불평을 했어. 아내와 딸과 함께 시간을 보내주지 않는다고 말이야. 아내는 내가 항상 어딘가로 바쁘게 돌아다닌다며 서운해했어. 죽음을 눈앞에 둔 지금에서야 그때의 5분이 얼마나 소중했는지 알겠어. 그 짧은 시간이라도 되돌릴 수만 있다면! 그날은 가을이었지. 우리는 함께 공원을 산책하고 있었네. 약간 흐린 날씨였지만 주변이 온통 아름다운 단풍으로 물들어 있었지. 내 딸은 양팔을 크게 벌리고 나를 향해 뛰어왔네. 아이의 발밑으로 나뭇잎이 바스락거렸어. 내 아내도 아이와 함께 나를 향해 걸어오고 있었지.

그때의 5분이 너무나 아쉬워. 아니, 지나간 일분일초가 아쉬워. 나에게 와락 안기는 모습이 떠오르지 않아. 아내의 얼굴을 바라보며 그녀의 머리를 쓰다듬어주고 싶어. 부드럽고 풍성한 그녀의 머리카락을 매만지고 싶어. 왜 이제서야 그걸 깨달았을까? 지금과 같은 순간이 되어서야 누가 가장 소중한 사람이었는지 깨닫다니! 나를 향해 뛰어오던 딸의 모습이 자꾸 떠올라. 그 순간이 영원했으면 좋겠어. 그날 아름답게 물들어 있던 나뭇잎들도 영원히 지속되었으면……. '아빠'라고 외치며 달려왔지. 너무 감상적인가? 고렐로프, 뭐라고 대답 좀 해주게. 무슨 말이라도 좋으니까. 이제 나에게는 아무도 남아 있지 않아.

오직 어둠만이 남았어. 만일 신이 존재한다면 그들에게 빛을 내려달라고 기도할 거야. 그들에게 빛을 줄 수 있다면 나는 어둠도 두렵지 않아.

우리는 스스로를 죽였어. 지금 이 순간 미사일이 하늘을 가르고 있어. 앞으로 15분 후에 결국……. 나는 지금 수치스러워서 견딜 수가 없네. 내 아내와 딸을 볼 면목이 없어. 참으로 어리석지? 고렐로프, 제발 한 마디라도 해 주게. 제발!"

뚜…….

이반은 천천히 수화기를 내려놓았다.

"대체 뭔가요? 네? 어떻게 된 거냐고요?"

이반은 노인에게 달려가 멱살을 쥐고 다그쳤다.

노인의 흰자위를 드러낸 눈이 이반의 어깨 너머를 바라보았다. 그는 이내 고개를 돌렸다.

"전화 말인가?"

"그래요! 빌어먹을 전화!"

퍽!

이반은 순식간에 바닥에 쓰러졌다. 노인이 주먹으로 이반을 후려친 것이었다.

이반은 눈앞이 캄캄했다. 그는 가슴을 움켜쥐며 몸을 웅크렸다. 이반은 속으로 무자비한 노인네라고 욕을 퍼부었다.

"깊이 숨을 몰아쉬도록 해. 전화에 대해 간단히 설명해줄 테니."

"대체 무슨 일이죠?" 이반은 숨을 몰아쉬며 물었다.

"녹음된 거야." 노인은 먼 곳을 응시하며 말했다.

"뭐라고요?"

"녹음된 거라고. 이곳은 군사용 벙커라서 모든 내용이 자동으로 녹음되거든." 하고 노인이 태연하게 말했다.

"그럼 누가 전화를 걸었던 건가요?"

"너의 운명."

노인은 갑자기 이빨이 드러나도록 크게 웃으며 말했다.

"자동설정된 전화기가 울린 거야. 그래서 언젠가 녹음되었던 것이 자동 재생되었던 거지. 어딘가와 연결이 되어 있는 모양이야. 그래서 전화가 걸려 오면 녹음되었던 것이 다시 켜지거든."

"뭐라고요?"

"이반, 기적은 일어나지 않았어. 메트로에는 그 어떤 불가사의도 존재하지 않아. 내 말을 명심하도록 해."

"이제 어떻게 할 건가?"

이반은 잠시 머뭇거리며 이마를 긁었다. 대답을 하자니 어리석은 짓 같고, 대답을 안 하자니 노인이 서운해할 것 같았다. 노인은 표정이 너무 진지했기 때문이다.

"내가 맞춰볼까? 복수를 하려는 거지? 적들을 죽이려는 건가?"

이반은 노인의 말을 듣고 사조노프, 오를로프, 메모프를 떠올렸다. 물론 죽이는 순서는 이름을 나열한 순서와 다를 수도 있을 것이다.

"맞습니다." 하고 마침내 이반이 대답했다.

"그렇게 해서 얻으려는 게 뭔가? 무엇을 할 건가? 자네 개인이 아닌 인류를 위해서 말일세."

"이 세상을 구할까요?"

"우습군. 하지만 맞는 말이야. 이 세상을 구해야지. 인류에게 있어서 레닌그라드 원자력발전소가 어떤 의미인지 아는가?"

노인은 또 다시 허무맹랑한 이야기를 시작하려는 것 같았다. 레닌그라드 발전소에 대한 환상이 있는 모양이었다.

"저는 당신을 존경하지만 지금 이 순간만큼은 그럴 수가 없네요. 그 얘기는 나중에 하기로 해요. 일단 제 문제를 해결하고 난 뒤 당신의 문제를 어떻게 해결할지 고민해볼게요. 디거로서 약속할게요."

노인은 실망한 듯 아무 말도 하지 않았다. 이반은 그가 안쓰러웠지만 그렇다고 해서 발전소까지 다녀올 여유는 없었다.

노인은 마침내 고개를 끄덕였다.

"동맹으로 돌아갈 건가?"

이반은 노인이 실망해서 더 이상 아무 말도 하지 않을까봐 걱정했다. 하지만 노인이 다시 질문을 하자 마음이 놓였다.

"다른 통로로 잠입해야 해요. 보스타니예 광장 역에서 순순히 저를 들여보낼 리 없으니까요." 하고 이반이 대답했다.

노인은 한숨을 쉬었다.

"자네를 설득할 수 없으니 도움이라도 주겠네. 일단 브이보르그스카야 역으로 가게. 그곳에 링라인 터널과 연결된 통로가 있어. 핵전쟁 전에 만들기 시작했던 통로인데 미완공된 상태지."

"저도 알아요."

"내 말을 끝까지 들을 텐가 아니면 계속 말을 자를 건가?" 하고 노인이 핀잔을 하더니 다시 말을 이었다.

"거기에 가면 자네를 안내해줄 사람이 있을 거야. 목적지는 어딘가?"

이반은 머릿속으로 계획을 세워보았다.

'이제 믿을 만한 친구는 파벨과 샤킬로프뿐이다. 하지만 파벨은 이미 바실리섬 역으로 돌아갔을 거야. 그렇다면 샤킬로프에게 도움을 청해야겠

다. 샤킬로프라면 믿을 수 있으니까.'

"일단 넵스키 대로 역으로 갈 겁니다."하고 이반이 대답했다.

"넵스키 대로 역? 파란색 라인이군. 일단 초르나야 레치카 역으로 가서 페트로그라드 역과 고리키 역을 통과하면 넵스키 대로 역이 나올 거야."

하지만 이반은 한 가지 걱정되는 점이 있었다.

"그 구간의 터널은 침수되지 않았나요?"

"지나갈 방법이 있어. '신 베네치아'에 대해 들어봤나?"

이반은 방 안에 쌓인 물건들 속에서 구소련 시절 생산된 GP-4Y 방독면과 IP-4M 방독면을 발견했다. 교체할 수 있는 필터들도 들어 있었다. 유통기한이 2008년까지로 적혀 있었지만 상관없었다. 메트로에서 유통기한 지난 것들은 한두 가지가 아니었기 때문이다.

이반은 이것저것 필요한 것들을 챙겼다. 그렇게 많이 챙겨가도 노인이 개의치 않을지 걱정되긴 했다.

그때 노인이 지팡이를 짚으며 걸어오는 소리가 들렸다.

노인은 이반에게 다가왔다.

"가져가도 될까요?" 하고 이반이 물었다.

"필요한 만큼 모두 가져가. 나는 더 이상 쓸 일이 없는 물건들이니까."

노인의 시선은 여전히 이반의 어깨 너머를 향하고 있었다.

"결국 가기로 마음먹은 건가?"

"네. 집으로 돌아가야죠."

노인은 고개를 끄덕이고는 방을 나갔다. 이반은 지팡이 소리가 점점 멀어지는 것을 들으며 고개를 내저었다. 그의 지팡이 소리가 그리워질 거라는 생각이 들었다.

이반은 방독면이 잔뜩 들어 있는 상자에서 자신에게 맞는 사이즈의 방독면을 골라 머리에 써보았다. 후, 후, 후. 마스크를 쓰고 세게 숨을 들이마셨다. 방독면의 상태는 멀쩡했다. 고무마스크도 목덜미와 얼굴을 알맞게 감싸주었다. 이반은 뜬금없이 술을 잔뜩 마신 후에 방독면을 쓰면 술 냄새도 안 나고 좋을 것 같다는 생각이 들었다.

이반은 다시 방독면을 벗었다. 쌓여 있는 GP-4Y 방독면이 아까웠다. 하지만 노인의 물건을 모조리 가져갈 수는 없었다. 이반은 유통기한이 그나마 가장 길었던 필터들을 골랐다. 없는 것보다야 유통기한이 지난 것이라도 있는 편이 나았다. 이반은 상자를 닫았다가 이내 다시 열어서 마스크와 필터를 하나씩 더 챙겼다. 예비용으로 필요할 것 같았다.

이반은 마스크를 가방에 넣었다.

이반이 가방을 다 챙겼을 무렵 뭔가 싸늘한 느낌이 들었다. 누군가가 등 뒤에 서 있는 것 같았다. 짐을 챙기느라 방심한 사이 누군가가 잠입한 모양이었다.

이반은 적이 총을 쏠지도 모른다는 생각에 재빨리 뒤돌아서며 몸을 숙였다. 그 순간 이반은 자신도 모르게 피식 웃었다. 노인이 문 앞에 서서 이반의 머리 위쪽을 바라보고 있었다.

"자, 이것도 가져가게." 하며 노인이 손을 내밀었다.

노인의 손바닥 위에는 갈색 포장지에 싸인 알약이 있었다. 항생제였다. 방독면이나 약품 등 이것저것을 모두 갖추고 있다는 걸 알면 너도나도 도둑질을 하러 올 것이다.

"뭘 보고 있어? 어서 받아. 군의관이 처방해 준 약들이야. 어서!" 하며 노인이 다그쳤다.

이반은 손을 내밀어 약을 받았다.

"감사합니다."

"나중에 갚아. 저쪽에 물이 있으니까 어서 한 알 먹어." 노인은 슬픈 표정을 지으며 말했다.

저녁 무렵 이반은 떠날 채비를 마쳤다. 노인은 자신이 갖고 있던 가방, 랜턴 두 개, 여분의 배터리, 탄창 두 개, 칼 등을 챙겨주었다. 예전에 비하면 부족한 군장이었지만 그런대로 만족할 만했다. 그래도 총이 없다는 것이 아쉬웠다.

"마음을 바꿀 생각은 없나?" 노인은 천장을 바라보며 물었다.

이반은 노인과 지내는 것에 익숙해졌다. 그런 노인을 두고 떠나려니 마음이 착잡했다.

"마음을 바꿔 원자력발전소로 가지 않겠냐는 말씀인가요? 아니요. 저는 해결할 일이 있으니까요."

"만일 생각이 바뀌거든……." 하고 노인이 잠시 멈추었다가 다시 말을 이었다.

"자네는 분명 생각을 바꾸게 될 거야. 내가 장담하지! 만일 생각을 바꾼다면 세 번째 블록을 찾아가야 해. 알겠나? 직선으로 뻗은 길이 항상 지름길은 아니라는 점을 명심해. 항상 뒤를 조심하고. 가방에 라면도 챙겨 넣었으니까 가는 길에 먹도록 해. 그래, 이제 출발하게."

이반은 아무 말도 할 수 없었다. 노인은 이반의 뒷모습을 바라보며 말했다.

"성공하길 바라네, 디거!"

쉰한 살쯤 되면 이미 죽을 날을 기다릴 때다.

"너는 우리를 배신했다, 이니그마."

방 안에 드리워진 그림자 중 하나가 말했다. 노인은 그림자의 실체를 볼 수는 없었지만 분명 사람의 목소리는 아니었다.

"어째서 그에게 얘기한 건가?" 하고 그림자가 물었다.

"그는 불행하게 실패한 사람입니다. 그가 무엇을 바꿀 수 있겠습니까?" 노인은 고개를 들고 말했다.

잠시 정적이 흘렀다.

"너는 우리를 속이려고 한다. 우리는 그를 막을 것이다."

이니그마는 뒷걸음질을 치다 그 자리에서 굳어버렸다. 이마에 식은땀이 흘렀다. 그들이라면 그럴 수 있을 것이다. 그들은 전지전능한 존재였다. 그가 처음 그림자들을 보았을 때 그는 자신이 미쳤다고 생각했다. 하지만 그림자들은 실제로 존재하는 것이었다. 불행하게도 그랬다.

혹시 실성하여 그림자를 보는 것이라고 해도 쉽게 나아지지 않을 거라는 불길한 예감이 들었다. 이니그마가 그림자에게 대답하려는 순간 마치 기타 줄이 끊어지는 듯한 소리가 들렸다.

땅!

그때부터 소름 끼치는 광경이 펼쳐졌다. 만일 그가 장님이 아니었더라면 눈을 질끈 감았을 것이다.

심지어 눈이 보이지 않아도 이니그마는 그 모습을 상상할 수 있었다. 마치 암세포처럼 벽이 부풀어오르고 거대한 동맥이 드러났다. 무언가가 벽을 뚫고 나오려는 듯 벽 전체가 꿀렁거렸다. 벽면에 화상을 입은 것처럼 거대한 물집들이 솟아나더니 점점 커졌다.

그는 이를 악다물고 기다렸다. 그곳은 그들의 영역이라서 아무리 도망쳐도 피할 수 없다는 것을 알고 있었다.

한껏 부풀어오른 물집들이 터지기 시작했다. 터진 물집 사이로 인간의 모습을 닮은 얼굴이 반쪽, 짐승의 형상을 한 얼굴이 반쪽, 찢어진 귀, 뜯겨진 콧구멍, 갈기갈기 찢겨진 볼이 튀어나왔다. 그들은 인간의 형상이 아니었지만 눈, 귀, 코 등 달리 표현할 방법이 없을 뿐이었다.

수백 개의 검은 물집이 터지고, 수백 개의 눈동자들이 이니그마를 응시했다.

"너의 잘못을 바로잡기 위해 우리는 망령을 보낼 것이다. 그 망령은 우선 너를 찾아갈 것이다."

"당장 꺼져! 난 아직 죽지 않았어. 내가 죽거든 그때……."

이니그마는 하던 말을 멈췄다. 누군가가 그에게로 다가오는 것을 알아차렸기 때문이다.

끼리릭.

문을 여는 소리가 들리더니 어둠 속에서 커다란 형체가 모습을 드러냈다. 그 형체는 살갗이 온통 회색으로 뒤덮여 있었다.

이니그마는 그 존재의 숨소리를 들었다. 더러운 폐로 공기를 들이마셨다가 내뱉는 소리가 들렸다. 심지어 그의 미끄덩거리는 회색 살갗 안에서 맥박이 뛰는 소리가 들렸다. 이니그마는 그가 자신을 바라보고 있음을 느꼈다.

미지의 존재는 기다란 팔을 뻗었다. 물론 이니그마는 그것이 팔인지 무엇인지 정확히는 알 수 없었다.

"당장 네놈의 갈퀴를 치워!" 이니그마는 한발 물러서서 공격할 태세를 갖추었다.

죽음의 순간이 다가오자 이니그마의 디거 본능이 살아나고 있었다.

그는 지팡이를 움켜쥐었다.

모든 일에는 끝이 있는 법이다.

"당장 꺼지라고 했을 텐데? 손맛을 봐야 꺼질 건가?" 하고 이니그마가 천천히 말했다.

그러자 회색의 존재가 그를 향해 몸을 구부리기 시작했다.

이니그마는 이를 악다물고 사력을 다해 지팡이를 휘둘렀다.

멀리서 짐승이 울부짖는 소리가 들렸다. 이반은 터널 안에서 소용돌이 치는 바람 소리라고 생각했다.

'그래, 메트로는 항상 그렇지.'

〈메트로 2033 유니버스: 지하의 노래(하)〉에서 계속